Lynn Raven

W[illegible]

Lynn Raven

WINDFIRE

cbt

Kinder- und Jugendbuchverlag
in der Verlagsgruppe Random House

MIX
Papier aus verantwortungsvollen Quellen
FSC
www.fsc.org
FSC® C083411

Verlagsgruppe Random House FSC® N001967
Das für dieses Buch verwendete FSC®-zertifizierte Papier *Super Snowbright*
liefert Hellefoss AS, Hokksund, Norwegen.

1. Auflage 2015

Vignetten von Isabelle Hirtz
Umschlaggestaltung: Carolin Liepins, unter Verwendung eines
Motivs von Arcangel /Ebru Sidar
Lektorat: Katja Theiß
TP · Herstellung: kw
Satz: Buch-Werkstatt GmbH, Bad Aibling
Druck und Bindung: CPI books GmbH, Leck
ISBN: 978-3-570-16102-9
Printed in Germany

www.cbt-buecher.de

WIND

1

Jetlag war die Hölle.

Dummerweise ließen Langstreckenflüge sich bei seinem Job nun mal nicht vermeiden. Aber wenn man ihn für die nächsten zwei Tage nach so einem Flug nicht einfach nur irgendwo einsargen können sollte, brauchte er direkt nach der Landung einen Kaffee. Einen doppelten. Schwarz und heiß. Oder er musste sofort wieder arbeiten. Egal was. Selbst wenn es nur darum ging, sich mit zickigen Models herumzuschlagen. Pausen? Waren tödlich. – Er hatte trotzdem auf den Kaffee am Flughafen verzichtet und direkt ein Taxi hierher genommen. Im Moment standen eine Dusche und ein Bett auf seinem Plan. In dieser Reihenfolge. Er wollte schlafen. Das war alles.

Jenseits der Leuchtreklamen und der Lichter der Kasinos war der Himmel tiefschwarz. Hitze hing in den Straßen. Irgendwie … schwerer als sonst. Sogar für diese Jahreszeit. Zumindest kam es ihm so vor. Und das, wo in den letzten Wochen vierzig Grad im Schatten – manchmal sogar mehr – für ihn ›normal‹ gewesen waren.

Der Taxifahrer hatte es geschafft, sich trotz der Uhrzeit

in Rekordgeschwindigkeit durch den Verkehr von Las Vegas zu schlängeln. Sogar das letzte Stück auf dem Strip hatte er … Ein Knall. Übergangslos waren sein Puls und der Adrenalinspiegel jenseits der Höchstmarke … Bis sein Verstand wieder einsetzte. *Eine Fehlzündung! Nur eine Fehlzündung. Komm wieder runter, Shane.* Kein einzelner Schuss aus dem Hinterhalt, von irgendeinem Scharfschützen auf einem der Dächer ringsum … Er trat zurück, als das Taxi sich in Bewegung setzte und der Fahrer die Zufahrt hinab wieder auf den Strip zuhielt. Seine Finger lagen vollkommen verkrampft um den Griff seiner Reisetasche. Er brauchte eine Sekunde, bis er sie wenigstens so weit lösen konnte, dass er sich nicht mehr selbst die Nägel in die Handfläche bohrte. Die schwarze Schnauze eines Bentleys kam direkt vor ihm zum Stehen. Er wich einen weiteren Schritt zurück.

Marie hatte recht gehabt: Es war Zeit für ihn gewesen, den Nahen Osten zu verlassen. Dieses eine Foto … Erst in ihrem improvisierten Pressezentrum hatte er gesehen, dass er genau in dem Moment abgedrückt hatte, in dem der Schuss Mikael in die Brust getroffen hatte. Dabei war sein eigentliches Motiv ein kleiner Junge gewesen, der mit einem mageren Hundewelpen zwischen dem Schutt einer Bombenexplosion vom Vortag spielte. John hatte in seiner morbiden britischen Art gewitzelt, dass er möglicherweise derselben Kugel den Streifschuss am Arm zu verdanken hatte … Entschieden drehte er sich um und hielt auf die ausladende Treppe mit den flachen Stufen zu. Okay, ja. Dieses eine Foto hatte ihm ein Stück weit den Rest gegeben. Möglicherweise auch, weil er und Mikael in den letzten Wochen ziemlich eng zusammengearbeitet und gemeinsam in mehr als einer brenzligen Situation gesteckt hatten. Die Fotoreportage über einen Rebellenführer dort war noch das gewesen, was einem netten Kaffeekränzchen am nächsten gekommen war. Wahrscheinlich hatte er deshalb auch nicht besonders heftig protestiert, als Marie vorgeschlagen hatte, er sollte Hamid begleiten, wenn der wieder jemanden aus der Stadt heraus und über die Grenze schmuggelte. Shane zog die Tasche mit seiner Ausrüstung höher auf die Schulter. Er hatte Bilder gemacht, für die andere Leute töten würden – um sie unter ihrem Namen zu veröffentlichen. Oder um zu *verhindern,* dass sie jemals an die Öffentlichkeit kamen.

Sein Flieger nach Hause hatte noch auf der Startbahn gestanden, als er aus den Nachrichten erfahren hatte, dass ihr improvisiertes Pressezentrum bombardiert worden war. Und dass Marie dabei getötet worden war – zusammen mit einigen anderen. *Das* war ein Schock gewesen. Marie war diejenige gewesen, die bei ihrem ersten Zusammentreffen vor knapp drei Jahren bereit gewesen war, über sein Alter hinwegzusehen, und ihn als Fotografen mitgenommen hatte. Und obwohl er inzwischen einen gewissen Ruf hatte, war sie nach wie vor die Einzige, die ihn noch immer ›Kleiner‹ nannte. – Nein, genannt *hatte.* Er würde sich daran gewöhnen müssen, von ihr in der Vergangenheit zu denken.

Ein bisschen schwerfällig stieg er die lang gestreckten Stufen aus weißem Marmor hinauf. Und ignorierte die Blicke, die ihm von einigen der Gäste zugeworfen wurden. Eine Frau in einem Abendkleid aus seidig schimmerndem, dunkelblauem Stoff wich ihm aus. Dass sie den Saum nicht raffte, war auch schon alles. Ja, er passte nur bedingt in das Bild hier. Selbst die Touristen, die sich an ihm vorbeidrängten, um einen Blick ins Innere zu erhaschen – und vielleicht sogar den ein oder anderen Dollar zu verspielen –, waren nicht ganz so … staubig wie er.

Nur aus dem Augenwinkel nahm er wahr, wie einer der Jungs vom Parkservice auf ihn zuhielt, um ihm anscheinend den Weg abzuschneiden. Einer der Sicherheitsleute, die rechts und links vom Eingang standen, pfiff ihn mit einem Zischen und einer scharfen Geste zurück. Timothy. Shane hob in einer Mischung aus Frage und Spott eine Braue. Abgesehen von den unzähligen Fältchen, die um Tims Augen erschienen, verbarg die Kuffija sein Grinsen komplett, während er wie genervt den Kopf schüttelte, bevor er ihm zunickte, zwei Finger gegen sein Ohr hob und offenbar seinem Chef meldete, dass er wieder da war.

Shane erwiderte das Grinsen, legte die freie Hand auf die Brust, deutete eine Verbeugung an, salutierte dann spöttisch zu einer der hinter den verschnörkelten Steinornamenten über dem Eingang gut verborgenen Überwachungskameras hinauf und betrat durch den Torbogen aus Marmor und Alabaster die riesige Lobby des *Alhambra.*

Wüstensand, Palmen, auf der rechten Seite eine Oase, deren ›See‹ von einem kleinen Wasserfall gespeist wurde. Säulen aus rotem und weißem Marmor – zwischen denen hauchfeine, bunte Schleier in einer trägen Brise trieben – trugen die Decke; siebzehn Stockwerke über dem Boden. Orientalische Lampen aus poliertem Kupfer hingen an erschreckend dünnen Ketten von oben herab und sorgten für Licht. Fliesenmosaike und edle Teppiche auf dem Boden und an den Wänden. Anstelle von Sesseln und Sofas bestand die Lounge aus Kissen und niedrigen Tischchen aus kostbaren Hölzern und Silber. ›Maurisch‹ ausstaffiertes Hotelpersonal in bauschigen Hosen, hauchdünnen Blusen und Hemden unter aufwendig bestickten, kurzen Westen standen überall und hielten Tabletts mit Obstschalen oder Gläsern mit süßem Tee, die sie den Gästen mit einer kleinen Verbeugung anboten. In dem ein oder anderen weiblichen Bauchnabel konnte man unter dem fast durchsichtigen Stoff einen Edelstein erahnen. Der Geruch von Sandelholz und Gewürzen durchzog die Luft. Steinerne Löwen bewachten den Eingang und die Durchgänge in den hinteren Teil: zu den Restaurants und der Boutiquenstraße, bei der man das Gefühl hatte, in einen Basar geraten zu sein, zu den Pools und Bädern, den persischen Gärten; dem Kasino … Und obwohl alles hell erleuchtet war, lag ein Schatten von Geheimnis und Verborgenem über der ganzen Szenerie, eine Ahnung, die man nicht benennen konnte … Das *Alhambra.* Der Palast eines Sultans aus alten Zeiten, mit all seinen Sklaven, Dienern und Wächtern. *Tausend und eine Nacht,* zum Leben erweckt. In absoluter Perfektion. Und dazwischen die Gäste, die in ihrer ›Modernität‹ wie ein Stilbruch wirkten.

Es war kaum zu glauben, dass Nazeem es geschafft hatte, bis zur Eröffnung nichts, aber auch absolut gar nichts hiervon an die Öffentlichkeit dringen zu lassen. Zumindest nicht mehr, als *er* bewusst hatte durchsickern lassen. Gerade genug, um Las Vegas und den Rest der Welt auf seinen neuen Spielplatz neugierig zu machen. Shane zog den Geldbeutel aus der hinteren Hosentasche und fischte seine Schlüsselkarte heraus. Die Eigentümer des *Venetian* mussten getobt haben, als sie zum ersten Mal seine Bilder vom Inneren des *Alhambra* gesehen hatten. Vielleicht hatte auch den ein oder anderen der Schlag getroffen.

Hinter einer weiteren Löwenstatue, zwischen deren Vorderpfoten eine Feuerschale ruhte, bog er nach links ab und hielt auf die Aufzüge zum Seitenflügel zu, ohne sich die Mühe zu machen, am Empfang vorbeizugehen. Er würde später dafür Abbitte leisten. Gena, die Chef-Concierge, runzelte auch prompt die Stirn, als sie ihn bemerkte. Für einen Moment sah es sogar so aus, als würde sie den Gast, mit dem sie gerade sprach, unterbrechen und ihm etwas zurufen wollen, ließ es dann aber doch. Natürlich. Einen solchen Fauxpas würde sie sich niemals erlauben. Es gab ein paar Dinge, die bei Nazeem ein unbedingtes Muss waren, was seine Angestellten betraf. Absolute Professionalität gehörte dazu.

Wer ihn beim ersten Gespräch nicht zu hundert Prozent davon überzeugte, wurde erst gar nicht eingestellt. Wer sie irgendwann vermissen ließ, konnte gehen. – Und was auch immer sie von ihm wollte: Es würde Zeit bis morgen haben.

Der kleinste der drei Aufzüge war der einzige, der bis ganz nach oben zu den Penthouse-Suiten und der privaten Dachterrasse mit dem Pool führte. Shane zog die Schlüsselkarte durch den Scanner und drückte auf den UP-Knopf. Die Türen öffneten sich keine zwei Sekunden später nahezu vollkommen lautlos. Spiegel warfen sein Bild zurück. Nicht, dass er nicht gewusst hätte, wie er aussah. Alles an ihm schrie nach einer Dusche. Wenn er den Kopf schüttelte, würde vermutlich immer noch Wüstensand aus seinen Haaren rieseln. Er brauchte einen Haarschnitt. Und zwar einen, dem man nicht ansah, dass er vor einem Handspiegel mit einem Taschenmesser entstanden war. Er trat über die Schwelle und ließ seine Reisetasche auf den schweren, tiefblauen Seidenteppich fallen, zog die Schlüsselkarte diesmal durch den Scanner im Inneren der Kabine – Nazeems Paranoia ließ grüßen – und tippte den Zugangscode zum obersten Stockwerk ein. Mit seiner Ausrüstung war er deutlich vorsichtiger. Auch weil der Streifschuss allmählich unangenehm zu spannen begann. Der Riss in den Jeans, direkt unter dem linken Knie, war ihm noch gar nicht aufgefallen. Die Türen setzten sich wieder in Bewegung, glitten aufeinander zu.

»Shane! Warte!« Die Stimme kannte er nur zu gut. Luther

Kensing war der Security-Chef des *Alhambra* und der Einzige des Sicherheitsteams, der über seinem maßgeschneiderten Anzug keinen Burnus trug. Und im Moment hielt er mit langen, schnellen Schritten auf den Aufzug zu. »Warte! Ich muss mit dir reden!«

Er hätte nur die Hand ausstrecken und die Lichtschranke unterbrechen müssen. Stattdessen schüttelte er den Kopf. Dusche und Bett. Sonst nichts. »Nicht jetzt, Luther! Morgen! Ich komm' runter …«

»Shane …« Die Türen schlossen sich endgültig. Etwas schlug dumpf von außen dagegen. Vermutlich würde er sich demnächst so einiges anhören müssen. Von Gena *und* von Luther.

Im dreiundvierzigsten Stock erwartete ihn gedämpftes Licht. Und mindestens ebenso viel Luxus wie unten. Wenn er hier auch etwas weniger … deutlich zur Schau gestellt wurde. ›Tausend und eine Nacht‹ war nur noch eine dezente Andeutung zwischen ›modern‹ und ›amerikanisch‹.

Shane schlang sich den Riemen seiner Fototasche über die Schulter, hob seine übrigen Sachen wieder vom Boden auf und unterdrückte ein Gähnen, während er den Aufzug verließ – und direkt wieder stehen blieb.

CRIME SCENE DO NOT CROSS

prangte auf dem gelben Absperrband, das sich vor der Tür der größeren der beiden Suiten kreuzte. *Was zum …?*

»Deshalb wollte ich mit dir reden!«

Luthers Stimme ließ ihn zusammenzucken. Hatte er tatsächlich so lange auf dieses Band gestarrt? Mit ein paar Sekunden Verspätung wandte er sich zu ihm um. Die Aufzugtüren schlossen sich gerade wieder. In diesem Licht glänzte Luthers kahler Schädel wie poliertes Ebenholz. Shane war selbst nicht unbedingt besonders klein, aber zu Luther musste auch er ein paar Zentimeter aufsehen. Und trotzdem hätte niemand bei diesen scheinbar sanften braunen Augen und dem liebenswürdigen Lächeln vermutet, wie knallhart Luther sein konnte.

»Was ist passiert?« Er nickte zur Tür der Suite hin.

»Laut Las Vegas PD soll dein Bruder vor drei Tagen hier oben mit ein paar Mädchen von der Straße eine Drogenorgie gefeiert und dabei irgendwann zwei davon ermordet haben.« Luther klang, als presste er die Worte zwischen zusammengebissenen Zähnen hervor.

»Bitte was?« Das war so absurd, dass es schon wieder lächerlich war. »Nazeem hasst Drogen. Er raucht ja noch nicht mal. Hat er nicht erst vor ein paar Wochen diesen Teenie-Star und seinen Agenten rausgeschmissen, weil dessen ›Cousine‹ gekifft hat? Und … ›Mädchen von der Straße‹? Du meinst Prostituierte?« Er schnaubte. »Mein großer Bruder hat einen ganzen Harem von Frauen, bei denen er nur anrufen muss, und sie lassen mit Freuden alles stehen und liegen. Zwei Drittel davon wohnen in Vegas. Und mindestens die Hälfte *davon* hat absolut kein Problem damit, eine Orgie zu feiern, solange er nur dabei ist. Und wenn ihm das nicht reicht, kann er die anderen einfliegen lassen.« Entschieden schüttelte er den Kopf. Und vor allem … »Nazeem holt sich keine ›Mädchen von der Straße‹ hier herauf.« Er holte sich niemanden außerhalb der Familie oder seinen engsten Freunde hier herauf. Schon gar keine seiner Frauen. In eine der Suiten des *Alhambra* vielleicht. Aber nicht *hierher*. Niemals! »Das ist ausgemachter Blödsinn.«

»Das habe ich dem Detective von der Mordkommission auch gesagt.«

Da war etwas an Luthers Ton … und nicht nur an seinem Ton. »Und was hat *Nazeem* gesagt?«

Für eine Sekunde presste Luther die Lippen zu einem harten Strich zusammen. »Offiziell? Nichts. Er hat die Aussage verweigert. – Aber ich konnte einen Moment allein mit ihm reden.« Manchmal hatten Beziehungen zur Polizei von Las Vegas ihre Vorteile. Ebenso wie zum FBI, zur CIA und NSA. Luther hatte sie. Zu allen. – Nazeem wusste, wen er einstellte.

»Und?«

»Er sagt, er kann sich an nichts erinnern, was in dieser Nacht passiert ist. Blackout.«

»So besoffen kann er gar nicht gewesen sein.« Sah man mal davon ab, dass sein Bruder normalerweise auch gar keinen Alkohol anrührte. »Warst du seitdem noch mal da drin? Irgendwelche Beweise gegen Nazeem?«

»Meinst du, außer dem Blut an einem Handtuch und

den Spuren von Koks auf dem Tisch?« Luther hielt ihn am Arm zurück, als er einen Schritt auf die Tür der Suite zumachen wollte. »Das ist ein Tatort.« Dann nickte er. »Ich hatte noch was gut bei einem alten Freund, der beim CSI arbeitet.« Der Zug um seinen Mund wurde hart. Er ließ ihn wieder los. »Es kommt noch schlimmer: Er ist vor ungefähr achtundvierzig Stunden aus der Zelle verschwunden. Ohne eine Spur zu hinterlassen.«

Unwillkürlich machte Shane einen Schritt zurück. Auch wenn das für Nazeem absolut kein Problem darstellte: Er würde es niemals wirklich *tun*. »Scheiße.«

»Das kannst du laut sagen.«

Und dabei hatte Luther keine Ahnung, wen Nazeem sich mit einer solchen Aktion zusätzlich zu den Cops auf den Hals hetzte, wenn sie bekannt wurde. »Hast du irgendetwas von ihm gehört? Ist er hier aufgetaucht?«

»Nein. Wie gesagt: Er ist spurlos verschwunden.«

»Und natürlich zur Fahndung ausgeschrieben.«

»Ja.« Luther strich sich mit der Hand über den Schädel. Das, und dass er für einen Augenblick zur Seite sah, pflanzte ein Ziehen in Shanes Magen.

»Was noch?«

Luther räusperte sich. »Dein Vater hatte einen Schlaganfall.«

Shane sog scharf die Luft ein. »Was ist mit meiner Mutter?«

Für den Bruchteil einer Sekunde erschien eine tiefe Falte

auf Luthers Stirn. Nur um sofort wieder zu verschwinden. Vielleicht hatte er eine andere Reaktion auf diese Nachricht erwartet. Sehr wahrscheinlich sogar. Oder zumindest erhofft. Allerdings wusste er auch, wie Shane zu seinem Erzeuger stand. Und er war klug genug, sich jeglichen Kommentar zu ihrem Verhältnis zu verbeißen.

»Sie klang ziemlich aufgelöst, als ich heute Morgen mit ihr telefoniert habe.« Natürlich. Obwohl sie inzwischen seit acht Jahren mit ihm verheiratet war, liebte sie ihren Mann noch immer, wie sie es zu Anfang getan haben musste, als sie sich in ihn *ver*liebt hatte. – Dabei hatte er sie nach seiner Geburt einfach sitzen lassen und war erst wieder um Shanes vierzehnten Geburtstag herum aus der Versenkung aufgetaucht. Wenn es nach ihm gegangen wäre, hätte er auch danach bleiben können, wo der Pfeffer wuchs. Sie waren davor sehr gut ohne ihn klargekommen. Sie hätten keine Villa in den Hills gebraucht. Das Apartment in Arlington Heights hätte es weiter getan. Schließlich hatte seine Mutter nicht schlecht mit ihren Bildern verdient. Und er hatte sich sein Taschengeld durch einen Job im Supermarkt aufgebessert. Alles lief bestens. Stattdessen war sein Erzeuger einfach aufgetaucht, hatte sich in seinem Leben breitgemacht und sich als Über-Vater aufgeführt. *›Tu dies nicht, Sohn. Tu das nicht. Das ist zu gefährlich für dich, Sohn …‹* Er hatte es sogar geschafft, dass Coach Lennox ihn nur eine Woche nach seinem Einzug aus der Eishockeymannschaft geworfen hatte. Nur aus einem Grund: *›Deinem Va-*

ter ist das Verletzungsrisiko beim Eishockey zu groß.‹ Selbst das Klettern hatte er ihm verboten. Kurz darauf waren sie in diese Villa in den Hills umgezogen. Damit hatte der Krieg zwischen ihnen erst richtig begonnen. Irgendwann war er ein regelrechter Künstler im Knacken von Haustürschlössern und Lahmlegen von Alarmanlagen geworden, nur um kommen und gehen zu können, wie er wollte und ohne seinem Erzeuger jedes Mal Rechenschaft ablegen zu müssen. Was in der Regel zu einem Streit zwischen ihnen führte. Das Ganze hatte schließlich in miesen Schulnoten und noch mieserer Gesellschaft inklusive diverser Besuche auf Polizeirevieren wegen Schlägereien und Alkoholeskapaden gegipfelt. Alles nur, um seinem Erzeuger zu zeigen, was er von seiner Bevormundung hielt – gar nichts. Letztlich hatte er es mit seinen Noten – und dank Nazeem – gerade so aufs College geschafft. Nur um im letzten Jahr kurz vor dem Abschluss einfach abzubrechen. Und endlich genau das zu tun, was er schon immer hatte tun wollen: Fotografieren. Sie waren wieder aneinandergerasselt, als Shane entschieden hatte, dass Modefotografie nichts für ihn war. Auch wenn man ihn binnen kürzester Zeit als *den* neuen Shootingstar der Branche gehandelt hatte. Und auch wenn er damit verdammt gut verdiente. Es war nicht dass, was er machen wollte. *Wirklich* machen wollte. Nicht diese Schöne-heile-Welt-Fotos. Sondern die, die das andere Gesicht dieser Welt und der Menschen zeigten: Krieg. Elend. Leid. Fotos, die denen, die davon betroffen waren, eine Stimme gaben, wenn man ihre Worte schon nicht hören wollte. Solche Bilder machte man normalerweise aber nun mal nicht in den Vorzeigeecken von Los Angeles, New York, Paris oder Berlin. Sie hatten sich im Wohnzimmer der Villa in den Hills gestritten, sich angebrüllt. Das ›*Das erlaube ich nicht. Du bist mein Sohn. Du tust, was ich sage.*‹ seines Erzeugers hatte das Fass endgültig zum überlaufen gebracht. Er war gegangen und schon zwei Tage später nach Somalia geflogen. Drei Jahre war das jetzt her. Seitdem hatten sie kein Wort mehr miteinander gewechselt. Geschweige denn, sich gesehen. Noch nicht einmal zu Weihnachten oder Thanksgiving war er nach Hause gekommen. Ein Telefonanruf bei seiner Mutter, eine Postkarte, E-Mails. Wenn er ausnahmsweise mal in L. A. war, traf er sich mit ihr zum Essen. Nur mit ihr. Der einzige aus seiner Familie, mit dem er neben seiner Mutter Kontakt hatte, war Nazeem. Nazeem, das schwarze Schaf unter seinen sechs Halbbrüdern. Der *nur* dreihundert Jahre älter war und ihm damit am nächsten. Dessen Wagen er bei ihrer ersten Begegnung geklaut – und sauber gegen einen Baum gesetzt hatte. Nazeem, der ihm zum Dank ein hübsches Veilchen verpasst und ihn gnadenlos die Rechnung für die Reparatur hatte abstottern lassen. Die Reparatur eines fast nagelneuen *Jaguars.* Der irgendwann nach einer weiteren Nacht in einer Zelle, auf dem Polizeirevier aufgetaucht war, seine Kaution bezahlt und ihm anschließend auf der Fahrt nach Hause klargemacht hatte, dass ihr gemeinsamer Erzeuger es nicht wert war, sich seinetwegen die eigene Zukunft zu versauen. Und dass er über all seiner Wut und dem Mist, den er deshalb baute, jemanden vergessen hatte: Mom. Die es am allerwenigsten verdiente, dass er ihr wehtat. Nazeem war es auch gewesen, der ein paar Kontakte hatte spielen lassen, damit Shane noch im gleichen Jahr aufs College gehen konnte, obwohl die Anmeldefristen schon seit Wochen vorbei waren. Der ihm nach der Eröffnung des *Alhambra* beiläufig mitgeteilt hatte, dass die zweite der Penthouse-Suiten für ihn war – nur für den Fall, dass er mal zwischendurch genug von seinem Wohnwagen draußen im Trailerpark am Rand von Las Vegas hatte und ihm der Sinn nach ein bisschen ›Luxus‹ stand. – Und der sich außer einem Grinsen jeden Kommentar verkniffen hatte, als er zwischen seinen Aufträgen immer öfter im *Alhambra* auftauchte.

Luther räusperte sich. »Dein Dad muss letzte Nacht einfach zusammengebrochen sein. Seitdem ist er offenbar nicht mehr zu sich gekommen.«

Shane schloss die Finger fester um den Riemen seiner Fototasche. Sein Erzeuger *konnte* keinen Schlaganfall bekommen. Das war nicht möglich. Was auch immer genau passiert war … »Sind sie hier in Vegas?«

»Nein. Er liegt im Cedars Sinai in Los Angeles.« Also waren sie zu Hause gewesen. »Sie weiß nichts von der Sache mit Nazeem.«

»Gut.« Mom würde sich genug Sorgen um ihren Mann machen. Das brauchte sie sich nicht auch noch wegen einem ihrer Stiefsöhne. Wahrscheinlich war sie keine Sekunde von dessen Seite gewichen. Allerdings hatte er nicht vor, sie länger allein zu lassen als unbedingt nötig. Notfalls würde er sich sogar an das Bett seines Erzeugers setzen, wenn ihr das eine Ruhepause verschaffen würde. »Kannst du dafür sorgen, dass mir jemand einen Platz auf dem nächsten Flug nach L. A. bucht? Egal wann. Nur so schnell wie möglich.« Er schaute an sich hinab. *So* konnte er seiner Mutter auf keinen Fall unter die Augen treten. Selbst wenn es in der Wüste schneien würde. Sie würde sich nur noch mehr Sorgen machen. »Ich gehe duschen und dann …«

Luther warf einen raschen Blick auf seine Armbanduhr. »Du hast zehn Minuten.«

Irritiert sah Shane ihn an. Luther verzog ungeduldig den Mund.

»Wir haben einen Gast, der sich von Travis mit dem Helikopter zum Essen nach L. A. fliegen lassen will. Ich habe ihn angewiesen, sich mit den Startvorbereitungen Zeit zu lassen, als Tim sagte, du wärst hier.« Er drückte den Rufknopf des Aufzugs. »Allerdings denke ich, viel länger können wir ihn nicht mehr hinhalten.« Mit einer knappen Bewegung nickte er zu der zweiten Suite, während die silbrigen Türen auseinanderglitten. »Wenn der Gast etwas wegen der Verzögerung sagt, bist du der Ersatz für den überraschend krank gewordenen Copiloten. Travis weiß Bescheid.«

»Danke. Ich beei- …« Das Brummen seines Handys unterbrach ihn. Mehr aus Reflex zuckte seine Hand zur Hosentasche. Er zerrte es hervor. Keine Nummer auf dem Display, nur ein *›Unbekannter Anrufer‹*. Ein kurzer, schneller Blick zu Luther. »Entschuldige …«

Die Augen unwillig schmal, formte der ein nahezu lautloses »Mach hin!« mit den Lippen, bevor er den Aufzug betrat und die Hand nach dem Down-Knopf ausstreckte. Shane nickte, dann hatten sich die Türen schon wieder geschlossen.

Erneut ein Brummen.

»Shane Hayden.« Er zog den Riemen seiner Fototasche höher auf die Schulter und wandte sich den Korridor hinunter, der zweiten Suite zu.

»Ich nehme an, inzwischen weißt du von dem Übel, das deinem ach so hoch geschätzten Vater widerfahren ist, mein kleiner Prinz«, raunte eine Männerstimme.

Abrupt blieb er wieder stehen. »Wer ist da?« Er war keine zwei Meter weit gekommen.

»Es liegt ganz bei dir, ob er sich davon wieder erholen wird, mein kleiner Prinz.« Die Stimme sprach einfach weiter.

»Wer zum Teufel ist da?«

»Auch ein Fürst der Djinn kann sterben. Schwerlich zwar, aber dennoch ist es im Bereich des Möglichen …«

»Wer sind …?«

Die Worte klangen beinah schmeichelnd. »Du kannst es verhindern, mein Prinz.«

Für eine Sekunde schloss Shane die Hand fester um sein

Handy. »Was soll das werden? Eine Erpressung? Dann hören Sie mal gut zu, wer auch immer Sie sind: Sie haben Ihre Hausaufgaben nicht gemacht. Das funktioniert nicht. Nicht bei mir. Halten Sie sich an Roshan oder Rayam oder Fahim oder einen anderen meiner Brüder. Ich bin der Falsche …«

»Willst du deiner wunderschönen, sterblichen Mutter tatsächlich dieses Leid zufügen, mein kleiner Prinz? Ihren geliebten Gemahl zu verlieren? In der Blüte ihres gemeinsamen Lebens? Nachdem er all seine Macht für sie aufgegeben hat, damit sie zusammen sein können? Was wird sie sagen, wenn sie erfährt, dass du ihr dieses Leid hättest ersparen können? Es aber nicht getan hast.«

Shane stieß ein Zischen aus.

Ein leises Lachen.

»Meine Halbbrüder …«

»… sind im Augenblick indisponiert …«

»Indispo- …?«

»Du und kein anderer, mein Prinz.« Die Stimme hatte das Schmeicheln verloren, war schärfer geworden. »Es gibt da eine junge Dame, Jessica DeLaney. In ihrem Besitz befindet sich ein Amulett, das ›Herz des Simurgh‹. Ein Rubin, ungefähr halb so groß wie ein Daumen. Ein goldener Simurgh bildet seine Fassung. Der Pfauenschweif und die Löwenklauen halten ihn nach unten und den Seiten und die Spitzen der Schwingen sind die Öse. Du wirst das Mädchen finden und das ›Herz‹ in deinen Besitz bringen, mein

Prinz. Dafür hast du 48 Stunden. Dann sprechen wir uns wieder.« Ein leiser, spöttischer Laut. »Ach ja: Zu niemandem ein Wort, selbstverständlich.« Im nächsten Moment war die Verbindung unterbrochen.

Für eine Sekunde starrte Shane sein Handy an, kämpfte mit dem Reflex, es gegen die Wand zu werfen. Dann biss er die Zähne noch fester zusammen, rief Luthers Nummer in seinen Kontakten auf und wählte sie. Es klingelte zweimal.

»Kensing.«

»Shane hier. Sag Travis, er soll nicht länger auf mich warten. Ich fliege nicht mit nach L. A. Mir … ist was dazwischengekommen.«

Schweigen.

»Luth- …?«

»›Dazwischengekommen‹? Soll das ein Witz sein?« Scharf. Hart. – Und ungläubig.

»Sag's ihm einfach.«

»Das ist nicht dein Ernst?« Nicht mehr ungläubig – ärgerlich.

»Doch.« Die Kanten des Handys bissen in seine Finger und seine Handfläche.

»Shane, zum Teufel, was …« Er drückte Luther einfach weg, presste die Lippen zu einem harten Strich zusammen. *Danke auch,* Dad. *Nicht nur, dass mich irgendein Irrer deinetwegen erpresst, deinetwegen hält einer meiner Freunde mich jetzt auch noch für ein Riesenarschloch. Herzlichen Dank.*

2

J

»›*Ich Tarzan, du Jane*‹, oder was?« Ich hätte nicht auf Amber und Lori hören sollen. *»Komm schon, Jesse, der Junge ist doch Zucker.« – »Er schaut schon wieder zu dir her. Jetzt geh endlich zu ihm rüber.« – »Kannst ja die Kanne mitnehmen und ihn fragen, ob er einen Kaffee will, wenn du unbedingt einen Vorwand brauchst …« – »Wann war noch mal dein letztes Date?«* Ich verbiss es mir, sie daran zu erinnern, dass dieses besagte ›Date‹ ein einziges *Desaster* gewesen war. Und, dass es viel zu lange zurücklag. – Ja, o.k. der Typ war … süß. Ach was, ›süß‹. ›Heiß‹ traf es eindeutig besser. Er hatte sich in die Nische ganz links hinten gesetzt, den Blick einmal kurz durchs Innere von *Big D's Diner* wandern lassen und mich dann direkt angesehen. Was mir Feuer in die Wangen getrieben hatte. Und den Magen. Seine Augen wirkten genauso schwarz wie seine Haare. Kurz geschnitten. Fast schon *zu* kurz für meinen Geschmack. Etwas, das Paul immer grinsend als ›Fünf-Finger-Frisur‹ bezeichnet hatte: Fünf Finger genügten als Kamm. Nicht dass mein Stiefvater, Ex-Marine, der er gewesen war, jemals über halbe Streichholzlänge gekommen wäre. Selbst nachdem er aus dem aktiven Dienst ausgeschieden war und seine eigene Sicherheitsfirma gegründet hatte.

Meine beiden reizenden Kolleginnen hatten lange genug gestichelt, bis ich mir tatsächlich die Kaffeekanne geschnappt hatte und zu dem Typen hinübergegangen war. Über meinem Kopf kämpfte der Deckenventilator mit der klebrig heißen Luft.

Aus der Nähe wirkte er noch exotischer als auf die Distanz. Hohe Wangenknochen, sanft geschwungene Lippen, die dennoch irgendwie etwas seltsam Hartes hatten. Die Andeutung eines Grübchens am Kinn, bei dem ich mich unwillkürlich fragte, ob es verschwinden oder sich vertiefen würde, wenn er lächelte. Dazu Haut, die wie mit einer Mischung aus Bronze und dunklem Gold überstäubt zu sein schien … Verdammt noch mal, der Typ sah einfach zum Niederknien gut aus. – Also einer von der Sorte, von der ein Mädchen besser die Finger ließ, wenn es nicht mit gebrochenem Herzen enden wollte. Besonders ein Mädchen wie ich. Eines, das drei Jobs hatte und trotzdem nicht wusste, wie es die Miete und die ganzen Rechnungen – vor allem Dannys Arzt- und Krankenhausrechnungen – bezahlen sollte. Er war High-Class. Und ich … gerade auf dem Weg nach unten.

Mit jedem Schritt, dem ich mich ihm an den anderen Tischen vorbei weiter genähert hatte, war mir mehr bewusst geworden, dass ich vollkommen verschwitzt war und mir der Stoff der Bluse auf dem Rücken klebte. Die ganze

Schicht hatte ich die Hitze schon verflucht. Auch die Klimaanlage kam nicht mehr dagegen an. Noch nicht einmal zusammen mit dem großen Deckenventilator und den drei anderen, die Big D besorgt hatte. Im Fernseher auf dem Bord über der Kaffeemaschine lief gerade wieder auf CNN ein Bericht über die Waldbrände in Kalifornien. Mit jedem Mal klang der Reporter mehr, als stünde die gesamte Küste in Flammen. Offenbar dachte man inzwischen sogar darüber nach, Teile von L. A. zu evakuieren … Dabei schien die Hitze – und die Dürre – überall zu sein. Auch drüben in Europa. Nach dem, was ich aufgeschnappt hatte, brannten vor allem in Spanien und Frankreich Wälder.

Seine Augen waren nicht zu hundert Prozent Schwarz. Wenn man genau hinsah, erkannte man, dass sie eigentlich braun waren. Aber so dunkel, dass sie auf den ersten Blick tatsächlich schwarz wirkten. Und in ihren Tiefen … loderte Feuer.

Ich war nicht über ein »Hi. Was darf's denn sein?« hinausgekommen. Er hatte mich schneller am Handgelenk gepackt, als ich blinzeln konnte.

»Du bist Jessica DeLaney?«

Ich hätte nicht sagen können, was mich mehr erschreckt hatte: die Schärfe in seiner Stimme oder dass er meinen Namen kannte. Kam er von Tante Gwen? Bitte nicht! »Ich wüsste nicht, was dich das …« Ich wand meine Hand in seinem Griff.

»Du hast das ›Herz des Simurgh‹. Gib es mir!«

›*Herz des Simurgh*‹? Was sollte das sein? Warum musste eigentlich immer ausgerechnet ich an die Durchgeknallten geraten? Hieß das, er hatte doch nichts mit ihr zu tun? »Ich habe keine Ahnung …«

»Blödsinn.« Mit einem Ruck zog er meinen Arm noch weiter zu sich heran. Unter seinem Kragen blitzte eine schmale Goldkette auf. Er hatte eine dünne Narbe am Kiefer. Kurz und unter seiner Bräune kaum zu sehen. »Wo ist es?«

Ich stieß ein Zischen aus, versuchte mich erneut loszumachen. »›*Ich Tarzan, du Jane*‹, oder was?« Wahrscheinlich sah man sie sowieso nur, wenn man ihm so nah kam wie ich gerade.

Seine Augen wurden gefährlich schmal. »Ich will nur, dass …«

»Du willst mich loslassen! Sonst gar nichts!« Ich zerrte abermals an seinem Griff. Ohne Erfolg. Natürlich. Scheißkerl.

»Jetzt hör mal …«

»Nein. Du ›hörst mal‹. Du hast die Wahl: Du lässt mich los und verpisst dich, und zwar pronto, oder ich schrei' den ganzen Laden zusammen.« Mit Typen wie ihm höflich zu bleiben, brachte rein gar nichts. Wenn sie nicht bekamen, was sie wollten, machten sie Ärger. Das hatte ich schon oft genug miterlebt. Duke und Robert sahen schon her. Die beiden waren mindestens das Doppelte von ihm. Und sie würden nicht besonders zimperlich sein. Ebenso wenig wie Big D, wenn er hiervon in seiner Küche Wind bekam.

Unvermittelt zog er mich noch näher zu sich. »Du wirst mir …«

Ich kippte ihm den heißen Kaffee über. Die ganze Kanne. Der Schrei, mit dem er aufsprang, klang nicht wirklich schmerzerfüllt. Eher überrascht und angewidert. Und wütend. Trotzdem lockerte sich sein Griff. Ganz kurz zwar nur, aber doch lange genug, dass ich mich losreißen konnte. Hastig wich ich ein Stück zurück, raus aus seiner Reichweite und noch einen Schritt weiter, wies heftig zur Tür. »Hau ab, du Irrer! Und lass dich hier nie wieder blicken!«

»Ich werde nicht …«

Hinter mir scharrten Stühle. Gleich darauf legte sich Dukes Pranke auf meine Schulter und schob mich noch mehr zurück, halb hinter ihn. »Du hast die Lady gehört, Freundchen.«

»Du weißt, wo die Tür ist.« Robert. Die harte Bewegung, mit der er hinter sich und zur Tür nickte, galt dem Typen.

Auch Garry zwei Tische weiter war aufgestanden.

»Alles klar, Jesse?« Amber langte über den Tresen hinweg nach mir, reichte aber nicht weit genug.

Ich nickte abgehackt.

»Was zum Teufel geht hier vor?« Big Ds Bass kam vom Durchgang zur Küche. *Na toll.* Mit einem seiner Fleischermesser in der massigen Faust wirkte er äußerst … beeindruckend.

»Der da«, Duke deutete auf den Typen, »wollte gerade gehen.«

Einen Moment sah ›der‹ von einem zum anderen. Seine Fäuste waren an den Seiten geballt. Dann presste er plötzlich die Lippen zu einem harten Strich zusammen, bedachte mich mit einem Blick, der sehr deutlich sagte: ›Wir sprechen uns noch‹, und marschierte an Duke und Robert vorbei zur Tür. Wenn es möglich gewesen wäre, hätte er sie vermutlich hinter sich so zugeworfen, dass das Glas geklirrt hätte. Mindestens.

Erst als er draußen und auch an den Fenstern vorbei war, wurde mir klar, dass ich die ganze Zeit die Luft angehalten hatte. Vorsichtig stieß ich sie wieder aus. Was für ein Irrer. Meine Hand stahl sich zum Ausschnitt meiner Bluse … Auf halbem Weg erinnerte ich mich wieder, dass es da nichts mehr gab, woran ich mich festhalten konnte. Die Ventilatoren schnitten viel zu laut durch die klebrige Luft.

»Bist du in Ordnung?« Amber war um den Tresen herumgekommen und legte mir den Arm um die Schultern.

Ich rang mir ein Lächeln ab. »Ja. Ein bisschen zittrig vielleicht, aber sonst alles klar.« Big D hatte zweifelnd eine Braue gehoben. »Mir geht's gut, wirklich.«

Er grunzte, sah dann Duke, Robert und Garry an, nickte ihnen ein »Den Rest der Woche gehen die Burger aufs Haus, Jungs« zu und verschwand schon wieder in seiner Küche, bevor auch nur einer der drei etwas sagen konnte.

Später würde ich mir für den Weg nach Hause das Pfefferspray borgen, das unter der Kasse lag. Und ich würde *nicht* die Abkürzung durch die kleine Gasse nehmen.

3

Sie hatte es. Sie musste es haben. Alles andere war schlicht unmöglich. Nein. Nicht ›unmöglich‹. Es durfte einfach nicht sein. Denn wenn sie es nicht hatte und die Informationen seines … – *nenn das Kind beim Namen, Mann* – seines Erpressers falsch waren … Nein. Sie musste es haben. Punkt. Shane presste die Handflächen gegen das Lenkrad, spreizte die Finger. Auf der anderen Straßenseite bewegte sie sich hinter der Scheibe, verschwand neben dem Tresen, dann ganz aus seinem Blickfeld, kam wieder nach vorne. Ihre Schicht musste nicht mehr lang gehen. Von hier aus konnte er sowohl den vorderen Eingang als auch das Ende der kleinen Sackgasse sehen, auf die der Hinterausgang führte. Wenn sie den Diner verließ, würde er sie nicht verpassen. Die Hand, mit der er sie da drinnen gepackt hatte, brannte immer noch. Ein Kribbeln, das einfach nicht nachlassen wollte. Eben schenkte sie einem neuen Gast Kaffee ein. Ihr Haar fiel ihr über die Schulter nach vorne, legte die Seite ihres Halses frei … Verdammt. Er wollte dieses Amulett von ihr. Mehr nicht! Er löste den Blick gerade lange genug von Jessica DeLaney, um nach seinem Handy auf dem Beifahrersitz zu greifen und sich durch die Kontakte bis zu Rayams Geschäftsnummer in Washington durchzuscrollen, sah dann wieder zu ihr hinüber. Sie lachte mit einem der Männer an der Theke. Schon auf der Fahrt hierher hatte er versucht, Kadir und Fahim in Miami und Atlanta zu erreichen. Sowohl unter ihren Privatnummern als auch den geschäftlichen Durchwahlen: Fehlanzeige. Fahims Assistentin hatte ihren Chef nach einem Geschäftsessen vor zwei Tagen zum letzten Mal telefonisch gesprochen. Seitdem war er nicht mehr im Büro aufgetaucht und auch nicht mehr erreichbar gewesen. Kadirs Sekretärin hatte ihn am Dienstag zuletzt spätabends gesehen, als sie das Büro verlassen hatte. Die Papiere, die er ihr hatte fertig machen wollen, hatten am Mittwochmorgen nur halb durchgearbeitet auf seinem Schreibtisch gelegen. Mit Dhamar in Chicago sah es auch nicht anders aus: Er hatte am Mittwoch einen Brunch mit einem Mandanten verpasst, bei dem es um einen Milliarden-Prozess hatte gehen sollen. – Alle drei schienen wie vom Erdboden verschluckt zu sein. Drüben reichte Jessica DeLaney ihrer Kollegin die leere Kaffeekanne über den Tresen.

»R.A. International, Washington. Büro von Mr Ardeshir, Alice Snyder am Apparat. Was kann ich für Sie tun?«, meldete sich eine höflich-weibliche Stimme. Seit wann hatte Rayam eine neue Sekretärin? Und seit wann stellte er diese Nummer auf sein Vorzimmer um?

»Shane Hayden hier. Ich hätte gerne meinen Bruder gesprochen.«

Eine Sekunde herrschte Schweigen am anderen Ende. Dann: »Ich fürchte, Sie haben sich verwählt. Sie sind im Vorzimmer von Mr Ardeshir, Mr Hayden.« Das kam davon, wenn man gewöhnlich keinen besonders engen Kontakt zu der väterlichen Seite der Familie pflegte. Die Höflichkeit hatte ganz leicht nachgelassen. Zugunsten von kühler Professionalität. Da war jemand entweder sehr neu oder sehr gut darin, unerwünschte Anrufer abzuwimmeln. Wo war Hellen, Rayams eigentliche Sekretärin? Sie hätte etwas mit seinem Namen anfangen können. Er atmete einmal langsam durch.

»Rayam …« Wenn sie nicht wusste, dass Rayams Bruder mit Nachnamen Hayden hieß, wie wahrscheinlich war es, dass sie den Vornamen ihres Chefs kannte? »Mr Ardeshir ist …« Ein kurzes Knacken.

»Shane?«

»Hellen?«

»Ja.«

Halleluja! Also war die Neue neu genug, dass Hellen noch ein Auge auf sie hatte.

»Ich würde gerne meinen Bruder sprechen.« Im Diner hatte Jessica DeLaney sich vor einen der Ventilatoren gestellt und ließ sich den Wind ins Gesicht blasen. Ihre Haare wirbelten um sie herum. Hatte sie vorhin nicht noch einen Pferdeschwanz getragen?

»Das würde ich auch gerne.« Nur Hellen Martinez konnte sich eine solche Aussage erlauben. Immerhin war sie schon seit Jahren die uneingeschränkte Herrscherin über Rayams Vorzimmer. Vermutlich kannte sie seinen Terminkalender besser als er selbst.

»Was ist passiert?« Musste er diese Frage tatsächlich noch stellen? Fahim. Kadir. Dhamar. – Rayam. Nazeem, der aus einer Gefängniszelle verschwunden war …

»Er ist am Dienstagmorgen nicht zu einem wichtigen Meeting erschienen. Er hat nicht abgesagt oder sich sonst wie gemeldet. Ich habe es auf jeder seiner Nummern versucht, die ich kenne. Ich bin bei ihm zu Hause gewesen …« Ihre Stimme schwankte zwischen Ärger und Unglauben. »Verschwunden. Ohne auch nur die Spur einer Nachricht. Ich habe sogar mit der Polizei und den Krankenhäusern in der Umgebung telefoniert.« Es klang, als würde sie den Kopf schütteln. »Das ist nicht seine Art. Einfach so zu verschwinden. Zumindest nicht für mehr als einen, maximal zwei Tage. Nicht, ohne mich zu informieren.« Natürlich. Distanzen waren für einen Djinnfürsten wie Rayam – auch wenn er nicht der eigentliche Fürst des Hauses war – ohne Bedeutung. Sie kamen und gingen, wie es ihnen gefiel. Außerdem war Rayam als ›Zweitgeborener‹ Roshans Stellvertreter gegenüber den anderen Djinnfürsten, wenn es um Belange des Hauses Ardeshir ging. Vermutlich war es also ganz normal, dass er vollkommen überraschend zu einem ›Meeting‹ musste, das nicht in Hellens Kalender stand. Mit Sicherheit hatte sie schon gegen seine Anweisungen gehandelt, als sie sich an die Polizei gewandt hatte. Eine Vermisstenmeldung wäre im besten Fall … ärgerlich. Und Krankenhäuser … Zeitverschwendung. Djinn waren nur unter ganz bestimmten Voraussetzungen zu töten. Und selbst dann nur schwer. Gewöhnlich war die Wahrscheinlichkeit deutlich höher, dass sie den ins Jenseits schickten, der sich mit ihnen anlegte. Sie schien das Telefon von einer Seite auf die andere zu wechseln. »Als Alice eben Ihren Namen nannte, hatte ich gehofft, Sie würden vielleicht mehr wissen und in Verbindung mit ihm stehen …«

Jessica DeLaney winkte ihrer Kollegin zu, die einen Gast bei der Tür bediente, ging hinter den Tresen und verschwand aus seinem Blickfeld. Shane sah schnell auf die Uhr. Offenbar Feierabend.

»Nein. Ich bin selbst auf der Suche nach ihm.« Er zögerte. Sprach es dann doch aus. »Können Sie ihm sagen, er soll mich anrufen, wenn er auftaucht – Ich bin wieder in den Staaten.«

»Natürlich. Tut mir leid, Shane, dass ich Ihnen nicht weiterhelfen konnte. Bye.«

Sie legte auf. Einen Moment drehte er das Handy gedankenverloren in den Händen, sah zum Ausgang der Sackgasse hinter dem Diner hinüber. Was zum Teufel ging hier vor?

Fahim.

Kadir

Dhamar.

Nazeem.

Jetzt Rayam …

Er biss die Zähne zusammen, nahm den Blick genau solange vom Ausgang der Sackgasse, um Roshans Nummer in L. A. aufzurufen und auf Lautsprecher zu gehen. Ausgerechnet mit dem ältesten seiner Halbbrüder mochte er sich eigentlich absolut nicht auseinandersetzen. Der Wählton erklang. Dann das Geräusch des Klingelns. Einmal. Zweimal. Wie groß waren seine Chancen, dass Roshan nicht auch verschwunden war? Wie passte dieser ›Schlaganfall‹ seines Erzeugers ins Bild? Und sein Erpresser. Dreimal. Viermal. Wieder und wieder – nichts. Er drückte die Verbindung weg, als der Anrufbeantworter sich meldete. Was zum Teufel ging hier vor?

Auf der anderen Seite trat Jessica DeLaney aus dem Eingang der Gasse, sah sich nach allen Seiten um, bevor sie die Straße hinunterging.

Er atmete einmal tief durch und ließ den Wagen an.

4

Hinter der Tür der Branners weinte die kleine Julie mal wieder herzerweichend nach ihrer Mutter. Vermutlich zog Lee wie jeden Abend mit ihrem neuen Lover von Club zu Club, ohne sich um ihre Tochter zu kümmern. Wie lange es wohl diesmal dauerte, bis die alte Mrs Goodwin in der Wohnung gegenüber die Fürsorge anrief? Ich hatte bereits mehr als einmal schon selbst das Telefon in der Hand gehabt – und es jedes Mal sein lassen. Mit Lee zu reden, hatte herzlich wenig gebracht, aber ich konnte es auch nicht riskieren, auf uns aufmerksam zu machen. Wer wusste schon, auf welche schwachsinnigen Ideen irgendein übereifriger Sozialarbeiter kam, wenn durch Zufall herauskam, dass ich ganz allein für Danny sorgte. Immerhin war ich noch nicht einundzwanzig.

Annie Kellers Apartmenttür öffnete sich in genau dem Moment, als ich stehen bleiben wollte, um Julie wenigstens vom Flur aus ein bisschen zu trösten. Wenn man mit der Kleinen sprach und ihr eine Geschichte erzählte oder etwas vorsang, beruhigte sie sich meistens ein wenig und hörte auf zu weinen. Zumindest für eine kurze Zeit.

Annie lächelte und winkte mir zu. »Ich schau nach ihr. – Hast du heute wieder Schicht in der Reinigung?«

Ich erwiderte das Lächeln. »Ja. Und ich bin viel zu spät dran.« Weil ich es wegen diesem Idioten nicht gewagt hatte, meine übliche Abkürzung zu nehmen und deshalb den Bus verpasst hatte. Ich wandte mich der Treppe zu, während ich zum Ich-wusste-nicht-wie-vielten-Mal den verschwitzen Uniformblusenstoff von meinen Rippen zupfte. Hier im Treppenhaus war die Luft zwischen den Stockwerken zum Schneiden dick, noch stickiger als draußen auf der Straße. Zumindest war der Kerl nicht wieder aufgekreuzt. Schien so, als hätte ich wenigstens einmal Glück.

Mit einem demonstrativen Blick auf die Uhr zog Annie die Nase kraus, während sie sich zugleich vor Lees Tür kauerte. »Dann lass dich mal von Mr Moskowitz nicht feuern. – Hi Julie, Süße. Was ist denn los?«

Julies Weinen verstummte. Ich konnte nicht hören, was sie sagte, weil ich schon halb die Stufen zum nächsten Absatz hinauf war, nur dass ihre Stimme wie immer schüchtern und zaghaft klang. Jemand sollte Lee mal gehörig die Meinung sagen. Vielleicht wäre Julie ja tatsächlich besser in einer Pflegefamilie aufgehoben? Nur konnte leider niemand garantieren, dass die Kleine nicht am Ende vom Regen in die Traufe kam. Und Lee *konnte* eine liebevolle und fürsorgliche Mutter sein – wenn sie zu Hause war und ihr Lover ausnahmsweise mal kein egoistischer Vollidiot.

Ich streifte die drei Typen, die ein Stockwerk höher neben dem kaputten Aufzug herumlungerten, nur mit einem flüchtigen Blick. Alles, was ungefähr mein Alter hatte, gehörte normalerweise zu der Gang, die hier in der Straße das Sagen hatte. Oder hatte zumindest in irgendeiner Form damit zu tun. Gewöhnlich ließen sie mich – abgesehen von dem ein oder anderen dummen Spruch, einem großkotzigen Kommentar oder einem anzüglichen Hinterherpfeifen – allerdings in Ruhe. Wenn ich einen von ihnen alleine im Flur oder auf der Treppe traf, konnten sie teilweise richtig nett sein. Francisco aus 8b hatte mir sogar zusammen mit einem seiner Kumpel die Wasserleitung in der Küche repariert. *Diese* Kerle hatte ich allerdings noch nie hier gesehen. Und keiner von ihnen trug eines der üblichen Tattoos oder Bandanas. Die Uhr am Handgelenk des Linken sprach dafür eine ziemlich eigene Sprache: von sehr erfolgreichen illegalen Geschäften. Wie die Typen mich mit den Augen verfolgten, jagte mir eine Gänsehaut über den Rücken. Entsprechend beeilte ich mich, an ihnen vorbeizukommen.

Auf dem nächsten Absatz war die Wandfarbe unter all den Graffiti und irgendwelchen Schmierereien kaum noch zu erkennen. Wie eigentlich im ganzen Hausflur. Nicht, dass das Fahlbraun besonders hübsch gewesen wäre. Ein paar Papierfetzen in der Ecke wirbelten in einem scheinbar aus dem Nichts kommenden Luftzug auf und tanzten um sich selbst. Daneben flappten die Reste einer alten Zeitung auf und fielen wieder in sich zusammen. Das giftgrüne Gekrakel links unten war neu. Zumindest war es mir zuvor noch nicht aufgefallen. Der Riss, der sich in Augenhöhe inzwischen beinah einen halben Meter durch die Mauer fraß, verursachte mir jedes Mal ein mulmiges Gefühl. Hoffentlich stammte das, was da in der Ecke lag, nur von Mäusen und nicht wieder von Ratten.

Paul würde sich im Grabe umdrehen, wenn er wüsste, wo wir gelandet sind. Von Mom ganz zu schweigen … Aber nach seinem Autounfall hatte das Geld aus Pauls Lebensversicherung gerade so Dannys Rechnungen gedeckt. Zumindest am Anfang. Und danach … Tja. Tante Gwen, Pauls Schwester, hatte dafür gesorgt, dass die Konten ihres Bruders eingefroren wurden, bis die ›Verhältnisse geklärt‹ waren. Und als ob das nicht genug gewesen wäre: Wenn es nach ihr gegangen wäre, hätte sie Danny keine vierundzwanzig Stunden nach der Beerdigung in ein drittklassiges Hospiz zum Sterben abgeschoben, in der Hoffnung, so noch ein bisschen mehr von Pauls Erbe für sich sichern zu können. Ich glaubte, ihre Stimme noch immer im Ohr zu haben, als sie – vor Danny – verkündete, dass es Studien gäbe, nach denen sein Krebs in 78 % aller Fälle ohnehin binnen weniger Monate tödlich verlief. Mom hätte sie zum Teufel gejagt. Aber Mom war seit über zwei Jahren nicht mehr da – ohne mir all das zu sagen, was sie mir hatte sagen wollen. Ich verdrängte den Gedanken. Und das eine Wort, das er immer mit sich brachte: *Hexe.* Tatsache war: Nach Pauls Tod und Tante Gwens Auftauchen war mir nichts anderes eingefallen, als mit Danny mitten in der Nacht zu verschwinden.

In den ersten Wochen hatte ich permanent in der Angst gelebt, dass bei jedem Klopfen, jedem Geräusch vor der Tür, jedes Mal, wenn jemand meinen Namen nannte, plötzlich die Cops vor mir stehen würden – um mich wegen Entführung zu verhaften. Vielleicht auch wegen Diebstahls. Immerhin hatte ich nicht nur das letzte Bargeld aus dem Safe im Wohnzimmer genommen, sondern auch Pauls Honda. Auch wenn ich den beim Busbahnhof hatte stehen lassen. Anstatt ihn zu Geld zu machen. Nichts war geschehen. Inzwischen wagte ich beinah, darauf zu hoffen, dass Tante Gwen gar nicht nach uns suchte. Solange sie mir Entführung und Diebstahl anhängen konnte, konnte sie ziemlich sicher sein, dass ich es nicht wagen würde, etwas wegen Pauls Erbe gegen sie zu unternehmen. Damit hatte sie mich in der Hand. – Trotzdem fühlten sich die letzten vier Monate wie eine Ewigkeit an.

Das hier war das Einzige, was ich mir leisten konnte. Und auch das nur gerade so.

Zwischendurch hatte Danny immer mal wieder versucht, einen auf tough zu machen, und gemeint, es wäre vielleicht gar nicht so schlimm, wenn er in ein Hospiz gehen würde; so etwas wäre bestimmt nicht so teuer, wie die ganze Zeit im Krankenhaus zu liegen … Das letzte Mal war gerade drei Tage her. Ich hätte ihn deshalb beinah geschlagen. Stattdessen hatte ich nur den Kaffeebecher aus Pappe zerquetscht, mir die Finger an der heißen Brühe verbrannt und eine riesige Sauerei auf dem Boden hinterlassen. Sah man mal davon ab, dass ich Paul an seinem Grab versprochen hatte, auf Danny aufzupassen: Ich liebte meinen Stiefbruder. Und solange es in meiner Macht stand, würde er jede Behandlung bekommen, die er brauchte und die auch nur ansatzweise Erfolg versprechend war. Wenn ich dafür noch einen Job mehr annehmen musste, würde ich es eben tun. Schlaf wurde sowieso überschätz- …

Ein Scharren hinter mir. Hastig sah ich über die Schulter zurück. Die drei Typen standen am Fuß der Treppe zum vorherigen Stockwerk und starrten zu mir herauf. Vor allem der mit dem zurückgegelten Irokesen hatte die Augen auf eine Art zusammengekniffen, als … Fast ein wenig zu schnell, um mit der Bewegung nicht ganz laut ›Opfer‹ zu schreien, wandte ich mich wieder ab, lief die nächsten Stufen hinauf und bog dann in den Flur ein, auf dem unsere Wohnung lag. Noch im Gehen kramte ich den Schlüssel aus meiner Tasche, sperrte auf und warf hastig einen sichernden Blick hinter mich, ehe ich hineinschlüpfte und die Tür hinter mir zudrückte. Nebenan schlug Mr Housemans Uhr gerade dreimal. Fünfzehn Minuten, um mich umzuziehen und zur Bushaltestelle zu hetzen, wenn ich den nächsten Bus Downtown noch erwischen wollte. Hoffentlich waren die Typen bis dahin von der Treppe verschwunden. Allein der Gedanke, noch mal an ihnen vorbeizumüssen, löste ein Schaudern bei mir aus.

Vorsichtiger als sonst warf ich meine Tasche auf die Schlafcouch. Paco hatte mir die neueste Ausgabe von Dannys Lieblingscomic – X-Men – ins *Big D's* gebracht. Wenn Mr Moskowitz mich ausnahmsweise pünktlich gehen ließ, würde ich im Krankenhaus vorbeischauen und ihm das Ding bringen können. Heute Abend hatte Schwester Alexa Dienst. Die würde mich bestimmt noch mal ganz kurz zu Danny lassen. Vom Spülstein aus grinste mich das Geschirr von gestern und vorgestern quer durch das kleine Wohnzimmer, das auch mein Schlafzimmer war, geradezu höhnisch an. Vielleicht konnte ich heute Nacht noch schnell abspülen, bevor ich ins Bett fiel. Bei der Vorstellung, dass sich die kleinen, vierpfotigen Bewohner vom Treppenhaus auch hier einnisten könnten, schüttelte es mich. Ich verdrängte den Gedanken und hastete ins Bad, um endlich meine verschwitzten Arbeitsklamotten loszuwerden. Das Bettzeug lag noch immer zerwühlt auf der Couch. Ich hatte es am Morgen einfach nicht mehr geschafft, alles in Ordnung zu bringen. Die Jeans von gestern und vorgestern taten es auch für meine Schicht heute in der Reinigung, aber ich brauchte ein anderes Oberteil. Zwei. Bei der Hitze draußen würden im Inneren von Mr Moskowitz' Laden, zwischen Waschmaschinen, Trocknern und Heißmangel, geradezu tropische Regenwald-Verhältnisse herrschen. Zur Monsunzeit. Und ich würde garantiert nicht komplett durchgeschwitzt bei Danny auftauchen. Noch dabei, Knopf und Reißverschluss zu schließen, stolperte ich weiter in das zweite Zimmer unseres winzigen Apartments. Das Zimmer, das Danny gehörte. Auch wenn er wieder seit über zwei Monaten im Krankenhaus war. Nur den Kleiderschrank teilten wir uns. Das T-Shirt, das ich herauszerrte und überstreifte, war irgendwann mal dunkelblau gewesen. Das zweite für nach meiner Schicht, ein mindestens genauso verwaschenes graues Teil, in der Hand, war ich schon auf dem Weg zur Couch, um meine Tasche zu holen, als es klopfte. Überrascht zögerte ich eine Sekunde, schnappte mir dann meine Sachen, ging zur Tür und öffnete möglichst gelassen. Es würden bestimmt nicht die Typen von der Treppe sein. Jemanden im Treppenhaus oder auf dem Flur anzustarren oder dumm anzumachen, war eines; an seine Tür zu klopfen … nein. So paranoid würde ich nicht sein – das hier war kein schlechter Horrorfilm, sondern das ganz normale Leben. Wahrscheinlich war es Mrs Peterson, zwei Türen weiter. Sie fragte regelmäßig nach Danny, wenn ich von der Arbeit zurückkam, und gab mir dann meistens etwas für meinen kleinen Bruder mit, Lakritze oder saure Drops … Sie behauptete zwar immer, *Mr* Peterson hätte sie damit geschickt, aber der gehörte eher zur Baseballkarten-Fraktion.

»Hi, Mrs Peterson. Ich muss gleich los … – Scheiße.« Der Irre aus *Big D's* hatte den Fuß schneller in der Tür, als ich sie wieder zuschlagen konnte. Und stieß sie mit einer harten Bewegung noch weiter auf, obwohl ich versuchte, dagegen zu halten. Ich stolperte zurück, langte in meine Tasche, fand das

Pfefferspray … Er erwischte mein Handgelenk und drückte meinen Arm zur Seite. Der Strahl ging harmlos ins Leere.

»Langsam. Ich will nur das ›Herz des Simurgh‹. Dann bist du mich sofort wieder los.« Er kickte die Tür hinter sich zu.

»Ich habe keine Ahnung, wovon du redest. Verschwinde oder ich schreie.« Ich konnte nicht verhindern, dass er mir das Pfefferspray aus der Hand wand und an mir vorbei zielsicher zu dem Geschirr im Spülstein warf. Es klirrte, als sei irgendetwas zerbrochen. Na klasse. Vollidiot.

»Das tut jemand zwei Stockwerke tiefer auch gerade und es interessiert keinen. – Du weißt sehr wohl, wovon ich rede. Ich zahle auch dafür. Gib es mir und ich bin wieder weg. Ehrenwort. Du siehst mich nie wieder.« Noch immer hielt er mein Handgelenk fest. Und wie im *Big D's* schaffte ich es nicht, mich zu befreien, während ich rückwärts vor ihm her stolperte.

»Noch mal nur für dich, du Irrer: Ich. Weiß. Nicht. Wovon. Du. Redest!« Mein Blick zuckte durch den Raum auf der Suche nach einer Waffe. Im Spülstein lag ein Messer … »Lass mich los, verdammt noch mal!« Zu weit weg. Und stumpf. Da taugte genauso gut ein Löffel als Waffe. »Was auch immer dieses ›Herz des Simurgh‹ ist: Ich habe es nicht! Du bist bei der Falschen. Kapier das endlich!«

Er schnaubte verächtlich, drängte mich rücklings tiefer in die Wohnung. »Ein Anhänger.« Ich schrammte mit dem Knie an der Ecke des niedrigen Couchtischs vorbei. »Ein Amulett, wenn du so willst.« Die Sofakante stieß in meine

Kniekehlen. Ich verlor das Gleichgewicht, landete auf den zerwühlten Decken. »Mit einem roten Stein; einem Rubin.« Er beugte sich zu mir herab, hielt mir die Hand vors Gesicht. Seine Jeans hatte einen Riss direkt unter dem linken Knie. »Ungefähr halb so groß wie ein Daumen. Die Fassung besteht aus einem Fabeltier. Aus Gold. Pfauenschwanz, Fledermausflügel, Löwenklauen. Hundekopf. – Dämmert's jetzt?«

Plötzlich war mein Mund trocken. Oh ja, und wie es ›dämmerte‹. Vorsichtig schob ich mich an meinem Kopfkissen vorbei zur Seite und über die Armlehne des Sofas. Er hatte das Amulett beschrieben, das ich von Mom geerbt hatte. Und das vorher ihrer Mutter gehört hatte. Und davor deren Mutter …

Ganz langsam richtete ich mich auf. Er rührte sich nicht und machte keine Anstalten, mir weiter zu folgen. Aber er ließ mich auch keine Sekunde aus den Augen. Irgendetwas musste er in meiner Miene gesehen haben, denn ganz kurz zuckte es befriedigt um seine Lippen.

»Also doch. – Wie gesagt: Verkauf es mir und du bist mich los.« Er nahm die Hand nach hinten, wollte anscheinend in seine Hosentasche greifen. »Wie viel willst du dafür?«

Erneut ging mein Blick zum Spülstein. Dort lag auch das Pfefferspray … Ich sah ihn wieder an, ballte die Fäuste … Er würde ausrasten. »Ich hab's nicht. Nicht mehr.«

»Was soll das heißen?« Er erstarrte in der Bewegung. Seine Augen wurden schlagartig schmal. »Erst weißt du nicht, wovon ich rede, dann doch, dann hast du es nicht mehr … Willst du mich auf den Arm nehmen?« Die Art, wie er sich an der Sofaecke vorbeischob und einen Schritt auf mich zumachte, hatte etwas, das mir wie beim ersten Mal die Hitze in den Magen trieb. – Und zu der Erkenntnis brachte, dass ich definitiv lieber die Typen von der Treppe hier hätte als ihn. Ich schob das Kinn vor und wich gleichzeitig selbst einen Schritt zurück – und zur Seite aus, näher in Richtung Küche.

»Wenn du gleich gesagt hättest, *was* du suchst, anstatt hier mit irgendwelchen komischen Namen um dich zu werfen …« Sein Schnauben klang verächtlich. Ich stieß ein Zischen aus. »Egal. Ich hab es nicht mehr. Ich hab's verkauft.«

»Ver- … – Du … – Was?« ›Fassungslos‹ traf es nicht mal annähernd. Was auf seinem Gesicht stand, war weit jenseits davon. »Du hast es … *verkauft*?« Seine Stimme schnappte regelrecht über.

Als ob er eben nicht das Gleiche von mir erwartet hatte: es zu verkaufen. »Ja. Ich …«

»Das ist nicht wahr, oder?« Ich zuckte zurück, als er die Distanz zwischen uns mit zwei schnellen Schritten zu nichts zusammenschrumpfen ließ. »An wen?« Erst als er die Hand neben meinem Kopf gegen die Wand stemmte, wurde mir bewusst, dass ich keinen Zentimeter weiter ausweichen konnte. »An wen hast du es verkauft?«

Ich versuchte, ihn von mir wegzudrücken. »An irgendeinen Juwelier in der Stadt.« Es fühlte sich an, als würde die Luft zwischen uns knistern. »Lass mich endlich zufrieden, du Idiot.« Außer, dass sich die Muskeln unter meiner Hand anspannten, geschah gar nichts. *Entweder geht der Kerl ins Fitnessstudio oder er hat alles andere als einen Bürojob. Das Fitnessstudio – wetten?*

»An welchen?«

Ich presste die Hand fester gegen seine Brust. »Woher soll ich das wissen. Ich hab mir den Namen nicht gemerkt ...«

Der Zug um seine Lippen wurde noch ein bisschen härter. »Aber du weißt, wo es ist.«

»Eine Seitenstraße von der nördlichen Eastern. – Glaube ich.« Die anderen, bei denen ich davor versucht hatte, den Anhänger zu verkaufen, hatten mich alle abblitzen lassen. – Weil an der einen Seite ein Stück des Steins abgesplittert war. Oder sie davon ausgegangen waren, dass ich ihn gestohlen hatte. Ein paar hatten sich noch nicht mal die Mühe gemacht, genauer hinzusehen. – *Und dieser Mistkerl von einem Juwelier hat mir gerade mal zweihundertfünfzig Dollar dafür gegeben.* Eigentlich hatte ich vorgehabt, ihn nur zu beleihen. – Mir allerdings einzubilden, dass ich innerhalb der Frist genug Geld zusammenhaben könnte, um ihn wieder auszulösen, wäre der Witz des Jahrhunderts gewesen. In zehn Jahren nicht. Und außerdem hätte ich dann *noch* weniger dafür bekommen.

Der Irre atmete mit einem Zischen aus. »Du glaubst?«

»Ja, ich ...«

»Vergiss es.« Er stieß sich von der Wand ab. »Zeig mir einfach, wo der Laden ist.«

Mit dem Laut, den ich von mir gab, klang ich beinah wie er. »Nein, das kannst *du* vergessen. Ich muss arbeiten. Wegen dir komme ich sowieso schon zu spät. Ich kann froh sein, wenn mein Boss mich nicht rausschmeißt.«

»Ich zahle dir den Lohn, den du verlierst.«

Oh ja, klar. Elender Snob. »Hast du mir nicht zugehört, du Vollpfosten? Wenn ich nicht auftauche, *hatte* ich die längste Zeit diesen Job.« *Und das kann ich mir absolut nicht leisten.*

»Ruf ihn an und meld' dich krank!«

Ich öffnete den Mund, schloss ihn dann wieder. Er meinte das tatsächlich ernst. Der Kerl hatte einen an der Klatsche. Aber so was von. »Halloooo? Ich weiß ja nicht, aus welchem Lala-Land du kommst, aber hier in Vegas heißt es: Nur wer arbeitet, bekommt auch Geld. Für's Nichterscheinen bezahlt dich keiner. Egal, weshalb du fehlst.« Und ich wusste nur zu gut, wovon ich sprach – ich kam mit meinen drei Jobs mehr schlecht als recht durch, weil ich öfter wegen Danny Schichten tauschen musste.

»Ich habe doch gesagt, ich zahle dir den Lohn, den du verlierst.« Ein Zögern, dann griff er diesmal wirklich in die Hosentasche seiner Jeans und zerrte seinen Geldbeutel hervor. Das Leder war erstaunlich abgegriffen. Ich erhaschte einen Blick auf zwei Kreditkarten, als er sie öffnete. Dahinter steckte eine Karte, die wie ein kalifornischer

Führerschein aussah. »Okay. Dann anders. Ich bezahle dich dafür, dass du mich zu diesem Juwelier bringst.« Er langte ins hintere Fach und zog mehrere Geldscheine heraus. »Das sind nicht ganz hundert Dollar …«

Ich starrte ihn an. Ohne einen Ton herauszubringen. Der Kerl war komplett irre. Hundert Dollar, damit ich ihn zu diesem Laden brachte? Und ich musste nur die Hand ausstrecken … Nein. Ich konnte es nicht riskieren, meinen Job in der Reinigung zu verlieren. Aber wie lange musste ich dort arbeiten, bis ich *hundert Dollar* zusammenhatte? *Denk nicht mal dran, Jesse!* Ich biss die Zähne zusammen und versuchte, mich an ihm vorbeizudrängen. »Vergiss es! Und jetzt verschwinde und lass mich endlich …«

Der Zug um seinen Mund wurde härter. »In Ordnung. Fünfhundert Dollar.«

Ich erstarrte mitten in der Bewegung. Mein Blick zuckte zu ihm. *Fünfhundert Dollar? FÜNF-hundert* … Meine Stimme war wie eingefroren. *FÜNFhundert Dollar!* Wenn er bereit war, fünfhundert Dollar zu zahlen, nur damit ich ihn zu diesem Juwelier führte … Was war mein Anhänger wirklich wert gewesen? Er schien es zu wissen. Woher? Woher wusste er es? Ich merkte nur vage, dass ich den Kopf schüttelte. Vollkommen fassungslos. Und woher kam dieses Gefühl … Blödsinn! Ich hatte ihn vor heute noch nie gesehen. »Ich bin nicht käufl- …«

»Okay. Tausend.« Die Worte kamen scharf und … wütend zugleich.

Ich schnappte nach Luft. Ich konnte nicht anders. Tausend Dollar? In meinem Rücken spürte ich die Wand. Tausend Dollar … Es wäre wenigstens ein Anfang bei den sich anhäufenden Krankenhausrechnungen. Ein kleiner Anfang. Der mir ein bisschen mehr Luft verschaffte. Mir ein bisschen mehr Zeit erkaufte, damit Danny weiter die Behandlung bekam, die er brauchte. Selbst Fünfhundert wären unfassbar gewesen. Tausend … Tausend waren …

»In Ordnung.« Ein Teil von mir konnte nicht glauben, dass ich das sagte. Ein anderer Teil brachte die schockierte Stimme in meinem Kopf zum Schweigen, die immer wieder *›Das kannst du nicht machen‹* wiederholte. Es verblüffte mich selbst, dass meine Hand nicht zitterte, als ich ihm die Scheine abnahm. Wenn er es mir anbot, musste er es sich leisten können …

»Für den Rest müsste ich zu einem Geldautomaten.« Seine Stimme hatte etwas von Eis. »Hundert jetzt. Fünfhundert, wenn ich das Geld habe. Den übrigen Betrag, wenn wir bei diesem Juwelier sind.«

Ich nickte. Es fühlte sich an, als würde mein Kopf an unsichtbaren Fäden hängen. »Okay.«

Er machte einen Schritt zurück und wies zur Tür. »Dann lass uns gehen.«

Tausend Dollar. Irgendwie benommen setzte ich mich in Bewegung, während ich die Scheine in meine Hosentasche schob und nach meiner Tasche griff. Ich müsste Mr Moskowitz anrufen … Tausend Dollar …

5

Verkauft.

Sie hatte es *VERKAUFT!*

Dieses eine Wort hatte sich angefühlt wie ein Tritt in den Magen.

Und als wäre das nicht genug, hatte ›Jessica DeLaney‹ sich auch noch als Hexe entpuppt. Im doppelten Sinn. Ob Windhexen oder Erdmagier – er erkannte sie, wenn er ihnen zu nahe kam –, auch wenn er wirklich nichts mit ihnen am Hut hatte und sich ihre Wege besser nicht zu eng kreuzten. So handhabte er das sogar meistens mit Djinn – und bei den Faye ging er davon aus, dass es genauso funktionierte, obwohl er noch nie einer leibhaftig begegnet war. Er wusste einfach, wer zu anderen Fraktionen gehörte. Aus welchen Gründen auch immer. Es war wie ein siebter Sinn.

Und ›Jessica DeLaney‹ war ganz eindeutig eine Windhexe.

Sie schien zu merken, dass sein Blick für einen kurzen Moment zu ihr gewandert war, und sah ihn ihrerseits an. Halb über die Schulter, weil sie vor ihm ging. Was sie von ihm hielt, war deutlich in ihren Augen zu lesen. *›Vollidiot. Mistkerl.‹* Es war gar nicht nötig, dass sie es aussprach.

Kratzbürste. Nachdem sie ihm in diesem Diner die Kanne heißen Kaffee übergekippt hatte, hatte er damit gerechnet, dass sie nicht sonderlich begeistert darüber sein würde, wenn sie feststellte, dass er ihr nach Hause gefolgt war. Dass sie offenbar jemand anderes erwartet hatte, hatte ihm einen kurzen Vorteil verschafft. Allerdings hätte sie ihn mit dem Pfefferspray beinah eiskalt erwischt. Als sie wieder nach vorne sah, strich ihr Haar über ihre Schulter, fiel über ihren Rücken …

Verdammt noch mal. Warum fragte er sich die ganze Zeit, wie es wohl wäre, sie zu fotografieren? Notfalls hier in diesem heruntergekommenen Treppenhaus. Oder vielleicht gerade hier. Allein um den Kontrast zwischen diesen stumpfen, abblätternden Wänden und dem Licht in ihren Augen zu haben. … Warum zum Teufel dachte er darüber nach, ihr diesen fürchterlich langweiligen Pferdeschwanz aufzuziehen, um zu sehen, was der kaum spürbare Lufthauch, der sie anscheinend permanent umgab, mit ihren offenen Haaren machen würde? Und warum zum Teufel hatte er die ganze Zeit das Gefühl, als würde sich etwas in ihm nach ihr ausstrecken? Er runzelte die Stirn, als er den Riss in der Mauer vor sich entdeckte. Wieso wohnte sie überhaupt hier in dieser Mietskaserne? Nach dem, was er von Nazeem wusste – *»Kenne deinen Feind, um so größer sind deine Chancen im Kampf gegen ihn!«* – mischten die Häuser der Hexen ebenso wie die der Magier allesamt in der Hochfinanz oder anderen lukrativen Branchen mit. Entsprechend war Geld für die menschlichen Elementare kein Problem. Auch nicht für die weniger Begabten. Die Häuser sorgten für ihresgleichen. Etwas anderes hätte ihnen den Spott der anderen Elementare eingebracht. Es hatte ihn schon überrascht, dass sie überhaupt arbeitete. Aber das hier … Was hatte sie angestellt, dass ihr Haus ihr jede Unterstützung entzogen hatte? – *Vergiss es, nach heute hast du nie wieder etwas mit ihr zu tun. Alles, was du von ihr willst, ist dieses Amulett.* Möglichst unauffällig warf er einen Blick auf seine Uhr. Ihm lief die Zeit davon. Er biss die Zähne zusammen. Und jetzt hatte sie es auch noch *verkauft.* Ihm war nichts anderes eingefallen, als ihr die tausend Dollar zu bieten. Tausend. Er musste komplett übergeschnappt sein. Sie war tatsächlich darauf eingegangen … dass sie es *überhaupt* verkauft hatte … Sie hatte doch wissen müssen, was es wert war. – Alles, was *er* darüber wusste, hatte er von diesem *Anrufer* – also letztlich nicht mehr als das Aussehen. – Wenn er seine Finanzen auch nur halbwegs richtig im Kopf hatte, war das alles, was er noch auf dem Konto hatte. Ganz nebenbei musste er auch noch dieses Amulett zurückkaufen. Wenn das hier vorbei war, war er pleite. Aber so was von. *Danke auch,* Dad. – Sich bei irgendeinem seiner Brüder Geld leihen, kam nicht infrage. Er würde schon irgendwie über die Runden kommen, bis er einen neuen Job hatte oder die Honorare für die letzten Fotos endlich auf seinem Konto waren.

Ganz abgesehen davon, dass sie alle anscheinend tatsächlich spurlos verschwunden waren. Keiner hatte sich abgemeldet. Noch nicht einmal Roshan oder Rayam.

Als sie den nächsten Treppenabsatz erreichten, spannte Ms Kratzbürste sich kaum merklich an. Shane sah an ihr vorbei. Natürlich. Die drei Typen aus dem Haus Ashontez lungerten noch immer hier herum. Dass sie versuchten, einen auf harte Jungs zu machen, wirkte fast lächerlich. Sehr glaubwürdig mit manikürten Fingernägeln. Wenn diejenigen, die hier wirklich das Sagen hatten, davon Wind bekamen, wollte er nicht in der Nähe sein. Magier hin oder her. Es gab Gesetze. Und das oberste hieß ›Velare‹, ›Verschleiern‹. Wenn sie keinen Ärger aus den eigenen Reihen wollten, würden sie es nicht wagen, sich vor ›normalen‹ Zeugen ihrer Kräfte zu bedienen. Zwei davon schauten hoch zu ihnen. Als er vorhin auf dem Weg nach oben an ihnen vorbeigekommen war, hatten sie ihm keine Beachtung geschenkt. Er hatte sich nur mit Mühe ein Grinsen verkniffen. Offenbar erkannten sie nicht, was er war. Zumindest nicht auf Anhieb. Wahrscheinlich weil er eben nur zur Hälfte Djinn war. Dafür hatte er den Ohrring des einen bemerkt. Nicht, dass er tatsächlich über alle Symbole der menschlichen Elementare Bescheid wusste. Nur über die des Hauses Ashontez. Weil sie diejenigen waren, die für die anderen Fraktionen gewisse … ›Dinge‹ erledigten. Dinge, bei denen man sich in der Regel die Hände schmutzig machte. *›Kenne deinen Feind‹* – Nazeem war der Meinung gewesen, er sollte zumindest *das* wissen. Vor allem, nachdem die einzelnen Fraktionen schon seit Ewigkeiten alles andere als ›freundschaftliche‹ Gefühle füreinander hegten.

Einer der beiden sagte etwas, während er gleichzeitig zu ihnen hernickte, und auch der dritte, der mit dem zurückgegelten Irokesen, drehte sich halb zu ihnen um. Und ließ den Blick fast … abschätzig über sie wandern. Nein. Shane runzelte die Stirn. Nicht über *sie beide.* Nur über Ms Kratzbürste neben ihm. Die sich mit jeder Stufe noch weiter anzuspannen schien. Was wollten die Typen hier? Hatte Madame etwa mit ihnen zu tun?

Erst nach einem Moment wanderte seine Aufmerksamkeit zu Shane, und für eine Sekunde sah es so aus, als würde er auch diesmal direkt wieder wegsehen. Doch dann riss der Magier die Augen auf. – *Aha. Erwischt.* – Und zerrte sein Handy aus der Hosentasche. Um hektisch zu telefonieren. Schlagartig war da dieses nur zu vertraute Ziehen in seinem Nacken. Das letzte Mal hatte er so eine Reaktion vor zwei Wochen ausgelöst, als er und Hamid zwischen den Trümmern eines gerade erst bombardierten Straßenzuges über einen Jungen gestolpert waren, der eine Kugel im Bein hatte und den seine ›Freunde‹ offenbar zurückgelassen hatten. Nur hatte der Bursche damals unvermittelt eine entsicherte Maschinenpistole in der Hand gehalten. Die uralt gewesen war und bei der man schon auf Distanz gesehen hatte, dass jemand an ihrem Abzug herumgefummelt hatte. – Es war offensichtlich gewesen, dass er glaubte, Shane hätte in der dunklen Plastiktüte, die er noch halb unter die Weste geschoben hatte, eine Waffe verborgen statt seine Kamera. Die Hände des Jungen hatten gezittert, als er den Lauf auf sie gerichtet hatte …

»Kennst du die Kerle?« Ms Kratzbürstes Stimme holte ihn schlagartig in die Gegenwart zurück. Die Worte waren ein Zischen, nicht laut genug, dass die Typen sie hätten hören können. Wie zuvor sah sie ihn halb über die Schulter an.

Er schaffte es weiterzugehen, als hätten ihn die letzten Monate nicht gerade eingeholt. »Ich? Die Frage sollte ich wohl eher dir stellen. Immerhin bist du diejenige, die hier wohnt.« Es war wirklich an der Zeit gewesen, aus dem nahen Osten zu verschwinden. Er brauchte ernsthaft eine Auszeit.

Ihr Blick wurde schmal. Und giftig. Nur dass zugleich auch noch etwas anderes in ihren Augen aufblitzte, über ihre Züge huschte. Für den Bruchteil einer Sekunde. Scham. Und Verletzlichkeit. *Was verbirgst du?* »Auch wenn ich hier wohne, habe ich nichts mit irgendwelchen Gangs zu tun.«

Gangs? Wollte sie ihn auf den Arm nehmen? Oder hielt auch sie ihn für einen ›normalen‹ Menschen? »Aber ich, oder wie?«

»Weiß ich's? Ich kenne dich nicht.« Das ›du Irrer‹ klang deutlich in ihrem Ton mit.

»Wie du meinst.« Er schloss die Hand um ihren Arm, ohne wirklich sicher zu sein, warum. »Komm weiter.« Erst hinter der nächsten Biegung stemmte sie sich gegen seinen Griff. Allerdings nur für einen kurzen Moment. Gerade so lange, bis die Schritte der drei Typen auf dem Absatz über ihnen zu hören waren.

Shane sah zurück. Seine Handfläche prickelte warm. Der mit dem Irokesen telefonierte noch immer hektisch. Etwas, das ihm so gar nicht gefallen wollte. Hatte irgendjemand die drei auf Ms Kratzbürste angesetzt? Und wenn ja, warum? Wer? *Was hast du angestellt? – Vergiss es, Shane. Das geht dich nichts an. Du hast gerade mehr als genug eigene Baustellen.*

Der nächste Absatz, eine weitere Ebene, das nächste Stockwerk. Er beschleunigte seine Schritte kaum merklich und schob sie vor sich her. Vielleicht noch ein bisschen nachdrücklicher als zuvor. Was ihm einen neuerlichen giftigen Blick einbrachte. Wieder ein Stockwerk. Die letzten Stufen. Das Erdgeschoss. Eine junge Frau drängte sich in der Haustür an ihnen vorbei. Vollkommen ungerührt ließ sie die Kaugummiblase platzen und zeigte Ms Kratzbürste den erhobenen Daumen, nachdem sie ihn einmal von oben bis unten gemustert hatte. Er nickte nach links, die Straße hinunter. Die Tür fiel hinter ihnen zu. »Mein Wagen steht da drüben.« Sie sollten zusehen, dass sie von hier verschwanden. Er hatte schon genug Probleme am Hals. Ein paar durchgeknallte Magier, die ihnen folgten, brauchte er nicht noch zusätzlich. Diesmal ließ er zu, dass Ms Kratzbürste sich mit einem Ruck und einem Zischen aus seinem Griff frei machte.

6

J

»Hier?« Er hatte den schwarzen Pick-up neben dem Bürgersteig zum Stehen gebracht und wies mit einer knappen Handbewegung über das Lenkrad auf das Schaufenster ein paar Meter weiter, auf dem ein verschnörkelter Schriftzug prangte, zu dem neben den Namen – *Maxney* – auch die Worte *An- & Verkauf* gehörten. Das Scherengitter vor der Scheibe war heruntergelassen, doch dahinter brannte Licht.

»Ja.« Ich nickte.

Seine leicht gehobenen und zugleich kaum merklich zusammengezogenen Brauen sagten deutlich, was er von *diesem* ›Juwelier‹ in *dieser* Gegend hielt, während er seinen Geldbeutel aus der Gesäßtasche zog und mir den Rest des versprochenen Geldes hinhielt. Doch er ließ nicht los, als ich ihm die Scheine aus der Hand nehmen wollte. »Ich möchte, dass du mit hineinkommst.«

Sofort war ich misstrauisch. »Warum?« Die Scheine hingen zwischen uns. Unsere Finger nur Zentimeter voneinander entfernt.

»Um sicherzustellen, dass er mir wirklich den richtigen Anhänger verkauft.« Er ließ los. Trotzdem schwebte das

Geld weiter sekundenlang an derselben Stelle in der Luft. Weil ich im ersten Moment einfach vergaß, die Hand zu senken. »Was?« Ich schob die Scheine hastig in meine eigene Hosentasche, als es mir bewusst wurde. »Das ist ein Witz, oder?«

»Nein.« Er zögerte. »Ich habe das ›Herz des Simurgh‹ noch nie gesehen.« Und ganz offensichtlich passte es ihm gar nicht, dass er mir diesen Umstand verraten musste. Hatte er wirklich geglaubt, ich würde keine Fragen stellen? – Nicht, dass ich vorgehabt hätte, auch nur eine davon laut auszusprechen. Bisher hatte ich mir jede einzelne verbissen und die ›Unterhaltung‹ mit ihm auf das Nötigste beschränkt; also solche Dinge wie *›An der Kreuzung links‹*, *›Da vorne rechts‹*, *›An der Ampel auf die mittlere Spur‹*. Und hatte festgestellt, dass er sich hier in Vegas ziemlich gut auskannte. Gut genug, um zum Beispiel eine Einbahnstraße einfach zu umfahren, als ich nicht weiterwusste – zu Fuß hatten Schilder mich nun mal nicht interessiert. Das ›*Was?*‹ gerade war mir einfach herausgerutscht. Ebenso wie das »Und woher weißt du dann so genau, wie es aussieht?«.

»Weil es mir jemand beschrieben hat.« Er schob die Brieftasche an ihren Platz zurück, zog den Schlüssel aus der Zündung und stieg aus. Ich beobachtete, wie er um die Schnauze des Pick-ups auf meine Seite wechselte. Die Art, wie er sich dabei umsah, wie sein Blick immer wieder zu den Dächern der Häuser um uns herum hinaufging oder über die Fenster in den oberen Stockwerken glitt, verursachte mir ein mulmiges Gefühl. Okay, die Gegend war nicht die beste, aber dieser Irre wirkte, als würde er jede Sekunde mit … ja, womit? … einer Schießerei? rechnen. Ob er eine Waffe dabeihatte? Ich hatte bisher zumindest keine gesehen.

Auch als er mir die Tür öffnete und die Hand hinstreckte, um mir aus dem Wagen zu helfen, standen seine Augen keine Sekunde still. Die Bewegung war so vollkommen selbstverständlich, dass ich aus Reflex zufasste. – Und um ein Haar sofort wieder losgelassen hätte. Es war kein wirklicher … Schmerz. Nur das Gefühl, als würde sich etwas von ihm zu mir … strecken, durch meine Haut hindurchgehen, sich in sie hineinbohren wie unzählige, winzige Nadeln. Für den Bruchteil eines Augenblicks. Eine Berührung – die keine war. Und sich trotzdem anfühlte wie ein Stromschlag. Nein. Wie ein Kribbeln. Hitze auf der Haut. Als wäre ich einer Flamme zu nah gekommen. Viel zu nah.

Anscheinend hatte er es auch gespürt, denn sein Blick zuckte zu mir, ehe er seine Hand abrupt zurückzog. Beinah hätte er mich damit zum Stolpern gebracht. Ich fing mich im letzten Moment, schob die Hände in die Hosentasche und rieb die, die er berührt hatte, möglichst unauffällig an den Innenstoff, um das seltsame Gefühl loszuwerden, das noch immer in meiner Haut hing.

»Wenn du dabei bist und wir ausdrücklich nach dem Anhänger fragen, den du ihm verkauft hast, wird er kaum versuchen, uns einen anderen als das ›Herz des Simurgh‹ anzudrehen. Falls doch, sag es mir. Ansonsten will ich, dass du mir das Reden überlässt.« Er stieß die Autotür zu. Das Geräusch klang seltsam laut in der halb dunklen, stillen Straße. Ebenso wie das kurze Quieken der Alarmanlage, als er sie mit einem flüchtigen Druck auf die Fernbedienung aktivierte, während er gleichzeitig einen Schritt zurückmachte und in Richtung des Juweliers nickte. Offenbar wollte er, dass ich vorging. Hatte er Angst, ich würde mich umdrehen und davonlaufen, sobald er mir den Rücken zuwandte? Was hätte es mir gebracht? Er wusste, wo ich wohnte, kannte zumindest einen meiner Jobs … Damit hatte er so ziemlich alle Vorteile auf seiner Seite. Warum hätte ich mir also die Mühe machen sollen? Außerdem hatte er mir versprochen, mich wieder nach Hause zu fahren. Beziehungsweise mich da abzusetzen, wo ich es wollte. – Auch wenn ich meinen Teil des Deals genau genommen eigentlich schon erfüllt hatte: Ich hatte ihm gezeigt, wo der Juwelier war. Mit hineinzugehen, war nicht ausgemacht gewesen. Um seine Lippen zuckte es verächtlich. »Oder willst du dafür auch noch Geld?«

Vollidiot. »Nein.« Auch wenn ich allein wegen dieses Spruchs hätte Ja sagen sollen. »Aber danach sind wir geschiedene Leute. Endgültig.«

»Natürlich.« Dass er sich nahezu gleichzeitig mit mir in Bewegung setzte, verblüffte mich. ›Vorgehen‹ sah für mich anders aus. Und auch wenn er hinter mir war – sofern man einen knappen halben Schritt überhaupt so bezeichnen konnte –, blieb er dabei so dicht neben mir, dass nur eine Kleinigkeit gefehlt hätte, und ich hätte ihn beim Gehen berührt. Ein paar Mal glaubte ich sogar seinen Atem zu spüren. Wie er sich auf dem Weg zu dem Juwelierladen weiter wachsam, ja geradezu angespannt umsah … verrückterweise hatte es für mich mehr von ›Beschützen‹ als ›Verhindern,-dass-ich-davon-lief‹. – Was für ein bodenloser Blödsinn.

CRIME SCE–

Ich bemerkte den Rest des gelben Absperrbandes, der noch an der einen Seite des Rahmens hing, erst, als ich die Hand nach dem Griff ausstreckte. Für eine Sekunde zögerte ich, bevor ich die Tür aufstieß. Anscheinend hatte es – vermutlich mit einem zweiten Stück, das an der gegenüberliegenden Seite festgemacht gewesen war – bis vor Kurzem die Tür des Ladens versperrt. Irgendjemand musste es heruntergerissen haben. Bei meinem Besuch vor ein paar Tagen war es definitiv noch nicht da gewesen … Eine kleine Sanddüne – oder war das Erde? – schmiegte sich direkt an der Mauer etwa eine Handbreit an dem schmutzig grauen Verputz in die Höhe. Die Oberfläche schien sich zu bewegen, als würde die ganze Zeit ein Windhauch darüberstreichen. – Ohne dass irgendetwas davon zu spüren war.

Der Luftzug, der plötzlich durch die Gasse fegte, peitschte mir den Pferdeschwanz ins Gesicht, riss ein paar Meter weiter eine alte Zeitung und Pappstücke in die Höhe und weiter hinauf Richtung Dächer. Neben mir war der Irre zusammengezuckt. Ich tat so, als würde ich seinen Blick nicht bemerken.

Ich hatte gerade zwei Schritte ins Innere gemacht, als ich direkt wieder stehen blieb. In den Vitrinen herrschte Chaos. Eine war sogar umgeworfen. Der Schmuck darin: wahllos durcheinander. Das erklärte das Absperrband. Jemand war eingebrochen.

»Wir haben geschlossen.« Die Worte kamen so unfreundlich, dass ich bei jeder anderen Gelegenheit freiwillig darauf verzichtet hätte, hier etwas kaufen zu wollen. Oder diesem Laden jemals wieder einen Besuch abzustatten. Ein Mann mit hellblondem, im Nacken zu einem Zopf zusammengefassten Haar tauchte hinter der Ladentheke gegenüber der Tür auf. Ihm hatte ich beim letzten Mal meinen Anhänger verkauft. Offenbar erinnerte er sich auch an mich, denn seine Brauen zogen sich abrupt zusammen. »Dich kenn ich doch?« ›Unfreundlich‹ wäre diesmal die Untertreibung des Jahrhunderts gewesen. Ich kam nicht dazu, irgendetwas zu sagen, weil mein charmanter Begleiter mir die Hand auf die Schulter legte und mich kaum merklich zur Seite schob, während er gleichzeitig einen Schritt an mir vorbei und halb vor mich machte. Hatte er Angst, ich könnte dem Kerl eine entsprechende Antwort geben und damit den Preis für den Anhänger in die Höhe treiben? Würde ihm recht geschehen. Die Hand rutschte von meiner Schulter, streifte flüchtig über meinen Arm abwärts – und verursachte mir eine Gänsehaut. »Sie hat Ihnen vor ein paar Tagen einen Anhänger verkauft. Einen roten Stein in einer Fassung aus einem geflügelten Fabeltier.« In letzter Sekunde schaffte ich es, mir die Überraschung nicht anmerken zu lassen. Seine Stimme klang unglaublich sanft. Auf den ersten Blick. Aber auf den zweiten … Hossa! … da stand *sein* Tonfall dem dieses Typen in keinster Weise nach. Aber in absolut gar keinster. Eher im Gegenteil. Allerdings auf eine so unterschwellige Art, dass man ganz genau hinhören musste. Auch wie er sich quer durch den Laden auf den Tresen zubewegte, hatte etwas Harmlos-Höfliches – unter dem zugleich eine gefährliche Entschlossenheit zu liegen schien. Sein Lächeln machte das Ganze geradezu perfekt. »Wir wollen ihn zurückkaufen.«

Der Kerl hinter dem Tresen blinzelte. Dann wurde seine Miene endgültig abweisend. »Da seid ihr zu spät. Ich habe ihn nicht mehr.«

Ich hätte schwören können, dass er sich für einen Moment versteifte. Sein Blick zuckte durch den Laden. »Wurde er gestohlen?«

»Er ist verkauft!«

Unwillkürlich holte ich Luft. »Was? So schnell?«

»An wen?« Neben mir biss der Irre anscheinend die Zähne zusammen. Verdammt fest, so wie der Muskel an seinem Kiefer sich plötzlich anspannte.

Hinter dem Tresen schnaubte der Juwelier spöttisch. »Kleine, du glaubst aber jetzt nicht ernsthaft, ich hätte dir den Anhänger abgenommen, wenn ich nicht gewusst hätte, wem ich ihn weiterverkaufen kann.«

Mistkerl. »Für wie viel?« Am liebsten hätte ich mir auf die Zunge gebissen. Anscheinend war heute der Tag, an dem mir die Dinge einfach so herausrutschten.

»Hundertzwanzig-« Ein Grinsen. »-tausend.«

Ich atmete in einem Zischen aus. Und mir hatte er gerade mal zweihundertfünfzig gezahlt. *Elender Mistkerl!* Das Grinsen wurde verächtlich.

»An wen haben Sie verkauft?« Beinah beiläufig legte der Irre die Hand auf den Rand des Tresens. Nur um sie sofort zurückzureißen, sie hastig an der Jeans abzuwischen, als hätte er in etwas Ekelhaftes gegriffen. Und trotzdem hatte ich es gesehen: hauchfeine schwarze Linien, die sich für den Bruchteil einer Sekunde von seinen Fingerspitzen aus über den Handrücken in Richtung Arm gestreckt hatten. *Was zum …?* Oder zumindest glaubte ich, genau das gesehen zu haben. Dabei war so etwas schlicht und einfach unmöglich!

Der Blick des Typen hinter dem Tresen zuckte von mir zu meinem reizenden Begleiter. »Es gibt in Las Vegas Leute, die diese Art Schmuck sammeln. Man muss nur ihre Namen kennen.« Sein Tonfall war genauso verächtlich, wie es sein Grinsen zuvor gewesen war.

»*Diese* Art Schmuck?«

»Altpersisch.« Er lachte. »Scheint so, als hättet ihr keine Ahnung, was deine Freundin da verkauft hat, was?«

Alt*persisch?* – Nein, das hatte ich nicht gewusst. Dummerweise. Diesmal schaffte ich es, mir in letzter Sekunde auf die Zunge zu beißen. Wie in aller Welt war Grandma an *so etwas* gekommen?

Mr Vollidiot schien das allerdings gar nicht zu überraschen. Oder er war ein verdammt guter Schauspieler. »Und der Name des Sammlers?«

Wieder ein verächtliches Schnauben. »Ihr geht jetzt.«

Ich hatte fast damit gerechnet, dass der Irre dem Typen ebenfalls Geld bieten würde, damit er ihm den Namen des Käufers verriet. Stattdessen hob er nur die Schultern, sah mich an und nickte zur Tür hin. Wortlos setzte ich mich in Bewegung. Die ›Hundertzwanzigtausend‹ fühlten sich noch immer wie ein Schlag über den Schädel an.

Ebenso schweigend öffnete er mir die Tür. Und drehte sich noch einmal zu dem Kerl hinter dem Tresen um. »Was wurde eigentlich gestohlen?«

Der kniff die Augen zusammen. Vermutlich sollte es drohend wirken. Mich erinnerte es eher an einen verschlafenen Mops. »Verpisst euch, bevor ich die Bullen rufe.«

Wieder ein scheinbar lässiges Schulterzucken des Irren, dann abermals ein Nicken an meine Adresse. Ich schob mich an ihm vorbei ins Freie. Wie aus dem Nichts heraus fuhr mir eine Böe durchs Haar. Verwirrend kühl. Erst jetzt fiel mir auf, wie stickig-heiß es im Inneren des Ladens gewesen war.

Kaum war die Tür hinter uns zugefallen, zerrte der Irre

sein Handy aus der Tasche und klickte sich im Gehen anscheinend ins Internet.

»Und was passiert jetzt?« Ich folgte ihm zu seinem Auto, blieb neben dem Kotflügel stehen, lehnte mich dagegen und verschränkte die Arme vor der Brust. Der schwarze Lack war noch immer warm, obwohl der Pick-up im Schatten gestanden hatte.

»Es gibt hier in der Gegend genau drei Sammler für altpersische Kunst, die infrage kommen …« Ganz kurz nur sah er mich an, bevor sein Blick auf das Display zurückkehrte. »Mein … Vater …« Wäre sein Zögern nicht genug gewesen, sein Tonfall hätte auf jeden Fall gereicht, um mir zu sagen, dass er seinen alten Herrn nicht wirklich mochte. »… ist Kunsthändler. Für genau diese Epoche. Die *wirklich* ausgefallenen Stücke hat er manchmal in seinem Arbeitszimmer bei uns zu Hause ganz exklusiv nur diesen Männern angeboten. Ein paar Mal hat er bei diesen Gelegenheiten sogar regelrechte kleine Privatauktionen abgehalten.« Offenbar hatte er gefunden, was er suchte, denn er tippte eine Nummer ein und hob das Handy ans Ohr. »Für einen von ihnen habe ich schon gearbeitet. Wenn wir Glück haben, hat er den Anhänger gekauft. Ansonsten kann er mir zumindest die Namen und Nummern der anderen geben. Unter diesen Leuten kennt jeder jeden.« Jetzt sah er mich wieder direkt an. »Ich fürchte, ich brauche dich noch ein wenig.«

Verächtlich verzog ich den Mund. »Ja, klar. Und wie hast …«

Dass er abrupt die Hand hob, brachte mich zum Schweigen. »Mr Hamilton. Shane Hayden hier.«

Shane also. Bisher hatte er es nicht für nötig gehalten, mir seinen Namen zu nennen.

»Wie geht es Ihnen?« Er wandte sich ab, entfernte sich ein paar Schritte von mir. »Gut, danke.« Allerdings nicht weit genug, dass ich nicht mehr hörte, was er sagte. Absichtlich oder nicht. Auch wenn seine Stimme jetzt gedämpft klang. »Das freut mich zu hören. – – – Natürlich. Wir können gerne einen Termin machen, wenn ich …« Ein vor der Kreuzung vorbeirumpelnder Vierzig-Tonner verschluckte seine Worte für ein paar Sekunden. »Das kann sein, wobei ich noch nicht sicher bin, wie lange ich dieses Mal im Land bin. – – – Ja, immer noch. Daran wird sich so schnell auch nichts ändern …« Er sah kurz zu mir, fuhr sich mit der Hand durchs Haar. Irgendwie … ungeduldig. »Da gibt es mehr als genug andere Fotografen. Aber wie gesagt: Wir können bei Gelegenheit gerne sehen, ob wir einen Termin finden. – – – Danke. – Aber weshalb ich Sie belästige: Ich bräuchte Ihre Hilfe, Mr Hamilton. Ich bin für meinen Vater auf der Suche nach einem Schmuckstück.«

Für seinen Vater? Ich hob eine Braue. Davon war bisher keine Rede gewesen.

»– – – Ja, genau, altpersisch. Ein Anhänger, eine Art Amulett. Ein Rubin in den Klauen eines Fabeltiers. Ich hatte gehofft, Sie hätten es vielleicht erstand- – – – Nein, leider ist er im Moment etwas unpässlich. Deshalb hat er mich beauftragt, das Schmuckstück zu finden. – – – Ja, ich richte es ihm aus. Und haben Sie …? – – – Nein?« Er rieb sich den Nacken, legte dann den Kopf zurück und sah zu dem bisschen Himmel hinauf, der zwischen den Häusern zu sehen war. »Okay. Schade. Es war einen Versuch wert. – – – Nein. Wie gesagt, schade, aber schon okay. – Aber soweit ich weiß, gibt es neben Ihnen noch zwei weitere – – – – Genau. Hätten Sie eventuell die Telefonnummern der Herren für mich? – – – Fantastisch. Einen Moment …« Er wandte sich zu mir um, nickte zu seinem Auto hin, während er zugleich mit schnellen Schritten auf mich zukam und dabei eine Handbewegung machte, als würde er etwas aufschreiben, und wies ins Innere seines Wagens, bevor er die Hand in die Hosentasche schob. Gleich darauf blinkte die Zentralverriegelung des Pick-ups auf. Ich widerstand dem Drang, ihm zu zeigen, was ich von seiner Herumscheucherei hielt, öffnete die Beifahrertür, beugte mich hinein und klappte das Handschuhfach auf. Wo sonst sollte ein halbwegs normaler Mensch Stift und Zettel verstaut haben? Ein schwarzer Gegenstand rollte mir entgegen und landete mit einem dumpfen Laut im Fußraum. Ein Kamera-Objektiv. Als Nächstes rutschten mir CD-Hüllen, ein Kugelschreiber und mehrere Stücke Papier – Tankquittungen, Kassenzettel, Tütenfetzen – entgegen. Erschrocken schaute ich auf. Das Ding sah teuer aus. Er streckte mir nur ungeduldig die Hand entgegen. Schnell schnappte ich mir den Kugelschreiber und ein Stück Papiertüte und reichte ihm beides über den Türrahmen hinweg. Er beugte sich über die Motorhaube. »Ja, jetzt habe ich etwas zu schreiben …« Der Stift glitt über den Papierfetzen. Zwei – nein, drei – Namen und die dazugehörigen Zahlenkolonnen …

Schließlich richtete er sich wieder auf. »Gut, dann versuche ich es bei ihm zuerst. Danke für Ihre Hilfe. – – – Ja, richte ich aus. – – – Ja, bis dann.« Ich hätte nicht geglaubt, dass jemand so unübersehbar genervt ein Gespräch beenden konnte. Er schaffte es.

Wie zuvor verschränkte ich die Arme vor der Brust. »Dann klär mich mal auf.« *›Shane Hayden‹* – wieso hatte ich das Gefühl, dass ich diesen Namen irgendwo schon gehört hatte …? – Ich kam verdammt noch mal nur einfach nicht darauf, wo und in welchem Zusammenhang.

»Es gibt offensichtlich inzwischen vier Sammler in Las Vegas und Umgebung.« Er war schon dabei, die erste Nummer einzutippen. »Zwei davon sind ganz besonders an Schmuck aus dieser Zeit interessiert.«

In seinem Ton schwang etwas mit, das wie ›ich hoffe jetzt mal, dass auch tatsächlich einer von ihnen den Anhänger gekauft hat‹ klang.

Ich verkniff mir das ›Und was wenn nicht?‹ gerade noch.

7

»Bis vor ein paar Tagen wussten wir noch nicht einmal, dass diese Jessica überhaupt existiert, Großmutter.« Melissa Bartner beendete ihre Wanderung vor der Schmalseite des langen Tisches im Konferenzraum des Hauptsitzes von *O.C. Investments* in Phoenix, trat an sein Ende und stützte beide Hände auf das in einem blassen Honigton glänzenden Holz. Ihr anthrazitgraues Kostüm saß wie angegossen. Wie immer. Und trotzdem fühlte sie sich damit neben dem weiten, cremeweißen Kaschmirpullover und der ebenso weiten und ebenso weißen Leinenhose ihrer Großmutter, die am anderen Ende des Tischs vor den ausgebreiteten Berichten der letzten beiden Wochen saß, beinah … underdressed. Ihre noch immer nahezu makellose Schönheit tat ein Übriges …

»Jetzt wissen wir es, Melissa.« Ihre Großmutter stellte die Teetasse aus fast durchscheinendem Porzellan auf den Untersetzer zurück, ohne den Blick von den Papieren zu nehmen. »Und dass wir es bisher nicht wussten, ändert nichts an der Tatsache, dass sie ebenso zu diesem Haus gehört, wie jede andere meiner Enkeltöchter und Nichten oder Urenkelinnen und Großnichten.«

»Du willst …« Um ein Haar hätte Melissa wütend die Hand auf die Tischplatte geknallt. Stattdessen ballte sie sie zur Faust. Der Smaragd an ihrem Finger blitzte. »Sie hat keine Achtung vor unseren Gesetzen!«

In der Ecke strichen die beiden niederen Windgeister, die sich stets in der Nähe ihrer Großmutter aufhielten, durch die Blätter der ausladenden Papageienblume. Das Licht der Nachmittagssonne glänzte auf dem Mosaik aus Stein und Holz an der Längsseite des Raums. Hier, im obersten Stock eines der höchsten Wolkenkratzer von Phoenix, gab es nichts mehr zwischen ihnen, Himmel und Wind außer spiegelndem Glas und Stahlbeton.

»Dann sollte sie ihr vielleicht zuerst einmal jemand erklären. Und das, bevor sie durch ihr Unwissen die anderen Häuser der Luft oder – Gott bewahre –« – sie notierte etwas auf dem Rand einer der Seiten – »die Ersten der Erdmeister gegen sich aufbringt. Meinst du nicht auch, mein Kind?«

»Du willst also tatsächlich die Hand über sie halten.«

»Das will ich, Melissa.« Jetzt hob ihre Großmutter doch den Blick und sah sie über die Länge des Sitzungstisches hinweg an. Auf jene Art, die bei Ratssitzungen jeden, wirklich jeden auf seinen Platz verwies. »Ehrlich gesagt bin ich erstaunt, dass du jemals in Erwägung ziehen konntest, ich würde es nicht tun. Oder sogar deiner absurden Forderung nachkommen und das Haus Ashontez auf ihr Leben ansetzen würde.«

Melissa schnaubte. Oh nein, sie würde sich nicht auf ihren Platz verweisen lassen. Sie war die designierte Nachfolgerin ihrer Großmutter. Die erste ihres Hauses hier in Phoenix. »Offensichtlich hat das schon jemand anderes getan.« Auch wenn sie im Nachhinein zugeben musste, dass dieser Vorschlag eine dumme Idee gewesen war. Es wäre höchst unklug, Fremde in diese Sache mit hineinzuziehen. Besser, sie … erledigten das Ganze intern.

»Was mir alles andere als gefällt, Enkeltochter. Und um keine Missverständnisse aufkommen zu lassen: Ich werde sie als Tochter dieses Hauses anerkennen. Egal, welche Einwände jemand aus diesem oder einem der anderen Häuser haben mag.«

»Das kannst du nicht tun! Aris …«

Ihre Großmutter beugte sich kaum merklich in ihrem weißen Ledersessel vor. Die Pflanze schwankte wie in einem unsichtbaren Sturm. Melissa verstummte augenblicklich. Niemand schrieb Oran Charins vor, was sie tun konnte oder nicht. Noch nicht einmal ihre Lieblingsenkelin und designierte Nachfolgerin. »Was Aris getan hat, ist lange her, selbst für meine Verhältnisse. Sie wurde dafür zur Verantwortung gezogen.« Der Ton in ihrer Stimme ließ Melissa fast zurückweichen. »Ich werde ihre Nachfahrin nicht für Dinge bestrafen, die selbst für manche von uns nicht mehr als Legenden sind.«

Mit einer beinah trotzigen Bewegung stieß sie sich von der Tischplatte ab, richtete sich auf und verschränkte die Arme vor der Brust. Sollten das andere tun, sie würde vor ihrer Großmutter nicht kuschen. »Und dabei interessiert es dich nicht, dass sie sich mit diesem Djinn-Bastard, diesem *Shane Hayden,* herumtreibt?«

»Woher weißt du das?«

»Ich habe meine Quellen.«

»Einer aus dem Haus Ashontez? – Genug!« Der Sturm in der Pflanze endete. Wenn auch mit leichter Verzögerung. Übersensible kleine Biester.

»Wie gesagt: Ich habe meine Quellen.« Die sie ihrer Großmutter garantiert nicht offenbaren würde. Weil sie genau wusste, was sie von diesen ›Quellen‹ halten würde. »Was werden wir dagegen unternehmen? Oder willst du einfach nur zusehen und zulassen, wie sie das Verbrechen von Aris Cassieda und Asnar el Saráan wiederholen?«

»Shane Hayden ist nur ein harmloser Junge, der …«

Melissa lachte trocken. »Harmlos? Wenn man seiner Polizeiakte glaubt, ist er vieles, nur das nicht.«

»Du hast dich also über ihn informiert.«

»Natürlich. Wie es meine Pflicht ist.« Ebenso wie die ihrer Großmutter. Nur wusste diese nicht, dass sie es gewagt hatte, sie zu beobachten.

»Dann weißt du, was davon zu halten ist.« Die Handbewegung ihrer Großmutter war herablassend. »Die Dummheiten eines sterblichen Jungen. Shane Hayden trägt zwar Djinn-Blut in sich, aber keinerlei Macht.«

»Das dachten wir von Jessica DeLaney auch. Sonst hätten wir ja auch deutlich früher gewusst, dass Aris offenbar eine

Tochter gehabt haben muss. Und diese wieder eine. Und diese auch wieder … über all die Jahrhunderte hinweg. In einer Blutlinie bis zu Jessica DeLaney.« Melissa lehnte sich erneut vor, stützte sich erneut mit beiden Händen auf das polierte Holz. »Und wir wissen, wer damals diese Tochter gezeugt hat.«

Ein abfälliges Schnalzen. »Die Linie einer Hexe. Nicht die eines Djinn.«

Die gleichmütige Art, mit der ihre Großmutter sprach, weckte in Melissa den Wunsch, einen Sturm zu entfesseln und Dinge in Fetzen zu reißen. »Obwohl Aris Unzucht mit einem getrieben hat.«

»Die Mächte haben damals die Wahl getroffen, von welchem Blut das Kind sein wird.«

»Und im Fall von *Shane Hayden* wurde es ein Djinn-Bastard. Weil es nur eine Seite der Mächte gab.« Sie schüttelte den Kopf. »Wenn du dir diese Akte gründlich durchgelesen hättest – ohne in ihm nur den ›harmlosen‹ sterblichen Jungen sehen zu wollen –, wäre dir klar, dass all seine ›Dummheiten‹ eindeutig beweisen, dass er das ganz und gar nicht ist. Er trägt die Wut der Djinn in sich. Wie alle anderen seiner Art.« Auf der Tischplatte ballte sie die Hand zur Faust. »Shane Hayden ist eine Missgeburt, die gar nicht existieren dürfte. Kein anderer Mischling – egal ob Djinn oder Faye – hat sein sechstes Lebensjahr, geschweige denn die Pubertät je überlebt. Und er?«

»Wir wissen nicht …«

»Und wurde Javed Ardeshir, sein Vater, dafür zur Verantwortung gezogen, dass er sich mit einer Sterblichen eingelassen hat? Nein!« Heftig stieß sie sich vom Tisch ab. »Oh nein. Die alten Gesetze gelten ja nicht für die Fürsten der Djinn. Nicht für Asnar, nicht für Javed. Egal ob sie die Verbindung mit den Elementaren der anderen Mächte betreffen oder die mit Sterblichen; egal zu welcher Zeit; egal ob …«

»Wir wissen nicht, warum die wenigen Kinder, die Djinn oder Faye mit Sterblichen gezeugt haben, bisher nicht überlebten. Aber glaub mir: Javed Ardeshir hat den Preis dafür bezahlt, dass er eine Sterbliche geliebt hat – und immer noch liebt – und mit ihr einen Sohn hat. Oder was glaubst du, warum ein Fürst der Djinn mit einem Mal altert wie ein Sterblicher? Dass er nicht einmal mehr die Macht eines der schwächsten Elementargeister sein Eigen nennt? – Man nimmt einem Fürsten der Djinn nicht einfach seine Macht. Nicht, wenn er so alt ist wie Javed Ardeshir. Selbst wenn er sie freiwillig aufzugeben bereit ist.« Mit einem gleichgültigen Schulterzucken griff sie nach ihrer Teetasse. »Es ist, wie es ist: Javed Ardeshir hat den Preis für sein Vergehen bezahlt und Shane Hayden ist ein harmloser, sterblicher Junge, der das Glück hatte, sein Erbe zu überleben.«

»… ein harmloser, sterblicher Junge, der das Glück hatte, sein Erbe zu überleben«, höhnte Melissa und schüttelte abfällig den Kopf. »Du wirst weich, Großmutter!« Zu spät wurde ihr bewusst, was sie getan hatte.

Orans Hand klatschte flach auf den Tisch. Die Teetasse zersplitterte. Tee spritzte über die Papiere. Die Windgeister stoben pfeifend auf. »Vergiss nicht, mit wem du sprichst, Enkeltochter.«

Für einen Moment biss Melissa die Zähne zusammen. Dann hob sie das Kinn ein winziges Stück und begegnete dem Blick ihrer Großmutter über den Tisch hinweg. »Und was würdest du sagen, wenn ich dir beweisen kann, dass dein ›harmloser Junge‹ nach einem Schmuckstück sucht, dessen Beschreibung erstaunlich genau auf das ›Herz des Simurgh‹ passt?«

Von einer Sekunde zur nächsten schien ihre Großmutter wie erstarrt. »Er tut was?«

»Du hast richtig gehört.« Mit einem Gefühl der Befriedigung verschränkte Melissa die Arme vor der Brust. »Wenn du so gut über ihn Bescheid weißt, dann weißt du auch, dass er schon vor Jahren mit seinem Vater gebrochen hat; dass er ihn hasst; nichts mit unserer Welt zu tun haben will.« Kaum merklich lehnte sie sich vor, sah ihrer Großmutter über die Länge des Tisches hinweg in die Augen. »Wer garantiert dir, dass er nicht die Seiten gewechselt und sich mit den anderen Mächten eingelassen hat?«

Ihre Großmutter wurde bleich.

8

Jackson Lawrence bewohnte die drei Stockwerke über seiner Galerie, direkt an der Flamingo Road. Zwei ausgesucht höfliche Männer in maßgeschneiderten schwarzen Anzügen hatten uns an der Eingangstür in Empfang genommen und an moderner Kunst in jeder Form vorbei zu einem Aufzug aus Edelstahl und Mahagoni eskortiert. Allein anhand ihrer Haltung hätte ich jede Wette gehalten, dass mindestens einer von ihnen irgendwo ein *Semper Fi*-Tattoo hatte. Wenn nicht sogar beide. Einer hatte eine Schlüsselkarte durch den Leser im Inneren der Kabine gezogen und den Knopf zur zweiten Etage gedrückt.

Zwei weitere Männer in genau derselben Haltung und mit derselben Ausstrahlung erwarteten uns, als sich die Aufzugtüren wieder öffneten. Wie die beiden unten hatten sie einen Sender im Ohr. Und wie unten war es auch hier oben angenehm kühl. Schräg gegenüber hing eine Überwachungskamera unübersehbar an der Wand, die Linse direkt auf den Fahrstuhl gerichtet. Das rote Lämpchen glühte. Eine zweite hatte anscheinend den gesamten Korridor im Blick. In der Galerie und im Fahrstuhl selbst hatte ich auch schon welche entdeckt. Hochsicherheitstrakt ließ grüßen. Oder vielleicht auch nur Paranoia? Ganz egal, nur eins war klar: Wer hier einbrechen wollte, hatte vermutlich ein Problem. Ich wollte gar nicht erst wissen, wie der Rest des Sicherheitssystems aussah.

Ich ließ Mr Vollidiot *Hayden* den Vortritt. Und warf zum wiederholten Mal einen vielsagenden Blick auf meine Armbanduhr. Ich hatte ihm auf der Fahrt hierher klargemacht, dass ich noch etwas vorhatte, ihm also nicht ›unbegrenzt‹ zur ›Verfügung‹ stand. Auch wenn ich ihm garantiert nicht erzählen würde, dass mein ›Date‹ Danny war. Er hatte mir erneut versichert, dass er mich zu meinem ›Treffpunkt‹ fahren würde, sobald wir das Amulett hatten. Allerdings war sein Tonfall dabei ziemlich … kühl gewesen. Als würde es ihm ganz und gar nicht passen, dass ich überhaupt ein ›Date‹ hatte. – Nur weil er für ein paar Stunden meiner Zeit bezahlt hatte, konnte er noch lange keine Besitzansprüche stellen. Das vergaß er besser ganz schnell. Entsprechend war ich im Moment auch noch nicht sicher, ob ich dieses Angebot tatsächlich annehmen würde. Er wusste auch so schon genug über mich.

Ein weiterer Mann trat am Ende einer kleinen Eingangshalle aus einer hohen, modernen Doppeltür und kam auf uns zu. Nur mittelgroß. Im Vergleich zu den beiden Ex-Marines – oder was auch immer sie waren – ziemlich … schmächtig. Das Haar an den Schläfen schon leicht angegraut, eine randlose Brille auf der Nase. Dazu ein ebenfalls maßgeschneiderter Anzug. Ein absoluter Buchhalter-Typ. Jemanden, der für ein altpersisches Schmuckstück mal eben hundertzwanzigtausend Dollar – *hundertzwanzigtausend;* allein bei dem Gedanken ballte ich noch immer innerlich die Fäuste – bezahlte, hatte ich mir irgendwie anders vorgestellt.

Einen guten Meter vor uns blieb er stehen. Musterte sowohl Mr Vollidiot als auch mich von oben bis unten. Offenbar kamen weder der Riss in seinen Jeans noch mein ausgebleichtes Shirt besonders gut bei ihm an. – Arroganter … argh.

»Sie sind Mr Ardeshirs Sohn?« Er sprach mit einem seltsamen Akzent, der mir noch nicht einmal ansatzweise bekannt vorkam.

»Shane Hayden, ja. Mr Lawrence erwartet uns.«

»Und die junge Dame?« Ich widerstand dem Drang, mich in geheuchelter Überraschung nach der ›jungen Dame‹ umzudrehen.

»Jessica DeLaney. Eine … Freundin.«

Freundin? Ach?

»Wie gesagt: Mr Lawrence erwartet uns. Beide.« Oha. Er hatte schon wieder denselben Ton drauf wie bei dem Juwelier. *Hundertzwanzigtausend. Meine Fresse.*

Der Mann nickte. Steif. Als hätte er einen Stock anstelle der Wirbelsäule. »Ich weiß. Mr Lawrence erwartet Sie im Arbeitszimmer. Folgen Sie mir bitte, Mr Hayden, Mrs DeLaney.« Damit machte er kehrt und hielt wieder auf die Doppeltür zu.

›Mr Lawrence erwartet Sie im Arbeitszimmer‹? Ich blinzelte. Der Kerl war … ein Sekretär? Oder sogar … der Butler? – Der Butler. Garantiert. Am Ende aus England importiert. Deshalb auch dieser Akzent. In letzter Sekunde biss ich mir auf die Lippe, um nicht loszulachen. Dieser Mr Lawrence hatte allen Ernstes einen echten Butler? Oh mein Gott, wie hatte Paul das nur ausgehalten? Er hatte ja andauernd mit solchen Leuten zu tun gehabt. Mr Vollidiot warf mir einem kurzen Blick von der Seite zu, bedeutete mir dann, dem Mann zu folgen; vor ihm her. Seine Miene war nicht zu deuten.

Auf der anderen Seite der Doppeltür erwartete uns eine Mischung aus modern und minimalistisch. In den Farben weiß und schwarz. Dazu: Kunst. In allen Ausprägungen. Gemälde und Skulpturen. Überwiegend modern. Als wäre das hier einfach nur ein weiterer Teil der Galerie unten. Kameras waren keine zu sehen. Zumindest nicht auf den ersten Blick. Was nichts heißen musste. *›Das beste Sicherheitssystem ist das, das man nicht auf Anhieb sieht‹*, war Pauls Credo gewesen. *›Alles andere ist nur Abschreckung für Möchtegern-Einbrecher‹*.

Mitten in einer weiteren ›Eingangshalle‹ führte eine Treppe in das Stockwerk darüber und endete offenbar zuerst einmal auf einer Art Galerie. Darüber war die Decke eine Kuppel aus Glas. Ob man hier die Sterne sehen konnte? Oder wurde ihr Licht von dem der Kasinos und Leuchtreklamen verschluckt? Wahrscheinlich.

Als wir das Wohnzimmer – vielleicht aber auch nur das Fernsehzimmer, nach dem gigantischen Flachbildschirm zu urteilen, der beinah die eine Wand komplett verdeckte – passierten, drängte sich mir eine ganz andere Frage auf: Dieser Mr Lawrence sollte altpersische Kunst sammeln? Zumindest altpersischen Schmuck. Wo? Hier sah nichts älter aus als frühestens aus der Mitte des vorherigen Jahrhunderts. Zumindest für mein begrenztes Kunstverständnis.

Der nächste Raum – das Arbeitszimmer. Und hier war das ›Alte‹. Und es sah sogar noch persisch aus. Oder babylonisch? Auf einem riesigen Wandrelief, das von verborgenen Strahlern perfekt ausgeleuchtet wurde, hob eine Geflügelte-Löwen-Kreatur mit einem Menschenkopf, dessen Frisur an eine Perücke aus gedrehten Locken erinnerte, eine Vorderpranke. Was auch immer einmal ihr gegenüber gewesen war, jetzt war da nur noch eine unregelmäßige Bruchkante. Ein zweites Relief – kaum kleiner als das erste – zierte die Schmalseite des Raumes. Wie das andere nur ein Teil von etwas ursprünglich viel Größerem. Wieder perfekt ausgeleuchtet. Diesmal waren die Strahler sogar zu sehen; in die Decke eingelassen. Nur war trotzdem nicht wirklich besser zu erkennen, was es darstellen sollte. Ein … Streitwagen mit … Pferden? … oder wieder irgendwelchen Fabelwesen? Nein, zwei Streitwagen. Knapp hintereinander. Und es waren tatsächlich Pferde. Was ihnen aus Stirn und Nacken wuchs, waren Federbüschel. Oder zumindest etwas Ähnliches. Ein Wagenrennen? Anscheinend hatten die Jahrhunderte bei ihm deutlich mehr Schaden angerichtet als bei dem ersten. Beide hinter Glas. Ebenso wie die weiteren kleineren ›Ausstellungsstücke‹ in den fünf oder sechs Vitrinen, die dekorativ im Raum verteilt waren. Gold. Offenbar Schmuckstücke. Ein Teil sah aus wie ein goldener Reif. Eine Art Krone? Das Stück bei einem der bodentiefen Fenster konnte ein Schwert sein. Nicht wie diese Dinger aus dem Mittelalter, sondern deutlich kürzer.

Der Schreibtisch war wieder so modern wie der Rest der Einrichtung draußen.

»Mr Ardeshirs Sohn, Shane Hayden, und eine Mrs Jessica DeLaney, Mr Lawrence.« Der Butler trat zur Seite, winkte uns weiter in den Raum hinein und auf den Schreibtisch und den Mann dahinter zu. Rechts davon waren die zwei Flügeltüren aus Milchglas zurückgeschoben und gaben den Blick auf etwas frei, das eine Bibliothek sein mochte. Und auf noch mindestens ein halbes Dutzend weiterer unterschiedlich großer und kleiner Vitrinen.

»Danke, Malcom. Das war es für den Moment.« Mr Lawrence erhob sich, kam hinter dem Schreibtisch hervor und auf uns zu. Zu einhundert Prozent der wohlhabende Geschäftsmann. Okay, bei ihm konnte ich mir vorstellen, dass er altpersische Kunst sammelte. Und schwindelerregende Summen dafür ausgab. »Mr Hayden. Mrs DeLaney.« Er reichte zuerst Mr Vollidiot und dann mir die Hand. Fest. Entschieden. Und auf eine unterschwellige Art mit der deutlichen Ansage, wer hier der Platzhirsch im Raum war. Selbst mir gegenüber. »Kommen wir gleich zur Sache.« Mit der Hüfte nachlässig gegen die Tischplatte gelehnt, verschränkte er die Arme vor der Brust und sah zuerst mich, dann Mr Vollidiot an – wobei seine Augen für meinen Geschmack ein wenig zu lange und zu kalkulierend an mir hängen blieben. »Am Telefon sagten Sie, ein Schmuckstück aus der Privatsammlung Ihres Vaters sei gestohlen worden – und dass ich es wohl vor Kurzem gekauft hätte, Mr Hayden?«

Für den Bruchteil einer Sekunde zuckte der Blick von Mr Vollidiot zu mir. Wurde kaum merklich schmaler – und irgendwie … härter. Plötzlich hatte er wieder diese ›Besitzanspruchshaltung‹. Und hatte er gerade wirklich das Gewicht ein klein wenig verlagert, sodass er eine Winzigkeit näher bei mir stand? Okay. Doch *zwei* Platzhirsche. – Was für ein Blödsinn! Vor allem, weil ich den einen nicht kannte und den anderen nicht leiden konnte. Trotzdem war sein Ton genauso höflich-professionell, wie er es am Telefon gewesen war, als er die infrage kommenden Sammler durchtelefoniert hatte und schließlich bei diesem Mr Lawrence gelandet war. »Ja. Bedauerlicherweise.«

Lawrence hob eine Braue. Die eigentlich zu dunkel für seine leicht rötlich-blonden Haare waren. Eines von beiden war demnach wohl gefärbt.

»Und wie sind Sie ausgerechnet auf mich gekommen?«

»Der … Juwelier, der es von den Dieben …«

›*Diebe*‹? … ich konnte mich in letzter Sekunde beherrschen, sonst hätte ich ihm gesagt, was ich von seiner Geschichte hielt. »… gekauft hat, nannte mir Ihren Namen.« Er log, ohne eine Miene zu verziehen.

Das, was für einen winzigen Moment über die Züge dieses Mr Lawrence huschte, war eindeutig Ärger. Ganz offensichtlich hatte er *nicht* genannt werden wollen. Am Ende sogar *ausdrücklich* nicht. Hoffentlich machte er diesem ›Juwelier‹ so richtig die Hölle heiß. *Hundertzwanzigtausend. Mistkerl!* »Und jetzt schickt Ihr Vater Sie, um das Stück … was? Zurückzukaufen? – Ein solches Geschäftsgebaren erscheint mir etwas …. seltsam. Wie konnte es überhaupt so weit kommen? Nachlässigkeit gehört normalerweise nicht zu den Gewohnheiten Ihres Vaters. Zumindest soweit ich ihn kenne.«

»Zu den genauen Umständen kann und darf ich nichts sagen, Mr Lawrence. Offenbar gab es eine Lücke im Sicherheitssystem oder etwas Ähnliches, was die Diebe ausgenutzt haben.«

»Und warum kümmert Ihr Vater sich nicht selbst darum?«

»Er ist aus gesundheitlichen Gründen derzeit leider unpässlich.«

Unwillkürlich spitzte ich die Ohren. Die Geschichte, dass er den Anhänger im Auftrag seines Vaters wiederbeschaffen sollte, kannte ich schon. Das mit dem ›unpässlich‹ noch nicht. Der Kerl log wie gedruckt. Perfekt und ohne rot zu werden. – Warum hatte ich dann nur das Gefühl, dass er das in diesem Fall gerade nicht tat?

Lawrence hob eine Braue. »Ich hoffe, nichts Ernstes.« Sein Tonfall war so unverbindlich glatt, dass er ganz laut ›Floskel‹ schrie. »Warum hat er den Diebstahl dann nicht einfach der Polizei gemeldet und denen die Wiederbeschaffung überlassen?« Das klang jetzt schon wieder ganz anders. Lauernd beinah.

»Weil dann ein wertvolles, altes – und entsprechend empfindliches – Schmuckstück in der Asservatenkammer der Polizei gelandet wäre, bis der Fall abgeschlossen ist, wo es genauso behandelt worden wäre wie jedes andere Beweisstück. Was ihm in Anbetracht seines Alters nicht gut getan und seinen Wert garantiert gemindert hätte.« Er zuckte ganz leicht die Schultern. Absolut nonchalant und harmlos. »Und wäre es Ihnen tatsächlich lieber gewesen, wenn nicht ich, sondern Beamte der Las Vegas PD hier stehen würden? Wenn man es genau nimmt, handelt es sich bei dem Stück ja theoretisch um Diebesgut beziehungsweise Hehlerware.«

Lawrence nickte unwillig. Wahrscheinlich stand er genug im Rampenlicht, um so etwas unbedingt vermeiden zu wollen. – Oder zu müssen. Ich hielt meine Miene betont ausdruckslos. Sieh an, sieh an. Shane Hayden mochte ein Vollidiot sein, aber dumm war er nicht.

»Ihnen ist bewusst, dass ich erwarte, dass Sie mir den finanziellen Schaden ersetzen?« Lawrence löste sich von seinem Schreibtisch.

Die Antwort war ein kühles Lächeln. »Ich hatte mit nichts anderem gerechnet.«

Wieder ein Nicken. »Warten Sie hier.«

Damit ließ Lawrence uns einfach stehen und verschwand durch die Milchglastüren in den Tiefen seiner Bibliothek und aus meinem Blickfeld. Selbst als ich möglichst unauffällig einen Schritt vortrat und versuchte, ihm nachzusehen. Mr Vollidiot Hayden beobachtete mich. Dass er sich dabei mit der Handfläche über die Innenseite seines Handgelenks rieb, schien er gar nicht zu merken. Seit wir die Galerie betreten hatten, hatte er das immer wieder getan. Als ich mich halb zu ihm umdrehte, erwiderte er meinen Blick eine Sekunde, dann wandte er ihn ab, ließ ihn über das Innere des Arbeitszimmers gleiten. Shane Hayden … Ein leises Klacken und Schaben drang aus der Bibliothek. Kaum hörbar. Dann ein kurzes Piepen. Ebenso leise. Also lag mein Amulett in einem Safe. Nun, wenn es wirklich so alt und wertvoll war, gehörte es genau dorthin. Oder in eine entsprechende Vitrine. Shane Hayden … Andererseits hatte ich es bis vor Kurzem noch an einer Kette um den Hals getragen. Einfach so. Jeden Tag. Ohne es jemals abzulegen. Der einzige Wert, den es für mich gehabt hatte, war der, dass es meiner Mutter gehört hatte. Und abgesehen von ein paar Fotos aus ihrer Zeit mit Paul war es das Einzige, was mir von ihr geblieben war. Shane Hayden … Bei dem Namen klingelte etwas bei mir. – Nur was? Ich zerbrach mir darüber den

Kopf, seit er ihn zum ersten Mal genannt hatte. Es fiel mir einfach nicht ein.

»Hier ist es.« Ich drehte mich im gleichen Moment wie er zu Lawrence um. Er trat hinter seinen Schreibtisch und stellte ein Kästchen aus dunklem Holz auf die Platte, schob es auf unsere Seite. »Ihnen ist hoffentlich klar, dass ich ebenso gut hätte leugnen können, es jemals besessen zu haben? Oder behaupten können, es schon wieder weiter verkauft zu haben.« Mit einer halb einladenden, halb gleichgültigen Bewegung wies er darauf, während er sich in seinen Schreibtischsessel aus Leder und Stahl sinken ließ. »Ich nehme an, Sie wissen, dass das Amulett beschädigt ist? – Man sieht es nicht auf den ersten Blick. – Was seinen Wert allerdings in keinster Weise mindert!«

Haydens Blick war von dem Kästchen zu mir und zurück gezuckt. Er hatte die Hand schon danach ausgestreckt. Dass er für den Bruchteil einer Sekunde zögerte, bevor er den Deckel jetzt öffnete, war auch diesem Lawrence nicht entgangen. Der hatte die Ellbogen auf die Armlehnen gestützt, die Fingerspitzen zusammengelegt und beobachtete uns darüber hinweg. Stoff – Seide – kam zum Vorschein. Tiefrot. Wie Blut. Hayden schlug die Ecken auseinander. Ein Knistern hing unvermittelt in der Luft. Wahrscheinlich die Klimaanlage. Warum war sie mir bisher nicht aufgefallen? So laut. Ich war näher an den Schreibtisch herangetreten, bis ich ebenso dicht davor stand wie er. Meine Kehle war vollkommen ausgedörrt, als ich mich vorbeugte. Von einer Sekunde zur anderen. Da lag mein Anhänger. Plötzlich kämpfte ich mit dem Drang, ihn aus dem Kästchen zu nehmen, ihn wieder umzulegen. Ihn zu tragen, wie ich es immer getan hatte, seit Mom ihn mir geschenkt und die Kette zum ersten Mal in meinem Nacken geschlossen hatte. Am Abend vor meinem Geburtstag. Bei Sonnenuntergang. Der Himmel hatte ausgesehen wie aus Feuer und Gold. Der rote Stein, nein, der Rubin. – Wie hatte ich ihn nur für einen einfachen Halbedelstein halten können. Oder noch schlimmer, einen billigen Zirkon. – Das seltsam geflügelte Hund-Löwe-Pfauen-Wesen aus Gold … So wahnsinnig vertraut. Ich ballte die Hand zur Faust, um zu verhindern, dass ich sie nach ihm ausstreckte. Es war, als würde er nach mir rufen. Woher kam plötzlich dieser kaum spürbare Windhauch? Wie ein Streicheln, eine Liebkosung.

Ein leises Räuspern neben mir ließ mich zusammenzucken. Mr Vollidiot. Ich spürte seine Augen auf mir. Die unausgesprochene Frage, ob das auch wirklich der Anhänger war, den ich verkauft hatte. Ich registrierte, dass er sich mit den Fingerkuppen der anderen Hand in einer scheinbar unbewussten Bewegung eine Stelle auf der Brust rieb. Das *Herz des Simurgh.* So unauffällig ich konnte, nickte ich.

Warum zum Teufel klopfte mir das Herz wie verrückt? Warum wollte ich seine Hand wegschlagen, als er sie danach ausstreckte? Warum wollte ich nicht, dass er es berührte?

»Hier, unter dem Pfauenschweif, ist ein Stück des Rubins abgesplittert.« Lawrence hatte sich vorgebeugt, wies auf die Stelle, die er meinte.

Ich hörte ihn und hörte ihn doch nicht. Wie in Trance.

Haydens Fingerspitzen senkten sich auf den Stein …

Warum fühlte es sich an, als wäre ich *EIFERSÜCHTIG*?

Unvermittelt flutete alles erdrückende Hitze durch den Raum. Mit einem Zischen zog er die Hand weg. Abrupt. Als hätte er sich daran verbrannt. Ich wich zurück. Beinah ebenso abrupt, wie er die Hand zurückgerissen hatte. Starrte ihn an. Für einen winzigen Augenblick hatte es so ausgesehen, als würde sich das Rot des Steines seine Fingerspitzen hinaufwinden, sich über die Haut strecken, darin versinken … Seine Augen zuckten zu mir, zu dem Stein zurück. Er schluckte. Hart. Ich konnte die Bewegung an seiner Kehle sehen. Seine andere Hand löste sich ganz langsam von seiner Brust, als habe er sie eben noch dagegen gepresst, sank herab wie unter Zwang. Schweiß sammelte sich in meinem Nacken, sickerte zwischen meinen Schulterblättern hinab, klebte mir das T-Shirt auf den Rücken. Die Hitze hing noch immer im Raum. Irgendwo wimmerte die Klimaanlage. Endlich schaffte ich es, den Blick von ihm loszureißen und wieder auf meinen Anhänger zu sehen. Es war verrückt, aber … der Stein schien von innen heraus zu lodern. Wie eine Flamme. In Stein gebanntes Feuer. In all den Jahren, die ich ihn getragen hatte, war mir dieses … Brennen niemals aufgefallen. Wieder sah ich zu ihm, sah zu, wie er die Hand nach dem Anhänger ausstrecken wollte; irgendwie wie … benommen. Nicht wirklich fähig, mich zu rühren – und schrak mit einem Keuchen zusammen, als Lawrence ohne Vorwarnung den Deckel des Kästchens zuschlug.

»Wie gesagt: Ich habe hundertzwanzigtausend Dollar dafür bezahlt.« Die Art, wie er das Kästchen über die Schreibtischplatte wieder zu sich heranzog, war eindeutig.

Für eine Sekunde lag etwas verblüffend Hartes um Mr Vollidiot Haydens Mund, dann zog er seinen Geldbeutel aus der Hosentasche und holte ein zusammengefaltetes Stück Papier aus einem der hinteren Fächer. Ein Scheck.

»In Ordnung.« Auf Lawrence' Schreibtisch strich er ihn glatt und griff nach einem der silbern glänzenden Kugelschreiber am Rand der Schreibtischauflage. Er kam nicht über die ersten Ziffern hinaus, denn Lawrence räusperte sich. Als er aufsah, war wieder dieser harte Zug um seinen Mund. »Stimmt etwas nicht?«

»Ohne Ihnen zu nahe treten zu wollen, Mr Hayden: Schecks können platzen. – Vor allem Schecks in dieser Höhe.«

Der Zug wurde härter. Unwillkürlich spannte ich mich.

»Und das heißt?« So wie dieses Treffen die ganze Zeit gelaufen war, konnte die Frage nur rein rhetorisch sein.

»Ich bin Geschäftsmann.« Lässig zuckte Lawrence die Schultern, lächelte höflich. Und nichtssagend zugleich. »Ich überlasse Ihnen den Stein gegen Hundertzwanzigtausend *in bar.* – Ich bin sicher, Ihr Vater wird das verstehen.«

Und natürlich war ihm klar, dass kein normaler Mensch hundertzwanzigtausend Dollar in bar mit sich herumschleppte. Es sei denn, man war ernsthaft in irgendwelche illegalen Geschäfte verstrickt. Immerhin lebten wir im Zeitalter der Kreditkarten. Und Schecks. – Mit jeder Sekunde widerstrebte es mir mehr, meinen Anhänger bei Lawrence zurückzulassen. Ein leises Schnappen, als er das Kästchen schloss.

Etwas an der Bewegung, mit der Hayden sich aufrichtete, wirkte irgendwie … gefährlich. Unterschwellig zwar nur, aber trotzdem gefährlich. Beinah wie eine unausgesprochene … Warnung. Zumindest auf mich. – Hatte er eben gerade hastig – und verstohlen – auf seine Uhr gesehen? »Natürlich. – In einer Stunde …«

»Ich bedaure, aber wir werden unser Geschäft auf morgen vertagen müssen.« Das Kästchen in der Hand drückte Lawrence sich kühl aus seinem Sessel in die Höhe. »Wie ich schon am Telefon sagte: Mein Abend ist bereits verplant.«

Für den Bruchteil einer Sekunde wurden Haydens Augen schmal, loderte in ihren Tiefen etwas auf, das … Wow. Das hier war etwas ganz anderes als das, was ich in *Big D's* in ihnen gesehen hatte. Oder in meinem Apartment. Dann ein Blinzeln, ein Stirnrunzeln – und es war wieder verschwunden. Nur diese seltsame … Anspannung, die schon die ganze Zeit an ihm hing, blieb zurück. Er nickte. Plötzlich wieder gelassen. »Also morgen Vormittag!« Als wäre nichts geschehen, steckte er den Scheck in seine Brieftasche zurück und ließ die in seiner Hosentasche verschwinden. »Sagen wir acht Uhr? Passt das?«

»Morgen um acht passt.« Lawrence' Lächeln war absolut unverbindlich. »Wenn Sie mich dann entschuldigen.« Er wies hinter uns. »Malcolm bringt Sie hinaus.«

Fast ein wenig erschrocken drehte ich mich um. Der Butler hatte die Tür so lautlos geöffnet, dass ich mich unwillkürlich fragte, wie lange er da schon stand. Und vor allem: Woher er wusste, dass er uns genau jetzt hinauskomplimentieren sollte? – Oder hinaus*werfen.* Das traf es beinah noch besser.

Weder Hayden noch ich sagten etwas auf dem Weg zum Fahrstuhl. Auch nicht während der Fahrt abwärts. Oder als die beiden Sicherheitsmänner uns quer durch die Galerie ins Freie begleiteten.

Erst draußen auf der Straße schien er seine Stimme wiedergefunden zu haben. Und auch das erst nach einem tiefen Atemzug.

»Danke für deine Hilfe.« Für einen Moment schloss er die Augen und presste Daumen und Zeige- und Mittelfinger zu beiden Seiten gegen den Ansatz des Nasenrückens. Dann sah er mich wieder an. »Wo soll ich dich hinbringen?« Mit einem Mal wirkte er irgendwie müde. Als ich nicht sofort antwortete, hob er eine Braue. »Also? Das Angebot steht.«

Ich warf einen Blick hinter mich. Am liebsten hätte ich kehrt gemacht und versucht, meinen Anhänger zurückzubekommen. Jetzt sofort. Ich öffnete den Mund – und schloss ihn direkt wieder, schüttelte innerlich den Kopf über mich selbst. Seit wann war ich so besessen davon? Ich hatte ihn verkauft. Punkt. Morgen früh würde er ihn diesem Lawrence abkaufen. Unsere beiden Wege würden sich noch heute Abend trennen und dann würde ich ihn nie wiedersehen. Ich hatte den Anhänger verkauft. Eine Chance, ihn zurückzukaufen – auch von ihm –, gab es nicht. Ich hätte noch nicht einmal mehr die zweihundertfünfzig Dollar zusammenkratzen können. Geschweige denn hundertzwanzigtausend. Entschieden riss ich den Blick von der Galerie und den Stockwerken darüber und drehte mich zu ihm um. »Du kannst mich an der Cheyenne West Ecke Buffalo Drive absetzen.« Das war weit genug vom Krankenhaus weg, damit er nicht eins und eins zusammenzählen konnte.

Er nickte einfach nur.

9

»Ein großer Kaffee. Extrastark.« Mit einem routinierten Lächeln reichte die Bedienung Shane den Becher über den Tresen und wandte sich schon dem nächsten Kunden zu, noch bevor er Danke sagen konnte. Wie masochistisch musste man eigentlich sein, um freiwillig auch noch heißen Kaffee zu trinken? Ziemlich. Die Hitze klebte regelrecht zwischen den Wänden des Starbucks. Dabei konnten die Mitarbeiter – und die Kunden – sich glücklich schätzen, dass die gegenüberliegenden Gebäude alles andere als klein waren. Sonst hätte die Kombination ›durchgehende Fensterfront‹ und ›Südausrichtung‹ für noch deutlich andere Temperaturen gesorgt. Aber ohne einen anständigen Kaffee würde er die Augen keine Sekunde länger offen halten können. Und verrückterweise war es gar nicht die Hitze, die er gerade als unangenehm empfand, sondern der beinah eisige Luftzug des Ventilators. Den alle anderen regelrecht zu suchen schienen.

Auf dem Weg zu den Stehtischen an der Glasfront wich er einem Pärchen aus, das eng umschlungen auf den Tresen zuhielt, suchte sich einen freien Platz neben einer Säule und kippte Zucker in seinen Becher. Wie lange war er jetzt eigentlich wach? Nach sechsundvierzig Stunden hatte er aufgehört zu zählen. Oder waren es achtundvierzig gewesen? Der tote Punkt hatte ihn erwischt, als sie die Galerie verlassen hatten. Gnadenlos. Er hatte es geschafft, sich nichts anmerken zu lassen, bis er Ms Zimtzicke am Buffalo Drive rausgelassen hatte. Danach hatte er nur noch einen Kaffee gewollt. Oder irgendwo ranfahren und sich wahlweise auf dem Fahrer-, dem Rücksitz oder notfalls auch auf der Ladefläche zusammenzurollen. Aber genau das konnte er sich nicht leisten. Auch wenn er eigentlich nichts anderes tun sollte – und wollte – als endlich schlafen. Er war am Limit. Wahrscheinlich hätte er es noch nicht einmal mehr bis zum *Alhambra* geschafft. Einmal quer durch halb Vegas … Nein. Er konnte es sich einfach nicht leisten, einzuschlafen. Am Ende würde er noch nicht einmal mehr sein Handy hören. Und das war das Letzte, was passieren durfte.

Shane drückte Daumen und Zeigefinger gegen den Ansatz seines Nasenrückens und presste für einen kurzen Moment die Lider aufeinander. Außerdem musste er auch irgendwie das Geld auftreiben. Hundertzwanzigtausend. Heiliger Himmel. Schon als Lawrence den Betrag genannt hatte – nein, eigentlich schon bei diesem zwielichtigen Juwelier –, war ihm klar gewesen, dass er ein Problem hatte: Wer auch immer dieses Amulett gekauft hatte, würde sein Geld erstattet haben wollen. Genau so war es gewesen. Er nahm die Hand herunter, griff sich eines der Holzstäbchen aus dem Edelstahlbecher mit dem Starbucks-Logo, der in der Mitte des Tisches eingelassen war, und rührte seinen Kaffee um. Die Sache mit dem Scheck war ein Bluff gewesen. Er hatte gehofft, dass der Name seines Erzeugers genug ›Gewicht‹ mitbrachte, dass Lawrence damit einverstanden gewesen wäre, sein Geld nicht sofort zu bekommen. Dummerweise hatte das Ganze nicht so geklappt wie geplant. Für eine Sekunde beobachtete er das Wirbeln der schwarzen Flüssigkeit in seinem Becher – und ertappte sich zum Wusste-der-Himmel-wie-vielten Mal dabei, dass er mit den Fingernägeln diese irgendwie juckende Stelle auf seiner Brust bearbeitete. Durch den Stoff seines T-Shirts hindurch. Wie lange schon? – Egal! In einer ärgerlichen Bewegung ließ er die Hand sinken. Im Moment konnte er nur darauf hoffen, dass Nazeem genug Bargeld in dem Safe in seiner Penthouse-Suite hatte – auch wenn das bedeutete, dass er einen abgesperrten Tatort betreten musste. Und dass er den Code in letzter Zeit nicht geändert hatte.

Ansonsten müsste er sich das Geld aus den Barbeständen des Kasinos leihen.

Das ging in Nazeems Abwesenheit aber nur über Luther.

Was wiederum bedeutete, der Sicherheitschef des *Alhambra* würde Antworten haben wollen.

Die Inquisition war nichts gegen Luther.

Mindestens die Hälfte der Fragen würde er nicht beantworten wollen.

Und die andere nicht können.

Er zog das Stäbchen aus seinem Becher, ließ den Kaffee davon abtropfen. Selbst wenn er Luther gegenüber zugab, dass er erpresst wurde und das Geld gebraucht hatte, um dieses Amulett zurückzukaufen, aber alles andere …›*Tja, weißt du, Luther, dein Chef, mein Bruder, ist eigentlich ein knapp 800 Jahre alter Djinn-Prinz und unser Erzeuger ein ehemaliger Fürst der Djinn, der aus welchen Gründen auch immer über keine Macht mehr verfügt und jetzt aus noch weniger bekannten Gründen scheinbar im Sterben liegt* …‹ Ja, klar. Ganz tolle Idee. Mit einem Schnauben warf er das Holzding in den Müll.

Warum eigentlich ausgerechnet er und nicht einer seiner reichen und mächtigen Brüder? – Vielleicht weil die nach wie vor wie vom Erdboden verschluckt waren? Noch immer.

An der Wand links von ihm flackerten die Bilder von brennenden Wäldern über den Bildschirm. Ohne Ton. Die Laufschrift am unteren Rand berichtete von neuen Feuern, diesmal weiter südlich von L. A. Offenbar verlagerten sich die Herde jetzt mehr in diese Richtung. Damit waren Überlegungen bezüglich ›Evakuierung von Außenbezirken‹ erst einmal wieder weit weggeschoben. Er presste die Handballen gegen die Augen, unterdrückte das Gähnen im letzten Moment. Verdammt noch mal, er sollte dort sein und nicht hier. Auch wenn er nichts tun konnte, außer seiner Mutter vielleicht die ein oder andere Stunde Schlaf verschaffen oder sie einfach nur in den Arm nehmen und für sie da sein. Ob er es nachvollziehen konnte oder nicht:

Sie liebte seinen Erzeuger nun mal. – Inzwischen hatte er fünf Anrufe in Abwesenheit von ihr. Weil er sich nicht getraut hatte, ranzugehen. Immer mit der gleichen Nachricht auf seiner Mailbox: ›*Dein Vater liegt im Koma. Melde dich, sobald du das hier abhörst. Bitte, Shane.*‹ Die letzten beiden Male hatte ihre Stimme geklungen, als würde sie in der nächsten Sekunde in Tränen ausbrechen. Er war ein Feigling. Aber wie hätte er ihr erklären sollen, dass er bis auf Weiteres nicht nach L. A. kommen konnte, dass er noch etwas Wichtiges zu erledigen hatte. Zumindest nicht, ohne dass sie sich noch mehr Sorgen machte …

Er trank einen Schluck und verzog das Gesicht. Heiliger Himmel, wie viel Zucker hatte er da reingekippt? Trotzdem nahm er einen weiteren Schluck. Ein Zuckerschock war vielleicht gar nicht mal das Schlechteste. Er konnte es sich nicht erlauben zu schlafen … Gott, seine Gedanken drehten sich ja schon im Kreis. Mit einem schwachen Kopfschütteln presste er den Handballen gegen die Stirn, dann schob er zum x-ten Mal die Hand in die Hosentasche, tastete nach seinem Handy. Die Suche nach Jessica DeLaney hatte ihn einfach zu viel Zeit gekostet. Und jetzt auch noch das. Er hatte keine Ahnung, was er dem Erpresser sagen sollte, wenn der wieder anrief. ›*Dafür hast du achtundvierzig Stunden. Dann sprechen wir uns wieder.*‹ Die Zeit war so gut wie um. Abermals hob er den Pappbecher an die Lippen, verzog das Gesicht. Vor lauter Zucker schmeckte man kaum noch den Kaffee. – Morgen früh, acht Uhr. Das waren noch mehr als zwölf Stunden. Er rieb sich übers Gesicht, ließ dann den Blick ohne festes Ziel über die parkenden Autos vor der Scheibe gleiten, über die Fußgänger. Die Luft über dem Asphalt flimmerte. Auf der gegenüberliegenden Straßenseite versuchte eine junge Frau ihre beiden Kinder in einen nicht mehr wirklich neuen Ford-Kombi zu verfrachten. Dabei warf sie den beiden Männern in dem schwarzen Range Rover mit den getönten Scheiben, der direkt daneben parkte, selbst von hier unübersehbar wütende Blicke zu, weil der Wagen so dicht neben ihrem stand, dass sie die hintere Tür noch nicht mal weit genug öffnen konnte, um ihre Tochter hineinzusetzen.

Was war eigentlich bei diesem Lawrence in ihn gefahren? Als der Mann das Kästchen zu sich gezogen hatte … ihm gesagt hatte, dass er den Anhänger nicht sofort mitnehmen konnte … Beinah wäre er ihm quer über den Tisch an die Kehle gegangen. Wieder glitt seine Hand in seine Hosentasche. Er war kein Lamm, aber das …? – Seine Brüder waren die Choleriker. Allen voran Roshan und Rayam. Und Fahim.

Er nicht.

Bisher.

Dass er nach ungefähr achtunddreißig, vierzig Stunden ohne Schlaf ein bisschen durchgeknallt war, wusste er. Aus Erfahrung. Aber anscheinend drehte er so richtig durch, wenn das Ganze *zu* lange ging.

Aber der Gedanke, den Anhänger zurücklassen zu müssen …? Die Wut war übergangslos da gewesen. – Wie die Hitze; dieses Brennen; dieses … Rufen, als er die Seide zurückgeschlagen hatte. Dieses Gefühl von … Feuer, das … auf ihn übergesprungen war, als er das Amulett berührt hatte. Wild. Und irgendwie … zufrieden zugleich. Ein scharfer, heißer Schmerz an genau der Stelle, an der …

Jemand rempelte ihn an, eine Hand griff an ihm vorbei nach dem Zuckerstreuer. Mit einem Zischen fuhr Shane herum. Ein Mann im Anzug mit völlig durchgeschwitztem weißen Hemd und lose herabbaumelnder Krawatte, bei dem alles ›Banker‹ schrie, wich hastig einen Schritt zurück. Er biss die Zähne zusammen, murmelte eine Entschuldigung, wandte sich wieder den Fenstern zu und machte dem anderen gleichzeitig ein Stück Platz. Was in drei Teufels Namen war in ihn gefahren? So reizbar war er trotz Jetlag und total übermüdet noch nie gewesen.

Sein Handy meldete sich mit dem Gitarrensolo aus ›Livin' on a Prayer‹. Eine Bedienung, die gerade über den Nachbartisch gewischt hatte, zuckte zusammen – und wandte sich unter seinem Blick dann schnell dem nächsten zu, während Shane es hastig aus der Hosentasche zerrte. Nur flüchtig sah er auf das Display. *›Unbekannter Anrufer‹*. Natürlich. Trotzdem hatte er plötzlich einen sauren Geschmack im Mund.

»Hayden.«

»Du warst erfolgreich, mein kleiner Prinz?« Höhnisch-schmeichelnd.

Er drückte die Hand neben dem Kaffeebecher flach auf die Tischplatte. »Nein.«

Neben dem Range Rover hatte die junge Mutter offenbar die Geduld verloren. Gerade quetschte sie sich mit ihrem laut weinenden Kind auf dem Arm zwischen den Autos hindurch zur Fahrertür des Wagens.

Für den Bruchteil einer Sekunde herrschte Schweigen. Beinah … schockiert. Oder zumindest verblüfft. Dann: »Nein? – Versuchst du, Spielchen mit mir zu spielen, mein kleiner Prinz?« Der Tonfall war lauernd. »Das solltest du nicht …«

Die Wut war wieder da. Das Brennen auf seiner Brust auch. Er ballte die Hand zur Faust. »Diese Jessica DeLaney hatte den Anhänger verkauft. Ich habe mehr Zeit gebraucht, um ihn zu finden.« Irgendwie schaffte er es, seine Stimme gedämpft zu halten. »Aber jetzt weiß ich, wo er ist …«

»Und das soll ich dir glauben, mein Prinz?«

Nur mit Mühe unterdrückte er ein Zischen. »Sie können mir glauben oder nicht. Es ist so. Ich kann es nicht ändern.« Die Bedienung wechselte mit ihrem Tablett und dem Putzzeug eilig an den nächsten Tisch, anscheinend darauf aus, möglichst viel Abstand zwischen sich und ihn zu bringen.

»Du spielst mit dem Leben deines Vaters, mein Prinz. Oder soll ich lieber sagen mit der Liebe deiner sterblichen Mutter?«

Der Fahrer ließ die Scheibe herunter.

»Ich kann es nicht ändern. Sie hatte das Ding verkauft. Ich bekomme es erst morgen Vormittag …«

»Wann?« Scharf und hart.

»Gegen halb zehn.«

Wieder Stille. Dann: »Deine letzte Chance, mein Prinz. Du solltest sie besser nutzen.« Damit wurde das Gespräch unterbrochen.

Er ließ das Handy sinken, die Finger mit aller Gewalt um das Gehäuse gekrallt. Die Vorstellung, es – oder notfalls auch nur den Kaffeebecher – gegen die Scheibe zu werfen, war plötzlich sehr verlockend. Stattdessen schloss er die Augen und atmete mehrmals tief ein und aus, während er das Handy zurück in die Hosentasche schob, ehe er sie abrupt wieder öffnete, den Rest des Kaffees in einem Zug hinunterkippte und sich in der gleichen Bewegung, mit der er den Becher in den Mülleimer warf, vom Tisch abstieß. Eine Gnadenfrist bis morgen früh. Bis dahin musste er das Geld haben und wieder fit sein. Nur aus dem Augenwinkel sah er, wie der Range Rover im gleichen Moment auf der anderen Seite zurücksetzte, in dem er die Tür des Starbucks aufstieß. Also würde er jetzt zum *Alhambra* fahren und … Die Scheibe auf der Fahrerseite war noch immer unten. Der Fahrer … Fast wäre er stehen geblieben. Er schaffte es gerade noch, scheinbar ungerührt weiterzugehen. Draußen wandte er sich nach links, ohne sich weiter umzusehen – oder auch nur ansatzweise einen

Blick auf die andere Straßenseite zu werfen. Plötzlich war er froh, dass er keinen Parkplatz direkt vor dem Starbucks gefunden hatte und sein Wagen ein Stück die Straße hinunter stand. Dafür schaute er wie beiläufig in das Schaufenster eines Waffenladens … Der Range Rover hatte sich in Bewegung gesetzt. In die gleiche Richtung wie er. Also doch. Er hatte nichts anderes erwartet. – Die Frage war nur: Wenn der Fahrer einer der Meister aus dem Haus Ashontez aus Ms Zimtzickes Treppenhaus war, wo waren dann die beiden anderen?

Shane beschleunigte seine Schritte kaum merklich. Der nächste Laden war ein China-Imbiss. Im letzten Moment verkniff er sich ein spöttisches Kopfschütteln. Offenbar hatten die Kerle noch nie etwas von dem Prinzip der ›Spiegelung‹ gehört. Sonst würden sie ihn nicht so auffällig beobachten und tatsächlich annehmen, er würde es nicht mitbekommen, nur weil er nicht in ihre Richtung sah.

Gemächlich zog der Wagen an ihm vorbei – und fuhr ein paar Meter weiter in eine Parklücke. Scheinbar vollkommen zufällig und harmlos. Ja, klar.

Noch immer ohne einen Blick in Richtung der Typen zu werfen, wechselte er vom Bürgersteig auf die Straße und trat an die Fahrerseite seines Pick-ups.

Wenn sie ihn verfolgten, verfolgten sie auch Ms Zimtzicke? Und wenn ja: Folgten sie ihm wegen ihr oder ihr wegen ihm? Wem waren sie zuerst gefolgt? Wer hatte sie auf sie angesetzt? Aus welchem Grund? Und seit wann?

Er wartete auf eine Lücke im Verkehr, stieg ein und schlug die Tür hinter sich zu.

Wenn auch nur der Hauch einer Chance bestand, dass sie ihr seinetwegen folgten, dann hatte er dafür zu sorgen, dass es aufhörte. … Warum zum Kuckuck fühlte er sich für sie verantwortlich? Sie waren ja nun wahrhaftig keine Freunde.

Mit einem Seufzen schloss er die Augen, steckte den Schlüssel in das Zündschloss. Damit konnte er sich erst einmal von den paar Stunden Schlaf verabschieden, auf die er noch gehofft hatte. Es würde sich zeigen, wie lange die Wirkung des Kaffees hielt.

Er warf einen schnellen Blick in den Seitenspiegel, setzte den Blinker und fädelte sich in den Verkehr ein.

Auch der Range Rover setzte sich wieder in Bewegung.

Cheyenne West, Ecke Buffalo Drive. Dort hatte er Ms Zimtzicke rausgelassen. Nach dem, was er über sie in Erfahrung gebracht hatte, hatte sie keinen weiteren Job dort in der Nähe. Und ihre Wohnung lag in einer ganz anderen Richtung. Aber das Mountain View Hospital befand sich nur ein paar Blocks weiter … In ihrem Apartment hatte er ein Schreiben mit seinem Briefkopf auf dem Couchtisch gesehen. Ein Krankenbericht? Oder eine Rechnung. Außerdem hatten Jungensachen in einem Wäschekorb gelegen. Als sie ausgestiegen war, hatte sich ihre Tasche für einen kurzen Moment etwas weiter geöffnet. Neben einem T-Shirt war auch ein ziemlich neuer Comic darin gewesen …

Er sah wieder in den Rückspiegel. Der Range Rover war drei Wagen hinter ihm, eine Spur weiter links.

Was hatte er zu verlieren? Er würde einfach sein Glück im Krankenhaus versuchen. Ansonsten würde er eben wieder vor ihrer Wohnung warten. Über das ›danach‹ konnte er sich Gedanken machen, wenn es so weit war. – Vermutlich glaubte sie ihm sowieso kein Wort.

In bissigem Spott verzog er die Lippen. Und sie würde so was von begeistert sein, ihn wieder zu sehen.

Sein Blick ging erneut in den Spiegel. Aber zuerst musste er diese Typen loswerden.

Was im Verkehr von Vegas kein größeres Problem sein sollte.

Drei Blocks weiter sprang die Ampel an der Kreuzung auf Grün.

Zumindest nicht, wenn man sich auskannte. Und vor allem nicht um diese Uhrzeit.

Shane gab ein kleines bisschen mehr Gas, wechselte die Spur.

10

J

»Es tut mir leid, dass ich dir nichts anderes sagen kann, Jesse …« Nichts anderes als: »›*Danny hat diese Chemo schlechter vertragen als die davor …*‹ – ›*Sie hat leider wieder nicht den erhofften Erfolg gebracht …*‹ – ›*Er hat dieses Mal noch länger gebraucht, um sich davon zu erholen …*‹

Ich machte einer Frau in grauem Businessanzug mit einem Schritt zur Seite Platz, beobachtete, wie die Türen des Aufzugs sich wieder vor mir schlossen, starrte die glänzenden Flächen blind an. Das Gespräch mit Dr. Rosettis und mein anschließender Besuch in der Verwaltung hatten viel zu lange gedauert. Die Frau drückte auf den Knopf für die achte Etage. In der siebten musste ich raus.

Ich mochte Dr. Rosettis. Sehr. Und das nicht nur, weil er gut war. Oder weil er erst nach bezahlten Rechnungen fragte, wenn die Finanzchefin des Krankenhauses ihm deshalb im Nacken saß. – Trotzdem wünschte ich mir manchmal, er würde einfach direkt heraus sagen, was Sache war. So hart es auch sein mochte. Oder dachte er tatsächlich ernsthaft, ich wüsste nicht, wie es um Danny stand? Wie es *wirklich* um ihn stand? Dass die ganzen Therapien, die

die Ärzte versucht hatten, einfach nicht anschlugen? Ich schlang die Arme um mich. Seit er damals einfach so neben seinem Fahrrad zusammengebrochen war … sie schlugen nicht an. Mein kleiner Bruder starb. Und es war sein eigener Körper, der ihn umbrachte. Unaufhaltsam. Ohne sich darum zu kümmern, dass er gerade mal zwölf war. Dass es schlicht *unfair* war.

Der Aufzug stoppte, die Türen glitten lautlos auseinander. Wie ferngesteuert setzte ich mich in Bewegung. ›*Es tut mir leid, Jesse. Wir können im Moment nichts weiter tun als abwarten und Danny die Möglichkeit – und die Zeit – geben, sich wieder ein bisschen zu erholen. Danach können wir es noch einmal mit einer weiteren Runde versuchen …*‹ Meine Schritte quietschten leise auf dem Linoleum des Fußbodens. Ein Pfleger, Victor – Danny sprach seinen Namen immer mit einem übertrieben russischen Akzent aus, weil er wohl ursprünglich aus Sankt Petersburg kam –, lächelte mir im Vorbeigehen zu. Sie alle kannten mich. Immerhin war mein kleiner Bruder hier Dauergast. Die meisten hatten schon mehr als einmal ein Auge zugedrückt, wenn ich es nicht mehr zu den Besuchszeiten geschafft hatte. Auf seinem Tablett stapelten sich Medikamentenschachteln. Unwillkürlich fragte ich mich, welche davon für Danny waren, während ich mich zwang, sein Lächeln zu erwidern.

Zumindest hatten mir die tausend Dollar von Mr Vollidiot wieder ein wenig Luft verschafft. Sie würden Danny nicht entlassen, weil die Rechnungen immer mehr wurden und ich es einfach nicht schaffte, genug davon abzubezahlen. Er konnte hier im Mountain View bleiben und Dr. Rosettis würde weiter für ihn tun, was er konnte. Ich grub die Finger noch ein wenig fester in meine Oberarme; fest genug, dass es wehtat. Auch wenn es so, wie es aussah, eigentlich nur noch eins gab, was ihm wirklich helfen konnte: Er brauchte einen passenden Spender. Den es nicht zu geben schien. In einer Stadt wie Las Vegas. Einem riesigen Land wie den USA. – Es gab keinen Treffer in der Datenbank, der auf Danny passte. Für eine Sekunde presste ich die Lippen zusammen, legte den Kopf in den Nacken, kämpfte gegen das Brennen in meinen Augen. Verdammt! Das alles ging schon so lange, der Gedanke sollte mir inzwischen eigentlich vertraut sein. – Er war es einfach nicht.

Als sich die Milchglastüren der Kinderonkologie vor mir öffneten, holte ich einmal tief Luft und stieß sie wieder aus. Dannys Zimmer war das zweite auf der linken Seite. Bis ich es erreichte, musste ich meine Stimme wieder unter Kontrolle haben. Wie sehr ich den Geruch von Desinfektionsmitteln inzwischen hasste.

Hinter ihrem Tresen schaute Schwester Alexa auf, lächelte mir, das Telefon am Ohr, zu, als sie mich erkannte. Ich winkte ihr im Vorbeigehen zu – und runzelte die Stirn, als sie in die Richtung von Dannys Zimmer nickte und mit den Lippen lautlos ›süß‹ formte. Irritiert verlangsamte ich meine Schritte. *›Süß‹?* Ich sah zu Dannys Tür. Der Lamellenvorhang vor der Glaswand gegen den Gang hin war zugezogen. Danny war viel, aber ›süß‹ ganz sicher nicht. Zumindest nicht nach meiner Große-Schwester-Meinung. ›*Süß*‹ … Also wirklich.

»Ich gehe mit und erhöhe um zehn.«

Beim Klang der Stimme blieb ich abrupt vor der Tür stehen. Ungefähr eine Sekunde lang. Und kämpfte mit dem Drang, in das Zimmer meines Bruders zu stürmen. Dieser Mistkerl! Ich ballte die Fäuste. Lockerte sie wieder. – Nein. Ich würde nicht wie eine wild gewordene Furie da rein stürzen und diesen Vollidioten zusammenfalten. Auch wenn ich nichts lieber tun würde. Nicht vor Danny. Aufregung war das Letzte, was mein Bruder brauchen konnte. Ich musste Hayden da raus und außer Hörweite bekommen. Was ich *dann* mit ihm machen würde, stand auf einem anderen Blatt. Was zur Hölle tat er hier? Ich hatte meinen Teil des Handels erfüllt. Was wollte er noch? Und wie verdammt noch mal hatte er mich gefunden?

»Du bluffst.« Danny. Entrüstet.

»Und wenn nicht?« Mr Vollidiot. Spöttisch. Und mit dem Hauch eines Grinsens in der Tiefe.

Mit einem Ruck löste ich mich von meinem Platz – und blieb im Türrahmen gleich wieder stehen. Fassungslos. »Du spielst mit meinem Bruder Poker?!« Es brach einfach aus mir heraus. Das konnte doch nicht wahr sein.

Danny grinste mich über seine Karten hinweg an. Kalkblass, den Sauerstoffschlauch unter der Nase, die Kanülen des ZVK an der Schulter, Drähte unter dem Kragen seines GI-Joe-Pyjamas heraus, die zu dem Monitor neben seinem Bett führten, an das aufgestellte Kopfteil gelehnt, aber unübersehbar gut gelaunt. In meiner Brust zog sich etwas zusammen. Wann hatte ich ihn zuletzt auf diese rotzfreche Art grinsen gesehen? Ewigkeiten nach meinem Gefühl. Das zweite Bett im Zimmer war leer. Schwester Julia hatte Dannys Nachbarn Todd gerade zur Dialyse geholt, als ich gekommen war. »Texas hold them. – Endlich mal jemand, der richtig Karten spielen kann. Und nicht solche Mädchenspiele.« Das ging eindeutig gegen mich. Und wer, bitte schön, hatte meinem kleinen Bruder eigentlich das Pokern beigebracht? ›*Texas hold them*‹; also wirklich.

Auch Mr Vollidiot hatte sich zu mir umgedreht. Er saß seitlich auf Dannys Bett, ein Bein halb untergeschlagen, sein Blatt zusammengeschoben, dass selbst ich nur die oberste sehen konnte. Pik Acht. Dannys Klapptisch zwischen ihnen. Und darauf die Karten und … Gummibärchen. Wenigstens hatte er genug Hirn, mit einem Zwölfjährigen nicht um Geld zu spielen. Ich war nicht sicher, was ich mit ihm gemacht hätte, wenn es anders gewesen wäre. Der bunte Haufen vor Danny war beachtlich. So lange hatten mein Gespräch mit Dr. Rosettis und mein Besuch in der Verwaltung nun auch wieder nicht gedauert. – Ich runzelte die Stirn. Was trieb Danny hier, wenn ich nicht da war?

»Wir müssen reden.« Mr Vollidiot hatte noch nicht einmal den Anstand, verlegen zu klingen. Hallo? Er *pokerte* mit einem *Zwölfjährigen!*

Mein Blick wanderte zu ihm. »Oh ja, das müssen wir.« Ich schaffte es, nicht *zu* ätzend zu klingen, wies gleichzeitig mit dem Kopf zur Tür. »Draußen.«

»Shane sagt, seinem Bruder gehört das *Alhambra.*«

Irritiert sah ich Danny an. Hatte er nicht mitbekommen, was ich gesagt hatte? – Und … das *Alhambra. Ja, klar.* Das neueste und aktuell beeindruckendste Juwel unter den Kasinos und Hotels von Vegas. Und es gehörte ausgerechnet *seinem* Bruder. Natüüürlich. *Wer's glaubt …*

»Ich gehe mit und erhöhe noch mal um zwanzig.« Danny schob zwei gelbe Gummibärchen zu denen in der Mitte des Tisches, warf mir dann einen kurzen Blick über seine Karten hinweg zu. »Und er hat gesagt, er zeigt es mir – also alles –, wenn ich wieder hier raus bin – sogar den Tresor!« Seine Augen senkten sich auf sein Blatt, hoben sich dann aber direkt wieder zu diesem Vollidioten. »Nicht wahr?« Ich kannte meinen kleinen Bruder gut genug, um zu merken, dass er sich bemühte, nicht zu hoffnungsvoll zu klingen. Er schaffte es nicht. Das *Venetian,* das *Luxor,* das *Mirage* oder das *Bellagio* – und seit seiner Eröffnung auch das *Alhambra* – er war fasziniert von diesen Hotels. Wahrscheinlich weil er sich nichts mehr wünschte, als die Orte, die Vorbild für sie waren, einmal in Realität zu sehen. – Und sehr genau wusste, dass seine Chancen dazu mehr als schlecht standen.

»Das Angebot steht.« Mr Vollidiot nickte, hob dann spöttisch eine Braue. »Wer blufft jetzt?« Er schob seinerseits zwei gelbe Gummibärchen zum Pot und legte noch drei rote hinterher.

Danny schnaufte und setzte eine absolut überhebliche Miene auf, von der er dachte, es sei ein undurchschaubares Pokerface. Ja, natürlich. Er würde ihm das *Alhambra* zeigen. Klar doch. Jemandem wie Danny konnte man viel versprechen, nachdem man schon blind und blöd gleichzeitig sein musste, um nicht sehr deutlich zu sehen, dass er mit ziemlicher Sicherheit nirgendwo mehr hingehen würde. Zumindest nicht, wenn nicht bald ein Wunder geschah.

Ich schob die Hände in die Hosentaschen, um zu verbergen, dass ich sie zu Fäusten geballt hatte. Ein todkrankes Kind belügen; ging es eigentlich noch erbärmlicher?

»Außerdem ist Shane Fotograf. Mode und solche Sachen. – Er hat auch die Bilder vom *Alhambra* gemacht. Weißt du noch? Die, die damals in der Zeitschrift im Wartezimmer waren.«

Und wen interessiert das? – Mal abgesehen davon, dass es garantiert genauso wenig stimmte wie der Rest der Geschichte. Ich biss mir im letzten Moment auf die Zunge, nickte wortlos. Wobei … aus seinem Handschuhfach war mir ein Objektiv entgegengefallen. – Okay, der Teil mit dem Fotografenjob stimmte dann vielleicht doch.

»Jesse hasst es, fotografiert zu werden.« Danny schaute schnell über den Rand seiner Karten hinweg zu Mr Vollidiot, bevor er seine Aufmerksamkeit wieder ganz auf sie richtete. Scheinbar. »Sie sagt, sie sieht auf Fotos immer aus wie Frankensteins Braut.« Zwei gelbe, drei rote und noch ein grünes Gummibärchen wanderten von Dannys Berg hinüber in den Pot.

Mein Bruder, das Klatschmaul.

Mr Vollidiot wandte sich ein Stück weiter zu mir um. »Ist das so?« Die Frage musste rein rhetorisch sein. In seinem Mundwinkel saß ein winziges Zucken. Das ich absolut nicht deuten konnte.

Ich kam nicht dazu, irgendetwas darauf zu antworten, weil Danny schon weiterredete. »Wahrscheinlich weil sie noch nie bei einem richtig guten Fotografen war. Einem Profi eben.« Na ja, bei dem Fotograf, der damals die Familienbilder von Mom, Paul, Danny und mir gemacht hatte, hatte ich eigentlich nicht den Eindruck gehabt, dass er *kein* Profi war. Und trotzdem hatte ich dafür gesorgt, dass die Porträtfotos von mir, zu denen Mom und Paul mich überredet hatten, ganz schnell in einer Schublade verschwunden waren. GANZ hinten. Dannys nächste Worte klangen absolut harmlos. Und erwischten mich eiskalt. »Vielleicht könntest du sie ja mal fotografieren.«

Was? »Was? – Nein!« Himmel, was klang ich panisch. Das Zucken in Haydens Mundwinkel vertiefte sich. *Mistkerl!*

»Ach, komm schon, Jess.« Danny zog eine Schnute. »Ich hätte wirklich gerne mal ein Bild von dir.«

»Es gibt genug von mir.«

»Aber keines, auf dem du nicht die Hand vorm Gesicht hast.«

»Wir können es ja mal versuchen.« War ja klar, dass Mr Vollidiot mir in den Rücken fiel. Wahrscheinlich machte es ihm auch noch einen Wahnsinnsspaß.

Ich zischte. »Wir wollten reden. DRAUSSEN!«

»Aber erst, wenn wir mit der Runde fertig sind.« Danny bedachte mich mit einem tadelnden Blick, dann sah er Mr Vollidiot Hayden an. »Du bist dran, Shane.«

Der warf mir noch einen kurzen, schnellen Blick aus dem Augenwinkel zu, wandte sich wieder zu Danny und fächerte seine Karten auseinander. Einen Moment schien er sie angestrengt zu studieren … – was gab es bei dem Blatt zu studieren? Ich versuchte mir nichts anmerken zu lassen. Nach meinen begrenzten Pokerkenntnissen konnte man damit wirklich alles schlagen – … Hayden schob den ganzen Rest seiner Gummibärchen zum Pot. »Dann lass mal sehen.«

Mit einem zufriedenen »Ha!« legte Danny seine Karten auf den Tisch.

Ich biss mir auf die Wange, als Mr Vollidiot seine eigenen ebenfalls auf die weiße Fläche warf. Die Bilder nach unten. *Was zum …?* »Du hast gewonnen.« *Wie bitte?* Ich starrte seinen Hinterkopf an. Er stand vom Bett auf, während mein Bruder noch breit grinsend seinen Gewinn mit beiden Händen auf seine Tischseite zog, drehte sich zu mir um. »Sollen wir?«

Danny beäugte über den Gummibärchenberg zuerst mich, dann ihn. »Was habt ihr eigentlich so Geheimnisvolles zu besprechen, dass ihr vor die Tür müsst und nicht hier drin bleiben könnt?« Bedeutungsschwer wackelte er mit seinen derzeit nicht vorhandenen Augenbrauen unter seinem schwarz-weißen Piraten-Bandana mit den Knochen und Schädeln darauf. Das offiziell einfach nur cool war. »Gibt es etwas, das ich wissen sollte, Jesselein?« Inoffiziell diente es nur einem Zweck: verbergen, dass Danny keine Haare mehr auf dem Kopf hatte. Auch wenn er es niemals zugeben würde: Er hasste diese Tatsache. Absolut. Deshalb trug er dieses Ding vor allem vor Fremden. Ich fand das Teil einfach nur gruselig. Was ich ihm bisher nicht gesagt hatte.

»Das geht dich rein gar nichts an. Und nein, es gibt nichts, was du wissen solltest, *Dannylein.*« Abermals nickte ich zur Tür. »Komm schon.« Diesmal folgte mir Mr Vollidiot kommentarlos.

Danny gluckste. Wir waren noch nicht mal richtig draußen auf dem Korridor, als er mit seinem Singsang begann. »Jesse hat 'nen Freund. Jesse hat 'nen Freund. Jesse hat 'nen …«

Zischend fuhr ich zu ihm herum. »Klappe, Nervbratze!«

Danny johlte. Wenn auch ziemlich atemlos. Und streckte mir die Hand hin.

Ich knurrte, während ich zugleich den Impuls unterdrückte, zurück und an sein Bett zu stürzen. »Schreib's auf.«

Verständnislos sah Mr Vollidiot von ihm zu mir, hob dann fragend eine Braue.

»Uninteressant.« Mein Ton hatte sich keinen Strich verändert.

Danny lachte. Was unvermittelt in einen Hustenanfall überging. Dass ich diesmal einen Schritt in seine Richtung machte, wurde von ihm mit einer Grimasse und einer Handbewegung quittiert, die mehr als deutlich sagte: *›Ich brauch' dich nicht. Bleib, wo du bist.‹* Also wartete ich ab, während ich die ganze Zeit wie in einem stummen Mantra wiederholte: *Bitte, lass ihn wieder Luft bekommen.* Bis der Hustenanfall vorüber war. Erstaunlich schnell, wenn man bedachte, dass Danny beim letzten Mal Medikamente und Sauerstoff gebraucht hatte, und es beinah eine halbe Stunde gedauert hatte, bis beides wirkte. – Auch als es vorbei war, rührte ich mich nicht. Obwohl seine Atemzüge nach wie vor nach schwindsüchtiger Dampflok klangen. Und er matter in seinem Kissen lag als vorher. Was ihn allerdings nicht davon abhielt, Mr Vollidiot diese eine ganz bestimmte Familienregel zu erklären. »Wann immer Jess Schimpfwörter benutzt oder flucht, muss sie mir fünf Dollar geben. Hat unser Dad so bestimmt.«

»Aha.« Hayden gelang es nicht, seine Belustigung vollständig zu verbergen.

Ich grummelte. »Und inzwischen schulde ich ihm den Gegenwert von fünf iPads.«

»Sechs«, korrigierte Danny mich. »Und zwei iPhones.« Er sagte es absolut geschäftsmäßig. Scheinbar genervt verdrehte ich die Augen.

»Wow.« Hayden klang beeindruckt.

Ich fragte nicht, wovon genau. Stattdessen wies ich auf den Gang hinaus. Zum wie vielten Mal eigentlich? »Du wolltest reden. Können wir das dann vielleicht hinter uns bringen?« In seinem Bett holte Danny Atem. Ich fuhr zu ihm herum, meinen besten Wage-es-ja-nicht-Ausdruck auf dem Gesicht. »Ein Ton und ich konfisziere deinen neuen Comic.«

Sein Mund klappte geräuschvoll zu, ehe er demonstrativ die Arme vor der Brust verschränkte. Ich schoss ihm noch einen warnenden Blick zu, dann marschierte ich an Mr Vollidiot vorbei aus seinem Zimmer, ein Stück den Korridor hinunter. Weit genug, um absolut sicher zu sein, dass Danny uns auf gar keinen Fall hören konnte. Und Schwester Alexa auch nicht.

Dann drehte ich mich abrupt zu ihm um. Die Hände jetzt gut sichtbar zu Fäusten geballt. Und halb gehoben. »Hab ich in dir jetzt so was wie einen Stalker?«, fuhr ich ihn an. »Ich habe meinen Teil unseres Deals erfüllt.« Hier war mir mein Ton egal. Und was er von mir dachte, sowieso. *Wirklich? – Klappe, Jesse!* »Was willst du also noch von mir? Und wie hast du mich gefunden?«

Er war knapp hinter mir stehen geblieben, sah mich an, als würde ich ihm gerade die bescheuertste aller Fragen stellen, die die Menschheit seit der, auf die die Antwort ›42‹ war, je gestellt hatte. Verächtlich winkte ich ab. »Vergiss es. Ich will es gar nicht wissen.« Wollte ich schon, allerdings ging ihn das nichts an. »Du hast gesagt, wir müssten über irgendetwas reden. Also bitte: Worüber? Rede!«

Etwas irgendwie … Unwilliges, beinah … Gereiztes huschte über seine Züge, dann glitten seine Augen einmal wie sichernd den Gang hinauf und hinunter, bevor seine Aufmerksamkeit wieder ganz auf mir lag. »Die Typen, die im Treppenhaus bei dir herumgelungert haben, … sie verfolgen uns.«

Ich starrte ihn eine geschlagene Sekunde an, ehe ich ein »Wie bitte?« herausbrachte. Warum sollten irgendwelche Gangmitglieder mich verfolgen? Entschieden schüttelte ich den Kopf. »Das ist bodenloser Schwachsinn! Dich vielleicht, aber mich nicht.«

Eine seiner Brauen hob sich, während er zugleich die Arme vor der Brust verschränkte. Auch diese Bewegung wirkte irgendwie … ärgerlich. Auf unterschwellige Art sogar drohend und gefährlich zu gleich. – Und arrogant. Gott, wie ich sehr ich diesen Idioten nicht mochte. *Aber du musst zugeben, dass etwas an ihm dich auch irgendwie anmacht. Wie er dasteht. Wie er dich ansieht. Dieser Ausdruck in seinen Augen … – Klappe, Jesse. Er ist ein arrogantes, selbstherrliches Arschloch. – Ach, komm schon. Endlich mal keiner, der einem Softeis Konkurrenz machen kann. Einen richtigen Bad Guy hattest du noch nie. – KLAPPE, Jesse.* Mom würde mir noch aus dem Grab heraus die Hölle heiß machen, wenn ich auch nur im Traum daran dachte, mich mit so einem einzulassen. Und Paul erst recht. Himmel, er hatte ja schon Aaron Sandler zu Tode erschreckt, als der mich zum Schulball abgeholt hatte. Dabei war Aaron nun wirklich Schwiegermutters – und -vaters – Liebling-Material gewesen. – Wieso hatte ich eigentlich immer wieder das Gefühl, ihn irgendwo her zu kennen?

»Verrat mir doch mal, warum dann einer von ihnen in einem dunkelblauen Van auf dem Parkplatz sitzt, und zwar so, dass er den Haupteingang des Krankenhauses zu hundert Prozent im Blick hat?«

»Sie werden dir gefolgt sein, und nicht mir.« Ich machte einen Schritt auf ihn zu, hob die Fäuste ein Stück mehr. War das ein Pflaster, das da gerade eben noch unter dem Rand seines T-Shirt-Ärmels hervorlugte? Wenn ja, schien es ziemlich groß zu sein.

Er verzog nur unwillig die Lippen. »Ich enttäusche dich ungern, Gnädigste, aber der Wagen stand schon da, als ich hier angekommen bin. Ebenso wie die Typen schon vor mir da waren.«

»Du bist total durchgeknallt.« Plötzlich war mir schlecht. »Wahrscheinluch bist *du* einfach nur ziemlich berechenbar.« Hatte er recht? Wurden wir – beziehungsweise ich – wirklich verfolgt? Von wem? Waren das irgendwelche Privatdetektive? Hatte Tante Gwen mich gefunden? Und damit auch Danny? »Warum sollte irgendjemand mich verfolgen?« *Mach, dass er mir glaubt.*

»Sag du's mir.«

Den Teufel würde ich. Auch wenn allein der Gedanke,

dass er möglicherweise recht haben könnte, mir den Magen zusammenzog.

»Was hast du angestellt, dass dir jemand diese Kerle auf den Hals hetzt?«

Nur meinen kleinen Stiefbruder entführt – zu dessen Vormund sein Vater mich übrigens in seinem Testament hatte machen wollen –, um zu verhindern, dass seine liebreizende Tante ihn zum Sterben in irgendeinem elenden Spital am Ende der Welt einsperrt, damit sie ungehindert – und schneller – an sein Erbe kommt. – Nicht, dass ich dir das jemals sagen würde. Mein Blick huschte an ihm vorbei zu Dannys Zimmer. Als ich ihn wieder ansah, stand eine scharfe Falte zwischen seinen Brauen. »Ich habe gar nichts *angestellt.*« So heftig, wie das kam, würde er mir garantiert kein Wort glauben. Prompt hob er in einem überdeutlichen ›Ja, klar‹ abermals eine Braue. Er musste es gar nicht laut aussprechen. »Arschloch.« Es platzte einfach aus mir heraus.

»Du mich auch.« Eiskalt und mit einem geradezu verächtlichen Schulterzucken. »Sie werden deinem Bruder nichts tun.« Übergangslos war sein Ton verblüffend … sanft geworden. Irritiert wich ich zurück.

»Was?« Wie kam er jetzt darauf? Hatte mein Blick zu Dannys Zimmer mich verraten? Garantiert. »Ich habe keine Ahnung, …«

»…, wovon ich rede. – Schon klar.« Er schob die Hände in die Hosentaschen. In der Bewegung rutschte der Rand des T-Shirt-Ärmels ein bisschen höher. Tatsächlich: ein

Pflaster. Interessant. »Dein Bruder ist für sie nicht von Interesse. Wenn er es wäre, wären sie schon längst hier oben aufgetaucht. Es gibt Gesetze. Selbst sie halten sich daran. Meistens zumindest.« Wovon zum Teufel redete er? »Du bist das Ziel.« Blödsinn. Natürlich war Danny das Ziel. Ich war nur das Hindernis. Ärger verzog seine Lippen. »Und ich anscheinend auch.« Was ihm offenbar gar nicht passte.

Ich biss mir auf die Wange, sah ein weiteres Mal hastig zu Dannys Zimmer und wieder zu ihm. Wenn ich ehrlich war, war er mir gerade herzlich egal. *Sicher? – Ja! … Na ja … – Hallooo? Am Ende hat er die Kerle vielleicht noch zu uns geführt.* Meine Prioritäten lagen an anderen Stellen. »Weißt du was: Du hast einen absoluten Knall.« Jetzt zeigte sich der Ärger eindeutig auch in seinen Augen. Ich gab vor, es nicht zu bemerken. »Du bist … durchgedreht … paranoid … hast Halluzinationen … was auch immer. Such dir was aus.« Diesmal schüttelte ich den Kopf und verschränkte dabei die Arme vor der Brust. »Wenn du meinst, die Typen verfolgen dich, bitte. Aber lass mich da raus.«

»Du …«

»Nein!« Mit einer schnellen Handbewegung verhinderte ich, dass er auch nur eine Silbe weiter kam. *»Du* verschwindest jetzt. Sofort. Sonst rufe ich den Sicherheitsdienst. Ich habe meinen Teil unseres Deals erfüllt. Also verpiss dich. Für immer! – Bye. Schönes Leben noch.« Ich wollte an ihm vorbei, zu Dannys Zimmer zurück. Seine Hand an meinem Arm stoppte mich, als ich auf gleicher Höhe mit ihm war.

Wütend fuhr ich zu ihm herum, wollte mich losreißen – und erstarrte. Seine Augen gruben sich in meine. Schwarzer Obsidian über Feuer. Für eine Sekunde war etwas in seinem Blick … Dann ließ er mich unvermittelt los, machte kehrt und ging in die gleiche Richtung, in die ich eben auch gewollt hatte. Ich erwischte ihn gerade noch am Rücken seines T-Shirts. »Was glaubst du eigentlich, was du da tust?«, fauchte ich. »Der Ausgang ist in die andere …«

Abrupt fuhr er herum, noch bevor ich den Satz beendet hatte. Die Bewegung zwang mich, ihn loszulassen.

Der Blick, mit dem er mich bedachte, war mörderisch.

»Ich gehe mich von deinem Bruder verabschieden. Und es ist mir egal, ob's dir passt oder nicht.« Letzteres bekam ich schon wieder halb über die Schulter. *Mistkerl!* Mit einem unterdrückten Fluch lief ich ihm nach, bis ich mit ihm auf gleicher Höhe war, drängte mich sogar ein Stück an ihm vorbei und schaffte es, mich vor ihm durch Dannys Tür zu schieben. Nur um direkt dahinter – fast noch darin – stehen zu bleiben und ihm so den Weg weiter in den Raum zu blockieren. Todd war von der Dialyse zurück. Blass und sichtlich müde lag er in seinem Bett. Seine Mutter saß neben ihm auf einem dieser unbequemen Plastikstühle und sah bei meinem – zugegeben irgendwie poltrigen – Eintritt überrascht auf. Ich nickte ihr mit einem kleinen, leicht verlegenen Lächeln zu und spürte gleichzeitig Haydens Atem direkt unter meinem Ohr, als er scharf die Luft ausstieß. Himmel, ich hatte nicht angenommen, dass er *so* dicht hinter mir war. Möglichst unauffällig bewegte ich mich einen winzigen Schritt zur Seite, ohne ihm wirklich Platz zu machen. Geschweige denn, ihm die Chance zu geben, an mir vorbeizukommen. Aber zumindest konnte ich ihn jetzt wieder sehen, auch wenn ich mich dafür ein kleines bisschen drehen musste. Nicht zu wissen, was er hinter mir tat, wenn ich seine Nähe beinah durch den Stoff meines T-Shirts spüren konnte … nein, das ging gar nicht.

Danny begrüßte uns über seinen Comic hinweg mehr als vorwurfsvoll. »Du hast geschummelt, Shane.« Beide Blätter lagen aufgefächert vor ihm auf dem Tisch.

Hayden verzog den Mund zu einem gutmütig-spöttisch-schiefen Lächeln und zwinkerte ihm wie verschwörerisch zu. »Regel Nummer eins, Kleiner: Lass eine Frau niemals warten. Zumindest nicht länger als unbedingt nötig. Ist meistens besser für den Weltfrieden.«

Danny huff-te nur.

Ich verkniff mir jeden Kommentar. Stattdessen bedachte ich ihn mit einem warnend-schmalen Blick und schob das Kinn ein winziges Stück vor. »Shane muss gehen.«

Die Enttäuschung war meinem Bruder überdeutlich anzusehen. »Echt? Jetzt schon?« Er klappte seinen Comic zu. »Und kommst du mal wieder?«

»Ja. Jetzt schon. Leider.« So sauer er auf mich war: Er ließ Danny nichts davon merken. Verrückterweise rechnete ich ihm das hoch an. Was mich selbst verblüffte. »Und was das Wiederkommen angeht: Ich weiß ja jetzt, wo ich dich finde.« Mit einem kleinen Schulterzucken hakte er die Daumen in die vorderen Taschen seiner Jeans. »Oder wo deine Schwester wohnt.« *Das* klang für mich jetzt eindeutig nach einer Drohung. *Na toll. Danke auch.* Damit waren nicht nur diese Typen, sondern auch er ein Grund, dass ich nach etwas Neuem für Danny und mich suchen musste. Dabei war ich froh gewesen, diese Wohnung gefunden zu haben. Alles, was in mein Budget passte, lag gewöhnlich nämlich auch in Gegenden, in denen ich nachts nicht allein unterwegs sein wollte.

Ich musste wohl ziemlich verblüfft ausgesehen haben, als er seine Brieftasche zückte und mir eine Visitenkarte hinhielt, auf der sein Name, das Wort ›Fotograf‹ und eine Handynummer standen. »Falls du mich erreichen willst.« *Ich? Ihn erreichen wollen? Nicht im Traum.* Er schob den Geldbeutel an seinen Platz zurück, hob eine Braue, als ich noch immer nichts sagte. »Wegen Dannys *Alhambra*-Führung«, erinnerte er mich. Leise genug, dass Danny uns nicht zwingend hörte.

Oh. »Ja, klar.« Himmel, was klang ich lahm.

Ein knappes Nicken, das mir galt, eine kurze Geste und ein »Bye, Kleiner« zu Danny hin, dann machte er kehrt und ging.

Eine Hand am Rahmen sah ich ihm nach, bis er den Korridor hinunter verschwunden war. Nur um sicher zu sein, dass er auch wirklich ging. Aus meinem Leben verschwand. Diesmal hoffentlich endgültig. Er drehte sich nicht noch einmal um. Was mich aus irgendeinem Grund ärgerte. Das Problem war: Ich konnte mir nicht erklären, warum.

Ich stieß mich vom Türrahmen ab – und hielt gleich wieder inne, bei der Art, wie mein kleiner Bruder mich ansah. »Was ist?«

»Hast du ihn verscheucht?« Ich starrte ihn an. Das klang regelrecht … vorwurfsvoll.

»Was? – Nein. Hab ich nicht.«

Dannys Blick wanderte einmal an mir auf und ab. Höchst aussagekräftig. »Und warum musste er dann so plötzlich weg?«

»Vielleicht hatte er ja noch einen Termin … Hör mal …« Ich räusperte mich und trat an sein Bett. »Ich muss jetzt auch gehen, kleiner Bruder.« Wieder huschte Enttäuschung über sein Gesicht. Ganz kurz nur, aber deutlich genug. Verdammt noch mal, er war viel zu oft viel zu lang allein. Aber ich schaffte es einfach nicht, öfter zu kommen – oder länger zu bleiben. *Danke auch, Tante Gwen.* Er sagte nichts, nickte nur. Doch sein Gesichtsausdruck stoppte mich, als ich mich zum Abschied zu ihm beugen wollte. »Was?«

»Du hast jetzt aber nicht vor, peinlich zu werden?«

»Peinlich«, wiederholte ich irritiert.

Seine Augen gingen für einen Sekundenbruchteil zu Todd und seiner Mutter, dann zurück zu mir. »Na ja, peinlich eben. Abknutschereien und solche Sachen.« Er ließ die Ecke einer Karte auf den Krankenbetttisch schnipsen. Immer wieder.

Oh. Aha, daher wehte der Wind also. Eines seiner ›Ich bin ein großer Junge und zu alt für Küsse und Kuscheln von meiner Schwester in der Öffentlichkeit‹-Dinger. »Ist Umarmen okay?«

Das Schnipsen endete. Einen Moment schien er angestrengt nachzudenken, nickte schließlich. »Ich denke schon.«

»Na dann …« Ich schob den Tisch ein bisschen aus dem Weg und beugte mich zu ihm. Er legte die Arme um mich und hielt mich fest. Viel Kraft war nicht dahinter. »Hab dich lieb«, flüsterte er mir zu.

Ich erwiderte den Druck. Nicht zu heftig. So dünn, wie er war, verpasste ich ihm am Ende einen Satz blauer Flecken, ohne es zu wollen – oder Schlimmeres. »Ich dich auch«, flüsterte ich genauso leise zurück.

Als er schließlich die Arme wieder löste, richtete ich mich auf und wollte mich von seinem Bett abstoßen. Dannys »Jesse?« hielt mich zurück. »Ja?«

Verschwörerisch winkte er mich noch einmal näher zu sich. Gehorsam lehnte ich mich weiter vor. Und bekam die Hand gewichtig auf die Schulter gelegt. »Ich finde Shane ziemlich cool«, raunte er mir mit einem kurzen Blick zur Tür zu.

Wie bitte? »Ach?«

»Mhm.« Ein Nicken. Noch gewichtiger als zuvor. »Und ich fände es noch cooler, wenn meine Schwester so jemanden als *Freund* …«, noch viel auffälliger konnte man das Wort nicht betonen, »… hätte.« Wieder dieses Nicht-vorhandene-Augenbrauen-unter-dem-Bandana-Wackeln. »Sehr cool.«

»Du würdest es cool finden? Tatsächlich?« Ich setzte ein zuckersüßes Lächeln auf. »Danny-Schatz …« Ich ließ das Lächeln verschwinden und nahm auch den Zucker aus meiner Stimme. »… kümmer' dich um deine eigenen Angelegenheiten.«

Ich hätte nicht für möglich gehalten, dass sein Grinsen noch breiter werden konnte. Und dreckiger. Er tätschelte meine Schulter. »Ich finde, du solltest darüber nachdenken.«

Mir fiel der Kiefer herunter. Genau das hatte Paul immer am Ende seiner Strafpredigten zu mir gesagt, wenn ich irgendwelchen Mist gebaut hatte. Und Danny wusste das. »Du kleine Miss-…«

Danny riss die Augen schockiert-komisch weit auf und streckte mir die Hand entgegen.

Ich schluckte den Rest der ›Missgeburt‹ unter und machte einen Schritt rückwärts. »Dafür bezahlst du noch, Daniel DeLaney.«

Wieder dieses Grinsen. »Bye-bye, große Schwester.« Er winkte mir zu … nein, er winkte mich *hinaus* … Ich verzog das Gesicht und ging, ehe ich irgendetwas tun oder sagen konnte, was mir danach leidtun würde. ›Missgeburt‹ traf es nicht mal ansatzweise.

Und trotzdem liebte ich ihn.

Stiefbruder hin oder her. Das änderte rein nichts daran.

11

Sein Handy klingelte genau in dem Moment, als er in seinen Pick-up stieg. Er zog es hervor, warf einen schnellen Blick auf das Display. ›Mom‹ stand da, über einem Bild von ihr. Ein Schnappschuss, der im letzten Jahr am Strand von L. A. entstanden war, die Pier und einen auffliegenden Schwarm Möwen im Hintergrund. Plötzlich war seine Hand eiskalt. Das nächste Klingeln. Er glitt auf den Sitz, schlug die Tür zu. In seiner Magengrube saß ein Ziehen. Wie lange wollte er noch nicht rangehen? Sein Daumen schwebte über dem roten Telefonhörer auf dem Display. Wieder ein Klingeln. Seine Kehle war eng. Sein Mund trocken. Er merkte kaum, wie er die Zähne zusammenbiss. Wieder ein Klingeln. Er schloss die Augen, drückte sie weg. Stille. *Feigling.* Das Handy noch immer in der Hand presste er die Faust auf das Lenkrad, ließ die Stirn dagegen sinken. *Du kannst sie nicht ewig wegdrücken. Irgendwann wirst du mit ihr reden müssen.* Seine Lippen verzogen sich zu einem bitteren Strich. *Und was soll ich ihr dann sagen?* Auf der Beifahrerseite erklang leises Kinderlachen. Eine Frauenstimme sagte etwas. Er hob den Kopf, lockerte den Griff um sein Handy. Autotüren schlugen und ein Motor wurde angelassen. Beinah wie von selbst wanderte sein Blick zum Seitenspiegel.

Der Meister mit dem Irokesen lehnte noch immer an dem blauen Van und beobachtete die Menschen, die durch den Haupteingang des Mountain View ins Freie kamen – scheinbar vollkommen harmlos. Genau deshalb hatte Shane den Seiteneingang genommen.

Eben sagte er irgendetwas zu dem Typen hinter dem Steuer, was den anscheinend zum Lachen brachte, während er zu dem hinnickte, der auf dem Weg zur Bushaltestelle auf Jessica DeLaney wartete. Ein weiterer lungerte ein Stück rechts vom Haupteingang im Schatten von ein paar Bäumen herum.

Sie kam zusammen mit einer Gruppe Jugendlicher aus dem Haupteingang. Shane legte das Handy auf den Beifahrersitz und griff nach dem Zündschlüssel. Keiner der drei schien sie im ersten Moment zu bemerken.

12

Als die großen Glastüren des Krankenhaus-Foyers vor mir auseinanderglitten und ich unter das Vordach und ins Freie trat, fühlte es sich an, als würde ich gegen eine Wand aus Hitze laufen. Der große Nachteil, wenn man sich längere Zeit in einem Gebäude aufhielt, in dem eine gut funktionierende Klimaanlage die Temperaturen auf einem erträglichen Level hielt, wenn außerhalb Backofen-Verhältnisse herrschten. Noch heftiger, als das für Vegas normal war.

Vorsichtig bewegte ich mich mit einer Clique aus Jugendlichen mit, die anscheinend gemeinsam einen Freund besucht hatte, der sich – nach dem, was ich mitbekommen hatte – das Bein gebrochen hatte, und die nun offenbar den gleichen Weg hatte wie ich: zur Bushaltestelle. Und hielt dabei bei jedem Schritt angespannt nach den Typen aus meinem Treppenhaus Ausschau. Wahrscheinlich hätte ich versuchen sollen, durch irgendeinen Seiteneingang aus dem Mountain View Hospital zu kommen, aber auf dem Weg nach unten war ich im Aufzug in sie hineingeraten und hatte meine Chance genutzt. Nirgendwo fiel mal weniger auf als in einer Gruppe.

Da! Ein blauer Van. Direkt hinter den Büschen, die den Parkplatz von der Zufahrt trennten. Daneben stand tatsächlich der Typ mit dem Irokesen. Und ließ den Blick vollkommen gelassen über die Leute wandern, die aus dem Mountain View Hospital kamen. Ganz so, als würde er nur auf jemanden warten, mit dem er verabredet war. Hastig drehte ich das Gesicht weg und versuchte, möglichst unauffällig zwischen der Clique ein bisschen mehr in Deckung zu gehen. Ohne ihn auch nur eine Sekunde aus den Augen zu lassen. Hayden hatte also tatsächlich recht gehabt. Und nachdem sie immer noch hier waren, waren sie offenbar wirklich hinter mir her und nicht hinter ihm. *Wäre ja auch zu schön gewesen, wenn es anders gewesen wäre.* Mir rutschte das Herz in die Kehle, als der Kerl unvermittelt in meine Richtung sah.

Seine Schlagzahl beruhigte sich auch nicht wirklich, als er seine Aufmerksamkeit wieder dem Haupteingang und dem Platz davor zuwandte. Ein flüchtiger, gelangweilter Blick in die Runde war es gewesen. Mehr nicht. Er wusste nicht, wo ich war. Er konnte es gar nicht wissen.

Ich sah den Typen ein paar Meter vor mir im selben Moment, in dem er mich sah.

Aus irgendeinem Grund *wusste* ich einfach, dass er zu dem mit dem Irokesen gehörte. Abrupt blieb ich stehen. Einer aus der Clique rempelte mich an. Ich stolperte einen Schritt weiter vorwärts, blieb sofort wieder stehen, ignorierte sein »He! Pass doch auf!«, während er weiterging.

Keine halbe Minute später waren sie an mir vorbei. Alle. Es fühlte sich an, als wäre ich schlagartig allein auf dem Platz. Meine Hände waren eiskalt.

Der Kerl vor mir hatte sich in Bewegung gesetzt. Zielstrebig direkt auf mich zu. Ich wich zurück, warf einen hastigen Blick über die Schulter. Eben löste sich der mit dem Irokesen von der Seite des Vans und kam ebenfalls auf mich zu. Gleichzeitig ließ irgendjemand hinter dem Steuer den Motor an und setzte ohne Eile zurück. Ich drehte mich um, wollte wieder zum Mountain View Hospital. Vielleicht konnte ich darin erst einmal untertauchen und dann irgendwie doch zu einem Seiteneingang raus …

Noch einer! Ein Spinnen-Tattoo am Hals, direkt unter dem Ohr. Mindestens handtellergroß. Und auch diesmal wusste ich sofort, dass er zu den anderen gehörte. Einfach so. Warum mussten auch ausgerechnet jetzt nur noch eine Handvoll Menschen vor dem Mountain View sein? *Verflucht sollst du sein, Tante Gwen.* – Vielleicht sollte ich mich ja geschmeichelt fühlen, dass sie vier Mann auf mich angesetzt hatte, um mich einzufangen. Oder waren es noch mehr? *Mann, ich muss supergefährlich sein. Staatsfeind Nummer eins oder so was.*

Die Typen kamen immer näher. Ohne ein Wort. Egal in welche Richtung ich versuchen würde, davonzulaufen – einer von ihnen würde mich erwischen. Nur: Hier stehen bleiben und auf sie warten, würde ich garantiert auch nicht. Ich musste irgendwie zurück in die Lobby. Sie würden mich ja wohl kaum vor Zeugen gegen meinen Willen irgendwohin schleppen. Notfalls würde ich das ganze Krankenhaus zusammenschreien, bis die Security kam. Dummerweise setzte ich sie damit aber erst recht auf Dannys Spur. Wobei: Glaubte ich ernsthaft, dass sie nicht schon wussten, wo er war? Nicht wirklich.

Ein älteres Pärchen schlenderte Arm in Arm über den Platz, einen riesigen ›Glückwunsch zum Baby‹-Luftballon an der Schnur über sich. Sie sahen noch nicht mal in meine Richtung.

Ich zwang mich, einen Fuß vor den anderen zu setzen, schneller zu werden. Bis ich fast rannte. Ich musste es einfach schaffen, vor dem Typen den Eingang zu erreichen … Der Boden bewegte sich ohne Vorwarnung unter meinen Füßen. Um ein Haar wäre ich gestürzt. Ich fing mich, lief weiter, schneller als zuvor – und blieb jäh wieder stehen. Die Büsche beim Parkplatz schüttelten sich in harten Böen. Nicht nur ein Erdbeben, auch noch ein Sturm. Der Typ vor mir bewegte die Hand, sagte etwas; zumindest bewegte er die Lippen. Ich konnte es nicht hören.

Zwischen mir und den Glastüren fraß sich ein Riss durch den Asphalt.

Erde kroch daraus hervor, schwappte über den Rand, auf mich zu …

Ich machte einen Schritt zurück. *Was zum Teufel …?* Der Typ lächelte mich an.

Irgendwo hinter mir röhrte ein Motor auf.

Wieder sagte er etwas.

Der nächste Riss grub sich durch den Asphalt. Hinter mir. Der Boden stöhnte. Steinplatten platzten. Eine nach der anderen. Wie in einem schlechten Katastrophenfilm.

Unwillkürlich hob ich die Hände. Abwehrend. Hilflos. Was zur Hölle ging hier vor?

»Lass es sein, Kleine. Wir sind zu viert. Und du bist …«

Der schwarze Pick-up kam mit quietschenden Reifen neben mir zum Stehen. So dicht, dass ich mit einem erschrockenen Keuchen rückwärtsstolperte, für eine Sekunde um mein Gleichgewicht kämpfte. Die Tür schwang mir entgegen. Halt suchend griff ich danach …

»Steig ein!«

Ich erstarrte. Die Finger um den Holmen geklammert.

»Du?«

»Nein, der Weihnachtsmann. Steig schon ein, verdammt!«

Mein Blick irrte zu den Typen. Hayden hatte sich halb umgedreht, sah in die gleiche Richtung. Sie rannten auf uns zu. Einer brüllte Befehle. Er stieß ein Zischen aus. »HimmelDonnerWetter, jetzt mach schon! Wir müssen hier weg!«

Wieder ging mein Blick zu den Typen. Nur noch ein paar Meter … Der, der mir am nächsten war … Die Wut in seinem Gesicht … Ich packte den Türgriff auf der Innenseite, mit der anderen Hand den Rahmen. Mr Vollidiot trat aufs Gas, als ich gerade erst den Fuß auf den Schweller setzte. Der Motor heulte. Irgendwie schaffte ich es auf den Beifahrersitz. Schlug die Tür hinter mir zu. Die Reifen drehten durch, griffen, der Wagen schoss vorwärts. Ich landete höchst unelegant auf den Polstern. Wie viel PS hatte das Ding? Einer der Typen war plötzlich direkt vor uns, rettete sich mit einem Sprung zur Seite. Eine halbe Sekunde später wäre er als Kühlerfigur geendet. Ich drehte mich auf dem Sitz um. Sie hatten kehrtgemacht, stürzten zu dem Van zurück. Zumindest zwei davon. Die anderen warfen sich in einen schwarzen BMW, der noch halb in der Parkplatzzufahrt stand. Und sofort Gas gab.

»Sie verfolgen uns.« Ich klang vollkommen atemlos.

Ein schneller Blick in den Rückspiegel. »Was hast du denn gedacht? Halt dich fest!« Er bog um die Ecke, das Heck brach aus, schlingerte. Schaffte es gerade noch, den Wagen wieder einzufangen.

Ich keuchte, klammerte mich mit einer Hand am Türgriff fest, versuchte, mich mit der anderen am Armaturenbrett abzustützen. Wenn er jetzt bremste, würde ich die Windschutzscheibe küssen. Mindestens. Aber ich würde das bisschen Halt, das ich hatte, garantiert nicht aufgeben, um nach dem Sicherheitsgurt zu angeln. Nicht, solange er wie von irgendwas gebissen mit – ich sah hastig zum Tacho; *großer Gott* – über hundertzwanzig Stundenkilometern durch die Straßen raste. Mitten in Vegas. *In spätestens fünf Minuten wird auch die Polizei hinter uns hängen.*

»Geht das nicht langsamer?« Ich warf einen Blick zurück. Der Van war noch immer hinter uns. Daneben der BMW.

Fast auf gleicher Höhe mit unserem Heck. Okay, blöde Frage. Das ging nicht langsamer.

»Nein.« Wie um seine Worte zu unterstreichen, trat er das Gaspedal noch ein bisschen mehr durch, wechselte abrupt die Spur, um einer weißen Stretchlimo auszuweichen. Ich wurde gegen die Tür gedrückt.

Na klasse. *Drei* Minuten, dann hatten wir die ersten Polizisten an den Hacken.

»Zumindest nicht, wenn du nicht von den Typen geschnappt werden willst. Und darauf habe ich absolut keine Lust.« Seine Augen zuckten zum Rückspiegel, kehrten zur Straße zurück. »Dann wird's nämlich so richtig hässlich, so wie ich denen gerade ins Handwerk gepfuscht habe.«

Ich starrte ihn an. Das klang, als … »Du kennst die Typen?«

»Kennen? Nein. Mein Bruder würde mir bei lebendigem Leib die Haut abziehen, wenn ich mich mit den Typen einlassen würde.« Hinter uns röhrte ein Motor. Wieder ging sein Blick in den Rückspiegel.

Der BMW war fast auf gleicher Höhe mit uns. »Aber du weißt …«

Er knurrte. »Können wir darüber vielleicht verdammt noch mal später reden? Ich bin im Moment echt anderweitig beschäftigt. – Festhalten!« Mehr bekam ich nicht als Warnung, bevor er das Lenkrad herumriss und erneut unvermittelt abbog. Über zwei Spuren hinweg. Und dabei die Autos neben uns rücksichtslos schnitt. Das Hupkonzert war entsprechend. Mein Schrei auch. Der BMW raste geradeaus weiter. Der Van drehte sich auf der Kreuzung, weil der Fahrer versuchte, uns doch noch irgendwie zu folgen – und krachte gnadenlos mit der Seite in den Mast einer Ampel. Bremsen kreischten. Hupen sowieso.

Es dauerte Sekunden, bis ich wieder genug Luft hatte, um über ihn herzufallen. »Willst du uns umbringen, du Irrer?« Das klang viel zu hoch und panisch. Fast schon hysterisch.

»Bist du eigentlich immer so eine Zicke?«

»Nur bei Vollidioten.« Irgendwie bekam ich meine Stimme wieder unter Kontrolle. Mein Blick zuckte zwischen ihm und der Straße hin und her. »Ich hänge an meinem erbärmlichen bisschen Leben.«

»Na, danke auch.« Er raste über eine rote Ampel. Wieder wüstes Hupen, von allen Seiten. Ein grauer SUV stellte sich quer. Nicht, dass wir auch nur einen Tick langsamer geworden wären. »Soll ich mich jetzt geschmeichelt fühlen?«

Die nächste Kreuzung. Hinter uns blendeten Scheinwerfer auf. Der BMW? Gut möglich. Wenn nicht sogar wahrscheinlich. Zumindest so schnell, wie sie näher kamen. Wo waren wir überhaupt? »Das kannst du halten, wie du willst. Wer sind die Ke- … – Oh mein Gott.« Der Bus war plötzlich vor uns. Und hatte eigentlich Vorfahrt. Das Ende einer Schlange. Mitten in der Kreuzung. Ich konnte das geschockte Gesicht des Fahrers sehen. Und die der Passagiere auf unsere Seite im Schein der Innenlampen. Einer zückte ein Handy. Das knallrote ›**I ❤ Vegas**‹-T-Shirt und das Base-Cap mit den Initialen der New York Yankees schrie geradezu ›Tourist‹. Ansonsten würde sich nämlich nur jemand mit Selbstmordabsichten mit einem Cap der Yankees hier erwischen lassen.

Er trat mit voller Wucht auf die Bremse. Irgendwo rechts von uns krachte es. Der Pick-up schleuderte, drehte sich, kam nach etwas, das sich wie eine Ewigkeit anfühlte, wieder zum Stehen. Mit der Schnauze in die Richtung, aus der wir gerade gekommen waren. Ich hatte vergessen zu atmen. Mein Magen hing in meiner Kehle. Der Bus stand mit uns Frontscheinwerfer an Heckscheinwerfer. Wenn überhaupt, waren da nur Zentimeter Luft.

Genauso schnell, wie er eben vom Gas auf die Bremse gestiegen war, wechselte er zurück, trat das Pedal voll durch. Wir rasten die Straße zurück, die wir gerade gekommen waren. Dem BMW entgegen. Auf der falschen Spur. Hupen. Aufgeblendete Scheinwerfer. *OhmeinGott-OhmeinGottOhmeinGott.* Ich brachte keinen Ton heraus. War komplett unfähig, mich zu bewegen. Schockstarre. Er war irre. Irre, irre, irre! Als die nächste Kreuzung in Sicht kam, presste ich die Lider mit aller Kraft aufeinander. Das konnte nicht gut gehen. So viel Glück hatte man nur einmal. Und er gab noch immer Vollgas. *Oh Himmel, Hilfe!* Ich schrie, als er den Wagen abrupt herumriss. Klammerte mich noch fester an den Türgriff. Öffnete hastig die Augen wieder. Wenn er uns schon umbrachte, wollte ich wenigstens sehen, wie ich starb. Wir waren in einer schmalen Gasse. Wahrscheinlich nicht mal breit genug, um die Türen zu öffnen. Irgendwo zwischen panisch, hysterisch und dem Wunsch, ihn umzubringen, ehe er dasselbe mit mir tat, sah ich hastig durch die Heckscheibe zurück. Die Gasse hinter uns war leer. Was für ihn offensichtlich kein Grund war, den Fuß auch nur eine Winzigkeit vom Gaspedal zu nehmen. Wieder riss er das Lenkrad herum, hinein in eine andere Gasse. Wir schlingerten. Ich wurde gegen die Tür gestoßen. Meine ganze rechte Seite würde morgen grün und blau sein – wenn ich dann noch lebte. Die Ecke der Heckstoßstange knirschte deutlich hörbar die Mauer entlang. Hinter uns, am Ende der Gasse, flammten die Scheinwerfer des BMW auf. Der Irre neben mir fluchte. Riss erneut das Lenkrad herum, in eine weitere Gasse, tiefer hinein zwischen die Lagerhäuser. Wusste der Himmel, wie wir hierher geraten waren. Rechts. Links. Rechts. Rechts. Links. Vorbei an Backsteinmauern, mit Graffiti und ohne, verrammelten Rolltoren und dunkel gähnenden Öffnungen, hinter denen Wusste-der-Himmel-Was liegen mochte. Alles in einer mörderischen Geschwindigkeit. Auf einem Beifahrersitz war mir noch nie schlecht geworden. Bis jetzt. Manchmal waren die Scheinwerfer des BMW hinter uns zu sehen. Manchmal nicht. Aber sie tauchten immer wieder auf. Trotzdem … vielleicht war es Wunschdenken … schien der Abstand tatsächlich größer zu werden.

Ein dumpfer Schlag, als wir unvermittelt über einen Bordstein donnerten – und zwischen den Lagerhallen herausschossen. Noch immer, ohne langsamer zu werden. Die Straße vor uns war leer. Und wurde schlagartig dunkel, als Mr Vollidiot die Scheinwerfer ausschaltete. Nur noch die Lampen, die mitten über der Fahrbahn baumelten, sorgten für Licht. An der Seite entlang parkten in unregelmäßigen Abständen Autos. Drei- und vierstöckige Wohnhäuser rechts und links. Ein paar hätten definitiv einen neuen Anstrich gebraucht. Nur die Bäume, die den Bürgersteig säumten, ließen alles nicht ganz so düster wirken.

Eine Seitenstraße zweigte nur ein paar Meter weiter ab.

Kaum zu sehen.

Eigentlich nicht mehr als eine etwas größere Lücke zwischen den parkenden Wagen.

Dunkel.

Wir waren schon fast daran vorbei, ehe ich sie überhaupt bemerkte.

Mr Vollidiot ging es anscheinend genauso.

Zumindest, wenn man danach ging, wie er nach einem schnellen Blick in den Rückspiegel abrupt auf die Bremse trat, den Rückwärtsgang reinrammte, zurücksetzte und dann in sie hinein einbog. Zwischen zwei anderen Wagen rechts ranfuhr und den Motor abstellte.

Es war still. Bis auf meine viel zu schnellen Atemzüge und das Ticken des Motors.

Wir saßen da wie die Ölgötzen. Hayden die Hand am

Zündschlüssel, den Blick auf dem Rückspiegel. Starr. Angespannt. Meiner hing auf dem Seitenspiegel.

Keine zwei Sekunden später schoss der BMW hinter uns am Eingang der Seitenstraße vorbei.

Langsam löste ich die Hand, die ich mit aller Kraft gegen das Armaturenbrett gedrückt hatte. Ganz langsam. Holte sehr tief Atem. »Wo bei Jesus und allen Heiligen hast du Autofahren gelernt?« Ich klang so erstickt, wie ich mich fühlte. Irgendwie konnte ich nicht glauben, dass ich tatsächlich am Leben war. War das der Grund, warum ich einen solchen Blödsinn von mir gab? Wahrscheinlich. Adrenalin-Überdosis.

»L. A.« Er nahm den Blick noch immer nicht vom Rückspiegel. Ebenso wenig, wie ich es schaffte, die Augen vom Seitenspiegel zu lösen.

Ich konnte nicht anders, ich schnaubte. »Das wüsste ich aber.«

»Was?« Seine Anspannung ließ keinen Hauch nach.

»Dass man in L. A. *so* fährt.« Immerhin hatte ich es genau da auch gelernt. – Hieß das, er kam eigentlich aus Los Angeles?

»*So* fährt man in Bombay. Oder Kairo.«

»Sagt wer?«

»Ich. Und die Fahrer, die wir dort ha- – Runter!« Er hatte mich schneller im Genick gepackt, mit dem Gesicht voran auf die Sitzbank gedrückt und sich über mich gebeugt, als ich »He!« sagen konnte. Keine Sekunde später näherten sich von hinten Scheinwerfer. Sehr langsam. Das Leder presste sich glatt gegen meine Wange. Es roch sauber. Wenigstens etwas. Bei meinem letzten ›Date‹ in einem Auto … Ich schauderte unwillkürlich. Eine angegammelte Pommes zwischen den Polstern war noch das Appetitlichste gewesen.

Unter seinem Arm hindurch hatte ich einen wunderbaren Blick auf den CD-Player. Und die Uhr direkt darunter. Laut ihr hatte das Ganze nicht mehr als knapp fünf Minuten gedauert, seit ich in sein Auto gestiegen war. Mir war es wie eine Ewigkeit vorgekommen. Die Scheinwerfer hatten uns fast erreicht. Wurden *noch* langsamer. Sein Arm drückte schwerer auf meinen Hinterkopf. Irgendetwas mit einer ziemlich harten Kante …

»Unten bleiben!« Ein Flüstern direkt neben meinem Ohr. Sein Atem streifte die empfindliche Stelle knapp darunter, bescherte mir eine Gänsehaut.

Die Scheinwerfer waren auf gleicher Höhe mit uns …

»Fahr weiter …« Es klang wie eine Beschwörung. »Fahr weiter …«

… wurden *noch* langsamer …

»Fahr weiter!«

… glitten an uns vorbei …

Sein Arm in meinem Nacken wurde schwerer. War das ein erleichterter Atemzug?

Die Scheinwerfer entfernten sich weiter.

Verschwanden zum Ende der Seitenstraße hin.

Das Motorengeräusch erstarb.

Dunkelheit.

Stille.

Und unsere Atemzüge. Dicht beieinander.

Die Sekunden tickten dahin. Tickten …

Offenbar kamen wir gleichzeitig zu dem Schluss, dass die Typen endgültig weg waren, denn er richtete sich auf und zog den Arm zurück, als ich mich gegen sein Gewicht stemmte … Ein Reißen an meinen Haaren. Ich schrie in einer Mischung aus Schreck und Schmerz. Tastete nach der Quelle des Reißens.

Er erstarrte mitten in der Bewegung. Fluchte. Sein Arm hing neben mir in der Luft. Ich erwischte sein Handgelenk. Tastete … Wieder ein Reißen. »Auuuu.« Da! Meine Haare hingen in den Metallgliedern seines Uhrenarmbands. *Verfluchter Mist.* Ich griff mit beiden Händen zu. Versuchte, mich zu befreien. Es ziepte nur noch schlimmer.

Er war näher gerutscht, griff an mir vorbei, um meinen Kopf herum. »Lass mich …« Ich spürte, wie er das Handgelenk drehte, um selbst besser an das Armband und die eingeklemmten Haare zu kommen, und jaulte, weil er meinen Kopf dabei mitzog, schlug ihm mit einem Protest-Schmerzensschrei die Hand vor die Brust. »Au, verflucht! Nimm die Pfoten weg!« Wollte er mir die Haare in Büscheln ausreißen?

Wieder ein Fluch seinerseits. »Halt still!«

»Behalt deine Pratzen bei dir.« Mit beiden Händen langte

ich hinter mich, tastete an meinen straff gespannten Haaren entlang. *Auuu.* Es war nur eine dünne Strähne … Total verheddert zwischen den Metallgliedern. Was trug er auch eine so bescheuerte Uhr? Meine Finger kollidierten mit seinen. Ein Ruck. Ich zischte. Vor Schmerz und Ärger. »Nimm die Hände weg!«

»Verdammte Hacke, halt endlich still!«

Es riss wieder an meinen Haaren. »Das tut weh!« *›Verdammte Hacke‹?*

»Wenn du stillhalten würdest …« Wieder ein Ziepen, nein, ein Reißen … »Na also.« Der Schmerz ließ schlagartig nach.

Er nahm den Arm endgültig zurück, schob sich wieder auf seine Seite.

Ich rieb mir den Hinterkopf. Verdammt, das fühlte sich an, als hätte er mir ein ganzes Büschel Haare ausgerissen. Zu seinem Glück hatte ich selbst gesehen, dass nur ein paar zwischen den Gliedern seiner Uhr gehangen hatten. Trotzdem funkelte ich ihn wütend an. Er hatte den Unterarm auf das Lenkrad gelegt, ließ entspannt die Hand darüberhängen und klaubte Haare aus dem Armband. *Meine* Haare. Demonstrativ rieb ich mir abermals den Hinterkopf. »Au.«

»Ich hatte gesagt ›stillhalten‹.«

»Du hättest sie ja auch einfach ausziehen können.«

»Hätte ich. Wenn du stillgehalten hättest. Hast du ja aber nicht.«

Gott, wie ich ihn hasste. *Selbstgefälliger Mistkerl.*

Ich verbiss mir ein Knurren, stieß stattdessen unüberhörbar einmal die Luft aus. »Anscheinend sind wir sie los.«

Er ließ sein Fenster herunter und schnippte meine Haare nach draußen. »Anscheinend. Zumindest für den Moment.«

›*Zumindest für den Moment*‹? *Na toll.* So, wie er immer wieder in den Rück- und die Seitenspiegel sah, glaubte er es irgendwie nicht wirklich. »Und was jetzt?« Ich jedenfalls hatte keine Ahnung, wo ich heute Nacht hin sollte.

»Am besten kommst du mit zu mir.« Es war, als könnte er Gedanken lesen.

Ich riss die Augen auf. »Zu dir?« Okay. Dummerweise hatte er recht. Nach Hause in meine Wohnung kam nicht infrage. Nicht, nachdem die Typen heute Mittag schon in meinem Treppenhaus herumgelungert waren. Aber direkt zu ihm? Meine Begeisterung hielt sich in Grenzen.

Ein Nicken. »Es gibt dabei nur ein Problem.« Sein Blick wanderte einmal mehr in den Rückspiegel. Anscheinend suchte er die Straße hinter uns nach irgendeinem Anzeichen dafür ab, dass die Typen in dem BMW noch immer auf der Suche nach uns waren. »Ich wette, sie haben sich mein Nummernschild gemerkt. Dicht genug hinter uns waren sie ja eine ganze Zeit.« Die Finger über dem Lenkrad gespreizt, neigte er den Kopf. »Wir können also nicht raus zu meinem Trailer.«

Trailer? Ich hatte ja mit vielem gerechnet, aber damit,

dass er in einem Trailer wohnte, garantiert nicht. Irgendwie war ich der Meinung gewesen, er würde irgendwo in der Stadt ein nobles Apartment haben.

Erst jetzt sah er zu mir. »Das heißt, uns bleibt nur das ›*Alhambra*‹. Dort können wir auch alles andere regeln.«

Ach? Das Alhambra. *Schon wieder. Klar. – Größenwahn lässt grüßen.* Ich biss mir auf die Zunge. Hatte ich irgendeine Wahl? Mitgefangen, mitgehangen. Im Moment war eigentlich nur eins wichtig: dass die Typen Danny in Ruhe lassen würden, wie er vorhin gesagt hatte … die Besuchszeiten waren auf jeden Fall schon mal vorbei. Das bedeutete, es konnte niemand einfach kommen und gehen, wie er wollte. Wenn sie hinter mir her waren, okay. Damit konnte ich leben. – Ich konnte nur hoffen, dass er tatsächlich recht hatte. Nur: Woher wollte er das alles so genau wissen? Vorhin hatte er geklungen, als wüsste er, wer diese Kerle waren …

Er griff nach dem Zündschlüssel. Ein kurzer schneller Blick aus dem Augenwinkel heraus. »Na ja, das hat wenigstens ein ziemlich gutes Sicherheitssystem.« Der Motor sprang mit einem Schnurren an. »Über kurz oder lang werden sie nämlich vermutlich auch dort auftauchen.« Wieder ging sein Blick in den Rückspiegel, kehrte dann abermals zu mir zurück. »Nazeem wird begeistert sein.« Dem Lächeln nach, das für einen Moment um seine Lippen zuckte, würde dieser Nazeem – wer auch immer er war – alles andere als *begeistert* sein. – Und was würde *er* erst begeistert sein, wenn ich anfing, Fragen zu stellen. Paul hatte immer gesagt, ich sei eine echte Nervensäge, wenn ich etwas unbedingt wissen wollte. – Ja, er *würde* begeistert sein. Wortlos griff ich nach dem Sicherheitsgurt und schnallte mich an, während er zurücksetzte, aus der Parklücke ausscherte und Gas gab. Diesmal sehr viel weniger.

Erst als wir auf die Hauptstraße einbogen, schaltete er die Scheinwerfer wieder ein.

13

»Stümper!« Die Männer machten nahezu gleichzeitig einen Schritt zurück. Zwei der jüngeren duckten sich sogar. Gut so. Sollten sie ihn fürchten. Im Moment hätte er Köpfe rollen lassen, wenn er freie Hand gehabt hätte. »Ein Halbblut und eine Windhexe, die anscheinend über keine nennenswerten Fähigkeiten verfügt, da wir ansonsten schon länger von ihr wüssten, – und ihr lasst euch abhängen.« Peter Saunder schob das Handy in die Jackentasche. »Möchte mir irgendjemand erklären, wie so etwas möglich ist?« Sein Ton war ätzend. »Immerhin bin ich bisher davon ausgegangen, es hier nicht mehr mit unfähigen Adepten zu tun zu haben.« Der Prior war am Telefon außer sich gewesen. Noch einmal so eine Schlappe und *sein* Kopf würde rollen. »Und wenn jetzt einer von euch gehirnamputierten Idioten sagt, ihr wart der Meinung, es wäre nicht nötig gewesen, *alle* Mittel einzusetzen, um sie zu erwischen, dann Gnade ihm Gott. Derjenige darf sich gerne in den nächsten Flieger nach New York setzen und dort selbst Bericht erstatten.« Betretenes Schweigen. Er stieß ein Knurren aus. Also hatten sie genau das gedacht. Überhebliche Narren.

»Der Bastard hat einen Trailer auf einem Platz am Boulder Highway südöstlich von Vegas stehen. Gut möglich, dass er sich da verkriecht. – Ramon und ich übernehmen das. – Ihr anderen findet heraus, welche Verbindung es zwischen ihm und dieser Windhexe genau gibt.« Sein Ton sagte sehr deutlich, was geschehen würde, wenn sie wieder versagten. Keiner rührte sich. Elende Flaschen. Zu nichts anderem nutze, als auf ihren Hintern zu sitzen und einen Sessel zu wärmen. Er ließ seinen Ärger in die Erde fahren. Ein Riss fraß sich auf die anderen zu. »Muss ich euch Händchen halten, oder was? Verzieht euch!« Diesmal beeilten sie sich, zu ihren Autos zu kommen.

»Na also.« Peter drehte sich um.

Hinter ihm lehnte Ramon an der Fahrertür ihres eigenen Wagens. »Und jetzt?«

»Wir fahren raus nach Duck Creek und sehen, ob wir die Brut in seiner Höhle aufspüren können. – Unterwegs werde ich ein paar Telefonate führen. Ich will wissen, warum der Prior plötzlich so viel Aufhebens um ein Halbblut und eine unfähige Windhexe macht.« Er umrundete den Wagen zur Beifahrerseite. Viel Macht konnte bei der Kleinen ja wohl nicht dahinterstecken. Sie hatte ja kaum versucht, sich zu wehren, als sie sie auf dem Platz vor dem Krankenhaus gestellt hatten. Und sie hätten sie auch erwischt, wenn ihnen dieses elende Halbblut nicht dazwischengekommen wäre.

»War der Prior tatsächlich so ungehalten?« Ramon öffnete die Fahrertür und stieg ein.

»So wie er gebrüllt hat ... vermutlich kann er von Glück reden, dass ihm keine Ader geplatzt ist.« Nicht, dass es dem alten Mistkerl nicht recht geschehen wäre. Peter schnaubte, während er auf seinen Sitz glitt und die Tür zuschlug. »Aber er will die beiden nach wie vor lebend. – Warum auch immer.«

14

J

Okay. Ich glaubte ihm die Sache mit dem *Alhambra* jetzt wirklich. Ich hatte ernsthaft damit angefangen, als er diese Schlüsselkarte durch den Scanner an einem Gittertor in der Tiefgarage des *Alhambra* gezogen hatte – das den Weg freigab in einen anscheinend privaten Garagenbereich, in dem das Who is Who der Nobelautos parkte.

Ein zweiter Scanner neben dem Aufzug aus der Garage und ein weiterer im Inneren der Kabine – beides Mal hatte er die Karte benutzt. Und jetzt öffneten sich die Türen in einen Korridor, der zum ›PH‹ gehörte … Wow. Orient traf Moderne. Und wer auch immer für die Einrichtung verantwortlich war: Er war ein Genie. Elegant, ohne aufdringlich zu sein. – Nur dass sich über der Tür gegenüber dem Aufzug gelbes **CRIME SCENE DO NOT CROSS**-Absperrband kreuzte. Mein verblüffter Blick über die Schulter wurde ignoriert. Mr Vollidiot schob sich hinter mir vorbei aus dem Aufzug heraus, wandte sich den Korridor hinunter und hielt auf eine zweite Tür zu. Für einen kurzen Moment hatte sein Arm meinen gestreift. Haut auf Haut. Es fühlte sich an wie ein Stromschlag, und Sonne auf der Haut. Gleichzeitig.

Bevor sich die Türen wieder schließen konnten, trat ich ebenfalls aus der Kabine heraus, blieb aber direkt wieder stehen und nickte zu dem Absperrband. »Was ist das?« Irgendwie schien es mich zu verfolgen. Erst bei diesem Juwelier, jetzt hier …

»Ein Missverständnis.« Er hielt es nicht für nötig, stehen zu bleiben. Oder sich umzudrehen. Bis ihm klar wurde, dass ich mich nach wie vor nicht vom Fleck gerührt hatte. Die Bewegung, mit der er sich die Haare zurückstrich, war genauso unwillig wie sein Blick. »Nachdem es sowieso garantiert in allen Klatschblättern stand: Die Polizei beschuldigt meinen Bruder, mit Prostituierten eine Drogenorgie gefeiert und dabei zwei von ihnen ermordet zu haben.« Er wies zur Tür. »Da drin, in seinem Penthouse.«

»Ich lese keine Klatschblätter.« Ich sah ebenfalls hinüber, dann zu ihm zurück. »Hat er?«

Plötzlich zuckte es an seinem Kiefer. »Nein.«

Oha. Dünnes Eis. Ich verkniff mir die Frage, warum er da so sicher war. – Würde ich an seiner Stelle nicht auch erst einmal annehmen, dass mein Bruder unschuldig war? *Unschuldig bis zum Beweis der Schuld.* Wahrscheinlich würde ich so etwas noch nicht einmal dann glauben, wenn man es mir zweifelsfrei beweisen könnte. Andererseits kannte ich seinen Bruder nicht …

Über die Länge des Korridors hinweg begegneten sich unsere Blicke … Eine Sekunde. Zwei. Dann drehte er sich abrupt um und ging weiter.

Ich zog die Seite meiner Unterlippe zwischen die Zähne. *Genau, Jesse. Sein* Bruder *wird des Mordes beschuldigt. Nicht* er. *Auch wenn er ein noch so großer Vollidiot ist.*

Trotzdem sah ich noch einmal zu dem Absperrband, bevor ich ihm zum Eingang des zweiten Apartments folgte. Der bereits sperrangelweit offen stand. Daneben: ein weiterer Karten-Scanner. Von ihm keine Spur mehr. Also hatte er es nicht für nötig gehalten, noch länger auf mich zu warten.

Etwas wie eine kleine Halle befand sich direkt hinter der Tür. Hell und modern. Der Boden aus blassem Stein, der irgendwie nach südländisch, Meer und Sonne aussah. Sandfarben gestrichene Wände; in unregelmäßigen Abständen immer wieder unterschiedlich breite, senkrechte Streifen in einem dunklen Rot mit einem Hauch Braun. Darauf an beiden Seiten Schwarz-Weiß-Fotografien – zumindest wirkten sie wie schwarz-weiß, auch wenn die Farbe einen leichten Ocker-Oliv-Stich zu haben schien. Unterschiedlich groß. Eines davon ein Panorama – die Mojave? –, das allein die eine Wand zur Hälfte einnahm; seltsam … verwischt, beinah … unscharf und zugleich mit harten Schatten unter Felsen und Sträuchern; ein Sonne, die tief über der Ebene stand, ohne dass ich hätte sagen können, ob sie gerade auf- oder unterging. Jedes einzelne einfach nur auf etwas wie hauchdünne Acrylplatten gezogen. Licht kam von einer Reihe Strahler, die in die Decke eingelassen waren. – Modern und gleichzeitig auf eine unterschwellige

Art … gemütlich. Und persönlich. Wie eine eigene Handschrift. An einem Garderobenständer aus Edelstahl hing eine deutlich eingetragene Lederjacke, bei der ich nicht sicher war, ob die aufgenähten Flicken an den Ellbogen und der einen Seite nur Verzierung waren oder ob sie tatsächlich den ein oder anderen Schaden verbargen.

Auch wenn es mir nicht passte: Schon allein das hier gefiel mir.

Es fühlte sich irgendwie seltsam an, als ich die Wohnungstür nach einem kurzen Zögern zudrückte. Da es nur am gegenüberliegenden Ende eine weitere Tür gab – halb zurückgeschoben, zweiflügelig aus marmoriertem Milchglas –, ging ich darauf zu. Fast hätte man meinen können, ich sei … nervös, so wie ich meine Handflächen gegeneinanderrieb …

Ich bog um die Ecke in den Raum dahinter – anscheinend das Wohnzimmer – und wäre beinah über eine abgewetzte Reisetasche gefallen. Im letzten Moment schaffte ich es, mich mit einem stolpernden Schritt darüber hinwegzuretten und dabei sogar irgendwie mein Gleichgewicht wieder zu finden. Sein »Vorsicht!« kam den Bruchteil einer Sekunde zu spät. Eine zweite Tasche. Kleiner als die erste. Sie hatte ich erst recht nicht gesehen. Er erwischte sie gerade noch beim Riemen, riss sie aus dem Weg und packte mich gleichzeitig am Arm, ehe ich diesmal tatsächlich den Adler-Abgang hinlegen konnte.

Mit der Schulter prallte ich gegen ihn, hielt mich an ihm

fest … Einen Augenblick standen wir dicht beieinander. Ich, erschrocken-atemlos – er, wie … überrascht-erstarrt. Unter seiner Hand sickerte Wärme in meine Haut, breitet sich aus … auf eine Art, die sich seltsam gut anfühlte. Verboten gut. Auf diese Distanz wirkten seine Augen heller. Mehr Braun als Schwarz. Aber noch immer mit Feuer in ihren Tiefen …

Abrupt ließ er mich los und trat zurück. Ich ertappte mich dabei, wie ich zittrig Luft holte, während er sich kaum hörbar räusperte … *Was zum Geier war das denn, Jesse? Seit wann verliebst du dich in Vollidioten?*

Er machte einen weiteren Schritt zurück, die Tasche noch immer in der Hand, fuhr sich mit den Fingern durch die Haare, zögerte, schien plötzlich nicht mehr zu wissen, was er mit mir anfangen sollte. Verrückterweise ging es mir genauso. Was zum Teufel wollte ich hier? Mal abgesehen davon, dass ich noch immer keine Ahnung hatte, wo ich hingehen sollte.

Er trat die Flucht nach vorne an. »Willst du was trinken? Im Kühlschrank müsste noch was sein.« Mit einer knappen Handbewegung wies er halb hinter mich. »Die Küche ist da drüben. Bedien dich!« Ohne mir den Rücken ganz zuzudrehen, ging er zu einem Schreibtisch; der eigentlich nur aus einer vier oder fünf Zentimeter starken Glasplatte bestand. Halb durchscheinend weiß. Auf vier Beinen aus Stahl. Darauf: ein Laptop, zwei Kameras, zwei – nein drei – Objektive; Schreibtischlampe, Papiere und Post –

geöffnet und ungeöffnet. Der Schreibtischsessel aus Leder hatte schon deutlich bessere Zeiten hinter sich. Und sah allein deshalb einfach nur bequem aus. An der Wand dahinter wieder Fotos; auf die gleiche Art ›gerahmt‹ wie die in der Halle; wieder schwarz-weiß. ›Echtes‹ schwarz-weiß diesmal. Er stellte die Tasche auf die einzige freie Stelle, schaute mich weiter an.

Warum auch immer: Ein bisschen mehr ›Abstand‹ zwischen uns, kam mir plötzlich wie eine ausgezeichnete Idee vor. Ich nickte, wandte mich der Tür zu, auf die er gedeutet hatte. »Willst du auch was?« Mom wäre stolz darauf gewesen, dass bei mir doch ein bisschen Kinderstube hängen geblieben war.

Wieder ein Räuspern. »Gern.«

»Okay.«

Die Tür entpuppte sich als Schwingtür ohne Schloss oder Griff, die man in beide Richtungen aufstoßen konnte. Sehr praktisch, wenn man rein oder raus wollte, aber die Hände voll hatte. Und niemand da war, der sie einem öffnen konnte. So etwas hatten wir in L.A. zwischen Küche und Korridor gehabt. Allerdings eher im ›Saloon‹-Stil. Sehr zu Dannys Vergnügen. Ich drückte sie gerade weit genug auf, um mich locker hindurchschieben zu können, und blieb etwas außerhalb ihrer Schwungweite wieder stehen, um mich zu orientieren. Eine kleine Pantry-Küche – natürlich, wer brauchte schon eine richtige, große Küche, wenn er genau genommen in einem Luxushotel wohnte. Zimmerservice garantiert inklusive. Die Arbeitsplatte unterschiedlich hoch – *das* hatte ich zu Hause immer geliebt, weil es einfach wahnsinnig bequem war, wenn man irgendwelche Dinge auf einem Schneidbrett klein schnippeln musste. Genug Schränke, um locker Geschirr, Töpfe und was man sonst noch so brauchte unterzubringen. Die Oberflächen von Türen und Schubladen glänzend beige und schwarz. Eigentlich ein Alptraum, weil man darauf jeden Fingerabdruck sah. Aber sehr chic. Alles übers Eck. Essen konnte man hier nur an einer kleinen Küchenbar, die senkrecht zu einer bodentiefen Fensterfront stand und maximal zwei Leuten Platz bot. Durch die Glastür direkt daneben kam man anscheinend auf eine Dachterrasse. Mit Pool. Und hauseigener Wüste mit Palmen. So wie das hier aussah: Worum wollte ich wetten, dass er solo war? Zu neunundneunzig Prozent würde ich die Wette gewinnen.

Der Kühlschrank war ein Edelstahl-Monster, fast ein bisschen zu groß für diese Küche. Und leer. – Abgesehen von zwei Flaschen Wasser.

Und einer durchsichtigen Plastikschüssel mit quietschgelbem Deckel. Der Inhalt sah … seltsam aus. Zumindest auf Distanz. Für einen Moment zögerte ich, nahm sie dann doch heraus und betrachtete ihn durch das Plastik hindurch genauer. Was auch immer es war: Es hatte einen … Pelz.

Argwöhnisch hielt ich sie wieder ein Stück weiter von mir weg. Nur zur Sicherheit. »Wie lange warst du nicht hier?«, erkundigte ich mich über die Schulter in Richtung Wohnzimmer.

»Drei Monate.« Gedämpft, als wäre er mindestens zwei Zimmer weiter.

Okaaaay. Ich würde diese Dose nicht öffnen. Die Wahrscheinlichkeit, dass der Inhalt mir entgegenlebte, war mir nach dieser Aussage dann doch deutlich zu groß. Fast ein bisschen übertrieben behutsam stellte ich sie in den Kühlschrank zurück, griff mir eine der beiden Wasserflaschen und schloss die Tür.

15

In den meisten Trailern brannte Licht. Dieser allerdings war dunkel und unübersehbar verlassen. Sie waren im Inneren gewesen, hatten sich umgesehen. Nichts deutete darauf hin, dass in den letzten Wochen jemand hier gewohnt hatte – oder in den letzten vierundzwanzig Stunden da gewesen war. Nur ein paar Meter hinter ihm begann die Wüste. Natürlich. Djinn zog es zu Hitze und Sand wie Motten zum Licht. Peter Saunder verzog unwillig den Mund. Sie hätten in dieser anderen Wüste bleiben sollen. Der, aus der sie ursprünglich stammten, – und sich nicht über die ganze Erde ausbreiten dürfen. Wie ein bösartiges Geschwür, das sich langsam in einem Organismus einnistete. Djinn hatten nichts in der Welt der Menschen verloren. Sie gehörten nicht hierher. Ebenso wenig wie die Faye – auch wenn er und seine Brüder an dieser Front in den letzten Jahrzehnten ausgezeichnete Arbeit geleistet hatten. Die Faye waren so gut wie ausgerottet. Djinn waren da leider ein ganz anderes Kaliber. Eine misstrauische, unberechenbare – und wehrhafte – Brut. Ihnen war ungleich schwerer beizukommen. Und im Gegensatz zu den Faye hatten sie bei den Djinn deutlich vorsichtiger und besonnener vorgehen müssen. Waren doch allesamt in der Öffentlichkeit Männer mit Macht und Einfluss. Wenn einer von ihnen verschwand, rief das zwangsläufig die Behörden und die Presse auf den Plan. Das Risiko wäre zu groß, dass die unter den menschlichen Elementaren, die sich von den alten Ammenmärchen über das überlebenswichtige Gleichgewicht der Elemente und der Wächter noch immer einlullen ließen, auf ihn und seine Brüder aufmerksam wurden. Und der Blick auf das, was sie taten, fiel. Etwas, das nicht geschehen durfte. Noch nicht. Wenn es so weit war, würden er und seine Brüder aus den Schatten treten und sich ihnen offenbaren. Aber dazu war die Zeit noch nicht reif. Noch mussten sie im Verborgenen agieren. Wie Verbrecher. – Er nahm einen Schluck Kaffee, ließ den Becher auf seinen Oberschenkel zurücksinken. Und jetzt pfuschte ihnen auch noch dieses Halbblut ins Handwerk. Shane Hayden. Ebenso unnatürlich wie die gesamte Djinn-Brut. Nein. Unnatürlicher. Ein Mensch und ein Djinn sollten keine Bastarde in die Welt setzen.

Ein weißbrauner, hochbeinig-schlanker Hund tappte an dem Trailer der Missgeburt vorbei, stoppte kurz an einem halb vertrockneten Busch, um sein Bein zu heben, und streunte dann weiter, auf einen Wohnwagen schräg gegenüber zu, setzte sich vor die Tür und bellte einmal kurz. Für einen Moment flutete Licht die Stufen hinunter, als ihm ein Teenager öffnete, dreizehn oder vierzehn, brünett und schlank, in zu Shorts abgeschnittenen Jeans, die ein bisschen zu eng um ihren Hintern saßen. Hübsch. Eigentlich genau sein Fall. Dummerweise hatten ihm seine Oberen verboten, sich mit ihresgleichen einzulassen. Ob sie wusste, was da in ihrer direkten Nachbarschaft hauste? Vermutlich nicht. Hätte sie es gewusst, hätte sie wahrscheinlich schreiend die Flucht ergriffen. Wie alle anderen Bewohner dieses Trailer-Parks auch. Er trank einen weiteren Schluck Kaffee. Bisher hatte zum Glück die Natur selbst dafür gesorgt, dass solche Bastarde nicht überlebten – nur eben nicht in diesem Fall. Und jetzt hatte er dieses Halbblut am Hals. Das Mädchen schaute herüber, sagte etwas über die Schulter ins Innere ihres Trailers. Gleich darauf erschien eine Frau in der Tür. Nur wenig älter. Die Mutter oder die Schwester? In einer solchen Gegend konnte man das nie so genau sagen. Jetzt sahen beide herüber. Ganz offensichtlich erregten sie Aufmerksamkeit. Nun, immerhin parkten sie hier schon eine ganze Zeit und warteten, dass das Halbblut ›nach Hause‹ kam. Umsonst bisher. Und wenn ihn sein Gefühl nicht trog, würde die Brut heute Nacht auch nicht mehr auftauchen. Neben ihm beendete Ramon das Gespräch mit ihrem Kontaktmann in L. A.

»Irgendetwas Neues?« Peter ließ die beiden Frauen nicht aus den Augen.

Ramon hob andeutungsweise die Schultern. »Nichts. Der Alte liegt nach wie vor im Koma.«

»Irgendetwas von einem seiner anderen Söhne?« Vor allem dieser Roshan, der älteste und damit nach dem Alten der Fürst des Hauses, hatte sich zu einer regelrechten Pest entwickelt. Er stellte Fragen. Zu viele. Und zu … konkrete. Selbst auf der letzten Synode der Elementare hatte er das getan. Als sei er ihrer Bruderschaft irgendwie auf die Spur gekommen. Oder hegte zumindest einen … Verdacht. Auch wenn es undenkbar war: Falls er tatsächlich auch nur den Hauch einer Ahnung haben könnte, mussten sie etwas … unternehmen. Und nicht nur, was ihn betraf, sondern auch den Rest seiner Brut.

»Nein. Nach wie vor spurlos verschwunden. – Wie die anderen auch.«

Eben kehrte die ältere der beiden Frauen in den Trailer zurück. Die Jüngere blieb in der offenen Tür stehen, den Hund am Halsband. Und sah weiter zu ihnen herüber.

Ramon schob das Handy in die Hosentasche. »Wir sollten uns zurückziehen.«

Peter nickte, griff nach dem Zündschlüssel, drehte ihn. Der Motor erwachte zum Leben. Noch länger hierzubleiben, würde nur unnötige Aufmerksamkeit auf sie lenken. Am Ende kam tatsächlich noch jemand auf die Idee, die Polizei zu rufen. Vor allem, da es mehr als unwahrscheinlich war, dass das Halbblut in nächster Zeit tatsächlich hier auftauchen würde.

»Zum *Alhambra*?«

»Wo sollte er sich sonst verkriechen?«

16

J

Die Reisetasche war vom Boden verschwunden, als ich ins Wohnzimmer zurückkam. Dafür stand die Tür auf der gegenüberliegenden Seite des Raumes jetzt auch offen. Und gab den Blick auf etwas frei, das eigentlich nur ein Schlafzimmer sein konnte.

Er lehnte am Schreibtisch, hängte gerade das Handy an sein Ladekabel. Offenbar hatte er meine Schritte gehört, denn er drehte sich zu mir um – und hob fragend eine Braue, als er die Wasserflasche und die beiden Gläser sah, die ich mir noch aus einem der Schränke gegriffen hatte. »Hast du nichts anderes gefunden?«

Mit einem Schnauben wedelte ich über meine Schulter Richtung Küche. »Sofern du kein Leitungswasser trinken willst. – Nein. Und was sonst noch in deinem Kühlschrank ist …« Ich zog die Nase kraus. »Könnte sein, dass es lebt.«

Eine Sekunde starrte er mich nur verständnislos an, holte dann scharf Luft. Schlagartig war sein Gesichtsausdruck schuldbewusst. »Verdammt. Das Curry.«

Beinah musste ich lachen. »Curry?!« Ich verbiss es mir im

letzten Moment. »Interessante Farbe für ein ›Curry‹. Und erst die Behaarung.«

Er stöhnte. »Sorry. Ich hatte noch keine Zeit, irgendwas zu besorgen.«

Und offensichtlich auch keine, um einen Blick in den Kühlschrank zu werfen.

Ohne wirklich hinzusehen, griff er nach dem Handy. »Willst du irgendwas Bestimmtes?«

Ich wedelte mit der Flasche. »Flüssig und kühl reicht schon.« Irgendwie hatte er es geschafft, das Chaos auf seinem Schreibtisch zumindest halbwegs zu beseitigen, während ich in der Küche gewesen war. Erstaunliche Leistung, angesichts der kurzen Zeit. Dafür häufte sich die Post jetzt in einer dunklen Holzschublade, die wie ein altertümliches Alien rechts von ihm auf der glänzenden Platte stand. Und im Papierkorb.

Seine Hand verharrte. »Okay.« Ganz kurz erschien eine scharfe Falte auf seiner Stirn, verschwand wieder. »Hast du Hunger? Soll ich uns was zu essen hochkommen lassen?«

Ich schüttelte den Kopf, machte einen Schritt von ihm weg, weiter in die andere Hälfte des Raums hinein. Ein beiges Ledersofa stand mit dem Rücken zum Schreibtisch. Ausladend und groß, ohne besonders wuchtig zu wirken. Trotzdem hätte ein halbes Cheerleaderteam darauf problemlos Platz gehabt. Der Teppich davor war dick und wirkte fast ein bisschen wie feiner Wüstensand. »Nein danke.« Vor dem Kamin lag sein kleineres Gegenstück. Wenn ich ehrlich war, hatte ich nach wie vor ein ziemlich flaues Gefühl in der Magengegend, wenn ich an die Verfolgungsjagd à la *Die Hard,* wahlweise *eins* bis *vier,* zurückdachte, die wir uns mit diesen Typen geliefert hatten. ›Essen‹ stand irgendwie gerade nicht auf meiner Prioritätenliste. Und außerdem … »Ich habe schon gegessen.« Das war der Vorteil, wenn man bei Big D arbeitete. – Wer brauchte bitte schön in *Las Vegas* einen *Kamin*? Dekadenz ließ grüßen. Wobei: Manchmal konnten die Nächte tatsächlich kalt werden. Und hier oben …? Andererseits bezweifelte ich, dass die Heizung in diesem Gebäude in solchen Fällen nicht funktionierte. Der Ausblick auf den Dachgarten war einfach nur traumhaft – irgendjemand hatte da draußen tatsächlich Palmen gepflanzt –, aber die Aussicht von hier oben über Vegas war wahrscheinlich schlicht unbeschreiblich.

Sein Blick hing unverwandt auf mir. Ich setzte mich auf die Armlehne, stellte Gläser und Flasche auf meinen Oberschenkel. Und sah ihn dabei ebenso unverwandt an wie er mich die ganze Zeit.

»Ich würde viel lieber wissen, wie es jetzt weitergehen soll.«

Nach wie vor ohne mich aus den Augen zu lassen, ließ er die Hand sinken.

Warum zum Teufel fühlte es sich an, als würde mir irgendetwas den Magen zusammendrücken? »Nach Hause scheine ich ja nicht zu können, dank dieser Typen …« Und warum zum Teufel kam es mir vor, als würde ich *ihn* um Hilfe bitten. Ausgerechnet IHN. »Und Danny …« Ich war die ganze Zeit alleine klargekommen. Betont nachlässig zuckte ich die Schultern. »Vergiss es!«

Etwas an seinem Blick veränderte sich. Ohne dass ich hätte sagen können, was es war. Aber die Art, wie er mich plötzlich musterte, hatte etwas … Unwilliges. »Das ist Blödsinn.« Der Ausdruck in seinen Augen wurde nachdenklich. Und fragend zugleich. »Du könntest für ein paar Tage hierbleiben …«

»Hier …?« Manchmal war es wirklich ein Fluch, wenn das Mundwerk schneller als das Gehirn war. Aber zumindest schaffte ich es, das *›bei dir‹* gerade noch zu verschlucken und »… im *Alhambra*?« nachzuschieben. – Zeitgleich mit seinem »Nicht zwingend hier oben.«, das viel zu hastig kam, um nicht irgendwie viel *zu hastig* zu klingen. Er räusperte sich. »Irgendein Zimmer ist unten garantiert frei.«

Manche Jungs waren süß, wenn sie verlegen waren … *Hallo??? Jesse??? Dieser Typ steht nicht auf deiner Jungs-die-ich süß-finden-könnte-Liste.* Allein der Gedanke ließ mich innerlich zusammenzucken. *Und warum bitte schön nicht? – Klappe!* Abermals schüttelte ich den Kopf. »Und was ist mit Danny?« Ich würde mich garantiert nicht irgendwo verstecken und Danny einfach seinem Schicksal überlassen. Vor allem dann nicht, wenn auch nur ansatzweise die Gefahr bestand, dass Tante Gwen tatsächlich diese Kerle geschickt hatte. – Wahrscheinlich hatte ich sie sogar zu Danny geführt. Ich hatte heute Abend ja unbedingt zu ihm gehen müssen. Und die Kerle müssten schon blöd und dämlich gleichzeitig sein, um nicht eins und eins zusammenzuzählen. Genau genommen verschwendete ich mit jeder Minute, die ich hier war, Zeit, die ich nicht hatte. Entschieden stand ich von der Sofalehne auf und stellte die Gläser und die Flasche neben mich auf den Boden. Wahrscheinlich sollte ich froh sein, dass er meinen Ausrutscher von wegen ›Du kennst die Typen?‹ offenbar vergessen hatte. Ich würde ihn garantiert nicht daran erinnern. Auch wenn es mich brennend interessiert hätte, was er über sie wusste. ›Je mehr du über deinen Feind weißt, umso besser‹, hatte Paul immer gesagt. Tja, woher wusste ich, dass er nicht auch dazugehörte? *Himmel, Jesse, Paranoia lässt grüßen, oder was?* »Hör mal, ich habe meinen Teil unseres Deals erfüllt. Es war nett von dir, mir bei diesen Kerlen zu helfen, aber ich sollte jetzt besser gehen …«

»Das kannst *du* vergessen.« Sein Tonfall hatte etwas so Hartes, dass ich unwillkürlich auf die Armlehne zurücksank und ihn anstarrte. Und erst daran dachte, dass ich es garantiert nicht schlucken würde, dass er *so* mit mir redete, als er schon weitersprach. »Sie wissen, wo du wohnst. Wo willst du also hin? Bei irgendeiner Freundin schlafen? Auf der Straße? – Das *Alhambra* hat eines der besten Sicherheitssysteme in Vegas. Zumindest das …« Er hob die Schultern, griff gleichzeitig das Handy vom Schreibtisch. »Und was Danny angeht, weiß ich jemanden, der uns …«

Uns?

»… helfen kann.« Wen auch immer er anrief: Er hatte ihn in den Kontakten ziemlich weit oben. Das Handy am Ohr sah er mich an. Ich klappte den Mund wieder zu. Sekundenlang war es still. Dann ging offensichtlich die Mailbox ran. Mit einem unwilligen Laut drückte er sie weg. Diesmal brauchte er länger, um die Nummer zu finden …

»Hör mal …« Abermals stand ich auf. »… das muss wirklich nicht sein.«

»Doch, muss es. – Hi, Tim. Ich bin auf der Suche nach Luther …« Seine Handbewegung war nicht misszuverstehen. Ein weiteres Mal sank ich auf die Sofalehne. Allmählich kam ich mir ziemlich dämlich dabei vor. Wie ein Stehaufmännchen. – Seit wann ließ ich mich eigentlich ausgerechnet von ihm herumkommandieren?

»Ja, das kann ich mir denken … dass er nicht besonders gut auf mich zu sprechen ist …«

Eigentlich widerstrebte es mir zu lauschen, aber ich konnte nicht verhindern, zumindest seinen Teil des Gesprächs mitzuhören. »Sagst du mir trotzdem, wo ich ihn erreichen kann? Bei seinem Handy geht nur die Mailbox …«

Auf dem Couchtisch aus Glas und Edelstahl stapelten sich Zeitschriften und diverse Fernbedienungen – wahrscheinlich für den Flachbildschirmfernseher an der gegenüberliegenden Wand, die Stereoanlage und den Rest der Technik. Darunter ein paar Bildbände: Iceland, Namibia, Neuseeland, einer über Motorrad-Klassiker …

»Ja, ich … Ich weiß. Ich war beschäftigt. Ich rufe sie später an …«

Er fuhr sich mit der Hand übers Gesicht. Ich sah es nur aus dem Augenwinkel, weil ich mich in genau dem Moment vorbeugte und nach einer der Zeitschriften griff, die ganz obenauf auf einem großen, weißen Briefumschlag lag. Absender war ein ›J. L. Hayden‹ aus Los Angeles. Ein gelbes Post-it ragte ungefähr in der Mitte an der Seite heraus. »Verrätst du mir trotzdem, wo ich Luther erreichen kann? …«

Ich schlug das Magazin an genau der Stelle auf. Und runzelte die Stirn, als ich die Headlines las:

Manche Bilder sind das Risiko einfach wert

Shane Hayden: Vom Rebel Kid zu
Amerikas jüngstem Kriegsfotograf

Ein Artikel über ihn? Ich blätterte weiter … Nein, eigentlich ein ganzes Feature. Über mehrere Seiten. Mein Blick ging wie automatisch zu den Bildern. Das erste war eindeutig in einem Fotostudio aufgenommen worden – ohne dass sich jemand die Mühe gemacht hatte, diesen Umstand zu verbergen. Im Gegenteil. Mehrere Scheinwerfer auf Stativen in unterschiedlicher Höhe, von denen einer brannte. Kabel, die sich über den Boden ringelten. Auf einem Hocker lag irgendwelches Foto-Equipment. An der Seite lehnte eine weiße Platte. Ein grüner Hintergrund war noch ein

Stück weit nach vorne gezogen; darauf er, in ein paar verwaschenen Jeans, einem dunklen T-Shirt und einem karierten Flanellhemd darüber, mit bis zu den Ellbogen aufgekrempelten und hochgeschobenen Ärmeln. Die Daumen nachlässig in die vorderen Taschen gehakt. Leicht zur Seite, der Kamera zugedreht, das Gewicht auf ein Bein verlagert. Mit einem halb spöttischen, halb gequälten, halb gutmütigen Lächeln, das ganz klar *›Ach, kommt schon, Leute. Das muss doch nicht sein‹* sagte. Bei der Bildunterschrift verzog ich den Mund. *Macht auch vor der Kamera eine gute Figur: Shane Hayden.* Seine Haaren waren ein gutes Stück länger als im Moment.

Das nächste ähnelte mehr einem Schnappschuss: Er, zusammen mit ein paar Marines in hellen Tarnanzügen – von denen jeder ein Maschinengewehr halb im Anschlag hatte –, zwischen Häusern, die kaum mehr als Ruinen waren, die Kamera fast vollständig unter einer Weste verborgen. Daneben war etwas abgedruckt, das offenbar ein Zitat war.

›Die an der Macht können viel erzählen, über die Anzahl von Toten und Verletzten; wie schwer die Zerstörungen nach einem Erdbeben, einem Tornado oder einem Bombenangriff sind, ob es in ihrem Land Hunger gibt oder nicht; was sie unter Gerechtigkeit und Menschenrechten verstehen. Es sind die Bilder, die nicht lügen. Und deshalb tue ich das, was ich tue. Ich mache solche Bilder. Zumindest versuche ich es.‹

Oha? Ich blätterte weiter. Noch zwei Fotos. Die offenbar

diesmal von ihm stammten … auf denen man erst auf den zweiten Blick die kleinen Details bemerkte – und auch das nur, wenn man genau hinsah. Eine zerbombte Häuserzeile, die mit Graffiti bedeckt war, das selbst auf dem Bild düster und bedrohlich wirkte – zwischen die irgendjemand – anscheinend mit Kreide oder etwas Ähnlichem – ein rotes Herz gemalt hatte. Und offenbar dabei unterbrochen worden war. Der rechte obere Bogen fehlte noch. Ein ausgebranntes Auto – in dessen halb dunklem Inneren nur schwer zu erkennen, zwei kleine Mädchen mit etwas spielten, das ich im ersten Moment für Lumpen gehalten hätte, das aber offenbar selbstgebastelte Puppen waren. Oder gespielt hatten. Denn gerade eben schienen sie sich eng aneinanderzudrücken und noch tiefer in die Schatten zu ducken. Ganz am Rand des Bildes stand ein Mann an der Häuserecke, ein Maschinengewehr in der Hand. Der sich in genau diesem Augenblick in Richtung Kamera zu drehen schien, als würde er merken, dass er beobachtet wurde. Obwohl das Foto anscheinend aus der Deckung irgendwelcher Schuttreste heraus gemacht worden war …

›Ein paar Leute – vor allem Kollegen – sagen, ich wäre ein ziemlicher Adrenalin-Junkie. Und natürlich ist die Angst an vielen Stellen dabei. Aber manche Bilder sind das Risiko einfach wert.‹

Nur am Rande nahm ich wahr, dass er auflegte, sich mit einer Hand den Nacken rieb. »Ich fürchte, in spätestens einer halben Stunde weiß es die gesamte Belegschaft des

Alhambra, dass du hier oben bei mir bist.« Er klang beinah zerknirscht.

Ich schaute nicht auf, während ich weiterblätterte. »Und das schadet deinem Ruf, weil …?« Er wollte mir ja wohl nicht wirklich erzählen, dass er nicht andauernd irgendwelchen weiblichen Besuch mit hier heraufbrachte. Ein Gedanke, der mir seltsamerweise nicht gefiel. Auch wenn ich es mir nur ungern eingestand. *Herrgott, Jesse, komm klar! Er steht nicht auf deiner ›Jungs-in-die-ich-mich-verlieben-könnte‹-Liste. – Und dabei hatte sich das vorhin fast so angefühlt.*

Das nächste Bild war offenbar in einer Dunkelkammer entstanden: Er im Profil, wie er sehr altmodisch Abzüge von Fotografien in irgendwelchen Entwicklerschalen anfertigte. So als wäre niemand außer ihm im Raum. Und als müsste ich nur ein winziges Stück näher kommen, um mehr von dem Bild erkennen zu können.

»… sie alle der Meinung sind, dass ich die Kriegsberichterstattung vielleicht sein lassen würde, wenn ich eine Frau in meinem Leben hätte. Oder dann zumindest mehr Modestrecken machen würde.« Er räusperte sich. »Meine Mutter ist der Meinung, sie müsste mir jede Zeitschrift schicken, in der sie irgendetwas über mich findet.«

Danny hatte was von *›Mode und solche Sachen‹* gesagt. Allerdings wäre ich nie auf die Idee gekommen, dass *Kriegsberichterstattung* bei meinem kleinen Bruder unter *›solche Sachen‹* lief. Ich blätterte zurück, zum Anfang des Artikels. Warum wollte ich plötzlich mehr über ihn wissen? »Und?

Haben sie recht?« Er stammte also aus L. A., war drei Jahre älter als ich und … Moment mal! »*Du* bist Shane Hayden?« Wie hatte ich nur so dämlich sein können.

Was auch immer er eben hatte antworten wollen: Er sagte es nicht. Er sagte *gar* nichts. Mit einem Schlag war er das personifizierte Misstrauen.

»*Der* Shane Hayden?«

Noch immer Schweigen.

»Du warst an der Fairfax High.« Ich konnte es nicht fassen. Deshalb war er mir bekannt vorgekommen.

»Jaaa.« Endlich hatte er seine Stimme wieder gefunden. Nicht, dass in seinem Ton etwas anderes gewesen wäre als Vorsicht.

Warum hatte es bei seinem Namen nicht sofort bei mir geklingelt? Wann immer die Polizei auf dem Schulgelände aufgetaucht war, waren Wetten abgeschlossen worden, ob sie mal wieder seinetwegen da waren. Einmal hatte ich zehn Dollar gewonnen. »Du hast das Mädchenklo in die Luft gejagt.« Weshalb er kurz vor dem Abschluss fast von der Schule geflogen war.

»Nein!« Übergangslos war das Misstrauen Empörung. »Das war Heath Lorner, dieser Vollpfosten. Damit hatte ich nichts zu tun.« Er rieb sich den Nacken. »Zumindest nicht direkt. Ich hab nur die Böller besorgt. Und eigentlich sollten die Dinger in den Müllcontainer beim Lehrerzimmer. – Das heißt, du stammst ursprünglich auch aus L. A.?«

Na, Mahlzeit. Heath? Dem hätte ich so etwas als Allerletztem zugetraut. Kein Wunder, dass Shane und nicht Heath um ein Haar geflogen war. Heath Lorner war immer und überall mit allem durchgekommen. – Gerüchten zufolge war eine ziemlich großzügige … Spende von Shanes Vater an die Schule der einzige Grund gewesen, warum der Direktor noch einmal Gnade vor Recht ergehen ließ und er wenigstens noch seinen Abschluss machen konnte. Sein Vater, ein bekannter Kunsthändler. Javed Ardeshir – oder so ähnlich. Der anscheinend irgendwann wie aus dem Nichts aufgetaucht war und eine riesige Villa oben in den Hills gekauft hatte. Und der – jedenfalls wenn es nach einigen Leuten an der Schule ging – unanständig viel Geld verdiente – und das mit Kunst. Seit wann war mein Hirn ein solches Sieb? Vielleicht weil ich nie im Leben damit gerechnet hatte, jemandem aus meiner Vergangenheit hier in Vegas zu begegnen?

»Ich war zwei Stufen unter dir.« Mel hatte für ihn geschwärmt und in dem Schuljahr jedem, der es hören wollte – oder auch nicht –, erzählt, dass sie ihn bis spätestens zum Sommer ›haben‹ würde. *»Immerhin hat sein Vater ein riesiges Anwesen in den Hills.* Die *Location, um die absolut angesagten Partys zu feiern.«* Natürlich hätte sie uns alle dazu eingeladen. – Zumindest hatte sie das hoch und heilig versprochen. – Shane Hayden, *der* Shane Hayden: eine weitere Trophäe in ihrer Sammlung. – Dummerweise hatte er sie einfach abblitzen lassen. Worauf sie versucht hatte, ihn bei allen anderen schlechtzumachen. Was gnadenlos schiefgegangen war. Wenn man schon einen solchen Ruf weghatte, konnte eine verschmähte Chefzicke mit ihrem Intrigen-Klatsch nicht viel ausrichten. Nicht bei jemandem wie Shane Hayden. »Du warst mit Prue Bowman zusammen.«

Das Grinsen, das für den Bruchteil einer Sekunde über seine Lippen zuckte, erwischte mich eiskalt. Die Hitze war übergangslos in meinem Magen. »Prue war mit Jenny zusammen.«

Ich blinzelte. »Jenny? Jenny Miller?« Jenny war der Kapitän des Mädchen-Volleyballteams gewesen. Und ein absolutes Ass in Leichtathletik. Ich hatte mich immer gefragt, wie sie es schaffte, diesen wild-zerzausten Look hinzubekommen, obwohl ihre Haare dafür eigentlich zu lang gewesen waren. »Prue Bowman war mit ...« Ich schüttelte den Kopf. In jeder Pause hatte man ihn und Prue zusammen gesehen. Klein und schmal hatte sie geradezu perfekt unter seinen Arm gepasst. »Muss ich das verstehen?« Jenny hatte zu der gleichen Clique wie er und Prue gehört ...

Ein kurzes, schnelles Schulterzucken. »Prue und ich waren nur Freunde. Nicht mehr und nicht weniger. *Sie* und *Jenny* waren das Paar.« Er sagte das vollkommen gelassen. Endlich kapierte ich, was er meinte. *Großer Gott, Jesse, wie begriffsstutzig muss man eigentlich sein?* Offenbar sah er mir den Moment an, in dem der Groschen endlich bei mir fiel. »Da sie aber nicht Klatschthema Nummer eins der ganzen Schule sein wollten ...« Was ich durchaus verstehen konnte. »... und ich keine Lust hatte, andauernd eindeutige Angebote zu bekommen …« Er hakte die Daumen in die vorderen Taschen seiner Jeans, hob erneut die Schultern.

Unwillkürlich ging mein Blick zu dem Foto. Fast genau die gleiche Haltung wie auf dem Bild. Ich sah ihn wieder an. »Ihr habt einander gegenseitig ein … Alibi verschafft.«

Diesmal war der Ausdruck um seine Lippen spöttisch. »Sozusagen.«

Fast ein bisschen übertrieben langsam holte ich tief Luft. »Das heißt, du warst Single?«

»Aber so was von.«

»Die ganze Zeit?«

»Yupp. Leidenschaftlich und aus Überzeugung. Frei wie ein Vogel. – Es sei denn, du rechnest ›Kurzzeitbeziehungen‹ dazu.«

»Kurzzeitbeziehungen?« Er hatte die komplette Schule verarscht.

»Eine Nacht. Oder vielleicht zwei. Nicht viele, aber es soll vorgekommen sein.«

Ich konnte nicht anders, ich schüttelte den Kopf. Jeder hatte geglaubt … Er musste verdammt geschickt gewesen sein, dass das keiner mitbekommen hatte. »Wenn Mel das geahnt hätte …« Was hätte ich darum gegeben, ihr Gesicht zu sehen, wenn sie *das* herausgefunden hätte. *Nicht nett, Jesse. – Und wenn schon.*

Die Art, wie er mich auf einmal musterte, hatte etwas Abschätzendes – und gefiel mir irgendwie gar nicht. Auf seiner Stirn erschien eine feine Falte. »Hast du etwa zu dieser Zicken-Clique gehört?«

»Wir waren keine ›*Zicken*-Clique‹!« Sein Tonfall dämpfte meine Schadenfreude schlagartig.

»Nicht?« Eine seiner Brauen rutschte spöttisch in die Höhe. »Besonders nett waren diese Melissa und ihr Hofstaat zu gewissen Leuten aber auch nicht.«

Ich schnaubte nur. Auch wenn ich es ungern zugab: Wo er recht hatte, hatte er recht. Mel hatte ein absolutes Biest sein können, wenn es um Leute ging, die in ihren Augen ›Nerds‹ waren. Manchmal hatte ich nur daneben stehen und versuchen können, nicht in ihre ›Spielchen‹ mit hineingezogen zu werden. ›*Diese Melissa*‹ – Hatte er selbst Mel nur am Rande wahrgenommen? Aber immerhin hatte er anscheinend ein klareres Bild von ihr als von mir. – Warum zum Teufel ging mir das nur so gegen den Strich?

Er stieß sich vom Schreibtisch ab und kam zu mir herüber, hielt mir sein Handy hin. Irritiert sah ich ihn an. »Ich fürchte, im Moment gehöre ich nicht zu Luthers Lieblingen. Entsprechend nehme ich an, dass er nicht alles stehen und liegen lassen wird, um sich bei mir zu melden, auch wenn ich Tim gesagt habe, dass es dringend ist. Dummerweise haben sie anscheinend gerade im Kasino einen Betrüger geschnappt, und ich schätze, Luther wird ihn sich zuerst zu Ende vornehmen. – Wäre möglich, dass das etwas dauert.«

Und was hatte ich damit zu tun?

Offenbar sagte mein Blick genau das. Zumindest sah er sich wohl gezwungen, konkreter zu werden. »Die Security im Mountain View Hospital soll nach dem, was ich gehört habe, nicht schlecht sein. Ich gehe schwer davon aus, dass sie ausreicht, bis ich mit Luther reden kann.«

Ich starrte ihn an. Es fühlte sich an, als hätte er mir einen Eimer eiskaltes Wasser übergekippt. War er nicht selbst der Meinung gewesen, die Typen seien nicht hinter Danny her. – Nur wusste er nicht, dass es da Tante Gwen gab. Und dass ich Danny genau genommen entführt hatte …

»Nur zur Sicherheit.« Er streckte mir das Handy ein bisschen weiter hin.

Wie betäubt griff ich danach. Warum hatte ich in der ganzen Zeit nicht schon selbst daran gedacht? Nur ein einziger Anruf …

Ich kannte die Nummer auswendig. Schwester Alexa ging nach dem vierten Klingeln dran. Sie hörte schweigend zu, während ich versuchte, sie nicht mehr anzulügen, als ich unbedingt musste.

17

Sieh an, sieh an. Melissa Bartner ließ ihr Handy in die Tasche ihres Mantels gleiten. Die Erdmagier suchten also auch nach dem Halbblut und Jessica DeLaney. Interessant. Und unerwartet. Und vor allem: Warum? Wie passte das alles zusammen? Dass sie für ihre Großmutter von Interesse war, war logisch, aber die Erde? Oder gab es irgendeine Verbindung zwischen ihr und den ganzen Gerüchten, die in den letzten Tagen immer mehr aufgekommen waren? Dass irgendetwas bei den Djinn vor sich ging – auch wenn die natürlich alles daran setzten, nichts nach außen dringen zu lassen. Dann diese Naturkatastrophen überall auf der Welt … Vor allem die Dürren und Brände … Und wie passte das *Herz des Simurgh* in all das … Ihre Großmutter würde ihr den Kopf abreißen, wenn sie herausfand, dass sie eine ihrer Quellen gebraucht hatte, um zu erfahren, dass es wieder aufgetaucht war. Immerhin war es auf gewisse Weise mit den Häusern der Hexen verbunden – wenn man den Geschichten glaubte. Und ihre Großmutter glaubte sie. Melissa verzog das Gesicht. Es gab nichts Tödlicheres für einen Aufstieg in ihren Reihen, als von Oran als ›unfähig‹ bezeichnet zu werden. Sie warf einen schnellen Blick auf die Uhr, ließ die Trennscheibe zum Fahrer hinuntergleiten. »Schaffen wir es pünktlich zum Flughafen, Andrew?« In einer knappen halben Stunde sollte sie Hannah Rheinberg, die Oberste der deutschen Häuser, dort in Empfang nehmen und zu ihrer Großmutter begleiten.

Andrew nickte, ohne sie im Spiegel anzusehen. »Wir sind pünktlich, Ms Bartner. Keine Sorge.«

»Sehr schön. Danke, Andrew.« Sie ließ die Scheibe wieder zugleiten. Draußen huschten die anderen Autos vorbei. Das meiste Taxis. Mellissa lehnte sich im Leder der Sitze zurück. Und die Kleine? Aris Cassiedas Urenkelin. Wo war sie all die Jahre gewesen? Wo war dieser Zweig der Familie die ganzen Jahr*zehnte* gewesen? Warum tauchte sie ausgerechnet jetzt wieder auf? War da Magie im Spiel gewesen? Welche? Sie kannte keine, die mächtig genug gewesen wäre, jemanden für sein eigenes Haus unauffindbar zu machen. Hatte ihre Seite der Familie einen … Pakt mit einem der anderen Elemente geschlossen? Etwas anderes war eigentlich unmöglich. Melissa schnaubte. Ein solcher Frevel und ihre Großmutter war nicht bereit, etwas anderes in ihr zu sehen als das unschuldige Ding, das sie in den Schutz der Familie zurück holen musste. – Nun, nicht solange sie da noch ein Wörtchen mitzureden hatte.

18

J

»Sollen wir es versuchen?« Er schob das Handy zurück in seine Hosentasche. Mein Telefonat mit Schwester Alexa hatte keine fünf Minuten gedauert.

Verständnislos runzelte ich die Stirn. »Was?« Sie hatte mir versprochen, jemanden von der Security zu bitten, den Rest der Nacht in der Nähe der Station zu bleiben. Warum fühlten meine Hände sich dann immer noch so klamm an, wie seit dem Augenblick, in dem ich ihre Stimme am anderen Ende der Leitung gehört hatte? Unauffällig presste ich sie zwischen meine Oberschenkel.

Er nickte zu dem Magazin, das ich achtlos neben mich auf das Sofa gelegt hatte. »Fotos von dir zu machen. Wie gesagt: Bis Luther heraufkommt, kann es dauern. Und ehe wir hier nur herumsitzen …«

Wenn ich ehrlich war, war Fotos von mir zu machen, so ziemlich das Letzte, wonach mir der Sinn stand. Mein Gesichtsausdruck sagte offenbar auch genau das.

Er hob die Schultern, wandte sich um und ging zum Schreibtisch hinüber. »Ich dachte nur, weil ich es deinem Bruder versprochen habe …«

Ich stieß ein Seufzen aus. Ja, er hatte es Danny versprochen. »Meinetwegen.« Trotzdem klang ich so begeistert, wie ich mich fühlte.

Er drehte sich wieder zu mir um. Nur halb. Abermals ein Schulterzucken. »Wir können es auch lassen. Kein Thema.«

»Nein, nein. Schon o.k.« Und letztlich hatte er recht. Bevor wir hier nur herumsaßen und uns übers Wetter unterhielten oder Löcher in die Luft starrten … »Was soll ich tun?« Ich drückte mich von der Armlehne in die Höhe.

Sein Blick glitt über mich. Prüfend. Dann: »Hast du irgendwas an Make-up dab-« Sein Handy unterbrach ihn. Er zog es aus der Hosentasche, schaute darauf – und drückte den Anruf weg. Offenbar eine seiner Lieblingsbeschäftigungen. Ich hatte nicht mitgezählt, wie oft es auf der Fahrt hierher geklingelt hatte: Er hatte jedes Mal einen Blick auf das Display geworfen und dann den Anrufer weggedrückt. Und hatte dabei jedes Mal die Lippen zu einem harten Strich zusammengepresst. Mit einer brüsken Bewegung schob er es an seinen Platz zurück und sah mich wieder an. »Entschuldige. – Hast du irgendwas an Make-up dabei?«

Ich verbiss mir ein Schnauben. Sah ich aus, als würde ich mit der Handtasche voller Puder und Lidschatten herumrennen? »Ich wollte zur Arbeit. Nicht auf den Catwalk.« Okay, das war jetzt bissiger als nötig gekommen. Mit etwas, das sich fast wie ein Anflug von schlechtem Gewissen anfühlte, hob ich die Schultern. »Lipgloss. Mehr nicht.«

Ein kurzes Zucken in seinem Mundwinkel. Nicht verächtlich, sondern fast … belustigt. Oder befriedigt? Als hätte ich ihm einen Verdacht bestätigt. Anstatt etwas zu sagen, bückte er sich, zog eine Kiste unter seinem Schreibtisch hervor und winkte mich mit einer kurzen Kopfbewegung zu sich, während er sie schon auf der Glasplatte abstellte und eine Kosmetiktasche hervorholte. »Vielleicht kannst du etwas damit anfangen.« Er hielt mir den Beutel hin.

Ich konnte einfach nicht anders: Ich hob spöttisch eine Braue, als ich sie ihm abnahm und öffnete. Ein schneller Blick hinein: Mineralpuder, Lidschattenpalette und etwas, das wie Mascara aussah, Eyeliner, dazu Pinsel und Quaste. Ziemlich professionell. »Jetzt sag nicht, du bist auch noch Stylist.« Ich sah ihn wieder an.

»Nein.« Er hatte sich schon seiner Fototasche zugewandt, holte gerade eine Kamera heraus. »Das ist die Standardausrüstung für alle Fälle – hat mir ein Stylist vermacht. Fürs Nachmattieren, damit es keine Glanzstellen im Gesicht gibt. Man kann ja nie wissen. Ist nicht nur bei Outdoor-Shootings praktisch.« Ein Objektiv folgte der Kamera. »Das Bad ist neben dem Schlafzimmer.« Es rastete mit einem leisen Schnappen ein und er nahm den Schutzdeckel ab.

Dass ich ihn mit einem ironischen Blick bedachte, schien ihn nicht zu stören. Wenn er es denn überhaupt mitbekam. Gerade wechselte er den Speicherchip. Ich griff mir die Kosmetiktasche und meinen Lipgloss, trollte mich ins Bad –

und konnte es mir nicht verkneifen, den Blick im Vorbeigehen auch durch sein Schlafzimmer wandern zu lassen … Es passte zum Rest der Wohnung. Elegant und zugleich schlicht. Understatement pur. Auch wenn ich das Bett irgendwie … größer erwartet hätte. Nicht, dass in ihm nicht locker zwei oder drei Leute Platz hatten, ohne sich in der Nacht in die Quere zu kommen. Selbst wenn sie unruhig schliefen. Decke und Kissen wirkten, als hätte es jemand gemacht, der keinen besonderen Wert darauf legte. Ich musste grinsen. Kein Housekeeping für den Bruder des Chefs?

Das Kopfteil aus mattem Stahl und Bambus hatte definitiv etwas. Darüber erstreckte sich an der Wand das Motiv der nächtlichen Sahara – oder irgendeiner anderen Wüste – bis in die Unendlichkeit. Ein Eindruck, der noch dadurch verstärkt wurde, dass die Decke aus Glas war, genauso wie die Längsseite zur Dachterrasse. Okay. *Das* war … wow. Die Vorstellung, hier zu liegen und die Sterne direkt über sich zu haben; zu beobachten, wie sich der Himmel frühmorgens färbte; violett, irgendwann strahlend blau … oder sich abends mit Feuer überzog … Es musste unbeschreiblich sein. Selbst jetzt war es atemberaubend, obwohl schwere, schwarze Wolkenbänder alles verdeckten und noch nicht einmal der Mond zu sehen war. Oder zumindest nicht mehr als eine Ahnung von fahler Helligkeit hinter ihnen. Dazu der Ausblick über die Dachterrasse … einfach nur WOW.

Dafür war der Kleiderschrank … sparsam. Im besten Fall.

Spartanisch traf es vielleicht noch besser. Nicht, dass ich mit Absicht darin herumgestöbert hätte. Die Schiebetüren standen nur offen und gaben den Blick auf Jeans, Hemden, T- und Sweatshirts frei. Und leere Kleiderstangen und Regalfächer, in denen noch mindestens die fünffache Menge an Sachen gepasst hätte. Ein einzelner Anzug hing irgendwie verloren auf einem Bügel. Ich versuchte, mir nicht vorzustellen, wie verdammt gut er darin aussehen musste … *Jesse? Hallo? Aber ansonsten ist alles noch gesund?* Ich verzog den Mund, während ich die Badezimmertür aufschob. *Ach, verdammtnocheins, wie lange willst du es eigentlich noch leugnen: Du findest ihn heiß. Das hast du schon auf der Highschool getan.* Oh ja, das hatte ich. – Und anscheinend war ich nie wirklich darüber hinweggekommen.

Das Bad war genauso wie der Rest des Apartments – grandios. Sandfarbene Fliesen ließen es beinah noch größer wirken. Ein rechteckiges Waschbecken, perfekt eingepasst in einen modernen Waschtisch, bei dem man sich sicherlich nicht um den Platz streiten musste, eine Toilette, eine in den Boden eingelassene Whirlpool-Badewanne, direkt vor einem bodentiefen Fenster, das über ihre ganze Länge und noch ein paar Zentimeter mehr ging – nicht, dass man hier oben mit irgendwelchen Spannern rechnen musste –, eine Dusche, in der man hätte tanzen können, hinter getöntem Ornamentglas und das Ganze von ein paar gekonnt oben in den Wänden und im Fußboden verborgenen Strahlern beleuchtet.

Ich stellte die Kosmetiktasche auf den bis auf einen abgegriffenen Kulturbeutel leeren Waschtisch – offenbar hatte er noch keine Zeit gehabt, irgendetwas auszupacken –, und machte mich daran, mich aufzuhübschen. Worin ich anscheinend ziemlich eingerostet war. Zumindest brauchte ich gefühlte Ewigkeiten, bis alles so saß, dass ich damit zufrieden war. Und dabei ertappte ich mich ein ums andere Mal dabei, wie ich mich fragte, ob ich mir diese Mühe tatsächlich nur wegen Danny machte.

Im Wohnzimmer hatte die Lampe vom Schreibtisch ihren Weg auf den Couchtisch gefunden und ein großes Stück weiße Pappe lehnte an einer Ecke des Sofas. Durch die Tür der Dachterrasse strich heiße, trockene Wüstenluft. Die Wolken schienen sich noch weiter zusammengezogen zu haben, dunkler geworden zu sein. Hayden sah von seinem Laptop auf, als ich aus seinem Schlafzimmer kam, drückte sich von seinem Ledersessel hoch und griff in der gleichen Bewegung nach der Kamera, die auf dem Schreibtisch gelegen hatte.

»Wir müssen ein bisschen improvisieren.« Er nickte zu Pappe und Lampe hin. »Ich habe mein Equipment im Moment nicht hier. Aber ich denke, es wird auch so gehen.« Sein Blick glitt über mich. Wenn er etwas auszusetzen hatte, ließ er es sich zumindest nicht anmerken. »Wir nehmen erst mal die Wand neben dem Kamin als Hintergrund.« Die Kamera in der Hand kam er auf mich zu, winkte mich dabei zu der Stelle, an der er mich haben wollte. Ich hörte die Kamera klicken, noch ehe ich mich in Positur stellen konnte, und protestierte. »He!«

»Keine Panik.« Er schob sich rückwärts an der Rückenlehne der Couch entlang, den Blick auf dem Display der Kamera. »Nur ein paar Probebilder. Damit ich sehe, wie das mit dem Licht hinhaut. Die werden später gelöscht.« Klick. Klick. Wieder sah er auf das Display. Ein Stirnrunzeln. Dann stellte er die Pappe anders. Wieder zwei Klicks. Wieder der Blick aufs Display. Diesmal ein Nicken. »Okay. Gib mir mal was, womit ich arbeiten kann.«

Wie bitte? Sagte einem normalerweise nicht der Fotograf, was man zu tun hatte? Um ein Haar hätte ich ihm die Zunge rausgestreckt. Stattdessen setzte ich mein Sonntagslächeln auf. ›*Zeigen Sie mir die Zähne*‹ hatte dieser Typ damals bei den Familienporträts gesagt. Na gut, auch das.

Stille. Nicht der Ansatz eines Klicks. »Ah … nein.« Die Kamera sank herab. »Bitte nicht dieses gezwungene Käsekuchen-Lächeln.«

»Und was sonst?« War mir das gerade tatsächlich rausgerutscht?

Wieder das Stirnrunzeln. »Ganz natürlich. Meinetwegen musst du noch nicht mal lächeln.«

Na toll. Sah ich aus, als hatte ich eine Model-Ausbildung? Ich tat mein Möglichstes, um das Seufzen zu unterdrücken, während ich mich in Positur stellte. Diesmal ohne Lächeln. »So?«

Wieder kein Klicken. »Ein bisschen freundlicher wäre schon gut. Du siehst aus, als hättest du auf irgendwas Widerliches gebissen. Von dem Stock, den du anscheinend verschluckt hast, reden wir mal nicht.«

Stock verschluckt? Also ehrlich … Klick. Klick. »Was zum …«

»Und nicht reden. Das gibt dann diese Politiker-Bilder mit den unmöglichen Gesichtskrämpfen, weil man sie mitten im Wort erwischt hat. – Mach einfach mit dem weiter, was du gerade getan hast.«

»Was soll …?«

»Nicht reden. Gut aussehen.«

Eine Böe wirbelte die Blätter des Magazins mit dem Artikel auf, wehte mir ein paar Strähnen ins Gesicht. Unwillig wischte ich sie weg. Bekamen wir ein Unwetter? Ich warf einen schnellen Blick nach draußen. Die Wolken waren noch dunkler geworden. Wie ein Sturm sich in dieser Höhe wohl anfühlte?

Ein Pfiff riss meinen Blick zu ihm zurück. »Meistens ist es sinnvoll, zumindest ungefähr in Richtung des Fotografen zu schauen. – Komm schon. Du kannst es.« Wollte er mich auf den Arm nehmen? Jetzt streckte ich ihm doch die Zunge heraus. Klick. Warum hatte ich eigentlich mit nichts anderem gerechnet? Unwillig stieß ich die Luft aus. Klick. »Verdammt noch mal, was …« Hatte er vor, mich als Freakshow abzulichten? Wieder fuhr eine Böe von draußen herein. Am liebsten hätte ich ihn stehen lassen und wäre hinaus auf die Dachterrasse gegangen. Wann war ich zuletzt mitten in einem Sturm gewesen und hatte den Wind auf der Haut genossen? Dieses Kribbeln, als wäre die Luft um mich herum aufgeladen.

Er ließ die Kamera erneut sinken. »Ich glaube, so wird das nichts.« Er stieß sich von der Couch ab und ging zu seinem Schreibtisch hinüber, beugte sich über den Laptop, während er mir gleichzeitig zunickte, zu ihm herüberzukommen. »Vielleicht ist es am besten, wenn du dir mal ein paar Bilder ansiehst, damit du weißt, was ich von dir will.«

Für wie dämlich hielt er mich eigentlich? Ich folgte ihm mit einiger Verzögerung, stellte mich neben ihn, beobachtete, wie er mehrere Bilddateien öffnete. Na ja, besonders intelligent hatte ich mich nun wirklich nicht angestellt.

»Das sind nur Anregungen. Nur, damit du siehst, was man machen kann. Und um es ganz klar zu sagen: Das sind Bilder von Shootings. Modefotografie. Das ist eigentlich ein bisschen too much. Aber vielleicht inspiriert dich ja das ein oder andere.« Er trat zurück, schob mir den Sessel hin. »Setz dich. Schau es dir in aller Ruhe an.«

Gehorsam sank ich auf den Sitz und scrollte mich durch die Bilder. Das Erste, was mir in den Sinn kam, war: *Oh Mann.* Und das zweite: *So soll das aussehen? Ach du je. Vergessen wir's. Strich drunter. Aber einen ganz dicken.*

Erst als das Intro von ›Read all about it‹ erklang, wurde mir bewusst, dass er zur Stereoanlage hinübergegangen war. Sein Blick begegnete meinem quer durch den Raum.

Wann hatte er das Hemd aus dem Hosenbund gezogen und es einen Knopf weiter geöffnet? Warum zum Teufel war mein Mund plötzlich so trocken? Und meine Hände schweißnass? Und wo kam diese Hitze her? Nur von draußen? Ernsthaft?

»Alles o.k.?« Er richtete sich aus der Hocke auf und kam scheinbar komplett entspannt herüber.

Was? »Ja.« *Nein.*

Auf mich zu.

Im Vorbeigehen nahm er die Kamera wieder vom Couchtisch. »Sollen wir dann?« Neben der Armlehne blieb er stehen. Sah mich weiter an. Ein wenig steif drückte ich mich aus dem Sessel hoch, riss meinen Blick beinah gewaltsam von ihm los, atmete einmal tief durch … »Ist es o.k. wenn wir die Bilder draußen machen?«

»Draußen?« Er schaute rasch über die Schulter, zur Dachterrasse. Ich glaubte sein ›Es kommt ein Sturm auf‹ zu hören, noch ehe er mich wieder ansah. »Wenn du meinst.« Mit einem Schulterzucken kam er auf mich zu. »Ich bin nicht derjenige, der andauernd die Haare im Gesicht haben wird.« Meinen anscheinend leicht verwirrten Blick quittierte er mit einer schnellen Kopfbewegung zu den Glastüren. »Such dir schon mal aus, wo. Ich brauche nur einen anderen Filter.« Er bückte sich nach seiner Tasche. »Irgendwo zwischen einer der Feuerschalen im Boden und dem Pool wäre gut. Dann haben wir eine Lichtquelle und können vielleicht die Wasseroberfläche als Reflektor nutzen. Alles andere dürfte uns über kurz oder lang wegfliegen.«

Ich genoss es, ins Freie zu treten. Hitze strahlte von den Fliesen der Dachterrasse. Vereinzelt ragten die mehr oder weniger hohen Überreste von Sandsteinmauern aus dem Boden empor. Auf einigen waren noch halb verwitterte Reliefs zu erkennen … Als hätte jemand versucht, hier oben eine längst vergessene Wüstenstadt wiedererstehen zu lassen. Der Wind zerrte an den Blättern der Palmen, die sich verblüffend groß in den dunklen Himmel streckten. Um und zwischen ihren Stämmen wuchsen Wüstengräser mit langen, harten Blättern in dicken Büscheln in Teichen aus feinem, goldenen Sand. Regelrechte Sandoasen, in deren Zentrum sich der Pool befand. Im Licht der Unterwasserscheinwerfer wirkte sein Boden an manchen Stellen fast weiß. Auf der gegenüberliegenden Seite führten Stufen in einem Dreieck ins Wasser. Ein dünner Film Sand trieb auf seiner Oberfläche. Darunter schien es kristallklar zu sein. Ein gutes Stück neben seiner Einfassung aus großen, ockerfarbenen Fliesen waren auf drei Seiten mindestens einen knappen Meter große, runde Vertiefungen in den Sand eingelassen. Die scheinbar aus einem einzigen Stein bestanden und mit irgendeinem Metall ausgekleidet waren. Zumindest in der, die mir am nächsten war, schimmerten ein paar Zentimeter einer öligen Flüssigkeit am Boden. Wenn das so etwas wie Feuerschalen sein sollten, machte sich hier niemand besondere Gedanken über Brandvorschriften. Die Musik klang hier draußen deutlich gedämpfter. Wieder brachte eine harte Böe die Palmen zum Rauschen und trieb mir die Haare ins Gesicht. Auf der anderen Seite des Pools lag die Fensterfront einer zweiten Suite. Dunkel und ohne Licht. Ein finsterer Schlund. Der mir unerklärlicherweise eine Gänsehaut über den Rücken schickte.

»Können wir dann? Lange wird der Sturm vermutlich nicht mehr auf sich warten lassen.« Als ich seine Stimme hinter mir hörte, drehte ich mich um. Gerade beugte er sich über die Feuerschale, die mir am nächsten war … Ich hatte nicht gesehen, was er getan hatte, aber unvermittelt fauchten Flammen in die Höhe, sodass er selbst einen schnellen Schritt zurückmachte. Erst, als er es in seiner Hosentasche verschwinden ließ, bemerkte ich das Zippo-Feuerzeug.

»Wie wäre es da?« Er nickte zu einem der Mauerreste nur ein kurzes Stück links von mir, der beinah bis ganz an den Pool heranreichte. »Das sollte mit dem Licht ganz gut funktionieren und wir haben einen halbwegs vernünftigen Hintergrund.« Auf den Überresten eines Reliefs galoppierte ein Pferd über einer Ebene, die stilisiertes Gras sein mochte – nur dass seine Hufe sich gut einen halben Meter über dem Boden befanden. Oh Mann, der Steinmetz war entweder grottenschlecht gewesen oder er hatte seltsame Vorstellungen. Oder lief das tatsächlich unter ›altbabylonischer Kunst‹? Zumindest sah es so aus, als hätte es durchaus in die Sammlung dieses Mr Lawrence gepasst. Ich verkniff mir eine entsprechende Bemerkung, streifte die Schuhe von den Füßen, kickte sie beiseite und trat über eines der Wüstengewächse hinweg in den Sand. Sofort sank ich bis fast zu den Knöcheln darin ein. Samtweich und heiß.

Eine Böe blies mir die Haare ins Gesicht, gegen meine Lippen. Ich wischte sie weg und stellte mich in Positur, wobei ich versuchte, mich daran zu erinnern, wie das auf den Bildern ausgesehen hatte. Und kam mir dabei ebenso steif und unbeholfen vor wie zuvor in seinem Apartment. Er sagte nichts. Zumindest im ersten Moment. Machte nur seinerseits einen Schritt zurück und hob die Kamera. »Ich teste erst mal die Lichtverhältnisse. Du musst noch gar nichts tun.«

Die Musik wechselte. Ich kannte den Song nicht, aber die Stimme. Irgendwoher. Ein langsames Intro, das zu einem nur wenig schnelleren Rhythmus wechselte. Mit harten Akzenten und gleichzeitig seltsam … einlullend. Ich ließ die Haare durch meine Finger fließen. Wie von selbst begann ich mich zu bewegen. Nahm die Arme hoch, spürte den Wind im Nacken, heiß und sanft; wie meine Haare Strähne für Strähne zwischen ihnen hinabfielen, auf meine Schultern, meinen Rücken … Wieder eine Böe. Das Feuer zischte.

»Mach die Augen auf.«

Wann hatte ich sie geschlossen? Eben hob er die Kamera wieder. Hatte er sie zuvor sinken lassen? Warum? Die

Flammen knisterten. Schlugen höher. Peitschten in den Himmel. Klick. Klick.

»Kinn etwas höher.« Die Palmen rauschten. Klick.

»Dreh dich.« Klick. Klick.

»Langsamer.« Der Sand sickerte um meine Füße, schmiegte sich um sie wie Samt. Klick.

»Schultern runter.« Klick.

»Die linke Schulter zu mir.« Auf der Mauer malte das Feuer Schatten. Klick. Klick. Klick. Klick.

»Nimm den Oberkörper mit.« Schatten aus Flammen, die mit dem Wind tanzten. In ihm trieben. Feuer. Wind. Musik. Stimme.

»Gerade bleiben.« – »Kinn runter.« – »Weiter.« – »Zu viel. Zurück.« Irgendwo in der Ferne grollte Donner. »Kopf zur Seite. Gut so.« Seine Stimme wusch über mich. Heiß. Süß. »Nimm die Haare zusammen.« Der Wind wirbelte Sand auf, trieb ihn ins Feuer, ließ es fauchen. »Den Arm zu mir runter.« Ein Plätschern beim Pool. Wasser schwappte auf die Fliesen. »Wieder hoch. Dreh dich ein Stück und über die Schulter zu mir schauen.« Die Worte waren nur noch ein Murmeln. »Ellbogen runter. Schau durch das Dreieck.« Ich spürte den Wind auf meinem Gesicht. Hörte sein Wispern in den Palmen. Tiefer. Direkt neben meinem Ohr. »Mund auf. Nicht zu viel. Nur die Lippen. Ja. Genau so.« Das Knistern der Flammen. Die Hitze des Feuers kroch über den Sand zu mir. An meinen Beinen empor. »Weiter zu mir.« Hüllte mich ein. Ich bewegte mich wie in Trance.

Und begriff erst, dass es vollkommen still war, als ich ihm in die Augen sah. Direkt vor mir. Seine Lippen auf meinen waren. Seine Hand in meinem Nacken; hinauf in mein Haar wanderte. Meine Zunge kollidierte mit seiner… Mein Verstand setzte ein. Ich kreischte auf, reagierte ohne nachzudenken und stieß ihn mit beiden Händen von mir. Der Wind brüllte. Ein Keuchen, Spritzen und Platschen, dann ein Wutschrei. Eine Böe peitschte einen Wasserwirbel quer über die Oberfläche. Die Flammen schlugen in den Himmel. Fassungslos stand ich da. Dieser elende Mistkerl … Donner krachte. Ein Blitz zerfetzte den Himmel. Er war mitten im Pool wieder aufgetaucht. Die Kamera hoch über dem Kopf. Wieder zerrissen Donner und Blitz fast gleichzeitig die Luft. »Bist du komplett durchgeknallt? Wenn die Kamera …«

Ich zischte, ballte die Fäuste. Wie konnte er es wagen … Über mir bogen sich die Palmen unter dem Wind, knarrten, stöhnten. Die Flammen loderten wütend zu ihnen empor. »Schmier dir deine Kamera sonst wohin.« Ich bückte mich nach meinen Schuhen. »Versuch so was nie wieder, wenn dir dein Leben lieb ist« Eine Windböe peitschte Sand auf, trieb ihn ins Feuer. Es erlosch beinah, flackerte hoch auf, als ich daran vorbeiging. Zurück in die Wohnung. Wäre eine Tür da gewesen, die man hätte zuknallen können, hätte ich es getan. Und es wäre mir herzlich egal gewesen, ob dabei Glas zu Bruch gegangen wäre oder nicht.

Stattdessen pfefferte ich meine Schuhe auf den Fußboden. Und stand dann mitten im Raum und versuchte, nicht vor Wut zu kreischen wie eine Irre, nur um *irgendetwas* zu tun, das nicht in Mord oder Totschlag endete. Dass er hinter mir hergekommen war, machte es nicht besser. Wasser rann ihm aus den Haaren, als er an mir vorbeimarschierte. Jeans und Hemd klebten an ihm. Seine Füße waren nackt. Fast schon übertrieben vorsichtig legte er die Kamera auf den Schreibtisch. Zerrte sich das Hemd über den Kopf, feuerte es auf den Fußboden. An seinem Oberarm war das Pflaster nicht zu übersehen. »Hier.« Er beugte sich über den Laptop. Rammte die Speicherkarte in den Port an der Seite. Wischte sich mit einer wütenden Bewegung die Haare zurück und Wasser aus dem Gesicht, klickte ein paar Mal auf das Touchpad, zerrte aus einer Schublade Papier und Stift, klatschte beides daneben. Nickte zum Bildschirm. »Such dir aus, was dir gefällt, damit ich es dir auf eine CD brennen kann.« Der Blick, mit dem er mich bedachte, war jenseits von wütend. »Ich hab noch was zu erledigen.« Sein Ton klang eher nach Mord. Er stieß sich vom Schreibtisch ab und ließ mich einfach stehen. Gleich darauf krachte die Eingangstür ins Schloss.

Ich starrte die nassen Spuren auf dem Fußboden an. Und überlegte, ob es kindisch war, hinter ihm herzugehen und die Tür selbst auch noch einmal zuzudonnern. *Er* hatte mich geküsst, verdammte Hacke noch eins.

19

In Nazeems Penthouse-Suite hatte er einen Bogen um die Tatortmarkierungen auf dem Boden gemacht. Ebenso wie er sich bemüht hatte, das Absperrband nicht zu beschädigen. Über kurz oder lang würde irgendjemand Scheherazade füttern müssen. Im Moment lag sie zwar scheinbar entspannt auf dem Felsbrocken in ihrem riesigen, in der Schmalseite des Wohnzimmers eingelassenen Terrarium, beobachtete ihn aus ihren blassen Augen mit den schwarzen, senkrechten Schlitzen und schien die Wärme ihrer in der Decke verborgenen Lampen auf den fahlen Schuppen zu genießen, aber irgendwann würde sie Hunger bekommen. Und er war garantiert nicht derjenige, der ihr ihre Maus servierte – oder was auch immer sie fraß. Manche Menschen hatten Angst vor Spinnen, bei ihm waren es Schlangen, die ihm den kalten Schweiß ausbrechen ließen. Und Scheherazade war seiner Meinung nach ein ganz besonders hinterhältiges Exemplar. Und Nazeems Kuscheltier. Das er regelmäßig aus dem Terrarium zu sich auf die riesige beige Sofalandschaft holte – dabei war das Mistvieh zu allem Überfluss auch noch giftig. Sein ganz besonderer

Horror war die Vorstellung, dass Nazeem ihr Terrarium irgendwann nach einer dieser ›Kuschelsessions‹ aus Versehen nicht richtig verschloss und Scheherazade allein und unbemerkt auf Wanderschaft ging. Und sich dabei zu ihm verirrte … Schaudernd riss er den Blick von ihr los. Wenn er es nicht besser wüsste, hätte er geschworen, dass sie ihn angrinste. – Seine Lippen brannten immer noch von dem Kuss. Heiß und kalt zugleich. Gereizt fegte er eines der Sofakissen von der Lehne. Was zum Teufel war nur in ihn gefahren? Es war ja nicht so, dass sie ihn an irgendeiner Stelle auch nur ansatzweise dazu eingeladen hätte. Im Gegenteil. Aber der Wind in ihrem Haar. Die Hitze des Feuers zwischen ihnen … Er stieß ein Zischen aus. Was war nur los mit ihm, dass er so auf diese Frau reagierte? Die Jeans klebte unangenehm an seinen Beinen. Der Stoß hatte ihn vollkommen unvorbereitet getroffen. Nicht, dass er auf irgendetwas vorbereitet gewesen wäre. Anscheinend hatte sein Gehirn komplett ausgesetzt. Im letzten Moment hatte er die Kamera noch über den Kopf reißen können, ehe sie mit ihm untergehen konnte. Anscheinend waren seine Reflexe doch so gut, wie manche Leute behaupteten. Was war das nur mit ihm und dieser Frau? Sie kamen ungefähr so gut miteinander aus wie Feuer und Wasser. Und trotzdem hatte er sie geküsst. Mit einer unwilligen Bewegung fuhr er sich durch die Haare, verursachte damit einen Tropfenschauer auf Nazeems tiefem, türkischem Teppich. Verdammt, er hatte noch nicht einmal Schuhe angezogen.

Oder ein trockenes Hemd. Zum Glück war die Spurensicherung hier schon durch. Ansonsten hätte das hier ein paar Fragen aufgeworfen. – Das alles hier war sowieso eine Farce. Weder würde Nazeem irgendwelche Frauen mit hier herauf nehmen noch würde er Drogenorgien feiern. Egal, wo. Geschweige denn, dass er dann so einfach aus dem Gefängnis verschwinden würde. Shane drückte mit der flachen Hand gegen die Leiste neben dem Mosaik aus Keramik- und Glasstücken. Bis auf ein Klicken glitt das abstrakt und schreiend bunte – und in seinen Augen potthässliche – Stück Kunst lautlos in die Wand daneben, gab den Tresor mit seinem Tastenschloss frei. Nicht, dass so etwas für einen Djinn ein Problem wäre. Mochte er noch so jung oder schwach oder aus einem der kleinen Häuser stammen – zu kommen und zu gehen, wie es ihnen beliebte, war Teil ihrer Natur. Ebenso wie es Teil der Natur der Faye war. Nur die menschlichen Elementare konnte man wirklich einsperren. Weil sie eben in erster Linie Menschen waren. Und nicht fleischgewordene Naturgewalten. Trotzdem würde es keiner wagen. Weil es ganz einfach zu viel Aufmerksamkeit erregen würde. Zu viele Fragen aufwerfen würde. Auch Djinn und Faye spielten nach den Gesetzen der Menschen, weil die Menschen nicht wissen durften, dass sie außerhalb von Märchen und Legenden tatsächlich existierten. Und sosehr sie die Gesetze ihrer eigenen Welt auch gerne beugen mochten bis kurz vor dem Brechen: An dieses eine und erste Gesetz wagte niemand zu rühren. Und jetzt hatte Nazeem genau das getan. Shane wischte sich die Hand an der Jeans ab, gab dann die dreizehn Zahlen ein. – Hoffentlich hatte Nazeem den Code in den letzten Monaten nicht geändert. – War das der Grund, warum er seine anderen Brüder nicht erreichen konnte? Warfen sie gerade ihre Macht und ihren Einfluss in die Waagschale, um Nazeems Hals zu retten? Wieder ein Klicken. Die handdicke Stahltür schwang ihm einen Spaltbreit entgegen. Halleluja! Shane zog sie weiter auf. Alle fünf? Tatsächlich? Und es war tatsächlich nötig, dass nicht einer von ihnen irgendwie zu erreichen war? Oder hatte das eine gar nichts mit dem anderen zu tun? Warum dann? Was war mit ihrem Erzeuger? Mom hatte sie doch garantiert auch darüber informiert, was mit ihm war ... Er stieß die Luft aus, als er die sorgfältig gebündelten Geldscheine im Inneren sah. O.k. Anscheinend genug, um dieses verdammte Amulett von diesem Lawrence zurückzukaufen, ohne Luther behelligen zu müssen. Die Lippen zusammengepresst, griff er hinein, nahm das erste Bündel heraus und fächerte es auseinander. Mehr als genug, wenn er sich die Menge an braunen und goldenen Banderolen ansah. Nur vereinzelt blitzte Lila und Gelb dazwischen auf. Wieso hatte Nazeem so viel Bargeld hier und nicht im großen Tresorraum in den Katakomben unter dem *Alhambra*? Nicht, dass er gerade nicht heilfroh darüber wäre. Er hätte eine Tasche mitbringen sollen. Man steckte sich hundertzwanzigtausend Dollar nicht so einfach in die Hosentasche. Sie in bar zu bezahlen, war allerdings auch schlicht hirnrissig. Anscheinend blieb ihm nichts anderes übrig, als sich irgendwo eine Tasche zu besorgen. Vielleicht hatte Nazeem ja irgendwo so etwas? In seinem Arbeitszimmer? So schnell wieder mit Madame Zimtzicke zusammenzutreffen, hatte möglicherweise … Schritte ließen ihn herumfahren. Schlagartig war sein Mund trocken. Seine Finger verkrampften sich um das Bündel Geldscheine, zerknitterten sie …

»Bist du eigentlich von allen guten Geistern verlassen?«

Es dauerte noch einen weiteren gepressten Atemzug, ehe er den Mann erkannte, der auf ihn zukam: Luther. Eindeutig ziemlich ärgerlich. »Was treibst du hier? Das ist ein ›Tatort‹, verdammt. Und wieso bist du klatschnass?«

Shane lockerte seinen Griff um die Banknoten. »Ich bin baden gegangen.« Er würde das unter Kontrolle kriegen müssen, diese halben Panikattacken, wann immer irgendetwas geschah, das zu nah an bestimmten Erinnerungen war. Irgendwie. Und das schnell.

»In Jeans?« Luther konnte dermaßen ätzend klingen …

Er zuckte nur die Schultern.

»Was mich zu meiner ersten Frage zurückbringt.«

»Ob ich von allen guten Geistern verlassen bin?«

»Haha. Erinnere mich daran, dass ich lache. Später. – Also?«

Als ob das nicht eindeutig wäre. »Ich muss mir von Nazeem etwas Geld leihen. – Und was tust du hier?«

»Tim hat mir ausgerichtet, du wolltest mich sprechen. Schon vergessen? Und die Tür stand einen Spalt offen. Die

Tür zu einem Tatort. Die eigentlich versiegelt sein sollte. – Was gibt es? Soll ich dir jetzt doch einen Flug nach L. A. besorgen?« Luther blieb neben ihm stehen, warf einen flüchtigen Blick ins Innere des Safes. »Wie viel genau ist ›etwas‹?«

Ätzend traf es nicht mal ansatzweise. Es gelang ihm gerade noch, die Hände nicht zu Fäusten zu ballen. »Nein. Kein Flug nach L. A. Aber ich brauche trotzdem deine Hilfe.«

»Das besprechen wir draußen.« Luther nahm ihm die Scheine aus der Hand, legte sie in den Safe und drückte ihn wieder zu. Mit einem hörbaren Klacken rastete das Schloss wieder ein. »Du schuldest mir noch immer eine Antwort: Was ist ›*etwas Geld*‹?« Genauso lautlos wie zuvor glitt das Mosaik davor.

»Hundertzwanzigtausend.«

»Nette kleine Summe.« Die Handbewegung, mit der Luther zur Tür und aus der Suite wies, war eindeutig. Und Shane zweifelte nicht daran, dass der Sicherheitschef des *Alhambra* ihn notfalls mit Gewalt hier rausschleifen würde. Was nichts daran änderte, dass er sich wie ein gescholtener Schuljunge fühlte. Ein Gefühl, das in ihm den Wunsch weckte, irgendetwas zu zerschlagen. Dass Luther ihm den Vortritt ließ, ihm aus Nazeems Suite folgte und die Tür wieder hinter ihnen schloss, machte es nicht besser. Im Gegenteil.

»Du weißt aber schon, dass ich die Anweisung habe, dir jeden gewünschten Betrag aus den Kasinobeständen auszuzahlen. Innerhalb gewisser Grenzen, versteht sich.« Wenn

Luther es merkte, dann ließ er es sich nicht anmerken. – Allerdings war nur schwer vorstellbar, dass ausgerechnet *Luther* so etwas entging.

»Nein.« Aber eigentlich hätte er es sich denken können.

»Dann weißt du es jetzt.« Ein paar Meter vor der Tür zu seiner Suite blieb Luther stehen und hielt ihn am Arm zurück. »Also: Wozu brauchst du hundertzwanzigtausend Dollar?«

Luther würde nicht locker lassen. In dem Versuch, zerknirscht zu wirken, fuhr er sich mit der Hand über den Nacken. »Okay. Ich hatte in letzter Zeit nicht so wirklich viele Aufträge. Und ein paar Agenturen haben sich ziemlich viel Zeit gelassen mit den Honoraren …«

Eine kurze Handbewegung verhinderte, dass er weitersprach. »Du willst mir gerade erzählen, du brauchst das Geld, um irgendwelche Schulden zu bezahlen? Hundertzwanzigtausend? Du?« Luther ließ ein Schnalzen hören. »Netter Versuch. – Vielleicht hätte ich es vorher sagen sollen: Probier's erst gar nicht mit irgendwelchen Ausreden.« Nachlässig lehnte er sich mit der Schulter gegen die Wand, verschränkte die Arme vor der Brust. – Nur wirkte dieses ›nachlässig‹ in Luthers Fall gerade alles andere als das. »Möchtest du einen zweiten Versuch?« Doch ehe er diesmal etwas sagen konnte, hob Luther erneut die Hand. »Ach ja: Vielleicht vorab noch ein paar … sagen wir Informationen. Im Eingangsbereich schleichen ein paar Erdmagier herum …« Luthers jähes Grinsen verriet ihm, wie sehr ihm gerade die Gesichtszüge entgleist waren. »Ja, ich weiß von den Typen. Und wie man sie erkennt. Immerhin arbeite ich für einen Djinn-Prinzen.«

Der Laut, der aus Shanes Kehle kam, klang irgendwie nach einer Mischung aus Keuchen und Gurgeln. Hastig schloss er den Mund. »Wie …? Woher …?« Stammeln war auch nicht besser.

Luther lachte leise. »Du glaubst aber nicht ernsthaft, dass ich hier – wie lange schon? – und in welcher Position? – arbeite und nicht weiß, was mein Chef und seine Brüder sind? Dann wäre ich mein Geld nicht wert. Und Nazeem bezahlt mich verdammt gut.« Von einer Sekunde zur anderen war seine Heiterkeit verschwunden. »Also, noch mal: Im Erdgeschoss schleichen Erdmagier herum – die ganz offensichtlich einen Weg nach oben suchen. Du brauchst hundertzwanzigtausend Dollar – und willst mir nicht sagen, wofür. Das ganze *Alhambra* spricht davon, dass unser ewiger Junggeselle – auch bekannt als Shane Hayden, aka der kleine Bruder vom Chef – eine bisher nie hier gesichtete junge Frau – die gewissen Stimmen zufolge auch noch gut aussieht – mit ins Haus und in seine Suite gebracht hat. Dein Wagen sieht aus, als hättest du ihn sauber an einer Wand entlanggeschrubbt. Wenn nicht noch Schlimmeres. – Ach ja: Und ganz nebenbei ruft deine Mutter bei mir an und fragt, ob du wieder in den Staaten bist, weil sie dich partout nicht ans Telefon bekommt.« Luther neigte den Kopf. »Und jetzt bist du dran: Was wollen die Erdtypen? Wofür brauchst du hundertzwanzigtausend? Hat das Mädchen etwas damit zu tun und wenn ja, was? – Und – nicht, dass es mich etwas angeht: Klär gefälligst die Sache mit deiner Mutter!«

Abermals rieb Shane sich den Nacken. Dass Luther anscheinend tatsächlich über seine Familie Bescheid wusste – was an sich schon unfassbar war –, war ein Schock. Aber dass er offenbar auch über die Element-Fraktionen Bescheid wusste … noch mal eine ganz andere Hausnummer. Und es bedeutete, dass es nichts brachte, sich irgendwie aus der Sache herausreden zu wollen. Vor allem auch, weil Luther ihm einen zweiten Versuch nach seiner expliziten Warnung garantiert ziemlich übel nehmen würde. Also am besten ganz von Anfang. Und ohne Umschweife. Trotzdem konnte er ein kleines, ergebenes Seufzen nicht unterdrücken. »Ich werde erpresst. – Der Anruf, bevor ich dir gesagt habe, dass ich doch nicht nach L. A. mitfliege?«

Luther nickte.

»Es war irgendein Typ. Er wollte, dass ich ihm ein Amulett beschaffe. Das ›Herz des Simurgh‹. Er wusste, was mein Erzeuger beziehungsweise meine Familie ist, und auch von seinem Zusammenbruch, und er hat behauptet, er könnte verhindern, dass er stirbt. Als Gegenleistung sollte ich dieses Amulett beschaffen. Ursprünglich hatte er mir Zeit gegeben bis heute Abend. Aber ich habe zu lange gebraucht, um es aufzutreiben. – Genau genommen hab ich es immer noch nicht. Morgen früh kann ich es bei einem Sammler holen, an den es verkauft wurde. Der gibt es mir aber nicht umsonst.«

»Dafür also die Hundertzwanzigtausend.«

»Genau. – Wie die Erdmagier in die ganze Sache passen, weiß ich nicht. Ich hab sie zum ersten Mal vor der Wohnung der Frau gesehen, die das Amulett laut dem Anrufer haben sollte …«

»Die unbekannte Schöne in deinem Apartment.«

Er nickte. »Nur hatte sie es bereits an einen Juwelier verkauft. – Ein ziemlich zwielichtiger Typ. – Der hatte es aber schon wieder an besagten Sammler verkauft.« Abermals fuhr er sich mit der Hand über den Nacken. »Ich habe sie dazu überredet –«, nein, er würde Luther gegenüber nicht zugeben, dass er sie dafür bezahlt hatte, »bei mir zu bleiben und das Amulett für mich zu identifizieren. Seit wir ihre Wohnung verlassen haben, verfolgen uns diese Erdmagier. – Wobei ich nicht weiß, ob es die ganze Zeit dieselben Typen waren.«

Luther hob eine Braue. »Ich nehme an, verfolgt bedeutet ›verfolgt‹ im eigentlichen Wortsinn. Weshalb dein Pick-up aussieht, wie er aussieht. – Und deshalb hast du sie kurzerhand mit hierhergebracht.«

»Ich dachte mir, wenn sie irgendwo sicher ist, dann hier, im *Alhambra.* – Und die Sache mit Mom … was sollte ich ihr sagen? Sie macht sich schon genug Sorgen um ihn.«

»Also drückst du sie weg.«

Wieder nickte er. »Nicht die beste Lösung. Ist mir auch klar.«

»Und wo komme ich bei alldem ins Spiel?«

»Sie«, – mit einer kurzen Handbewegung wies er auf die Tür seines Apartments, »hat einen jüngeren Bruder, der im Krankenhaus liegt. Netter kleiner Kerl. Allerdings hat er Krebs. Das heißt, er *muss* im Krankenhaus bleiben. – Wo jeder an ihn herankommt, wenn er es nur will.«

»Ich verstehe. Ich soll jemanden von meinen Leuten abstellen, der auf den Kleinen im Krankenhaus aufpasst.«

»Genau. Zumindest, bis das alles vorbei ist. Ich hatte an Tim gedacht. – Der kann doch ganz gut mit Kindern, soweit ich weiß –« Der Blick, mit dem Luther ihn ansah, ließ ihn mitten im Satz abbrechen. »Ist irgendwas?«

Für eine Sekunde blitzte abermals ein – zugegebenermaßen furchterregendes – Grinsen auf. Verschwand sofort wieder.

»Ich denke, es wird Zeit, dass ich die junge Dame in deiner Suite kennenlerne.«

»Uh?« Intelligent klang deutlich anders.

Wieder das Sekundenbruchteil-Grinsen. »Sieht so aus, als würdest du den Kleinen mögen.«

»Wie gesagt: Er ist nett. Vor allem für jemanden in seiner Situation.« Es hörte sich wie eine Ausrede an. »Was hat das mit ihr zu tun? Abgesehen davon, dass sie seine Schwester ist.«

Luthers Nicken hatte etwas Verständnisvolles. Etwas *übertrieben* Verständnisvolles.

»Es wird wirklich Zeit, dass ich die Frau kennenlerne,

von der das ganze *Alhambra* spricht.« Er stieß sich von der Wand ab, während er Shane gleichzeitig bedeutete, vorzugehen. Erst im Durchgang zum Wohnzimmer blieb er wieder stehen.

Am Schreibtisch drehte Ms Zimtzicke sich um und sah zu ihnen her. Auf dem Bildschirm des Laptops stand dieses eine Foto. Das er gemacht hatte, bevor der Wahnsinn mit ihm durchgegangen war, der ihn letztlich in den Pool befördert hatte.

20

Wer ist das? Ich starrte die Fotos an – nein, nicht die Fotos. Dieses … unbekannte Wesen darauf. Immer wieder. Klickte mich von einem zum nächsten. Und vom letzten wieder zum ersten. Und wieder bis zum letzten. Das sollte ich sein? Das? *Wie zum Teufel hat er das geschafft?* Selbst das, auf dem ich ihm die Zunge herausstreckte, hatte irgendwie etwas … Cooles. Witziges. – Genau genommen war jedes einzelne cool …

Und dann war da dieses *eine.* Hatte ich Mühe, mich auf den anderen zu erkennen, war auf diesem eine vollkommen Fremde. Der Wind schien sich in ihren Haaren gefangen zu haben. Beinah wie etwas … Lebendiges. Es schien im Schein der Flammen zu schimmern, zu glühen. Als hingen winzige Funken darin. Zusammen mit Schatten. Nein, keine Schatten. Etwas … anderes. Wirbelndes … Windböen. Zwischen den Strähnen gefangen. Mit ihnen verwoben. Als hätte der Wind … Gestalt angenommen. Ich schüttelte den Kopf über mich selbst. *Was für ein bodenloser Schwachsinn.* Was nichts daran änderte, dass dieses eine Foto irgendwie etwas … Magisches hatte. Was für mich mehr als genug Grund war, dass Danny es nicht zu Gesicht bekommen durfte. Niemals. Nicht bei seiner manchmal überbordenden Fantasie. Und seiner manchmal geradezu beängstigenden Gabe, Verbindungen herzustellen, wo er gar keine herstellen können sollte. Wie in der Nacht meines Geburtstages, als Mom mir das Amulett an dem See hinter unserem Haus gegeben und er plötzlich auf der anderen Seite der Eiche gestanden hatte – ehe sie mir all das hatte erzählen können, wovon sie in den Tagen davor immer wieder gesprochen hatte. Dinge, die ich hätte wissen sollen … Ich verdrängte den Gedanken. Weil er mich unweigerlich zu dem Augenblick geführt hätte, an dem sie mir bei unserem Shoppingtrip am nächsten Tag von der anderen Straßenseite zuwinkte und von dem dunklen SUV erfasst wurde. Der weiterfuhr. Ohne anzuhalten. Sie einfach liegen ließ … Für eine Sekunde presste ich die Lider so fest zusammen, wie ich nur konnte. Kämpfte gegen die Tränen in meiner Kehle an, würgte den bitteren Kloß hinunter, zwang meinen Blick wieder auf das Foto zurück. Die Flammen schienen sich in meinem Augen regelrecht zu spiegeln … Wann war er auf der anderen Seite des Feuers gewesen?

Ein Geräusch hinter mir. Hastig drehte ich mich um. Er war zurück. Zusammen mit einem anderen Mann. Groß, dunkel, mit maßgeschneidertem grauen Anzug, einem dieser Security-Headsets im Ohr und einer Glatze, die wie poliertes Ebenholz glänzte. Mr Vollidiot nickte zuerst in meine, dann in seine Richtung. »Jessica DeLaney. Luther Kensing. Der Sicherheitschef des *Alhambra*.«

Der Mann kam auf mich zu, streckte mir die Hand hin. Fast mechanisch stand ich auf. Mom wäre stolz auf mich, dass meine Manieren schon beinah reflexartig funktionierten. Aus der Nähe wirkte er noch beeindruckender als auf die paar Meter Entfernung im Durchgang zum Korridor. Sein Griff war fest und auf unerklärliche Art beruhigend. Doch anstatt meine Hand direkt wieder loszulassen, hielt er sie weiter fest, musterte mich ernst. Und wirkte plötzlich irgendwie bedrohlich. Nein, von diesem Mann wollte ich definitiv nicht zu irgendetwas befragt werden. »DeLaney? Wie in ›DeLaney Security‹?«

»Paul war mein Stiefvater …« Himmel, warum klang ich plötzlich so unsicher? Doch das Bedrohliche war von einer Sekunde zur anderen verschwunden, als er unvermittelt lächelte. Anscheinend hatte ich ihm die richtige Antwort gegeben. Auch wenn ich keine Ahnung gehabt hatte, wie sie lautete.

»Ich kannte Paul gut. Er war einer der Besten in seinem Job. Wir haben ein paar Mal zusammengearbeitet – besonders bei ganz speziellen Gästen aus L. A. Ich habe es sehr bedauert, von seinem Tod zu hören, Ms DeLaney.« Er drückte noch einmal meine Hand, ließ sie dann los und trat zurück. »Shane hat mir von ihrem Bruder im Krankenhaus erzählt. Pauls Sohn? – Sie sagten ›Stiefvater‹.«

»Ja. Danny ist sein Sohn aus seiner ersten Ehe. Paul und meine Mom haben geheiratet, als Danny angefangen hat, sie ›Mom‹ zu nennen. – Ach, und: Könnten Sie Jessica sagen? Oder noch lieber ›Jesse‹.«

»Gerne. Jesse. – Luther. – Er liegt in welchem Krankenhaus?«

»Im Mountain View. Auf der …« Ich räusperte mich. »Auf der Kinderonkologie.«

»Shane hat etwas in der Richtung erwähnt. Und er hat mir auch von allem anderen erzählt. – Danny steht für Daniel? Daniel DeLaney?«

Ich nickte. »Ja.«

»In Ordnung.« Er tippte gegen das Headset. »Dann lassen Sie mich ein paar Dinge organisieren.« Dass ich irritiert zu Mr Vollidiot hinsah, schien er nicht zu bemerken. Stattdessen wandte er sich ab und trat ein paar Schritte beiseite, während er anscheinend gedämpft mit irgendjemandem sprach.

»Und von welchem ›allem anderen‹ hast du ihm erzählt?« Warum zum Teufel flüsterte ich? Nicht, dass man mein Zischen tatsächlich als Flüstern hätte bezeichnen können. Entsprechend erntete ich einen wütenden Blick.

»Ich habe ihm gesagt, was er wissen muss. – Unsere speziellen Freunde sind übrigens unten im *Alhambra* und suchen nach uns.«

Ich starrte ihn an, brachte das »Was?« erst mit einiger Verspätung heraus. Das »Wie?« dauerte noch deutlich länger.

Ebenso das »Und jetzt?«. – Das »Und Danny?« schluckte ich unter.

Geradezu ungeduldig zuckte er die Schultern. »Keine Ahnung, wie. Aber sie waren lange genug hinter uns, um mein Nummernschild zu sehen. Mit den entsprechenden Kontakten ist es kein Problem, den Namen dazu rauszukriegen. Und dann ist die Verbindung hierher nicht schwer, nachdem wir nicht draußen bei meinem Trailer sind.«

»Und jetzt? Wo sollen wir jetzt hin?«

»Wir gehen nirgendshin. Hier im *Alhambra* kommen sie erst mal nicht an uns heran. Das würden Luther und seine Leute als persönliche Beleidigung auffassen. Ihre Fähigkeiten hin oder her. Und um Dannys Sicherheit kümmert er sich ja gerade …«

Fähigkeiten? Was …?

»Genau. Zwei meiner Leute sind auf dem Weg zu ihm ins Krankenhaus. Bis sie da sind, stellt der Sicherheitschef dort extra noch mal zwei Leute vor seine Tür. Ich habe gerade mit ihm telefoniert.« Anscheinend hatte Luther die letzten Worte mitbekommen. Und anscheinend kannte in dieser Branche tatsächlich jeder jeden. Er sah von Mr Vollidiot zu mir. »Sie sind übrigens immer noch da. Und meine Jungs geben sich aktuell keinerlei Mühe mehr, die Kerle *nicht* merken zu lassen, dass sie sie permanent im Auge haben. Ich nehme an, in spätestens einer halben Stunde sind sie aus dem *Alhambra* verschwunden.«

»Dann werden sie draußen auf uns warten.« Bei dem Gedanken zog es mir den Magen zusammen.

Luther lächelte mich geradezu milde an. »Hier gehen andauernd Leute ein und aus, die nicht von irgendwelchen Paparazzi oder ähnlichen Herrschaften gesehen werden wollen. Euch beide hier herauszubekommen, ist eine meiner leichtesten Übungen. Und ich habe eine ganze Nacht Zeit, mir darüber Gedanken zu machen.« Sein Blick ging zu Mr Vollidiot. »Wann wollt ihr diesen Sammler morgen früh treffen?«

»Um acht.«

»Wo?«

»Flamingo Road.«

»Dann seid um halb sechs abmarschbereit.«

Ich konnte mir den kurzen Laut nicht verkneifen. Das war selbst für mich mit meinen drei Jobs früh. Und wenn man die aktuelle Uhrzeit berücksichtigte, grenzte es an Körperverletzung. – *Jesse, Schlaf wird überbewertet. Du solltest das eigentlich wissen.*

Mr Vollidiot räusperte sich. »Du weißt aber schon, wie lange ich inzwischen wach bin?«

O.k. Auch wenn ich *es im Gegensatz zu Luther tatsächlich nicht wusste: eindeutig kein Frühaufsteher.*

»Dann würde ich dir vorschlagen, du packst deinen Adonis-Körper möglichst bald in die Horizontale. So kannst du noch fast eine ganze Nacht schlafen.« *Adonis-Körper?* Um ein Haar hätte ich losgelacht. Und Luthers Ton war so grandios ätzend, während sein Lächeln absolut liebenswürdig war. Ich bemühte mich, meine Miene unschuldig zu halten, als er seine Aufmerksamkeit wieder mir zuwandte. Ich schaffte es genau so lange, wie ich seine Frage begriff. »Welche Kleider- und Schuhgröße haben Sie, Jesse?« Er machte eine kurze Handbewegung in Mr Vollidiot Haydens Richtung. »Deine kenne ich.«

Das Erste, was mir einfiel, war ein hochintelligentes »Äh …«, und das zweite: »Weshalb?«.

Sein Lächeln hatte fast etwas Bösartiges. »Um morgen früh für ein bisschen Verwirrung zu sorgen.«

Oh. Allmählich dämmerte es mir. – Irgendwie war meine Leitung gerade ziemlich lang. Paul hätte den Kopf über mich geschüttelt.

»Also?«

Ich räusperte mich. »38. In beidem.«

»Bis morgen früh haben Sie die entsprechenden Sachen, Jesse. Sie tragen nur das. Nichts anderes. Und die Haare bitte in einem Pferdeschwanz zusammen. Unten im Nacken, nicht hochgebunden am Hinterkopf. Den Rest der Anweisungen gibt es morgen früh. – Gute Nacht.« Er wandte sich zur Tür. »Das Gleiche gilt für dich, Mr Hayden.«

Der schnaubte. »Auch das mit den Haaren?«

Die Bewegung, mit der er wieder stehen blieb, sich umwandte und eine Braue in die Höhe zog, hatte etwas übertrieben Ironisches. »Himmel, was sind wir heute aber witzig.« Seine Braue rutschte noch ein wenig höher, als Mr

Vollidiots Handy klingelte und der es hastig hervorzerrte. Und senkte sich geradezu unwillig, als er den Anrufer nach einem schnellen Blick auf das Display wegdrückte. Mit einer knappen Geste wies er auf das Handy. »Klär das!« Dann machte er kehrt und verschwand im Korridor. Gleich darauf klackte die Eingangstür. Und wir standen überraschend unbeholfen mitten im Raum. Mr Vollidiot sah auf sein Handy, sah mich an. Plötzlich kam ich mir vollkommen fehl am Platz vor. Sogar noch mehr als noch vor einer Minute. Vor allem, als er sich auf das Sofa sinken ließ. Das Handy noch immer in der Hand. Die Finger schwebten über dem Display. Zögernd. Beinah … unsicher. Wieder ging sein Blick zu mir. Ich räusperte mich.

»Hast du dir die Bilder angesehen?« Seine Frage kam für mich völlig unerwartet. Entsprechend brauchte ich für mein »Äh … ja.« – Meine Konversationsfähigkeiten ließen derzeit tatsächlich zu wünschen übrig.

»Und?«

»Sie sind gut.«

Mit einem Ruck hob er den Blick von Display. »Gut?«

Hoppla! Ich nickte. »Ziemlich. – Ich habe die Dateinamen auf einen Zettel daneben geschrieben …«

»Ich brenn sie dir später.«

»Danke.« Und damit war das Unbehagen zurück. Wieder räusperte ich mich, rieb die Handflächen gegeneinander und verschränkte die Finger ineinander. »Ist es okay, wenn ich duschen gehe und anschließend schlafen?«

»Natürlich. Das Bett müsste frisch bezogen sein, aber ich kann …«

»Ich kann auch auf der Couch …«

»Nein, nein. Ich nehm die Couch. Ich hab hier noch was zu erledigen, da ist es besser, du nimmst das Bett. Ich werde nachher nur noch mal kurz das Bad benutzen, ansonsten hast du das Schlafzimmer für dich.«

»Okay.« Abermals drückte ich die Handflächen zusammen. »Na dann.«

»Na dann.«

»Gute Nacht.«

»Ja, gute Nacht.«

Mein Abgang hatte beinah etwas von einer Flucht.

Als ich aus dem Bad kam, wagte ich einen schnellen, verstohlenen Blick ins Wohnzimmer. Ich hatte irgendwann vorhin unter der Dusche geglaubt, das Geräusch der Schranktür zu hören. Zweimal, genau genommen. Hatte er sich eine Decke und ein Kissen geholt? Und vielleicht noch ein T-Shirt und trockene – bequemere – Hose? Am Ende sogar tatsächlich das Bett für mich neu bezogen?

Es war still. Das Licht war aus. Trotzdem fiel noch genügend Helligkeit von draußen herein, dass ich seine Silhouette im Beinah-Dunkel sehen konnte. Er saß immer noch – oder wieder? – auf der Couch. Und starrte auf sein Handy.

21

Als auch die letzte der sechzehn fast mannshohen Kerzen brannte, begann der Großmeister die uralten Worte zu skandieren. So alt, dass kaum noch einer wusste, woher sie stammten. Nirgendwo niedergeschrieben, weil sie zu mächtig waren. Nur vom Meister an den Schüler weitergegeben. Und nur an die besten. Die vertrauenswürdigsten. Worte der Bindung. Der Bannung. Der Kontrolle. Nach und nach fielen die anderen acht Meister ein. Wenn einer das *Herz des Simurgh* bezwingen konnte, dann sie. Die Mächtigsten der Mächtigen. Niemand sonst. Und niemand sonst stand die Herrschaft über diese Macht zu. Die Essenz eines uralten Djinnfürsten und mehr.

Er konnte spüren, wie das Feuer erwachte, wie das *Herz des Simurgh* erwachte. Hunderte von Kilometern entfernt. Sich regte. Mehr, als es das zuletzt getan hatte. – Das erste Mal seit Generationen.

Der Großmeister hob die Hände. Die Ärmel seiner dunklen Robe rutschten zurück. Die anderen taten es ihm nach. Jedem einzelnen von ihnen stand der Schweiß auf der Haut. Hitze füllte den Raum. Mit jedem Wort, mit jedem Atemzug mehr. Die Flammen der Kerzen wurden größer. Fraßen das Wachs. Gierig. Wild. Zornig. Schlugen höher. Der Boden unter ihren Füßen knackte. Eine Steinplatte riss. Dann eine zweite. Unter den Kerzen bildeten sich Seen aus Wachs. Brodelnde Seen. Die Luft war schier zu heiß zum atmen. Versengte die Lungen. Flimmerte zwischen ihnen. Über dem Tisch. Der Steinschale darauf.

Ein Wispern.

Ohne Worte.

In seinem Kopf.

Alt.

Zornig.

Weil sie es wagten … wagten …

Schmerz bohrte sich in seinen Verstand. Neben ihm wimmerte einer der jüngeren Meister, wankte, Blut lief ihm aus der Nase, über die Lippen. Er packte zu, ehe er zu Boden gehen konnte. Zischte wütend: »Standhalten! Es ist gleich geschafft!«

Das Flimmern über der Steinschale verdichtete sich.

Glomm.

Loderte.

Das Wispern wurde lauter.

Zorniger.

Grub sich tiefer.

Flammte.

Der Großmeister griff nach dem Dolch. Setzte die Klinge

an seinen Arm. Es zischte, als Metall auf Haut traf. Weiß glühend. Scheinbar ohne Grund.

Ein Schnitt. Blut tropfte in die Schale. Die letzten Worte.

Feuer schlug aus dem nackten Stein empor.

Brüllte.

Ohrenbetäubend.

Mischte sich mit dem Kreischen des Großmeisters. Den Schreien der anderen. Seinen eigenen. Schmerz. Wut. Es stank nach brennendem Fleisch. Die Kerzen brachen, kippten. Wachs brannte. Die Mauersteine barsten, standen jäh in Flammen. Rot glühend.

Feuer.

Überall.

Verschlang sie.

Das Gesicht des Großmeisters. Eine Fratze. Der Mund weit aufgerissen. Die Haut schwarz verkohlt. Blut lief aus seinen Augen. Oder dem, was davon übrig war.

Er warf sich herum. Floh zur Tür.

Das Wispern war Gelächter.

22

Es war das Gefühl zu verbrennen, das ihn aufschrecken ließ. Alles an ihm schien in Flammen zu stehen. Seine Augen brannten. Glühende Kohlen, die sich immer tiefer in seinen Schädel graben wollten. Er presste die Lider aufeinander, die Handballen gegen die Höhlen, versuchte, den Schmerz zu lindern. Irgendwie. Schaffte es nicht. Jeder Atemzug versengte seine Lungen mehr.

Rasende Hitze auf seiner Brust. Dünn. Grell. Die sich durch seine Haut fraß. Als wollte sie durch ihn hindurch. In Fleisch. Knochen. Stöhnend wälzte er sich zur Seite. Die Decke lang auf dem Fußboden vor dem Sofa. Er konnte sich nicht erinnern, sie von sich gestoßen zu haben. Seine Füße verhedderten sich darin, als er sich von der Couch in die Höhe kämpfte, Richtung Bad wankte. Kühle! Wasser! Nein. Nicht das Bad. Sie war im Schlafzimmer. Er wollte sie nicht wecken. Wollte nicht … Erstaunlich, dass sein Verstand noch so weit funktionierte. Sein Kopf fühlte sich an, als hantierte jemand mit einem rot glühenden Schürhaken darin … als würde er jede Sekunde explodieren … Also Küche. Die Ecke des Schreibtischs bohrte sich auf dem Weg dorthin in seine Hüfte. Er stieß sich den Ellbogen an der Schwingtür. Taumelte zum Wasserhahn. Schlug ihn bis zum Anschlag auf. Kaltes Wasser. Eiskalt. Er ließ es über die Hände laufen, Gesicht, Kopf, Hals, spürte es unter dem T-Shirt den Rücken hinunter. Ohne Erfolg. Die Hitze blieb. Wurde noch schlimmer. Mit einem Keuchen, halb Wut, halb Frustration, stieß er sich vom Spülbecken ab, zerrte sich den Stoff herunter. Die Luft war kühl. Für einen Sekundenbruchteil. Dann wieder: Hitze. Ein Knurren kam aus seiner Kehle. Er fuhr herum, riss die Tür zur Dachterrasse auf, stolperte hinaus. Auf den Pool zu. Die Luft rann wie Säure die Kehle hinunter, in die Lungen. In sein Blut. Durch die Adern. Der Boden glühte. Die Feuerschalen, die ihm am nächsten waren, zischten. Flammen schlugen in die Höhe. Höher. Höher. Er taumelte an ihnen vorbei. Auf den Pool zu. Blindlings. Das Wasser schlug Wellen. Brodelte auf. Er stolperte an den Beckenrand, fiel auf die Knie, die Hände. Strecke sie hinein … – heulte fast vor Verzweiflung. Nichts. Nichts!

Kraftlos kam er wieder auf die Füße. Taumelte vom Becken weg, brach in die Knie. Und lag plötzlich vor der Mauer, vor der er zuvor sie fotografiert hatte. Die Palme rauschte. Der Stamm qualmte, färbte sich schwarz. Die Feuerschale. Flammen standen darin. Heiß. Sengend. Tödlich. Süß. Lockend. Wispernd. Seinen Namen wispernd. Etwas anderes. Zayn el Asnar. Streckten sich nach ihm aus. Wie von selbst bewegte sich seine Hand. Ihnen entgegen.

In sie hinein … Die Flammen loderten über die Haut. Leckten darüber. Süß. Lockend. Wispernd. Krochen seinen Arm hinauf. Die Schulter. Sengend-kühl. Streckten sich nach seiner Brust aus. Dem Anhänger. Glühend rot auf seiner Haut. Den er nie ablegte. Seine Finger schlossen sich wie von selbst darum … Linien unter der Haut. Krochen die Adern entlang. Hitze explodierte. In ihm. Um ihn … Und verebbte.

Verebbte.

Sanftes Glimmen und Brennen …

Kühle. Gnädige Kühle.

Zittrig holte er Luft. Noch einmal. Das Gefühl zu verbrennen ließ nach. Zog sich zurück.

Irgendwann schaffte er es auf die Füße. Irgendwie. Die Feuer in den Becken erloschen ….

Dunkelheit.

Als er sich umdrehte, glaubte er sie hinter der Glasfront zum Schlafzimmer zu sehen.

23

»… Und deshalb freue ich mich umso mehr, Sie heute Abend alle hier begrüßen zu dürfen.«

Beifall beantwortete die Begrüßungsrede ihrer Großmutter. Und verstummte, als sie beschwichtigend die Hände hob, um weitersprechen zu können.

An ihrem Platz halb im Schatten am Fuße des Rednerpults verzog Melissa den Mund zu jenem einstudierten, höflich-liebenswürdigen Lächeln, das verbarg, wie sehr sich ihre Lippen gerade verächtlich kräuselten. Natürlich waren sie gekommen. Wenn Oran Charins zu einem ihrer Charity-Events einlud, kamen sie alle. Promis, Politiker … Alles, was sich auch nur ansatzweise ›Society‹ – und am liebsten noch mit dem ›High‹ davor – nannte, erschien, zahlte mit Freuden den Betrag, den die Teilnahme an diesem Gala-Diner kostete, und stellte ebenso begierig einen Scheck für das aktuelle Hilfsprojekt der Gastgeberin aus.

»… die Kinder dort werden unsere … sie … sie werden … werden unsere …«

Bei dem plötzlichen Gestammel ihrer Großmutter riss Melissa den Blick von den Männern und Frauen an den

Tischen los und sah zu ihr hinauf. Auf ihrer Ablage tastete sie gerade hektisch nach dem Wasserglas. Verfehlte es. Stieß es um, als sie sich unvermittelt die Hand in die Brust krallte, sich vornüberkrümmte. Es zerplatzte, Wasser spritzte.

»Großmutter!« Rücksichtslos drängte Melissa sich durch die hauseigene Security des Ritz-Carlton hindurch, fiel neben ihr auf die Knie, ohne sich darum zu kümmern, dass sie in Nässe landete. Ihr Abendkleid war ruiniert. Sei's drum. Sie würde sich ein anderes kaufen. Schockierte Stille im Saal. Oran röchelte, rang nach Luft, krallte die Finger immer wieder in ihr Dekolleté, zerrte daran. »Einen Arzt! Wir brauchen einen Arzt!« Auf der Gästeliste standen mindestens ein halbes Dutzend. Auf die würde sie nicht warten. »Ich glaube, sie hat einen Herzinfarkt.« Melissa versuchte, ihre Hand aufzuhalten, rief die beiden niederen Windgeister herbei. Jetzt schrien Stimmen um sie herum. Hysterisches Pack. Gab einen lautlosen Befehl: *Luft für eure Herrin.* »Alles wird gut, Großmutter. Versuch zu atmen. Ganz ruhig. Alles wird gut. – Wo bleibt der Arzt?!«

»Hier.« Gleich zwei Männer drängten sich heran. Einer hatte sogar eine Tasche dabei. Nicht wie in irgendeinem kitschigen Hollywood-Streifen. Es geschahen tatsächlich noch Zeichen und Wunder. »Lassen Sie uns …« Plötzlich war die Hand ihrer Großmutter in ihrem Nacken, zerrte Melissa zu sich herab … Feuer flutete über sie hinweg. Verschlang sie. Tobender Schmerz, der alles verbrannte, was sich ihm in den Weg stellte. Uralt. Tödlich. Wut, weil jemand es gewagt hatte … Die Windgeister stoben davon. Orans Hand fiel herab. Jetzt selbst keuchend, kroch Melissa von ihr fort, die Hand an ihrer eigenen Kehle.

Großer Gott! Das *Herz des Simurgh* war erwacht. Die Essenz eines Djinnfürsten – Jahrhunderte gebannt – war frei. – Und dieser Shane Hayden und Aris Cassiedas Urenkelin hatten irgendetwas damit zu tun …

Sie taumelte auf die Füße, drängte sich zwischen all den Menschen zu ihrer Großmutter durch, die gerade auf eine Trage gehoben wurde. Schlaff. Leblos. »Ich kümmere mich um alles. Hörst du? Ich kümmere mich um alles!«

»Gehen Sie bitte zur Seite, Mam.« Ein Sanitäter schob sie aus dem Weg. »Lassen Sie uns unsere Arbeit machen.« Sie stolperte rückwärts. Einer der Security-Männer fing sie auf. Unwillig schüttelte sie ihn ab.

An das *Herz des Simurgh* zu rühren, war das Todesurteil für das Halbblut – und erst recht für seine kleine Freundin.

Und niemand würde sie diesmal aus irgendwelchen sentimentalen Gründen daran hindern, die entsprechenden Befehle zu geben. Niemand!

24

J

Um halb sechs ›abmarschbereit‹, bedeutete ein nachdrückliches Klopfen um kurz nach fünf. Mr Vollidiot Hayden, – der überraschend wach aussah nach dieser seltsam beunruhigenden Vorstellung auf der Dachterrasse in der Nacht –, öffnete und ließ Luther und seine vier Begleiter herein. Zwei junge Frauen und Männer. Alle ungefähr seine und meine Statur und Haarfarbe. Die Männer mit dem Kopfschal und dem Mantelgewand der Sicherheitsleute, die Frauen in einer nur leicht orientalisch anmutenden Uniform, die anscheinend zu den Zimmermädchen des *Alhambra* gehörte. Ich erntete einen missbilligenden Blick von Luther, als er mich in meinen Jeans und dem T-Shirt vom Vortag sah. Da ich wohl kaum nur in Unterwäsche hier herumlaufen konnte, hatte ich keine andere Wahl gehabt. Immerhin hatte ich nie geplant, mit hierherzukommen, geschweige denn, über Nacht zu bleiben. Ich war nicht wirklich überrascht, als er uns »Umziehen!« befahl und einer der beiden Männer Hayden gleichzeitig eine große Tüte in die Arme drückte, die die ganze Zeit unter dem weißen, fast bis auf den Boden reichenden Tischtuch des Speisewagens verborgen gewesen war – und bei dessen Anblick ich insgeheim auf Frühstück gehofft hatte. Trotzdem hatte ich anscheinend zu lange gezögert, denn Luther gab einen ungeduldigen Laut von sich, worauf die beiden jungen Frauen mich kurzerhand in die Mitte nahmen und mit mir und einer weiteren großen Tüte im Schlafzimmer verschwanden. Während sie sich mir als Chris und Kerry vorstellten, begann Chris schon, die Uniform auszuziehen, und Kerry kippte den Tüteninhalt auf das Bett. Hellblaue Jeans, identische sandfarbene Sweatshirts mit Kapuze und ebenso identische Laufschuhe. Jeweils zwei komplette Sätze. Und ein völlig anderes Outfit, aus schwarzen Jeans, einem dunklen Shirt mit Vintage-Print und Turnschuhen. Das einzelne wurde mir mit einem »Das ist für dich. Beeil dich!« zugeschoben.

Es fühlte sich ein bisschen seltsam an, sich zusammen mit den beiden anderen hastig umzuziehen. Fast wie damals in der Highschool oder auf irgendwelchen Pyjama-Partys. Kerry und Chris weihten mich in den Plan ein – zumindest soweit sie ihn kannten. Sie und die beiden Männer, Max und Nate – beides Mitglieder des Security-Teams des *Alhambra* –, würden Hayden und mich ›öffentlich‹ doubeln, während Luther uns auf einem ganz anderen Weg aus dem *Alhambra* schleuste. Klang einfach. Und verrückterweise schien es den beiden einen Wahnsinnsspaß zu machen.

Ich war gerade dabei, einen Pferdeschwanz im Nacken zu binden – so wie Luther es gestern verlangt hatte –, als ein »Wie weit seid ihr?« uns ins Wohnzimmer zurückrief.

Mit einem »Ihr wisst Bescheid«, reichte Luther einem der beiden Männer eben ein Headset. Hayden und der andere hatten ihres anscheinend schon. Auch Chris, Kerry und ich bekamen jeweils eins. Wie die beiden Frauen waren auch sie absolut identisch gekleidet. Der zweite setzte gerade ein Baseballkap mit dem Alien-Logo der Las Vegas 51s auf.

»Hi, Jesse, ich bin Max.« Der, der mir am nächsten stand, schüttelte mir die Hand. »Soll ich dir helfen?« Er wies auf das Headset.

Hinter ihm schnaubte Luther. »Jesse ist Paul DeLaneys Stieftochter.« Der andere Mann – Nate – stieß einen leisen Pfiff aus. Luther nickte. »Genau. – Ich bezweifle, dass sie nicht weiß, wie das geht. Oder?«

Paul hatte mich tatsächlich mal so ein Headset anprobieren lassen. Entsprechend schüttelte ich den Kopf, während ich mir den Bügel übers Ohr schob, damit der Empfänger saß. Anschließend klemmte ich mir den Rest der Technik an meinen Hosenbund und stellte die Bluetooth-Verbindung her. »Die Theorie ist zumindest bekannt.«

Ein kurzes, schnelles Grinsen von Max und ein Daumen hoch, dann war er schlagartig wieder ernst.

Nate streckte Hayden die Hand hin. »Ich habe die Ehre, deine verbeulte Karre zu fahren.«

Der hob zwar eine Braue, fischte dann aber gehorsam seinen Autoschlüssel aus der Hosentasche und ließ ihn auf die Handfläche des anderen fallen. »Darauf wartest du doch schon die ganze Zeit. – Keine Kratzer, Mann. Und volltanken, wenn du ihn zurückbringst.«

»Klar doch. Träum weiter.«

»Das reicht jetzt.« Luther reichte mir eine dünne Jacke, dann nickte er den vier anderen zu. »Ihr wisst, was zu tun ist. Macht euch auf den Weg. Die beiden hier«, er nickte zu Hayden und mir hin, »übernehme ich, wie besprochen. Viel Glück.«

Allgemeines Nicken. Max zwinkerte mir zu, während Nate, Chris und Kerry mir einfach nur zuwinkten und ebenfalls ein »Viel Glück!«, murmelten, bevor die Wohnungstür hinter ihnen zufiel.

Luther wies auf einen schmalen silbernen Alukoffer, der auf Haydens Schreibtisch stand. »Der ist für dich. Hundertzwanzigtausend.« Dann nickte er hinter den anderen her. »Und jetzt los. Ich will weitestgehend zeitgleich mit ihnen unten ankommen.«

Wir waren gerade draußen auf dem Korridor, als es in meinem Ohr kurz knackte, dann erklang eine Stimme, die ich nicht kannte.

»Okay. Alles auf dem Schirm. Tangos haben sich in zwei Teams aufgeteilt. Tango eins bewundert die Architektur der Lobby. Tango zwo kann sich nicht entscheiden, ob es den westlichen Seiteneingang im Auge behalten soll oder die Ladenstraße. Jeweils zwei Mann. – Stand-by.« Wieder ein Knacken. Rauschen. Knacken. »Der Parkservice meldet einen schwarzen BMW, der ähnlich zerkratzt ist wie Shanes Pick-up. Besetzt mit zwei weiteren Typen, die die

Auffahrt beobachten. Könnten zu unseren Tangos gehören. Tiefgarage und Küche mit Lieferantenzufahrt frei. Südroute ebenfalls frei und bereit.«

Luther hob die Spitzen von Zeige- und Mittelfinger ans Ohr, während er weiter in den Korridor hineinnickte, weg vom Fahrstuhl und der zweiten Suite. »Verstanden.« Er zog seine Schlüsselkarte durch einen nahezu unsichtbaren Kartenleser neben dem Rahmen eines sehr modern wirkenden Gemäldes. Das Knacken, mit dem eine in der Wand verborgene Tür aufsprang, ging in einem weiteren Knacken in meinem Ohr und einer Stimme unter, die ich für Max hielt. »Wir sind unten in drei, zwei, eins – jetzt. Verlassen den Fahrstuhl und gehen Richtung Lobby.« Gleich darauf wieder ein Knacken, gefolgt von dem Kichern einer weiblichen Stimme. »Uuuuund wir wurden gesehen. Schätze, wir haben die Fische an der Angel.«

»Verstanden.« Luther winkte uns durch die Tür und die Treppe dahinter hinunter. Steile, glänzende Steinstufen. Natürlich nicht langsam und gemütlich, sondern im Laufschritt. Im wie vielten Stock war das Penthouse des *Alhambra* noch mal? Hatte Luther irgendwann erwähnt, bis in welches wir hinunter wollten? »Chris? Nate? – Status?«

»Sind jetzt in Position und warten auf Anweisung.« Chris. Ein kaum hörbares Lachen. »So was wollte ich schon immer mal sagen.«

Luther verzog das Gesicht, während er einen schnellen Blick über die Schulter warf, wie um sicherzugehen, dass wir immer noch hinter ihm waren. »Chris und Nate: Position halten. Wir wollen unsere Freunde nicht mehr verwirren, als wir unbedingt müssen. – Max und Kerry: Zum Hauptausgang, raus und in eine unserer Limousinen. Nehmt sie mit zu einer Rundfahrt durch die Stadt. Achtung! Direkten Kontakt meiden! – Sal?«

»Hört.« Die Stimme des ersten Mannes.

»Eine unserer Limousinen zum Haupteingang.«

»Verstanden. Will träumt schon sein ganzes Leben von so einem Einsatz.«

Mit jeder Runde abwärts musste ich mich mehr an dem Handlauf aus Edelstahl in der Mitte festhalten. Wenn das so weiterging, war mir schwindelig, bis wir unten waren. Langsamerwerden war nicht drin. Allein für den Versuch erntete ich einen unwilligen Blick.

Mr Vollidiot knurrte. »Euch macht das allen viel zu viel Spaß.«

»Ich muss unserem Herzchen hier ausnahmsweise mal recht geben.« Luther klang nicht im Mindesten atemlos. »Sal: Bericht!«

»Tango eins folgen Max und Kerry. Halten aber Abstand. Tango zwo haben sich in die gleiche Richtung in Bewegung gesetzt. Allerdings kein Abfangkurs. Der Wagen steht noch immer auf der gleichen Position. – Himmel, sind die Kerle dämlich. Nur weil jemand aus dem Aufzug zur Penthouse-Suite kommt und dem Ziel ungefähr ähnlich sieht.« Ein kurzes Rauschen. »Sorry, Boss.«

Es ging durch eine Tür zu unserer Linken und im Laufschritt einen Korridor entlang. Allmählich bekam ich Seitenstechen. Leute, die aus welchen Gründen auch immer so etwas öfter machten, taten mir irgendwie leid.

Erneut ein Knacken. Dann Max' Stimme. »Haben den Ausgang erreicht. Limousine steht bereit. Sie sind immer noch hinter uns. – Hi, Will. Eine entspannte Runde durch Vegas bitte.« Gedämpft war die Stimme eines anderen Mannes zu hören, dann das Klacken einer Tür.

»Max und Kerry in unserer Limousine und auf dem Weg die Zufahrt hinunter. Tango eins telefoniert. Der BMW setzt sich in Bewegung. Tango zwo haben es plötzlich auch sehr eilig.« Knacken. Rauschen. Wieder Knacken. »Will meldet gerade, dass er einen zweiten BMW am Heck hat. Hat anscheinend außerhalb unserer Kameras gewartet. Ist sich ziemlich sicher, dass er von den Typen verfolgt wird. Und dass er sie abhängen kann. Er wartet auf Anweisungen.«

Luther stieß die nächste Tür auf. Eine Treppe rechts. Diesmal Betonstufen. Wieder ging es nach unten. Luther vor, Shane Hayden hinter mir.

»Wenn wir genügend Vorsprung haben, kann er sie abhängen. Für den Moment soll er sie noch ein bisschen mitnehmen, ohne sie zu nah herankommen zu lassen.«

»Verstanden. – Tango eins haben das *Alhambra* verlassen. Steigen in den ersten BMW und verlassen das Gelände. Anscheinend hinter Will her. Achtung: Tango zwo bleiben anscheinend in der Lobby. Kann im Moment nicht sagen, ob sie auf einen weiteren Wagen warten oder absichern.«

»Verstanden.« Eine Stahltür versperrte uns den Weg. Luther bedeutete uns, stehen zu bleiben, öffnete die Tür zu einem Metallspind an der Wand rechts neben uns. Graue Jacken ordentlich auf Plastikbügeln aufgereiht, kamen zum Vorschein. »Nate und Chris: Position weiterhalten.« Er warf erst mir, dann Hayden eine zu, bedeutete uns, sie anzuziehen. Auf dem Rücken war verschnörkelt *Alhambra* und *Technik* aufgestickt.

»Ramiro?«

»In Position und bereit.«

Allmählich fragte ich mich, wie viel Personal des *Alhambra* an unserer ›Flucht‹ beteiligt war.

Ein kurzer Blick an uns. »Fertig?« Nicht, dass er das bestätigende Nicken von auch nur einem von uns abgewartet hätte, ehe er die Stahltür aufstieß und uns hindurchscheuchte. Hinein in ein Gewimmel aus Menschen in einem riesigen Raum, der aussah wie eine Mischung zwischen Laderampe, Waschküche und Markthalle. Von denen mindestens ein Drittel die gleichen grauen Jacken trugen wie Hayden und ich. Absolutes Chaos, in dem jeder irgendetwas von A nach B zu transportieren schien. Auf Rollwägen, Gitterboxen oder einfach nur seinen Armen. Und dabei trotzdem anscheinend genau wusste, was er da gerade tat. Luther pflügte durch sie hindurch wie ein Eisbrecher. – Ausnahmslos alle beeilten sich, ihm aus dem Weg zu gehen.

An einer zweiflügeligen Stahltür mit einem schweren Riegel auf der Innenseite blieb er erneut stehen.

»Ramiro.«

»Hört.«

»Wir kommen raus.«

»Verstanden.« Vor der Tür sprang ein Motor an. »Her mit dem Paket.«

Paket? Anscheinend hatten ein paar Leute da wirklich zu viele Spionagefilme gesehen.

Luther stieß einen der Türflügel auf, bedeutete uns mit einer Hand zurückzubleiben und trat hinaus, auf eine Laderampe aus Beton. In eine Art Tunnel, der anscheinend noch unter dem *Alhambra* lag. Hell erleuchtet von in die Decke eingelassenen Strahlern. Nur ganz am Ende glaubte ich, den Hauch von Tageslicht zu erahnen. Einen Moment sah er sich wachsam um, dann winkte er uns mit einem halblauten »Ramiro hat alle weiteren Anweisungen für euch« hinaus. Über die Rampe, einen knappen anderthalben Meter eine senkrechte Eisenleiter hinunter und auf die Ladefläche eines blassblauen Van, zwischen dunkelgraue Styropor-Kühlboxen, auf dessen Seitentür etwas wie ›Fishing Bay‹ und darunter ›Seafood‹ stand. Dann wurde sie auch schon hinter uns zugeschoben und der Wagen setzte sich in Bewegung. Der Fahrer, ein schon leicht angegrauter Latino, grinste uns über die Schulter an. »Ladys und Gentlemen … Elvis hat das Gebäude verlassen.«

25

J

Auch wenn ich noch nicht übermäßig lange in Vegas lebte: Fast Golfball große Hagelkörner hatte sicher nicht nur ich noch nie hier gesehen. Auf dem kurzen Stück von Ramiros Van bis zum Eingang von Lawrence' Galerie krachte der Donner scheinbar ununterbrochen über unseren Köpfen. Und ich war nicht die Einzige, die sich unwillkürlich noch tiefer duckte. Vor allem, als ein Blitz quer über den Himmel schnitt und es klang, als sei er ganz in der Nähe in irgendetwas eingeschlagen. Über den Häusern war es stockdunkel, obwohl es früher Morgen war. Und trotz des Regens hing schon wieder Hitze in den Straßen. Dieses Mal nicht trocken und wüstenhaft heiß, sondern schwül-drückend wie in einem tropischen Regenwald. Ein weiterer Blitz zuckte grell über die Dächer. Neben mir hatte Hayden sich umgedreht. Seltsam wachsam. Sah zu der anderen Seite hinüber …

»Was ist?« Ich sah ebenfalls hinüber. Die Frau stand auf der anderen Seite der Straße. Auf den ersten Blick hätte ich gesagt, sie würde Jeans und ein Shirt in derselben Farbe tragen. Auf den zweiten … war ich nicht sicher. Der Regen schien um sie herum dichter zu fallen. Beinah wie ein …

Schleier. Alles, was ich mit Sicherheit erkannte, waren lange, schwarze Haare. Und Augen, die unglaublich blau waren. Tief. Dunkel. Und zugleich hell. Wie das Meer … Wieder ein Blitz. Jenseits der Straße war nur noch Regen. Er schüttelte den Kopf. »Nichts. Ich dachte nur …« Abermals schüttelte er den Kopf. »Nichts.«

Ich glaubte ihm kein Wort.

Wir waren beide bis auf die Haut nass, als wir durch die Tür stolperten. Etwas, das uns nicht deutbare Blicke von den Security-Typen der Galerie einbrachte. Trotzdem ließen sie uns durch. Offenbar waren wir angekündigt.

Der Butler nahm uns direkt hinter den Türen des Aufzugs in Empfang, führte uns ins Arbeitszimmer seines Chefs, beschied uns »Warten Sie hier. Ich werde Sie Mr Lawrence melden« und ließ uns stehen.

Ich rieb die Hände an meinen Jeans. Seit wir durch die Eingangstüren der Galerie getreten waren, waren meine Handflächen schweißnass. Und ich hatte keine Ahnung warum. Ich hatte mein Amulett nicht erst gestern verkauft. Und ich hatte nicht damit gerechnet, es jemals wiederzusehen. Warum also jetzt? Warum schnürte mir der Gedanke, dass Shane Hayden es von diesem Lawrence für Hundertzwanzigtausend zurückkaufen würde, die Kehle zu? Warum ließ mich das kaum hörbare Geräusch, mit dem er den schmalen, silberfarbenen Koffer mit dem Geld auf den Boden stellte, zusammenzucken, als hätte jemand neben mir eine Tüte aufgeblasen und mit Wucht platzen lassen?

Obwohl es nahezu vollständig in dem Prasseln von Hagel und Regen auf dem Glasdach über uns untergegangen war.

»Ich hatte nicht erwartet, dass Sie tatsächlich zurückkommen.« Ich schrak erst recht zusammen, als Lawrence' Stimme plötzlich von den Türen der Bibliothek her erklang.

Hayden drehte sich zu ihm um, wies mit einer kleinen Handbewegung auf den Koffer. »Hundertzwanzigtausend Dollar. Wie vereinbart.« Er hatte übergangslos den gleichen Ton drauf wie gestern. Und plötzlich hing auch wieder die gleiche unterschwellige Gefahr im Raum wie am Tag zuvor. Selbst die Bewegung, mit der er sich über sein Handgelenk rieb – klein und anscheinend vollkommen unbewusst – jetzt da er den Koffer nicht mehr in der Hand hatte, war für mich wie ein Déjà-vu. Für Sekunden maßen sie sich über die Länge des Raumes hinweg – Platzhirschalarm –, dann neigte Lawrence den Kopf ein winziges Stück zur Seite.

»In der vergangenen Nacht hat jemand versucht, hier einzubrechen.« Obwohl er scheinbar vollkommen gelassen sprach, klang es trotzdem fast wie … eine Drohung. Unwillkürlich hielt ich den Atem an, sah hastig zu Hayden hinüber. Der schien sich ein winziges Stück mehr aufgerichtet zu haben. »Wurde etwas gestohlen?«

»Sie meinen den Anhänger?« Lawrence stieß sich vom Türrahmen ab. »Nein.«

»›*Sie meinen den Anhänger?*‹« Noch nicht drohend. Aber auch nicht mehr harmlos. »Was wollen Sie damit sagen, Mr Lawrence?«

In einer berechnend nonchalanten Geste breitete der die Hände aus. »Nun, das Ganze ist irgendwie ein seltsamer Zufall. Sie tauchen hier auf, wollen ein Schmuckstück zurückkaufen, das Ihrem Vater gestohlen worden sein soll … In der gleichen Nacht wird hier eingebrochen …«

»Wir hatten vereinbart, dass ich den Anhänger für den von Ihnen verlangten Betrag zurückkaufe. Ein einfaches Geschäft. Warum hätte ich versuchen sollen, den Anhänger zu stehlen? Oder stehlen zu lassen.« Shane verlagerte sein Gewicht ein winziges Stück, fast als wollte er einen Schritt in Lawrence' Richtung machen. Und tat es im letzten Moment doch nicht. »Wie Sie schon sagten: ein Zufall. Nicht mehr. – Und falls das von Interesse ist: Sowohl Mrs DeLaney als auch ich waren die ganze Nacht in meiner Penthouse-Suite im *Alhambra.* Das kann das gesamte diensthabende Security-Team bezeugen.« Mindestens so nonchalant wie Lawrence schob er die Hände in die Hosentaschen. »Ansonsten steht es Ihnen frei, das LVPD zu informieren.« Die Fragen stellen würden.

Schweigen. Sekundenlang. Wie zuvor maßen sie sich quer durch das Arbeitszimmer. Schließlich zuckte Lawrence die Schultern. »Ich hole den Anhänger.« Wie am Tag zuvor verschwand er in den Tiefen seiner Bibliothek.

Das Schweigen wurde zu Stille. Deutlich weniger bedrohlich als zuvor.

»War das tatsächlich ein Zufall?« Ich bemühte mich, leise zu sprechen.

Haydens Blick löste sich von den Milchglastüren, ging zu mir. »Wäre ein ziemlich großer Zufall, oder?« Es klang nicht wirklich wie eine Frage.

Das leise Klacken und Schaben, dann das kurze Piepen vom Vortag. »Das heißt …« Schlagartig hing ein Schnurren in der Luft. Das mir den Magen zusammenzog. Mit einem Mal wusste ich nicht mehr, was ich hatte sagen wollen. Haydens Finger erstarrten auf seinem Handgelenk. Seine Augen zuckten zurück zu den Bibliothekstüren. Alles an ihm schien von einer Sekunde zur nächsten angespannt. Ein Raubtier auf dem Sprung. Beinah erwartete ich, er würde die Zähne blecken. Oder dass er Lawrence das Holzkästchen aus den Händen reißen würde, kaum dass der ins Arbeitszimmer zurückkehrte. Aber irgendwie schaffte er es, ruhig stehen zu bleiben und sich erst nach dem Koffer zu bücken und zu Lawrence' Schreibtisch hinüberzugehen, als der es dort abstellte. Wortlos legte er den Koffer daneben, ließ die Schlösser aufschnappen, öffnete den Deckel und drehte den Inhalt Lawrence zu. Für einen winzigen Moment erhaschte ich einen Blick auf Geldscheinbündel mit goldenen und braunen Banderolen. Warum zum Teufel kam ich mir gerade vor wie in einem Krimi- oder Mafiafilm? Einem der billigen Variante. Mit einem feinen Lächeln schob Lawrence das Kästchen mit den Fingerspitzen zu uns herüber. Uns? Ich stand tatsächlich neben Hayden auf der anderen Schreibtischseite. Auch wenn ich mich nicht daran erinnern konnte, wie ich dort hingekommen war, wann ich einen Schritt in seine Richtung gemacht hatte. Ich sah zu Hayden hinüber. Er hatte sich vorgebeugt. Seine Hand schwebte keinen Zentimeter über dem Kästchen. Regungslos. Senkte sich schließlich darauf. Wo kam mit einem Mal diese Hitze her? Und der schwache Brandgeruch. Unendlich langsam klappte er den Deckel auf. Das Amulett lag in einem Bett aus Schwarzgrau. Der Stein glitzerte rot. Dunkel. Lodernd. Die Krallen des Vogel-Hund-Wesens schienen sich auf ihm zu bewegen, sich tiefer in ihn hineinzugraben. Die Federn des Pfauenschweifes über seinen Rand zu streifen. Das Schnurren schien lauter zu werden, über meine Hände, meine Arme zu streichen, höher, über meine Haut. Warm…

»Was zum …?«

Ich begriff es im gleichen Moment wie Shane: Asche. Die tiefrote Seide, in die der Anhänger gestern noch eingeschlagen gewesen war, hatte sich in schwarzgraue Asche verwandelt. Nichts anderes waren die Flocken, in denen er lag. Die von ihm herabrieselten, als Shane ihn aus dem Kästchen nahm. Für den Bruchteil einer Sekunde hätte ich schwören mögen, dass seine Hand kaum sichtbar zitterte. Langsam, beinah spöttisch drehte er sich an seiner Kette um sich selbst. Wie in einem nicht existenten Luftzug, in dem auch noch die letzten Aschespuren herabrieselten. Das Licht brach sich in seinem Stein. Ich rammte die Hände in die Hosentaschen, um irgendwie dem Drang zu widerstehen, nach ihm zu greifen. Ihn festzuhalten. Zwang mich, den Blick von ihm loszureißen. Sah zu Shane hin. Der ihn anstarrte. Unverwandt. Sah das Zucken an seiner Kehle, als er hart schluckte. Das Rot des Steins schien sich in seinen Augen zu spiegeln. Ich ballte die Fäuste fester, als er ihn in seine Handfläche gleiten ließ, spürte meine Fingernägel in meiner Haut. Die Kette rieselte hinterher. Er schloss die Hand darum. *Gib sie mir!* Ich biss die Zähne zusammen, um die Worte nicht laut auszusprechen.

Lawrence starrte – leicht blass – noch immer auf die Asche in dem Kästchen. Und wich einen Schritt zurück, als Hayden das Kästchen mit Wucht zuklappte. Sein Blick zuckte hoch.

»Ich denke, damit wäre alles geklärt.« Das Lächeln, mit dem er es in die Tasche steckte, war harmlos und höflich. Nur sagte sein Tonfall irgendwie etwas anderes. Dass er ihm die Hand über den Schreibtisch hinstreckte, machte es nicht wirklich besser.

Es dauerte eine Sekunde, bis Lawrence seine Stimme wiedergefunden hatte. »Grüßen Sie Ihren Vater von mir.« Er zögerte merklich, bevor sie einen kurzen Händedruck tauschten. Dann nickte Hayden mir zu. »Gehen wir!« Das Amulett hatte er immer noch in der Hand. So fest, dass ich die feinen Knochen auf seinem Handrücken deutlich erkennen konnte.

Vor dem Aufzug holte er das Handy aus der Hosentasche, das Ramiro ihm im Van gegeben hatte, und drückte auf Wiederwahl. Nate ging ran. Nach Luthers Plan warteten er und Chris unten in der Galerie. Wir würden das gleiche Spiel spielen wie im *Alhambra.* Wenn auch mit ganz leicht veränderten Variablen.

»Wir kommen jetzt runter.« Er ließ mir den Vortritt in den Fahrstuhl.

»Alles klar. Chris und ich machen uns auf den Weg.«

Als sich die Aufzugtüren im Erdgeschoss wieder öffneten, sah ich gerade noch, wie sich die Türen der Galerie zur Straße hin den letzten Spalt schlossen.

Nervös rieb ich mir die Hände. Wir sollten Nate und Chris etwa eine Minute Vorsprung geben, bevor wir selbst die Galerie verließen. Ich warf einen schnellen Blick auf die Uhr. Sah zu Hayden. Der nickte. Geduckt verließen wir die Galerie, hasteten nach links und in die nächste Seitengasse, wobei Hagel, Regen und Gewitter eine wunderbare Ausrede für unsere Haltung waren – jeder, der außer uns auf der Straße war, verhielt sich wie wir. Zwei Blocks weiter ging es wieder nach rechts. Soweit ich das erkennen konnte, schien uns niemand zu folgen. Als wir die nächste Ecke erreicht hatten, erwachte uns gegenüber der Motor eines schwarzen Pick-ups. Seine Scheinwerfer schnitten durch den Regen, während er langsam auf uns zukam, auf gleicher Höhe mit uns langsamer wurde – Max zeigte uns einen erhobenen Daumen. Kerry winkte mir vom Beifahrersitz zu –, dann gab er wieder Gas und fuhr an uns vorbei, die Strecke zurück, die wir gerade gekommen waren.

Unser eigener Wagen erwartete uns am Ende der nächsten Seitenstraße. Ein schwarzer Porsche Cheyenne. Der Schlüssel lag auf dem Vorderrad.

Ich konnte das erleichterte Seufzen nicht unterdrücken, als ich auf den Beifahrersitz sank und die Tür hinter mir zuschlug – auch wenn meine nassen Sachen dem Leder nicht guttun würden. Eine Sekunde später klackte die Fahrertür. Der Sitz knarrte leise … Stille. Abgesehen von einem leisen Summen, das ich nicht identifizieren konnte. Ich sah hinüber. Hayden saß nahezu vollkommen reglos. Eine Hand um den Autoschlüssel, die andere noch immer um mein Amulett. Und noch immer so fest, dass ich die Knochen weiß unter seiner Haut sehen konnte.

»Alles klar?« Ich hätte nicht gedacht, dass meine Stimme unter dem Prasseln von Regen und Hagel so laut klingen würde.

»Ich kann das nicht.«

Huh? Vermutlich sollte ich froh sein, dass er nicht zu mir hersah, denn so wie es sich anfühlte, schaute ich gerade nicht sonderlich intelligent aus der Wäsche. Ich räusperte mich. »Was genau kannst du nicht?«

»Diesem Typen das Amulett geben.«

Wie bitte? »Typen? Welchem Typen? Ich dachte, du sollst das Amulett für deinen Vater besorgen.« Das zumindest hatte ich mir aus den Bruchstücken zusammengereimt, die ich mitbekommen hatte. Und aus irgendwelchen Gründen hatte ich angenommen, dass zumindest dieser Teil stimmen würde.

Er verzog den Mund zu einem zynischen Strich und langte gleich darauf mit einem geradezu wütenden Laut in seine Hosentasche, zerrte sein Handy hervor und warf es auf das Armaturenbrett. Schlagartig wurde mir klar, was das Summen gewesen war: sein Handy auf Vibration. »Diesem Typen.« Eine harte Handbewegung zu seinem Handy hin. Das immer noch summte. Sein Blick ging wieder starr zur Frontscheibe hinaus. »Er will, dass ich es ihm gebe. Dann sorgt er dafür, dass mein Erzeuger nicht stirbt.«

Für eine Sekunde blieb mir die Luft weg. »Du wirst erpresst? – Deshalb das alles? Du wirst erpresst?«

Ein kurzes, knappes Nicken.

»Und warum hast du mir nichts gesagt?«

»›*Hi, du kennst mich nicht, ich bin Shane Hayden und ich brauche unbedingt dein Amulett, das, das man das* Herz des Simurgh *nennt. Ach ja, und übrigens. Ich werde erpresst.*‹ – So in etwa?« Sein Tonfall stand Luthers in Bezug auf ›ätzend‹ in nichts nach. Verrückterweise konnte ich es sogar ein Stück weit verstehen. Sein Handy hatte einen Moment geschwiegen. Begann jetzt wieder zu summen. Ich nahm es vom Armaturenbrett, warf einen Blick auf das Display. ***›Unbekannter Anrufer‹.*** Ich drehte es so, dass er es ebenfalls sehen konnte.

Er nickte. »Das wird der Typ sein, um mich zu fragen, ob ich es endlich habe, und um mir zu sagen, wie es weitergeht.«

»Und du glaubst, nicht ranzugehen, ist eine gute Idee?«

»Ich hab grad keine bessere. Du?«

Ich schüttelte den Kopf. »Aber er wird deinen Vater jetzt nicht umbringen, oder?«

»Nein.« Er fuhr sich unruhig durchs Haar. »Ich denke noch nicht mal, dass er irgendetwas mit seinem Zusammenbruch zu tun hat. Nur scheint er zu wissen, wie man ihm helfen kann.«

Das war doch zumindest mal etwas. Trotzdem: »Und jetzt? – Ich meine, okay, du willst dem Typen den Anhänger nicht geben. Aber was willst du sonst tun?«

Für einen sehr langen Moment sah er mich einfach nur an. Das Handy vibrierte erneut. Bis er es mir brüsk aus der Hand nahm, ausschaltete, zurück auf das Armaturenbrett warf, den Zündknopf drückte und den Wagen anließ, während er gleichzeitig das Amulett in seine Hosentasche schob. »Ich finde raus, was es mit diesem ›Herz des Simurgh‹ auf sich hat. Und das kann ich im Moment anscheinend nur an einer Stelle: bei meinem Erzeuger in L. A.« Langsam, beinah übertrieben wachsam fuhr er aus der Seitenstraße heraus und fädelte sich in den Verkehr vor Lawrence' Galerie ein.

»Ich dachte, der liegt im Krankenhaus.« Im letzten Moment konnte ich verhindern, dass sein Handy vom Armaturenbrett stürzte.

»Tut er. Aber vielleicht findet sich ja in seinem Arbeitszimmer irgendetwas.«

»Willst du nicht Luther Bescheid sagen?« Ich ging jetzt mal davon aus, dass Luther von der Erpressung wusste.

»Luther würde vorschlagen, dass wir ins *Alhambra* kommen sollen und er uns einen Flug nach L. A. organisiert. Mit einem Dutzend seiner Leute. – Aber zu fliegen, halte ich für keine gute Idee. Frag mich nicht warum. Auf der Erde hast du wenigstens noch ein paar andere Optionen außer abzustürzen, falls etwas schiefläuft.« Er nahm mir sein Handy aus der Hand und legte es auf die Mittelkonsole. »Wo soll ich dich absetzen?«

Irritiert sah ich ihn an. »Ich komme mit.« Auch wenn ich keine Ahnung hatte warum. So wie er seinem Erpresser das Amulett nicht geben konnte, widerstrebte es mir gerade, ihn einfach ganz allein nach L. A. fahren zu lassen. Wusste der Himmel wieso.

»Bist du sicher?« Der kurze Blick, den er mir zuwarf, während er schon in die nächste Straße – Richtung Highway – einbog, war überrascht und zweifelnd.

Nein, war ich nicht. »Frag mich in zwei Stunden noch mal. – Fahr schon.«

Zu meiner absoluten Verblüffung griff er zu mir herüber, nahm meine Hand und drückte sie. Wortlos. Als er mich wieder losließ, fragte ich mich, ob er die Hitze, das Kribbeln auch gespürt hatte, das noch immer unter meiner Haut hing und meinen Arm hinaufzuwandern schien.

26

Es wäre nicht nötig gewesen, die Tür des BMW mit solcher Wucht zuzuknallen, als er wieder zu Bruder Ramon in den Wagen stieg. Es verschaffte ihm auch nur geringfügig Befriedigung. Vor ihnen setzte der schwarze Pick-up sich wieder in Bewegung, fädelte sich in den Verkehr ein. Die Frau auf dem Beifahrersitz hatte doch tatsächlich die Unverschämtheit, ihm durch die Heckscheibe zuzuwinken.

Fragend sah Ramon ihn an.

Peter Saunder ließ die Hand auf das Armaturenbrett vor ihm knallen. »Sie sind uns entwischt.«

»Verdammt. Und jetzt?«

»Wir finden sie wieder. Jetzt, da er das ›Herz des Simurgh‹ hat, wird die Missgeburt es nach Jordanien bringen wollen.« Er griff nach seinem Handy auf der Ablage. »Fahr zum Flughafen. Es ist unwahrscheinlich, dass sie zum *Alhambra* zurückkehren. Dort kommt er nicht weiter. Sie werden zusehen, dass sie einen Flug in den Nahen Osten bekommen. Wir treffen uns dort mit den anderen.« Mit knappen Bewegungen rief er die Kontakte auf. Suchte nach den entsprechenden Namen. »Sie dürfen die Alte Stadt um keinen

Preis erreichen. Und schon gar nicht innerhalb der nächsten zweiundsiebzig Stunden. – Wir hätten sie ohne Erlaubnis töten sollen.« Er fluchte leise, als Prior Alexander nicht ranging, warf Ramon einen wütenden Blick zu, während er nach Nigels Nummer suchte. »Zur Sicherheit werde ich unseren Brüdern dort unten Bescheid geben. Falls die beiden uns doch wieder entwischen sollten. – Worauf wartest du? Jetzt fahr schon, verdammt!«

27

Der alte Trick, mit dem man die Alarmanlage lahmlegen konnte, egal wie der aktuelle Code lautete, funktionierte immer noch. Nach all den Jahren. Kaum vorstellbar, aber sein Erzeuger war offenbar nie dahintergekommen, wie er trotz aller Hochsicherheitsmaßnahmen rein- und rauskam. Obwohl er das Ding permanent aufrüsten ließ. Das Grinsen stahl sich ungebeten auf seine Lippen. Frei nach Captain Montgomery Scott: ›Je komplizierter der Mechanismus, umso leichter ist es, ihn auszutricksen.‹

Neben ihm sah Jessica DeLaney sich auf der weitläufigen Auffahrt um. Sichtlich mehr als nervös. Anscheinend hatte sie noch nie daneben gestanden, wenn jemand die Alarmanlage eines Hauses knackte, und rechnete permanent damit, dass irgendjemand – Postbote, Gärtner, was auch immer – um die Ecke kommen und sie dabei erwischen würde. Einen Gärtner oder ein Hausmädchen gab es nicht. Der Briefkasten war unten an der Straße, wo er auch Luthers Porsche Cheyenne abgestellt hatte … Dass der Typ, der die Alarmanlage knackte, der Sohn des Besitzers war, änderte offenbar auch absolut nichts an ihrer Nervosität.

Gerade verlagerte sie das Gewicht wieder von einem Bein auf das andere und schaute sich erneut um. Und zuckte bei seinem selbstzufriedenen »Na bitte« zusammen, als hätte er neben ihr Knallfrösche gezündet. Entsprechend erntete er auf sein grinsendes »Hereinspaziert«, mit dem er ihr die schwere Holztür mit den Glasornamenten aufhielt, einen bösen Blick. Dass er die Luft anhielt, als er ihr dann in die Eingangshalle folgte und angestrengt auf jedes noch so kleine Geräusch lauschte, bemerkte sie nicht. Das Cabrio seiner Mutter stand weder in der Einfahrt noch in der Garage – davon hatte er sich mit einem kurzen Blick durch die Fenster überzeugt. Wahrscheinlich war sie also bei seinem Erzeuger im Krankenhaus und würde so bald nicht nach Hause kommen. Hoffte er zumindest. Das Letzte, was er wollte, war, ihr plötzlich gegenüberzustehen. Nicht, nachdem er keine Ahnung hatte, wie er ihr auch nur die Hälfte von alldem erklären sollte.

Vor ihm drehte sich Jessica DeLaney langsam um sich selbst.

So war es ihm auch gegangen, als er damals mit dem Karton mit seinen Sachen im Arm zum ersten Mal hier gestanden hatte. Die Eingangshalle lag ein paar Stufen tiefer als die Haustür und war allein doppelt so groß wie sein Wohnzimmer im *Alhambra.* Auch der ganze übrige Teil des Erdgeschosses mit der Küche, zwei Arbeitszimmern, der Bibliothek und zwei Wohnzimmern – eines ›privat‹, das andere ›öffentlich‹ für Treffen mit Geschäftspartnern oder wenn die ›Familie‹ zusammenkam – war beeindruckend. Die Schlaf- und Badezimmer im ersten Stock hatte man sogar zum Teil in den Fels des Berges hineingebaut.

Boden und Wände waren mit hellem Holz und cremefarbenem Rauputz verkleidet. Gegenüber der Eingangstür hing ein Wandteppich im Navajo-Stil in Beige, Ocker, Rot und Schwarz. Auf einer Kommode daneben stand eine bauchige Tonvase in den gleichen Farben und Mustern. Dicke Balken zogen sich durch die ebenfalls hellgetünchte Decke. – Eine Kombination aus modern, elegant und zugleich heimelig. Nirgendwo auch nur die Andeutung von persischer Kunst. Die fand sich nur in den Räumen im Untergeschoss. Oder im Arbeitszimmer seines Erzeugers, wenn der irgendwelche Interessenten erwartete. Durch das zweite Wohnzimmer ging es in den weitläufigen Garten mit dem riesigen Pool, den alten Bäumen und Palmen und den aus irgendwelchen Gründen immer blühenden Büschen und Rasen.

Über beide Stockwerke hinweg bestand die gesamte linke Seite der Hausfront aus Glas, die geradezu schmerzhaft grelles Sonnenlicht hereinließ, das scharfe, fast tiefschwarze Schatten hinter die weiße Sofalandschaft mit dem flachen, aus einem einzelnen riesigen Stamm geschnittenen Tisch in der einen Ecke warf, in der die weitläufige Treppe in den ersten Stock führte. Die Patchworkdecke in allen erdenklichen Sand-, Ocker-, Braun- und Grüntönen lag nur halb ordentlich über einer Lehne. Vorbei an einer alten, irgendwie schief gewachsenen Sycamore, deren einer Ast sich in einem weiten Bogen über das ziemlich trockene Gras spannte und mit seinem Ende fast den Boden berührte, hatte man einen grandiosen Blick über das Becken von L. A. Dunst hing darüber – trotz der Hitze – und machte das Meer dahinter zu einer Fläche aus trübem Blaugrau in der Ferne. Die beiden Jacaranda-Bäume, die daneben ihre Zweige mit den violetten Blüten ineinanderwoben, waren mindestens genauso krüppelig und hatten den ein oder anderen Sturm nur deshalb überstanden, weil sie sich gegenseitig stützten. Mom hatte sie vor dem Fällen bewahrt, als sie hierhergezogen waren. ›*Wie zwei Liebende, die einander in den Armen liegen.*‹ Einmal hatte er sie und seinen Erzeuger händchenhaltend darunter erwischt. Er hatte sich damals hastig vom Acker gemacht, ehe er Zeuge von ›mehr‹ werden konnte.

Das ganze Haus war ein riesiger, weitläufiger Bau, in dem man sich wunderbar aus dem Weg gehen konnte, wenn man es drauf anlegte. Was er oft genug getan hatte.

Von einer einfachen Dreizimmerwohnung in Arlington Heights in die Hills: Er hatte das Anwesen damals ebenso gehasst wie den Mann, der sie hierhergeschleift hatte.

In der Mitte des Raumes hatte Jessica DeLaney sich zu ihm umgedreht, sah ihn fragend an.

»Da lang.« Er wies nach links, zu dem Durchgang hinter ihr, der in den Teil des Hauses führte, den seine Mutter immer das ›Reich‹ seines Erzeugers genannt hatte.

In der Vergangenheit hatte er diesen Raum nur betreten, wenn es sich nicht vermeiden ließ. Das hieß, wenn sein Erzeuger ihn mal wieder für irgendetwas zur Schnecke machen wollte – egal ob er es getan hatte oder nicht. Es hatte sich nichts verändert. An der Schmalseite hing immer noch eines der Bilder seiner Mutter, eine Mischung aus abstraktem Expressionismus und Impressionismus in allen nur möglichen Grün-, Gelb- und Ockertönen. Da war immer noch der schwere Schreibtisch aus dunklem Holz, geradezu pedantisch aufgeräumt, mit der Unterlage aus blassem Leder, den Fotos daneben. Der orientalische Teppich in Kupfer und Rot. Die deckenhohen Regale an der einen Seite des Raumes, in denen Bücher den geringsten Platz einnahmen. Im Gegenteil. Die meisten waren mit persischem ›Nippes‹ vollgestopft, wie er die Bruchstücke von Statuen, Keramik, Münzen und anderem altertümlichen Kleinzeug immer genannt hatte. Gerahmte Fotografien in allen Größen dazwischen … Ein paar Vitrinen mit irgendwelchen anscheinend tatsächlich sehr alten Stücken waren dazugekommen, aber ansonsten war alles wie bei seinem letzten ›Besuch‹ hier.

In der Tür blieb er stehen. Vor ihm, zwei Stufen tiefer, drehte Jessica DeLaney sich zu ihm um und sah ihn erneut fragend an. »Und jetzt?«

Gute Frage. Auf die er keine Antwort hatte. Da war nur das Gefühl – nein, die Sicherheit –, dass er das Amulett diesem Erpresser nicht übergeben würde. Nicht übergeben *konnte.* Und diese Ahnung, dass irgendetwas von ihm erwartet wurde. Dass das *Herz des Simurgh* irgendetwas von ihm erwartete. Dieses Etwas, das sich in seinem Kopf wie ein unhörbares Flüstern anfühlte, ein Wispern jenseits dessen, was man wahrnehmen konnte …

»Ich weiß es nicht …«

Er glaubte, ihr unterdrücktes Seufzen bis hierher zu hören. Auf dem Weg nach L. A. hatte sie schon das Internet auf seinem Handy nach irgendwelchen Hinweisen durchforstet, aber nichts gefunden außer Einträgen zu dem mystischen Wesen ›Simurgh‹. Ein Amulett, das ihn im Namen trug, kannte es anscheinend nicht. »Dann wenigstens irgendeine Vorstellung, wonach wir suchen?« Sie klang wenig hoffnungsvoll. Dass er nicht sofort antwortete, entlockte ihr erneut ein Seufzen. »Lass mich raten: Wir wissen es, wenn wir es sehen.« Sie schüttelte den Kopf. »Ich komm mir gerade vor wie in einem schlechten Film.« Warum klang es nur so, als sei das nicht für ihn bestimmt gewesen?

»Du nimmst das Bücherregal und ich den Schreibtisch.« Hier herumstehen brachte ihnen auch nichts. Mit einem spöttischen Salut machte sie sich an die Arbeit und zog das erste Buch aus dem Regal. Groß, dick und schwer. Und legte es nach einer Sekunde, in der sie sich unschlüssig umgesehen hatte, auf den Beistelltisch neben dem ledernen Sessel in der einen Ecke des Raumes.

Shane wandte sich dem Schreibtisch zu. Links oben standen zwei gerahmte Fotos von seiner Mutter. Lachend. In einem pareo-ähnlichen Sommerkleid. Den Wind in den ausnahmsweise etwas längeren Haaren. Auf dem anderen trug sie einen farbfleckigen Overall und lächelte nur in die Kamera. Verwirrend zärtlich. Jung. Das Tuch in ihren Haaren war einem seiner frühen Grundschulprojekte zum Opfer gefallen. Das erste hatte er gemacht, das hier … Es musste gut zwanzig Jahre alt sein. Er hatte es noch nie zuvor gesehen. Entschlossen wandte er den Blick ab. Bis sie zurückkam, mussten sie wieder weg sein. Die oberste Schublade ließ sich geräuschlos öffnen. Darin nichts als ein Block Schreibpapier. Er griff nach der zweiten und zog sie ebenfalls auf …

Nach fast zwei Stunden hatten sie nahezu jede Schublade, jedes Regal, jeden Winkel in irgendeiner Vitrine untersucht. Sie hatten sogar einen doppelten Boden in einer Schreibtischschublade entdeckt – die nichts enthalten hatte, was ihnen weitergeholfen hätte.

Zwei Stunden und sie waren keinen Schritt weiter.

Schwer stützte er sich mit beiden Händen auf die lederne Schreibunterlage, starrte blind auf die beiden Fotos neben dem Telefon.

Sofort wurde es wieder stärker. Das Wispern und Flüstern des Amuletts. Das Gefühl, dass er etwas übersah. Dass er eigentlich genau wusste, was er tun sollte. Tun musste. Etwas wie eine Erinnerung aus einem Traum. Das sich einfach nicht greifen ließ … Die vage Hitze auf seiner Brust, die jedes Mal zu mehr, … etwas … anderem, wurde. Immer dann, wenn das Amulett – das er irgendwann während einer ihrer kurzen Stopps auf dem Weg von Vegas hierher aus der Hosentasche genommen und umgelegt hatte – und der Rubin, den er seit seiner Kindheit trug, einander streiften, berührten … Ein Gefühl, fast nicht zu greifen, wie etwas, das man nur am Rande, wie … aus den Augenwinkeln sehen konnte …

Das hatte er schon die ganze Fahrt über tun wollen! Mit einer abrupten Bewegung stieß er sich von der Schreibtischplatte ab, zog die beiden Ketten unter dem Hemd hervor, löste die Verschlüsse und legte beide nebeneinander auf die Tischplatte. Dieser Lawrence hatte gesagt, das Amulett sei beschädigt, ein Stück des Steines abgesplittert. Hinter ihm drückte Jessica DeLaney sich vom Boden vor einer der Vitrinen aus dem Schneidersitz hoch und kam herüber. Wohlige Hitze stieg in seine Finger, als er zuerst den Anhänger, dann den Steinsplitter berührte. Die gleiche Farbe. Das gleiche beinah pulsierende Lodern aus der Tiefe heraus. Hatte sie das auch gespürt, als sie es noch besessen hatte? Dieses Gefühl eines Lockens und Wisperns. Von etwas unsagbar Vertrautem. Das man nur … ja, was. Sie hatte es doch garantiert auch getragen.

»Was ist?« Sie trat neben ihn, sah auf die beiden Anhänger hinab. Und runzelte die Stirn. Etwas in seinem Inneren zog sich zusammen, als sie nach der Kette seines Splitters griff, ihn vom Schreibtisch hob, in der Luft baumeln ließ.

Ein einfacher Rubinsplitter, an seinen Außenkanten gefasst in eine Schicht aus Gold. Das eigentlich zu dünn war, um all dem standzuhalten, was er damit schon angestellt hatte. Die Kette hätte bei so vielen Gelegenheiten nachgeben, reißen müssen. Plötzlich konnte er es nicht mehr ertragen, ihn in ihrer Hand zu sehen, nahm ihn ihr fast ein wenig hastig ab und legte ihn auf den Schreibtisch zurück. Griff stattdessen nach dem Anhänger, hielt ihn ins Licht. Wenn man ganz genau hinsah … fehlte da tatsächlich ein Stück des Steines. Direkt unter dem Pfauenschwanz des Simurgh verborgen. Als hätte jemand mit Absicht genau diese Stelle gewählt, damit man es nicht auf den ersten Blick entdeckte. Ein Stück, das genauso groß war … Er hielt seinen Splitter daneben, drehte ihn ein klein wenig …

Neben ihm holte Jessica DeLaney scharf Atem. »Das gibt's doch nicht.«

»Anscheinend doch.« So unglaublich es auch war.

»Und wie …« Sie wedelte mit der Hand zittrige kleine Kreise in die Luft.

»Ich habe keine Ahnung.« Er klang, als würde er ein Stück weit neben sich stehen. Zumindest fühlte er sich so. Langsam legte er den Splitter zurück auf den Schreibtisch, drehte das Amulett ein bisschen mehr. Plötzlich wollte er nur noch eins: wissen, ob er tatsächlich passte. Es wieder zusammenfügen. Eins werden lassen. Das Wispern in seinem Kopf schien lauter zu werden. Schmerzhaft … drängend. »Hier an der Seite ist ein Spalt zwischen Gold und

Stein, vielleicht …« Er griff nach dem Brieföffner seines Erzeugers, ein silbernes, dolchartiges Ding. Schob die Spitze vorsichtig auf der Unterseite der Fassung, zwischen Gold und Stein … Jessica DeLaney holte abermals deutlich hörbar Luft – ohne wieder auszuatmen. Die Lücke öffnete sich scheinbar wie von selbst. Als würde der Anhänger nur darauf warten … Was für ein blödsinniger Gedanke. Er legte das Amulett auf das Leder der Schreibunterlage, griff nach dem Splitter. Sie beugte sich näher heran. Wann hatte sie wieder begonnen zu atmen? Er setzte den Brieföffner an der Schmalseite an … Das Gold ließ sich abziehen wie Haut nach einem Sonnenbrand. Die Kette raschelte auf den Schreibtisch, als er sie losließ. Der Splitter flammte zwischen seinen Fingern. Fast übertrieben langsam griff er nach dem Anhänger. Der Stein brannte. Wisperte. Drängte. Er drehte den Splitter, schob ihn von unten hinter das Gold des Pfauenfederschwanzes. Stein schabte auf Stein. Kaum hörbar. Jessica DeLaney umklammerte die Schreibtischkante mit beiden Händen. Lehnte sich noch weiter vor. Ihre Schulter streifte seine. Feuer zu Feuer. Der Splitter glitt tiefer. Tiefer. Stieß auf Widerstand. Das Schaben endete. Wie das Wispern. Oder doch nicht? Die Löwenklauen schienen zu zucken. Feuer zu Feuer. Wenn überhaupt konnte man die Bruchstelle nur erahnen. Vorsichtig drückte er das Gold an Ort und Stelle zurück. Der Hundekopf senkte sich, entblößte Fänge …

»Shane?«

Jessica DeLaney stieß einen kleinen Schrei aus. Er fuhr so sehr zusammen, dass er das Amulett um ein Haar fallen gelassen hätte, als er die Stimme hinter sich hörte. Nein! Genau das hatte er vermeiden wollen.

Vorsichtig legte er den Anhänger neben die Kette des Splitters auf die Schreibunterlage und drehte sich um.

28

J

Ich brauchte eine Sekunde, bis ich mich von dem Schock erholt hatte, unvermittelt eine Stimme hinter mir zu hören, und mich umdrehte. Doch dann war ich mir nicht sicher, was mich mehr verblüffte. Dass eine zierliche, nur mittelgroße Frau eine Pistole mit einer Selbstverständlichkeit auf uns gerichtet hielt, als würde sie jeden Tag Einbrecher in ihrem Haus stellen, oder die unübersehbare Ähnlichkeit zwischen ihr und Shane Hayden, obwohl er dunkel und sie hell war. Es hätte weder ihr überraschtes »Shane?« noch sein geradezu ertapptes »Mom!« gebraucht, damit ich wusste, wen ich vor mir hatte.

»Was machst du hier? Ich versuche schon seit Tagen, dich zu erreichen …« Auf der zweiten Stufe blieb sie stehen. Musterte mich eingehend von oben bis unten. Die Sonnenbrille in die gerade mal schulterlangen, hellblonden Haare geschoben. Nicht wirklich misstrauisch oder unfreundlich, aber eben wie eine Mutter, deren Sohn unangekündigt eine fremde Frau mitbrachte. Auf eine ganz ähnliche Art hatte Paul immer meine neuen Freunde begutachtet. Dass sie die Pistole immer noch in der Hand hatte – auch wenn der

Lauf jetzt zu Boden zeigte – gab dem Ganzen noch eine gewisse eigene … Note. »Willst du uns nicht vorstellen?«

Anscheinend wollte er das nicht wirklich, dem Seufzen nach zu schließen, das er nicht ganz unterdrücken konnte. »Jessica, meine Mutter, Joane Leslie Hayden.« Damit wusste ich auch, was sich hinter dem J.L. auf dem Briefumschlag verborgen hatte. »Mom, Jessica DeLaney. Eine … Bekannte.« Aha. Interessant. Andererseits: Hätte ich gewollt, dass er mich vor seiner Mutter als *Freundin* ausgab? Wohl kaum. Ganz zu schweigen davon, dass das nur zu Missverständnissen geführt hätte. Ich war nun mal nicht seine Freundin. *Auch wenn du es gerne wärst. – Klappe!*

»Erfreut, Sie kennenzulernen, Jessica.« Joane Leslie Hayden kam auf mich zu und wechselte dabei die Pistole so routiniert von einer Hand in die andere, um mir die rechte hinstrecken zu können, dass ich mich unwillkürlich fragte, was sie eigentlich beruflich machte. – Auch wenn ich sie mir schlecht als Cop vorstellen konnte. Ihr Händedruck war fest und sicher.

Hinter uns räusperte sich ihr Sohn. »Könntest du das Ding bitte weglegen, Mom? Wieso rennst du überhaupt mit einer Knarre hier herum?«

»Ich habe Stimmen gehört und dachte, es könnten Einbrecher sein …« Ich verschluckte mich fast. Und dann kam sie auf die Idee, die Typen selbst zu stellen? Andererseits: Ich hatte auch Pfefferspray in der Tasche und einen Baseballschläger hinter der Tür. Sie drehte sich um, wollte anscheinend gerade die Pistole auf den Schreibtisch legen – und erstarrte mitten in der Bewegung. »Woher hast du das? Wie kommst du an das ›Herz des Simurgh‹?«

Wir gafften sie beide an.

»Du … du hast dieses Amulett schon mal gesehen?«, würgte Shane nach einem Augenblick schließlich fassungslos hervor.

»Nein. Nicht gesehen.« Ihr Kopfschütteln wirkte irritiert. »Aber ich weiß, was es ist. Und ich weiß, wem es gehört …« Sie wandte sich wieder mir zu. »Aber der Name war nicht ›DeLaney‹. Sondern ›Carter‹. Lindsey Carter.«

Der Laut, der aus meiner Kehle kam, klang wie etwas, das man vielleicht von sich gab, wenn man unvermutet unter Wasser gedrückt wurde. Zumindest kam ich mir im ersten Moment so vor. Entsprechend dauerte es, bis ich in der Lage war, einen vernünftigen Ton hervorzubringen. Und selbst das erst, nachdem ich einmal tief Luft geholt hatte. »So hieß meine Mom, bevor sie meinen Stiefvater geheiratet hat. Paul hat mich adoptiert, deshalb das ›DeLaney‹. Sie ist vor ein paar Jahren bei einem Autounfall gestorben.«

»Das tut mir sehr leid.« Ich war viel zu perplex, um zu reagieren, als sie meine Hand vollkommen unerwartet in ihre nahm. »Die Großzügigkeit Ihrer Mutter hat meinem Sohn vor fast zwanzig Jahren das Leben gerettet.«

Was? Mein Blick irrte an ihr vorbei zu ihm. Und es war irgendwie beruhigend zu sehen, dass er davon anscheinend genauso wenig wusste wie ich. »Was … was ist damals passiert?« Durfte ich diese Frage überhaupt stellen? Ehrlich gesagt, war es mir egal.

»Mein Sohn ist gestorben.« Sie griff hinter sich, fand seine Hand anscheinend blind. »Und sein Vater suchte nach einem Weg, das Unvermeidliche zu verhindern. Mit der Hilfe Ihrer Mutter ist es ihm gelungen.« Erst jetzt drehte sie sich halb zu ihm um. »Ob du's glaubst oder nicht.«

»Mom …«

Ein Kopfschütteln brachte ihn zum Schweigen, bevor sie sich wieder mir zuwandte. »Als Tochter Ihrer Mutter wissen Sie ja, dass die Kinder aus einer Beziehung zwischen Menschen und Djinn …«

Was?

»… ihre ersten Lebensjahre …«

Djinn?

»… normalerweise nicht …«

»Wow … Halt! Langsam! – Djinn?« Ich entzog ihr meine Hand, machte einen Schritt zurück. Und stieß prompt gegen die Kante des Schreibtischs. *Djinn?* »Das ist ein Witz, oder? – Wie in Aladdin und die Wunderlampe? – Nein!« Entschieden wischte ich durch die Luft, nickte dann zu ihrem reizenden Früchtchen von Sohn. »Er hat Sie angerufen und Ihnen gesagt, dass Sie mir das sagen sollen, oder? Das ist ein abgekartetes Spiel.«

Irritiert ging ihr Blick zwischen uns hin und her. »Ich verstehe nicht …«

Hayden schob sich an ihr vorbei. Kam mir fast bedrohlich nah. »Mal ganz abgesehen davon, dass du die ganze Fahrt in meiner Nähe warst …« Sein Finger schwebte vor meinem Gesicht. »Was soll das hier? Willst du mir ernsthaft erzählen, du weißt nichts von den Djinn? Oder den Elementaren, Ms *Windhexe*?«

»Wind…« Ich wischte seine Hand beiseite. »Finger weg!« Setzte ihm in der gleichen Bewegung meine beiden vor die Brust und schubste ihn zurück. »Du bist so was von durchgeknallt. Das war mir schon im Diner klar. Djinn. Elementare.« Ich versuchte erst gar nicht, den bissigen Spott in meiner Stimme zu dämpfen. »Und als Nächstes kommst du mir damit, dass du mir drei Wünsche gewährst …«

»Das mit den drei Wünschen ist Schwachsinn.«

»Klar. – Du hast …«

»Schluss damit! Beide!« Joane Leslie Hayden musste noch nicht einmal laut werden, um uns zum Schweigen zu bringen. »Herr im Himmel, man könnte meinen, ihr wärt gerade aus dem Kindergarten davongelaufen.« Sie schob sich an ihrem Sohn vorbei. »Wenn Sie tatsächlich Lindsey Carters Tochter sind, Ms DeLaney, dann sind Sie eine Windhexe. Zumindest Ihre Mutter war eine. Und es würde mich sehr wundern, wenn die Elemente ausgerechnet in ihrer Linie eine Generation übersprungen hätten. Oder mehrere.« Ich starrte sie an. Noch nie hatte mich jemand so effektiv so schnell heruntergeholt wie diese Frau. Noch nicht einmal meine Mutter oder Paul hatten das geschafft. Und das, ohne auch nur ansatzweise laut oder unfreundlich zu werden. Entsprechend stand ich eine Sekunde einfach nur mit offenem Mund da.

»Es gibt keine Djinn.« Die Worte klangen wie ein hilfloses Stammeln. Oder war es das, was Mom mir hatte sagen wollen? In dieser Nacht am See, als Danny uns überrascht hatte. Es würde so manches erklären. Was sie mir erzählt hatte. Was ich immer wieder zu sehen geglaubt hatte …

Ihr Lächeln hatte etwas fast Mitleidiges. »Es gibt sie. Ich bin mit einem verheiratet. Sogar mit einem ihrer Fürsten.«

»*Ehemaligen* Fürsten.«

Sie ignorierte den unwilligen Einwand ihres Sohnes. »Aber ich habe damals, als Javed mir gestand, was er war, ähnlich reagiert.«

»Und wieso ›ausgerechnet meine Linie‹?« Fühlte es sich so an, wenn einem jemand den Boden unter den Füßen wegzog? Einfach mal so, aus dem Handgelenk. »Ich meine, ich …« Irgendwie war das gerade alles ein bisschen zu viel. *Zu* unglaublich. Was man mir anscheinend auch ansah. Joane Leslie Hayden strich mir beruhigend über den Arm. »Warum setzen Sie sich nicht?« Sie wies mit einer kleinen Geste zu dem Sessel in der Ecke. »Das mit den Elementaren kann Shane Ihnen besser erklären als ich. Währenddessen mache ich uns einen Tee. Anschließend erzähle ich Ihnen, was Ihre Mutter damals für uns getan hat, und danach« – jetzt galt ihr Blick auch ihrem Sohn – »sage ich euch, was ich vom »Herz des Simurgh« weiß. – Einverstanden?«

Ich nickte. Und wurde damit Shane überlassen. Der mich am Ellbogen nahm und zu dem Ledersessel führte. Während ich mich setzte, holte er sich den Schreibtischsessel heran.

»Was willst du wissen?«

Ich verzog das Gesicht. »Wie wär's, wenn du einfach vorne anfängst?«

»Warum hab ich mir das nur gedacht? – Du willst mir also wirklich erzählen, dass du keine Ahnung von Djinn, Faye, Erdmagiern und Windhexen hast? Geschweige denn, dass du eine bist?«

»Will ich. – Fang an.«

»Na gut.« Er versetzte dem Sessel einen Schubs, dass er sich um sich selbst drehte, ging dann zu einem der Regale hinüber und zog einen schmalen, ledergebundenen Folianten aus der Reihe der Bücher. Zumindest wollte er das, doch seine Hand blieb auf halber Höhe in der Luft hängen, während sein Blick starr auf einem Bild lag, das auf dem Bord darüber stand. Scharfe Linien erschienen auf seiner Stirn – bis er abrupt den Kopf schüttelte, das Buch aus dem Regal nahm, zu mir herüberbrachte und es aufschlug. »Hier. – Warte …« Er blätterte einen Moment darin, fand schließlich, was er suchte, und legte es mir mit dem Finger auf der Stelle aufs Knie. »Hier. Das ist besser, als wenn ich versuche, es dir zu erklären. Ist zwar ein bisschen pathetisch, aber … na ja.«

Ich schaute ihn an.

Wieder ein Stirnrunzeln. »Ich gehe mal davon aus, dass du lesen kannst.«

Nein, ich würde mich nicht wie ein Kindergartenkind benehmen und ihm die Zunge rausstrecken. Also stieß ich nur ein Schnaufen aus und beugte mich über das Buch. Die Schrift war verschnörkelt und schwer zu entziffern. Die Seite begann mitten im Satz.

… und der Großmächtige rief das Feuer. Und es kam und er schuf aus ihm die Djinn. Stolz und wild und ungezähmt wie das Feuer selbst, und er gab ihnen Macht, die Menschen vor den Kreaturen Djehennas zu schützen.

Und dann rief der Großmächtige das Wasser und es kam und er schuf aus ihm die Faye. Geschmeidig und schmeichelnd und verführerisch. Und auch ihnen gab er Macht wider die Kreaturen Djehennas.

Doch die Menschen fürchteten die Djinn und die Faye in ihrer Macht und so rief der Großmächtige die Erde. Stark und beständig und unbeugsam. Und band ihre Macht an die tapfersten und klügsten Söhne der Menschen, damit sie sich mit den Djinn und den Faye messen konnten und dass auch sie ihre Brüder und Schwestern vor der Dunkelheit Djehennas beschützten.

Doch der Wind wurde zornig ob der Ungerechtigkeit, dass er allein bleiben sollte, und sprach: »Gib auch mir sterbliche Gefährten, damit ich wie meine Geschwister wider die Kreaturen Djehennas stehe.«

Und so band der Großmächtige auch seine Macht und gab sie an die schönsten und tugendhaftesten Töchter der Menschen, damit auch sie gegen die Finsternis Djehennas bestehen konnten …

»Aha.« ›Pathetisch‹ traf es ziemlich gut. Djehenna und der Großmächtige. Klar. Ich war nicht besonders gläubig, aber so was … *Na, halleluja.* Die Hand noch auf der Seite, sah ich zu ihm auf. »Das soll also bedeuten, jedes Element hat seine eigenen … Vertreter in unserer Welt?«

»Wobei die Djinn und die Faye im Gegensatz zu Windhexen und Erdmagiern aus den reinen Elementen geschaffen wurden.«

»Fleischgewordenes Feuer und Wasser im Unterschied zu Menschen, die Wind und Erde nur beherrschen können. Schon klar.« Ich klappte das Buch zu. Behutsam in Anbetracht der Tatsache, dass es vermutlich ziemlich alt war.

»Du glaubst mir nicht.« Er nahm es mir ab, trug es zum Regal und schob es an seinen Platz zurück. Und wie zuvor blieb sein Blick an diesem Foto hängen, sekundenlag, ehe er sich wieder zu mir umdrehte.

»Nicht wirklich, nein.«

Mit der Schulter lehnte er sich an das dunkle Holz des Rahmens, neigte den Kopf ein kleines Stück zur Seite. »Die Typen in deinem Haus, die uns verfolgen, waren Erdmagier. Oder warum, denkst du, hatte der Boden vor dem Krankenhaus plötzlich Risse? Und erzähl mir nicht, du hast sie nicht bemerkt. – Oder dass die Erde sich plötzlich bewegt hat.«

Sehr langsam holte ich Luft. Okaaay. Das hatte ich gesehen, beziehungsweise gespürt. Punkt für ihn. Wobei: Wenn er tatsächlich recht hatte – *wenn* – würde das bedeuten, dass diese Typen nichts mit Tante Gwen zu tun hatten. Verrückterweise wollte ich ihm genau aus diesem Grund nur zu gern vertrauen.

»Und ganz nebenbei: Das mit dem plötzlichen Sturm warst ja wohl du.«

Wie bitte? »Ich enttäusche dich ja nur ungern, aber: Nein. Das war ich nicht.«

»Ja, klar.« Er nickte. Auf diese langsame, spöttische Art, die sagte, dass er mir kein Wort glaubte.

»Ja, klar.« Man hörte den Ärger in meiner Stimme deutlich. Sehr deutlich. Aber das war mir ziemlich egal. »Glaub's oder lass es.«

»Ach, komm schon. Du willst mir nicht wirklich erzählen, dass der Wind dir nicht gehorcht. Dass du nicht schon mal irgendetwas … mit einer Windböe durcheinandergewirbelt hast.« Wieder dieses Nicken. Jetzt ergänzt von einem dünnen, spöttischen Lächeln. Das ich ihm am liebsten irgendwie aus dem Gesicht gewischt hätte.

»Doch, genau das will ich. Ich habe keine Kräfte. Ich bin keine dieser Windhexen.«

Er schnaubte, stieß sich vom Bücherregal ab und kam wieder zu mir herüber. »Weißt du, nachdem ich nur zur

Hälfte Djinn bin, habe ich mit diesen ganzen Mächten nur am Rande zu tun. Sieht man mal von dieser einen Seite meiner Familie ab, bin ich ein ganz normaler Mensch.« Ein kaum merkliches Zögern. So als gäbe es da etwas, das er im letzten Moment nicht aussprach. »Aber eins kann ich. Ich kann spüren, wenn ich einem Elementar gegenüberstehe. Und auch welchem! Und du bist ganz eindeutig eine Windhexe.«

»Noch mal für dich zum Mitschreiben.« Bei jedem Wort wurde ich lauter. »Ich habe keine Kräfte.«

»Okay.« Wie gleichgültig hob er die Schultern. »Wenn du keine Kräfte hast, passiert ja garantiert auch nichts, wenn du einfach mal versuchst, den Wind zu rufen.«

Ich explodierte. »Wie oft, zum Teufel, soll ich …« Die Glastür zum Garten krachte auf, klirrte gegen ihren Rahmen. Ein Windstoß fegte durch den Raum, riss an meinen Haaren, dem Bild an der Wand, dass es gefährlich hin und her schwang … Und war fort.

»Heilige …« Ich starrte auf die weit offen stehende Tür, halb aus dem Sessel heraus, die Hände zu Fäusten geballt, weil ich eigentlich hatte auf ihn losgehen wollen. Vermutlich sollte ich froh sein, dass sie nicht zu Bruch gegangen war, so wie sie geklirrt hatte.

»Nein. Du hast ganz sicher keine Kräfte. – Hier spukt es nur seit Neuestem.« Er sagte es absolut todernst.

Ich war zu erschrocken, um etwas anderes als »Das … kann nicht sein« hervorzubringen und irgendwie benommen auf meinen Sitz zurückzusinken. Alles, ausnahmslos alles war vom Schreibtisch heruntergefegt. Nur das Amulett nicht.

Eine Sekunde beobachtete ich, wie er sich bückte, um aufzusammeln, was auf dem Boden verstreut lag, noch immer wie benommen. Dann drückte ich mich aus dem Sessel und half ihm. Edle Kugelschreiber. Eine antik wirkende Löwenskulptur – die glücklicherweise nichts abbekommen hatte. Die Pistole. Ich schob den Sessel beiseite, um nach einem der Fotos zu greifen … unsere Hände kollidierten darüber. Er sah mich an. Fast … nachdenklich.

»Was?« Es kam gereizter, als ich tatsächlich war.

»Du hattest wirklich keine Ahnung? Dass du das kannst, meine ich.« Er klang verwirrend sanft.

Und überraschte mich damit komplett. Warum zum Teufel waren sich unsere Gesichter so nah? Ich räusperte mich. »Nein. Aber das habe ich dir ja die ganze Zeit gesagt.« Gemeinsam standen wir vom Boden auf. Ich überließ ihm das Foto, damit er es an seinen Platz zurückstellen konnte.

»Dann tut es mir leid, dass ich mich so bescheuert benommen habe.« *Wie bitte?* Ich musste mich verhört haben. »Und das ist wirklich noch nie passiert?«

»Nein.« Zumindest nicht in diesem Ausmaß. »Fängst du schon wieder an?« Und falls doch irgendwo mal eine Tür zugefallen war, wenn ich sauer war und mit dem Gedanken spielte, sie einfach zuzuknallen, hatte ich mir nie etwas dabei gedacht.

Abwehrend hob er die Hände. »Nein. – Ich kann mir einfach nur schwer vorstellen, dass man von einer solchen Gabe nichts mitbekommt.« Wo er recht hatte, hatte er recht. Aber bis gerade eben hatte ich keine Ahnung davon gehabt. Dieses Lächeln war plötzlich wieder da. »Allerdings wissen wir jetzt, dass du doch eine Windhexe bist.«

»Und dass du recht hattest. Glückwunsch. – Was nichts daran ändert, dass ich keine Ahnung habe, wie das gerade eben passiert ist. Oder warum ich vorher nichts davon gemerkt habe.«

»Daran war vielleicht das ›Herz des Simurgh‹ schuld.«

Wir drehten uns gleichzeitig zur Tür um. Ein Tablett mit Tassen in den Händen kam seine Mutter die beiden Stufen herunter. »Ich wollte nicht lauschen.« Sie stellte alles auf den Schreibtisch, schob ihrem Sohn eine Tasse zu und nahm in derselben Bewegung das Amulett an seiner Kette vom Schreibtisch. Der Stein drehte sich blitzend im Sonnenlicht. Für einen kurzen Moment verengten sich ihre hellgrünen Augen. »Du hast den Stein wieder zusammengesetzt.« Aus irgendwelchen Gründen klang sie nicht glücklich darüber. Etwas, was das leise Seufzen, mit der sie nach der Hand ihres Sohnes griff, um den Anhänger samt Kette in seine Handfläche rieseln zu lassen, und seine Finger darum schloss, noch betonte. »Könntest du das bitte wieder umlegen, Liebling.« Sie drückte mir ebenfalls eine Tasse in die Hand und nickte zu dem Sessel hinüber. »Setzen Sie sich, Ms DeLaney.«

»Jessica, bitte. Oder Jesse.« Ich ging hinüber. Als ich mich wieder umdrehte, ließ Shane gerade den Anhänger unter seinem Hemd verschwinden. Warum kam es mir so vor, als würde sie sich ein klein wenig entspannen?

»Dann sagen Sie Joane zu mir, Jesse.« Sie legte ihm einen kurzen Moment die Hand auf die Brust, lächelte ihn an, dann griff sie sich die letzte Tasse und kam mir nach, um sich auf den Schreibtischsessel zu setzen, während sie noch einmal zu dem Sessel hinter mir nickte.

»Gern. Danke.« Gehorsam ließ ich mich darauf nieder.

Shane lehnte sich gegen den Schreibtisch, nippte an seinem Tee – und stellte die Tasse neben sich. Vorsichtig nahm ich ebenfalls einen Schluck. Heiß. Würzig. Und überraschend süß. Nichts, was man nicht hätte trinken können. Joane sah einen Augenblick in ihre Tasse, als würde sie den aufsteigenden Dampf beobachten, dann seufzte sie leise.

»Dein Vater hat mir all das unter dem Siegel der Verschwiegenheit erzählt.« Auch wenn die Worte ihrem Sohn galten, schaute sie nicht zu ihm hin. Ihr Blick hing an mir. »Niemand außerhalb dieses Raumes darf etwas davon erfahren.«

Ich nickte.

»Wissen es die anderen?«, erkundigte Shane sich vom Schreibtisch her.

»Deine Brüder?«

»Halb-«

Sie ts-te, warf ihm jetzt doch einen schnellen Blick über

die Schulter zu. »Ich weiß es nicht. Es könnte sein, dass Roshan es als Javeds Nachfolger weiß, aber das ist im Moment auch egal. – Von Shanes Vater weiß ich, dass das ›Herz des Simurgh‹ die in ein uraltes Artefakt gebannte Essenz eines noch deutlich älteren Djinnfürsten – Asnar el Saráan – ist.« Bei dem Namen erschien auf der Stirn ihres Sohnes eine scharfe Falte, er sagte allerdings nichts. »Er und mein Mann waren Freunde. Sehr gute Freunde, fast schon so etwas wie Brüder. Asnar verliebte sich. In eine junge, mächtige Windhexe, Aris Cassieda.« Sie machte eine kleine unwillige Bewegung. »Innerhalb der Elementare ist es nicht gern gesehen, wenn sich die Elemente … vermischen. Einige sehen es wohl sogar als Frevel.« Sie legte ihre Hände um die Tasse, als müsste sie sie mit einem Mal wärmen. »Dass sie obendrein von ihm schwanger war, machte das Ganze noch schlimmer.« Mit einem unwilligen Laut holte sie Luft und stieß sie wieder aus. »Bei all den Rivalitäten, die wohl schon seit ewigen Zeiten zwischen den einzelnen Fürsten und Häusern herrschten, war das für seine und ihre Feinde ein idealer Vorwand, um etwas gegen ihn zu unternehmen. Sie beriefen sich auf irgendwelche uralten Gesetze und verlangten seine Hinrichtung. Behaupteten, dass sie durch ihre Verbindung die uralten Tore Djehennas zur Welt der Finsternis öffnen würden. »

Ich schloss den Mund zu spät, um den überraschten Laut noch zurückhalten zu können.

Joane lächelte mich bitter an. »Ja, es geht. Man kann

auch einen Djinn töten. Es ist schwer – umso schwerer, je mächtiger er ist –, aber vor allem untereinander sind sie dazu anscheinend durchaus in der Lage.« Sie nahm einen Schluck Tee, ehe sie weitersprach. Mein Blick huschte für eine winzige Sekunde zu ihrem Sohn. Seine Augen hingen starr auf der Fotografie. Hörte er ihr überhaupt zu? Ich war mir nicht sicher. »Es kam zu einem Kampf, der beinah schon ein Krieg war. Asnar hielt lange genug stand, damit Aris fliehen konnte. Aber zuletzt wurde er trotz all seiner Macht doch gestellt und hingerichtet. Doch es gelang ihm und Shanes Vater, die Essenz seiner Macht, alles was er gewesen war, an ein schon von sich aus mächtiges und uraltes Artefakt zu binden: das ›Herz des Simurgh‹. Das daraufhin spurlos verschwand. Ebenso wie Aris Cassieda.« Mit einem kleinen Kopfschütteln hob sie die Schultern. »Weder eine so mächtige Hexe noch ein solches Artefakt hätten einfach verschwinden dürfen. Beide taten es. Und obwohl Djinn als auch Windhexen – vermutlich auch die Faye und die Erdmagier – danach suchten, blieb es unauffindbar. Ebenso wie Aris' Nachkommen. – Alles Mädchen, übrigens, was ich gehört habe. Und nachdem was mein Mann mir damals erzählt hat, war es das ›Herz des Simurgh‹ – oder vielleicht auch ein Stück weit Asnars Macht, die dafür gesorgt hat, dass niemand seine Frau und seine Kinder aufspüren konnte.« Sie neigte den Kopf ein klein wenig. Eine Bewegung, die mich unwillkürlich an ihren Sohn erinnerte. »Wenn ich raten müsste, würde ich sagen, indem es verhindert hat, dass sie ihre Fähigkeiten einsetzen oder diese vor anderen irgendwie verborgen hat?«

»Aber ihr Mann wusste anscheinend doch, wie er die Nachkommen dieser Aris – also meine Mutter – aufspüren konnte.« Bedeutete das, nicht nur Tante Gwen war hinter mir her, sondern noch eine ganze Menge anderer Leute, wenn sie von meiner Existenz erfuhren? Hatte ich ihnen genau das am Ende vorhin verraten? Na klasse.

»Ich vermute mal, er wusste die ganze Zeit, wo sie waren. Es würde zu ihm passen, wenn er all die Jahrhunderte über sie gewacht hätte. Für seinen Freund. Zumindest solange er das konnte.« Plötzlich schwang Trauer und Schmerz in ihrer Stimme mit. Unüberhörbar.

»Mom?« Alarmiert löste Shane sich vom Schreibtisch.

»Alles in Ordnung, Liebling.« Eine kurze Geste hielt ihn auf und er sank wieder gegen die Schreibtischkante. Entspannt sah allerdings anders aus.

Ich hatte mich in meinem Sessel vorgebeugt, die Ellbogen auf die Knie gestützt. Die Tasse hielt ich dazwischen in beiden Händen. »›*Solange er das konnte*‹?«, fragte ich jetzt.

»›*Solange er das konnte*‹.« Ihr Lächeln hatte plötzlich etwas Hartes. Zorniges. »Wenn die Verbindung von Elementaren unterschiedlicher Fraktionen schon verboten ist – was glauben Sie, was es dann bedeutet, wenn ein Djinnfürst sich mit einer Sterblichen einlässt?« Mein Gesichtsausdruck war offenbar Antwort genug. »Genau.« Sie nickte. »Ich habe diesen wunderbaren Mann auf einer Vernissage kennengelernt. Und mich Hals über Kopf verliebt. Ihm ging es nicht anders. Normalerweise ist es nahezu unmöglich, dass Djinn und Sterbliche Kinder miteinander zeugen können. Doch ich wurde schwanger. Und Javed gestand mir, was er war. Und dass er uns nicht aufgeben wollte. Keinen von uns beiden. Dass er uns aber vor allen anderen seinesgleichen verbergen musste. Dass wir uns nur heimlich treffen durften, dass niemand von uns erfahren durfte. Er gestand mir, was uns erwartete. Was mein Kind erwartete. – Sie überleben nicht. Nie. Das Feuer der Djinn tötet sie.« Sie drehte sich auf ihrem Stuhl um. »Du erinnerst dich nicht mehr daran, aber dein Vater kam zu uns, so oft er konnte.«

Shane schnaubte. »Ja, klar.«

Ärger huschte über ihre Züge. Ganz kurz nur. Und doch deutlich zu sehen. »Jede Woche. Manchmal jeden zweiten Tag. Heimlich. Und er brachte dir jedes Mal ein neues ›Wunder‹ mit. Du hast ihn geliebt. Du hast es geliebt, auf seinem Schoß zu sitzen und dir von ihm Märchen erzählen zu lassen – obwohl du sonst keine fünf Minuten stillsitzen konntest. Mit ihm Dinge zu bauen. Ganze Schlösser und Paläste aus Holzklötzen. Stundenlang. Ich konnte gar nicht genug davon besorgen. Manchmal entstanden in deinem Zimmer ganze Palastanlagen. Mit Ställen und allem, was dazu gehört. Und die Pferde darin hatten Sattelzeug mit Bommeln und Decken und allem möglichen Schnickschnack – und haben sich wirklich bewegt.« Sie lachte leise, schüttelte den Kopf. Ein Laut und eine Bewegung, die nur für sie selbst zu sein schienen. »Ich hatte Angst, du könntest deinen Freunden im Kindergarten oder auf dem Spielplatz davon erzählen. Aber als ich mit dir darüber reden wollte, hast du mich groß angesehen und mich gefragt, wieso ich überhaupt davon wüsste, das sei doch euer Geheimnis, das keiner außer euch wissen dürfte.« Wieder ging ihr Blick für einen kurzen Moment zu ihm. »Du warst drei, als er auf die Idee kam, mit dir einen Drachen zu basteln – mit einem *Dreijährigen* – die Küche sah aus wie ein Schlachtfeld. Ich hätte euch in mein Atelier schicken sollen.«

»Aber irgendwann kam er anscheinend nicht mehr.« Es klang bitter. Und fast so, als könnte er nicht glauben, was sie sagte. »Und warum erinnere ich mich nicht mehr daran?«

Plötzlich herrschte Stille. Joane blickte auf ihre Hände, die Teetasse, drehte sie ganz langsam dazwischen. Der Tee darin kräuselte sich bei der Bewegung. Plötzlich unbehaglich sah ich von einem zum anderen. Das hier ging mich nichts mehr an. Eben wollte ich fragen, ob ich gehen sollte – auch wenn ich keine Ahnung hatte, wohin –, als sie unvermittelt doch weitersprach. »Ja, irgendwann kam er nicht mehr.«

Am Schreibtisch verlagerte Shane sein Gewicht ein wenig. Quer durch den Raum hinweg trafen sich unsere Blicke. »Was ist passiert?«

Die Geste, mit der seine Mutter die Schultern hob, hatte etwas Hilfloses. »Ich weiß es nicht. Es begann über Nacht.

Ganz plötzlich. Du bekamst Fieber. Unglaublich hoch. Die Ärzte im Krankenhaus konnten es sich weder erklären noch irgendetwas dagegen tun.« Sie sah mich an. Plötzlich schwammen Tränen in ihren Augen. »Mein Kind starb in meinen Armen. Es verbrannte bei lebendigem Leib von innen heraus. Können Sie sich vorstellen, wie sich das anfühlt, Jesse? Ich starb mit ihm.« Sie neigte den Kopf in seine Richtung, ohne ihn wirklich anzusehen. »Dein Vater kam. Nahm dich mit. Als er dich mir nach drei Tagen wieder zurückbrachte, hast du geschlafen. Tief und fest. Du warst gesund. Alles war gut. Ich sollte dich schlafen lassen.« Jetzt sah sie ihn doch an. »Er sagte mir, ich dürfte dir den Rubinsplitter nie abnehmen. Niemals. Dass du dich nicht mehr an ihn erinnern würdest. Und dass wir von jetzt an sicher wären. Dass er uns über alles lieben würde und dass jetzt alles in Ordnung wäre. Ich habe ihn über zehn Jahre nicht mehr gesehen. Und als du aufgewacht bist, konntest du dich tatsächlich nicht mehr an ihn erinnern. Für dich war er von diesem Tag an nur einer dieser Väter, die Kinder in die Welt setzen und sie danach nie wiedersehen.«

»Und dann stand er an einem Weihnachtsabend vor der Tür.« Noch immer war die Bitterkeit in Shanes Stimme nicht zu überhören.

»Ja. Mitten im Winter. Und als er dir sagte, er sei dein Vater, hast du ihm die Tür vor der Nase zugeschlagen. Du wolltest nichts mit ihm zu tun haben. Gar nichts. Was auch immer er vorgeschlagen hat: Für dich war es falsch.«

»Er war zehn Jahre spurlos verschwunden, Mom. Und dann tauchte er auf und hat unser ganzes Leben durcheinandergebracht. Wo war er die ganze Zeit?«

»Er hat den Preis für dein und mein Leben bezahlt.« Sie sagte das so trocken, dass mir der Mund offen stehen blieb.

»W-« Shane verschluckte sich fast. »Was? Was soll das heißen?«

»Was das heißen soll?« Mit einem Mal wirkte alles an ihr … ungeduldig. »Das soll heißen, dass die anderen Djinn – und vielleicht auch die anderen Elementare, das hat er mir nie sagen wollen – ihn zur Verantwortung gezogen haben. Sie haben ihn bestraft, dafür, dass es dich und mich gab. Weiß der Himmel wie. Immerhin sind Djinn nicht gerade für ihr friedliebendes Wesen bekannt. Er musste seine Macht aufgeben, um dich und mich zu schützen. Und um letztendlich wieder bei uns sein zu können.« Sie rieb mit der Handfläche über ihre weiße Jeans. Fest. »Zu mir kam ein Mann zurück. Ein reicher Mann zwar, der früher einmal ein Fürst der Djinn gewesen war, aber eben nur noch ein Mann. Mein Mann. Dein Vater.« Mit einem tiefen Atemzug – wie um sich selbst zu beruhigen – schüttelte sie den Kopf, sprach wieder deutlich ruhiger weiter. »Ich weiß nicht, was passiert ist. Er hat sich geweigert, es mir zu erzählen. – *Geweigert,* Shane. Und glaub mir, ich habe mehr als einmal gefragt. – Ich habe Roshan nur einmal sagen hören, dass dein Vater allein diese zehn Jahre ›gebraucht‹ hätte, um sich zu ›erholen‹. Und dass selbst das ›zu wenig‹ war. Dass er ›viel zu viel aufgegeben‹ hat, um endlich bei uns zu sein.« Sie nippte an ihrem Tee. »Und zu sehen, wie du dich gegen ihn gestellt hast … Es hat mir jedes Mal das Herz gebrochen. Und ihm auch.«

Abermals kehrte die Stille zurück.

Dauerte an.

Unbehaglich.

Schwer.

Bis Shane sich irgendwann mit beiden Händen übers Gesicht rieb. »Warum hat er es mir nicht erzählt? Warum hast *du* es mir nicht erzählt?«

»Dein Vater ist ein stolzer Mann. Er bittet um nichts. Noch nicht einmal um die Liebe seines Sohnes. – Und er wollte nicht, dass ich es dir erzähle. Aus demselben Grund.«

»Sturer Bastard.« So leise, dass weder seine Mutter noch ich es wahrscheinlich hatten hören sollen.

Joane lächelte. »Du bist nicht besser.«

»Vielleicht … vielleicht sollte ich mal mit ihm reden, wenn er wieder aufwacht?«

Bei seinem *›wenn er wieder aufwacht‹* war sie kaum merklich zusammengezuckt. »Vielleicht«, sagte sie dann leise.

Irgendwie war ich nicht sicher, ob sie das Gleiche meinte wie er. Sie sah mich an. »Bitte entschuldigen Sie, Jesse, dass Sie gerade Zeuge unseres kleinen Dramas geworden sind. Aber manchmal führt eines zum anderen und das eine ging gerade nicht ohne das andere – für mich zumindest nicht. Vermutlich fragen Sie sich die ganze Zeit, was Ihre Mutter mit alldem zu tun hat.« Sie machte eine vage Geste zu mir herüber. »Als seine Djinn-Hälfte meinen Sohn damals umzubringen drohte, war sein Vater genauso hilflos wie ich. Aber …« Sie sah zu ihm hin. »… stur wie er ist, weigerte er sich, das Unausweichliche hinzunehmen. Er verfiel auf die Idee, dass es möglich sein müsste, dieses zerstörerische Djinn-Feuer irgendwie zu … ›bändigen‹. So wie er und Asnar es damals mit Asnars Essenz getan hatten. Sie an etwas zu binden. Etwas, das einer solchen Macht … gewachsen sein würde. Und das diese Macht auch unter seiner … verbergen würde. – Ich kann es nicht besser erklären. – Das ›Herz des Simurgh‹. Selbst uralt und mächtig, und es trug bereits Asnars Essenz.« Sie ließ eine Hand auf ihrem Knie locker zur Seite fallen. »Ein Strohhalm. Aber das Einzige, was wir hatten. – Ihre Mutter war bereit, ihm einen Splitter des Herz zu überlassen. Und was auch immer mein Mann damit getan hat: Es hat funktioniert. Auch wenn es den anderen Djinn anscheinend offenbarte, dass es uns gab.« Ihr Blick senkte sich wieder auf die Teetasse. »Bis zu diesem Zeitpunkt hatte kein Kind dieser Art das Erwachen seiner Djinn-Natur überlebt.« Sie nickte hinter sich. »Mein Sohn lebt. Das verdankt er dem ›Herz des Simurgh‹ und Ihrer Mutter, Jesse. Obwohl keiner damals wirklich vorhersagen konnte, was geschehen würde, wenn der Stein beschädigt würde, war sie bereit, uns zu helfen.« Joane drehte sich mit dem Sessel zu ihrem Sohn um. »Und jetzt zu dir: Warum bist du hier? Ich erreiche dich nicht und dann stehst du hier im Arbeitszimmer deines Vaters. Und bist offenbar nicht sonderlich begeistert, mich zu sehen. Was ist los?«

Wie zuvor sah er quer durch den Raum hinweg zu mir. Nur war ich noch viel zu sehr damit beschäftigt, das Chaos in meinem Kopf klarzubekommen. Bis zu diesem Zeitpunkt hatte ich alles für Zufall gehalten. Ein Typ, den ich nur flüchtig aus der Schule kannte – wenn man das überhaupt so nennen konnte –, tauchte bei mir auf, auf der Suche nach einem alten Anhänger, der seit ewigen Zeiten im Besitz meiner Familie war. Und jetzt offenbarte mir seine Mutter, dass seine und meine Familie sehr viel … enger miteinander ›verbunden‹ waren … Hätte mir jemand anders diese Geschichte aufgetischt, hätte ich ihm geradewegs ins Gesicht gesagt, dass er log. Und zwar wie gedruckt. Bei ihr … nein. Auf verrückte Weise gab das alles einen Sinn. Und fühlte sich obendrein auch noch richtig an.

»Mom, bitte, frag nicht …«

Sie schnaubte. »Warum habe ich mit nichts anderem gerechnet? Du bist wie dein Vater. *›Joane, frag nicht. Joane, ich kann es dir nicht sagen.‹«* Mit einem ärgerlichen Kopfschütteln stand sie auf. »Hat es etwas mit dem Zusammenbruch deines Vaters zu tun? …«

»Mom …«

»Also ja.«

»Mom, ich … das habe ich nicht gesagt.«

»Nein, das hast du nicht. Aber denkst du nicht, dass ich

eins und eins zusammenzählen kann? Dein Vater fällt in ein Koma; deine Brüder …«

»Halb-«

Ein unwilliger Blick. »Deine *Brüder* sind plötzlich unauffindbar. Allesamt. Die Matriarchin eines der mächtigsten Häuser der Windhexen und der Großmeister einer Loge der Erdmagier werden ebenfalls in Krankenhäuser eingeliefert … Und da soll ich nicht fragen, was los ist? Ganz zu schweigen davon, dass die Natur mit Dürren, Waldbränden, Erdbeben und Überschwemmungen verrücktspielt. Wenn irgendwelche Wildfremden bei mir anrufen und deinen Vater sprechen wollen …« Mit einer scharfen Geste schüttelte sie abermals den Kopf.

Shane holte beinah übertrieben langsam Atem. »Woher weißt du das, Mom?«

Sie setzte ihre Teetasse härter auf das Tablett, als nötig gewesen wäre. »Es war in den Nachrichten.«

»Das meinte ich nicht. – Woher weißt du, *wer* sie sind?«

Sie verharrte in der Bewegung, mit der sie seine Tasse hatte neben ihre stellen wollen, die Hand noch halb in der Luft, lachte. Freudlos und bitter. »Mein Mann hält sich aus den Geschäften der Djinn sowie der anderen Fraktionen heraus. Aber sie sich nicht aus seinen. Also versuche ich, soweit es mir möglich ist, auf dem Laufenden zu bleiben, wer meine Familie … sagen wir: wer meiner Familie nicht ganz wohlgesonnen sein könnte.« Unwillkürlich ging mein Blick zu der Pistole auf dem Schreibtisch. Oh ja, ich würde dieser Frau zutrauen, sich mit wirklich jedem anzulegen, der irgendjemanden bedrohte, der ihr am Herzen lag.

Sie ließ seine Tasse auf das Tablett sinken. »Ach ja, kennst du eine Shaye Darkwater?«

Irritiert runzelte Shane die Stirn. »Sie ist eine relativ bekannte Umweltaktivistin. Hat in letzter Zeit ziemlich oft für Schlagzeilen gesorgt, aber ich bin ihr nie persönlich begegnet. – Warum?«

»Sie hat mich gestern Abend angerufen und nach Roshan gefragt.«

»Was wollte sie?«

»Das hat sie nicht gesagt. – Also: Wirst du mir jetzt verraten, warum du hier bist?«

Er sah zu mir, irgendwie … hilflos. Nickte schließlich. »Also gut. Als ich vor ein paar Tagen in die Staaten zurückgekommen bin, hatte ich einen Anruf. Ein Mann erging sich in irgendwelchen Andeutungen, dass auch Djinnfürsten sterben könnten …« Seine Mutter holte scharf Atem. Er sprach einfach weiter. »… und dass ich das verhindern könnte. Im Gegenzug sollte ich für ihn das ›Herz des Simurgh‹ beschaffen. Er nannte mir den Namen Jessica DeLaney und gab mir achtundvierzig Stunden Zeit.« Er rieb sich den Nacken. »Ein Freund hat mir geholfen, sie zu finden.« Diesmal holte ich scharf Atem. »Aber als ich das ›Herz‹ dann endlich hatte, konnte ich es dem Typen nicht geben. Nicht ohne mehr darüber zu wissen. Die achtundvierzig Stunden sind inzwischen schon eine ganze Weile abgelaufen. Nur widerstrebt es mir jetzt noch viel mehr, es dem Typen zu überlassen.« Mit den Fingern fuhr er sich durch die Haare. »Es tut mir leid, Mom.«

Einen Moment herrschte wieder diese Stille. Dann griff Joane seine Hand. »Das muss es nicht. Du hast nichts falsch gemacht. Dein Vater hätte nicht gewollt, dass du es diesem Kerl gibst. Glaub mir! Und egal was dieser Mann gesagt hat: Laut den Ärzten ist dein Vater im Moment stabil. Dass du ihm das ›Herz des Simurgh‹ nicht gegeben hast, hatte keinerlei Auswirkungen.«

Mit einem Kopfschütteln machte er sich von ihr los, machte ein paar Schritte in meine Richtung. Blieb erneut stehen. »Aber irgendetwas passiert. Du hast es selbst gesagt. Das alles kann kein Zufall sein. Und wenn dieser Typ das ›Herz‹ wollte, dann muss es irgendetwas damit zu tun haben. Nur was?« Als er sich wieder zu ihr umdrehen wollte, hielt er unvermittelt inne. Einen Moment lang starrte er auf das Foto. Das, auf dem sein Blick schon mehrmals hängen geblieben war. Dann ging er hinüber zum Regal und nahm es herunter. »Wo ist das entstanden?« Er drehte es so, dass seine Mutter es sehen konnte. »Ich habe das Gefühl, dass ich es kennen sollte. Aber …« Er beendete den Satz nicht. Ich stellte die Tasse neben mich auf den Boden, stand vom Sessel auf und ging auf ihn zu, um einen besseren Blick auf das Foto zu haben. Ein Gebäude war darauf zu sehen. Nein, eher nur eine Fassade. Scheinbar direkt in die Felswand hineingehauen. Eine Felswand, die rechts und links davon weiterging. Der Stein war rötlich, von hellen, waagerechten Maserungen durchzogen. Wie Linien aus Sand in Glut. Oder Feuer. Sechs Säulen trugen einen dreieckigen Giebel, auf dem noch einmal ebenso viele einen zweiten Giebel stützten, dem allerdings die Mitte mit der Spitze fehlte. An ihrer Stelle war etwas wie eine deutlich dickere, runde Säule. Auf der eine riesige … Urne zu stehen schien. Die Flächen dazwischen waren mit nur noch schwer erkennbaren Reliefffiguren verziert. Unter dem Giebel führte in der Mitte der Fassade ein viereckiger Eingang ins dunkle Innere. Alles wirkte … altertümlich. Irgendeine Ausgrabungsstätte? Die mir allerdings auch seltsam bekannt vorkam.

»Ich sollte es kennen.« Sein Murmeln war weder für mich noch für seine Mutter bestimmt. Als sie die Hand nach dem Bild ausstreckte, gab er es ihr. »Es fühlt sich an, als wäre ich schon mal da gewesen.«

Die Stirn gerunzelt betrachtete sie es einen Moment. »Ich weiß nicht, woher dieses Foto stammt. Da waren dein Vater und ich noch nie, aber ich habe das hier schon einmal irgendwo gesehen, in einer Dokumentation – glaube ich. – Nein, einem Film …« Sie gab es ihm zurück

Natürlich … *»Indiana Jones und der letzte Kreuzzug.«* Es platzte einfach aus mir heraus. Leicht verständnislos sahen beide mich an. »Da wurde der Schluss von *Indiana Jones und der letzte Kreuzzug* gedreht.« Ein Hoch auf Paul, den Harrison-Ford-Fan und seine langen Indiana-Jones-Nächte. Popcorn-Orgien vor dem riesigen Flachbildschirmfernseher auf dem Sofa. Der Name dieses Ortes … ich kannte ihn. Paul hatte ihn mehrfach erwähnt, weil er plante, unsere Familie einmal an die ganzen Drehorte dieser Filme zu schleifen … Shane hatte seiner Mutter hastig das Foto in die Hand gedrückt und sein Handy aus der Tasche gezerrt. Tippte, rief den ersten Link auf …

»Petra.« Wir sagten es nahezu gleichzeitig.

»In Jordanien.« Er scrollte tiefer, bis er das Bild fand. »Das ist es.«

Ich durchquerte den Raum endgültig, trat neben ihn. Sein Blick hing noch immer starr auf dem Display, dem Bild von Petra. »Lass mich raten: Du willst da hin.«

Er sah zu mir auf. »Ja.« Wieder kehrten seine Augen zu seinem Handy zurück. »Auch wenn ich nicht genau weiß, warum. Es ist nur ein Gefühl. Ein Gefühl, dass … dass …« Mit zwei Fingern zog er das Bild auf dem Display größer. »Er hätte kein Foto von diesem Ort hier stehen, wenn es nicht irgendetwas für ihn bedeuten würde.«

»Dann müssen wir nur noch herausfinden, wann der nächste Flug von L. A. nach Petra geht.« In dem Versuch, gelassen zu wirken, schob ich die Hände in die Hosentaschen.

»Wir?« Die Überraschung war in seiner Stimme deutlich zu hören. »Du musst nicht mitkommen.«

Ich hob nur eine Braue.

FIRE

29

J

Der Himmel war im Süden rot, als wir auf dem *Queen Alia International Airport* gut dreißig Kilometer südlich von Amman landeten. Meine Augen brannten, mein Rücken tat weh und ich fühlte mich wie erschlagen nach über zwanzig Stunden im Flugzeug, auch wenn ich es geschafft hatte, ein paar davon zu schlafen. Man konnte es drehen und wenden, wie man wollte: Ich. War. Tod. Müde. Wenn man mich in irgendein ruhiges Eck stellen würde, ich würde glattweg im Stehen schlafen.

Nur war daran leider nicht zu denken.

Dabei hatte es zuerst so ausgesehen, als würden wir erst gar nicht nach Jordanien kommen.

Es hatte schon etwas Surreales, an einem Flughafen zu stehen, und es gab keinen Flieger, der einem zu seinem Ziel bringen konnte. Oh, Flugzeuge gab es am *Los Angeles International Airport* mehr als genug, aber keines hatte als Ziel einen der Flughäfen in Jordanien. Egal ob Direktflug oder nicht. Oder hatte noch zwei Plätze frei. Überall hieß es: »Wir sind ausgebucht. Die Warteliste ist voll. Morgen vielleicht.« Aber selbst das konnte uns niemand versprechen.

Und das für gefühlte Ewigkeiten. Dabei hatte ich noch den weniger frustrierenden Part erwischt. Nachdem sich das alles als nicht ganz so einfach erwies, hatte Shanes Mutter nämlich beschlossen, dass ich nicht ohne Gepäck – oder zumindest die notwendigsten Dinge – nach Jordanien fliegen konnte. Also war sie mit mir in einem Shoppingcenter in der Nähe des Flughafens einkaufen gegangen, während ihr Sohn weiter versuchte, uns einen Flug zu organisieren. Wobei ›Blitzshopping‹ bei ihr ganz neue Dimensionen annahm. Nach einer knappen halben Stunde waren wir schon wieder auf dem Rückweg zum Flughafen. Und es hatte neben ein paar T-Shirts und Unterwäsche sogar ein Bikini den Weg in die kleine Reisetasche gefunden, die ich jetzt über der Schulter trug. Ebenso wie ein paar Sachen zum Wechseln für ihren Sohn.

Doch so gelassen sie während der Fahrt von ihrem Haus nach L. A. und dann beim Einkaufen gewesen war: Als ich am Flughafen aus dem Auto wollte, ergriff sie meine Hand. »Bring mir meinen Jungen zurück, bitte.« Auch wenn ihre Stimme scheinbar ruhig klang. In ihren Augen lag etwas ganz anderes. Ich schluckte, nickte, stieg aus und ergriff regelrecht die Flucht ins Terminal hinein.

Shane empfing mich mit einer guten und zwei schlechten Nachrichten. Die erste schlechte: Innerhalb der nächsten vierundzwanzig Stunden gab es keinen freien Platz auf irgendeiner Maschine nach Jordanien oder irgendeinem anderen Flughafen, der auch nur halbwegs in der Nähe von

Petra lag. Die gute war: Er hatte ein paar Kollegen getroffen, die nach Jordanien wollten, Zielflughafen *Queen Alia International Airport,* Amman. Der Flieger ging in einer halben Stunde. Sie waren bereit, uns mitzunehmen. Die zweite schlechte Nachricht war: Ihr Flugzeug war eine Militär-Transportmaschine. Richtige ›Sitze‹ gab es nicht. – Und damit lernte ich Larry, Ethan, Marcus, Lillian, Jean-Pierre, Sven, Ivar und ein knappes halbes Dutzend weiterer Reporter aus gefühlt ebenso vielen Ländern kennen, die eines gemeinsam hatten: ihren Job – Kriegsberichterstattung. Egal ob Bild, Print, Ton oder Fernsehen. Anscheinend kannte jeder jeden – oder zumindest jemanden, der wiederum einen anderen kannte –, und da ich zu Shane gehörte – worüber er von Lillian und Larry gnadenlos aufgezogen wurde – war ich von ersten Moment an ein Teil der Truppe. Mit allen Vor- und Nachteilen.

Hitze empfing uns, als wir aus dem Flugzeug ausstiegen, und schon die paar Meter bis zu dem kleinen Shuttlebus zum Terminal genügten, um mich in den zwar nicht klimatisierten, aber trotzdem halbwegs erträglichen Flieger zurückzuwünschen. Ethan begann bereits am Ende der Gangway gut hörbar darüber zu fluchen, was ihn geritten hatte, diesen Job anzunehmen und nicht den in der *Arktis* – den er bei solchen Gelegenheiten anscheinend regelmäßig angeboten bekam, wie Sven spöttisch kommentierte – und dass es dieses Mal irgendwie deutlich heißer war, als er es von diesem Teil der Welt gewohnt war. Etwas, worüber auch die anderen stöhnten.

Im Inneren des Terminals empfing uns schimmernder Stahl, Sichtbeton, glänzende, blasscremefarbene Fliesenböden, in denen sich die Deckenleuchten spiegelten, und nach außen riesige, deckenhohe, durchgängige Glasfassaden, deren Verstrebung die Form der Decken imitierte und durch die man die Nachbargebäude mit den gebogenen Dachsegmenten sehen konnte, in deren Glasfassaden die Sonne grell reflektierte. Gewölbte Decken, die von Betonpfeilern getragen wurden und an sich blähende Sonnensegel erinnerten. Stahlglänzende Rolltreppen und von Glasgehäusen umgebene Fahrstühle. Alles hell, weit, offen und luftig. Erstaunlich elegant-moderne Brücken, eingefasst mit Glasgeländern, die in den oberen Stockwerken einzelne Abschnitte miteinander verbanden. – Und angenehme Kühle, auch wenn mir an manchen Stellen die Klimaanlage ins Genick zu blasen schien. Männer in Freizeitkleidung und Anzug marschierten ebenso an uns vorbei, wie solche in jenen langen weißen Gewändern. Ein paar Frauen trugen Kopftuch zum Businesskostüm, manche waren mehr verschleiert, andere wiederum überhaupt nicht. Sicherheitsbeamte in dunkelblauen Jacken und braunen Hosen standen überraschend unauffällig in der Halle herum – und trugen ihre Waffen deutlich sichtbar und griffbereit, obwohl sie vollkommen entspannt wirkten. Dabei schienen sie die Menschen um sich herum permanent zu mustern. Eine junge Beamtin, die fließend Englisch sprach, stellte mir an einem Schalter mein Einmal-Visum aus und wünschte mir einen angenehmen Aufenthalt. Ich zwang mich zu einem Nicken und einem Lächeln und konnte bei meinem »Danke« gerade noch ein Gähnen unterdrücken. Alle anderen – inklusive Shane – besaßen offenbar bereits solche Papiere, die für mehrere Einreisen gültig waren.

Ich fühlte mich mehr und mehr wie ein Schlafwandler, während ich mit den anderen zuerst durch die Pass-, dann durch die Zollkontrolle und schließlich zum Ausgang tappte.

Die Verabschiedung war kurz. Händeschütteln, die ein oder andere Umarmung. Visitenkarten wurden noch rasch getauscht. »Mach's gut.« – »Viel Glück.« – »Wir sehen uns.« – »Schön, dich kennengelernt zu haben, Jesse.« – »Bis dann.« »Grüß Alexis, wenn du sie siehst.« Ethan bot Shane noch einmal an, er könne sich ihnen jederzeit anschließen, wenn er es sich doch noch anders überlegen würde. Ein Anruf würde genügen, die Nummer hatte er ja. Er könnte ihm sofort einen Fahrer schicken, um ihn abzuholen. Ich bekam noch ein Zwinkern und ein Daumen-hoch von Larry, dann hatten alle ihre Taschen und Rucksäcke und was sie sonst noch an Equipment dabeihatten, geschultert und waren aus den großen Glastüren hinaus. Ich sah gerade noch, wie Ethan und Marcus in ein Taxi stiegen und Lillian von einem Mann in einer sandfarbenen Tarnuniform begrüßt wurde, dem sie zu einem staubigen Humvee folgte. Dann waren wir auf seltsam plötzliche Art allein.

Mit einem kleinen Nicken wies Shane ebenfalls ins Freie. »Wir sollten uns auch ein Taxi suchen …«

Ich schaffte es gerade noch, die Hand vor den Mund zu bringen, um mein Gähnen zu verdecken. »Mhm.« Auch in einem Taxi konnte man schlafen. Und das war irgendwie gerade das Einzige, was ich wollte. Es war lange her, dass mich ein Tief so gnadenlos erwischt hatte. Ganz nebenbei brachte mich mein Rücken um. Nach ungefähr der Hälfte des Fluges hätte ich ein Vermögen für einen echten Sitz bezahlt.

Er hob eine Braue, neigte den Kopf ein klein wenig. »Geht's noch?«

»Hmhm.« Meine Kommunikationsfähigkeit war anscheinend gerade auch auf einem Nullpunkt.

»Da drüben ist ein Starbucks …« Ein kurzes Nicken hinter mich. In allerletzter Sekunde unterdrückte ich das Gähnen, wedelte mit der Hand. So verlockend das Wort ›Starbucks‹ und die damit verbundenen Bilder auch klangen … »Ich brauche keinen Kaffee. Mir geht's gut. Geh schon.«

»Wenn du das sagst.« Er zog die kleine Reisetasche höher auf die Schulter und wandte sich den Türen nach draußen zu, die mit einem kaum hörbaren Laut auseinanderglitten, als er nahe genug war. Ich folgte ihm mit einem neuerlichen Gähnen – und hatte das Gefühl, gegen eine Wand zu laufen. Eine Wand aus Hitze. Obwohl dieser Teil der

Zufahrtsstraße sich noch unter dem Dach des Flughafengebäudes befand. Und auf der anderen Seite ein Springbrunnen eine Wasserfontäne in den flimmernden Himmel schickte. Ich musste einen Laut von mir gegeben haben, denn Shane drehte sich erneut zu mir um. Auf seiner Stirn standen Falten. »Normalerweise ist es hier nicht so heiß um diese Jahreszeit.«

»Brauchen Sie Taxi?« Hinter ihm hatten sich ein paar Männer von ihren Autos gelöst und waren auf uns zugekommen. Der vorderste lächelte und wies auf seinen sandfarbenen Mercedes. So leer wie die Bürgersteige der Zufahrt vor dem Terminal waren, war vermutlich jeder auf der Jagd nach Kundschaft.

Shane nickte. »Was kostet eine Fahrt nach Amman?«

Ich sah ihn erstaunt an. »Amman? Nicht Petra?«

Wieder ein Nicken. »Planänderung: Wir fahren zuerst nach Amman. Und suchen uns ein Zimmer. Du kannst die Augen kaum noch offen halten.«

»Zwanzig Dinar – oder fünfunddreißig Dollar.« Der Taxifahrer lächelte zwischen uns hin und her.

Ich schnitt eine Grimasse. »Ich kann im Auto schlafen. Wie weit ist es bis Petra? Drei Stunden? Vier?«

»Nicht ganz drei Stunden. Bis wir dort sind, fängt es wahrscheinlich schon an zu dämmern. Und da wir nicht wissen, was genau wir in Petra suchen, dürfte es schwer sein, es im Dunkeln zu finden.« Er nickte dem Fahrer zu. »O.k.«

Das Lächeln des Mannes wurde breiter. Er hastete zurück zu seinem Wagen und riss eine der hinteren Türen auf.

Shane ließ mir den Vortritt. »Außerdem sollten wir uns noch ein paar Flaschen Wasser und vielleicht etwas zu essen besorgen.« Ich glitt auf den Rücksitz. Er folgte mir. Schob dabei die Reisetasche vor sich her und bedeutete dabei dem Fahrer, dass es nicht nötig war, sie in den Kofferraum zu packen. Mit einem Schulterzucken schloss der Mann die Tür und hastete um den Wagen herum. Als er den Motor anließ, erwachte auch die Klimaanlage zum Leben. Halleluja! Shane beugte sich vor. »Kennen Sie ein gutes Hotel in Amman? Klein. Nicht zu teuer. Aber sauber.« Er warf mir einen schnellen Seitenblick zu. »Und wo man heute Abend vielleicht noch etwas zu essen aufs Zimmer bekommt.«

Der Mann nickte ihm im Rückspiegel zu. »Arabian Tower Hotel. Sauber und günstig. Nette Leute dort. Gutes Essen.«

»Dann dahin.« Er setzte sich zurück. Ich sank tiefer in meine Ecke. Der Gedanke an ein Bett und etwas zu essen, vielleicht sogar eine Dusche, ließ mich beinah sofort einschlafen. Draußen glitten Palmen an uns vorbei. Jemand hatte vor dem Flughafen nicht nur einen Springbrunnen angelegt, sondern auch ausladende Rasenflächen, die erstaunlich grün waren. Auf der einen Seite schien es zum Flughafen zu gehen, auf der anderen von ihm weg. Darüber flimmerte die Luft.

Ich schreckte hoch, als Shane mein Bein berührte. Er hatte sich seitlich gesetzt, einen Arm scheinbar entspannt auf der Rückenlehne, den Oberkörper mir voll zugedreht. Anscheinend musste ich eingedöst sein. Nicht, dass es irgendetwas Besonderes entlang der Schnellstraße zu sehen gegeben hätte. Nichts außer Sand und Geröll oder Felsen oder dem ein oder anderen irgendwie einsam wirkenden Haus. Bisher zumindest. Jetzt ragten Häuser zu beiden Seiten der Straße auf. Um uns herum drängten sich die Autos dichter. Motorenlärm und Hupen drang durch die geschlossenen Fenster. Dazu die Stimmen von Menschen, die in einer fremden Sprache durcheinanderriefen.

Ich rieb mir übers Gesicht. »Sind wir schon da?« Himmel, was klang das kindisch. Die Klimaanlage des Taxis schien versagt zu haben, der Hitze nach zu schließen, die mir die Haare in den Nacken klebte.

»Nein.«

Sein Tonfall … Ich ließ die Hände sinken, sah ihn an. Okay. Ich hatte mich geirrt. Er war alles andere als entspannt. Im Gegenteil. Und die Klimaanlage hatte nicht versagt. Die Hitze hatte ihren Grund in dem Flimmern um ihn herum. Seine Hand lag um den Anhänger unter seinem Hemd. Allerdings war ich nicht sicher, ob er sich *daran* oder ob *er es* festhielt. »Was ist los?« Hatte er nicht gesagt, er hätte keine wie auch immer gearteten magischen Fähigkeiten?

Er neigte den Kopf zum Heckfenster hin. Nur ein wenig. »Der dunkle Audi zwei Wagen hinter uns. Er ist schon eine ganze Zeit da. Mal mehr, mal weniger dicht. Ich glaube, ich hab ihn zum ersten Mal am Flughafen gesehen. Mir nur nichts dabei gedacht. Er ist irgendwie zu … sauber. Zu … neu. Und es sitzen vier Weiße, wahrscheinlich Europäer, drin. Und sie sehen nicht gerade wie Touristen aus.« Ich riskierte einen schnellen Blick. Gerade überholte der Audi einen staubigen Truck und scherte einen Wagen hinter uns wieder ein. »Außerdem habe ich schon ein paar Mal gedacht, ich hätte etwas gespürt. Erdmagier.«

»Was?« Es rutschte mir einfach so heraus. Okay. Von dieser Gabe hatte er mir erzählt. Der Fahrer blickte erschrocken in den Rückspiegel. Und musste hart bremsen, weil er um ein Haar auf einen alten VW aufgefahren wäre. »Was?« Diesmal sprach ich deutlich leiser. »Und jetzt?«

Shane verzog den Mund zu einem zynischen Lächeln. »Ich fürchte, das mit dem Hotel können wir knicken.« Er beugte sich zu dem Fahrer vor. »Können Sie ein bisschen Gas geben?« Wie aus dem Nichts heraus erschien ein Geldschein zwischen seinen Fingern. Einen Moment schaute der Fahrer ihn verblüfft an. Dann grinste er und wir wurden schneller. Trotz des Gedränges um uns herum. Shane drückte ihm den Schein in die erhobene Hand. Und förderte noch einen zutage. »Und den, wenn Sie den dunklen Audi hinter uns abhängen. Oder uns zumindest ein bisschen Vorsprung verschaffen, damit sie uns nicht mehr direkt im Blick haben.« Diesmal wanderten die Augen des

Mannes zum Seitenspiegel, als er offenbar nach dem entsprechenden Wagen suchte. »O.k. Sie halten sich fest.« Mehr bekamen wir nicht als Warnung, dann riss der Mann auch schon das Lenkrad herum. Quer über eine Fahrspur und hinein in eine nur noch halb so breite Straße. Ein paar Jugendliche mussten hastig zur Seite ausweichen. Einer warf irgendetwas hinter uns her, das klatschend auf der Kofferraumhaube landete und seinen Saft bis zur Heckscheibe verspritzte. Gleich darauf musste er erneut zur Seite springen, um nicht von dem Audi erfasst zu werden. Ich klammerte mich an den Griff über meinem Kopf und zog es ernsthaft in Betracht zu beten. Shane stützte sich am Fahrersitz und unserer Rückenlehne ab und sah abwechselnd vor uns auf die Straße und zu dem Audi hinter uns, der nicht zurückzufallen, sondern im Gegenteil immer näher zu kommen schien, so sehr sich unser Fahrer auch bemühte, ihn abzuschütteln.

Die nächste schmale Straße, der nächste abrupte Richtungswechsel. Wir donnerten über irgendwelche hervorstehenden Steine. Hätten um ein Haar einen Stand mit Gewürzen umgerissen. Dieses Mal war es gleich ein halbes Dutzend Männer – Händler –, die uns hinterherbrüllten und die Fäuste schüttelten. Ich wurde gegen die Tür geworfen …

»Anhalten! Stopp! Sofort!« Der Fahrer starrte Shane genauso geschockt an wie ich. Und reagierte anscheinend aus purem Reflex, denn er trat so heftig auf die Bremsen, dass die Reifen quietschten. Hinter uns jaulten Hupen und Stimmen brüllten. »Raus hier! Los! Mach schon! Raus!« Er langte an mir vorbei zum Türgriff, zerrte daran, stieß die Tür auf, warf dem Fahrer ein paar Scheine zu und schubste mich geradezu vom Sitz nach draußen. Ich fiel mehr aus dem Wagen als dass ich tatsächlich ›ausstieg‹, verhedderte mich im Riemen der Tasche, während ich sie hinter mir her zerrte. Meine Hand wurde gepackt, ehe ich die Chance hatte, mein Gleichgewicht wieder zu finden. Ich hörte noch Shanes heftiges »Fahren Sie weiter!«, dann wurde ich auch schon vorwärtsgezogen. Vorbei an Ständen mit bunt lasierten Schüsseln, Tellern und Krügen in allen erdenklichen Größen und Formen, Messingarbeiten, Schnitzereien und allen möglichen anderen Waren. Hinein in eine schmale, überdachte Gasse und ein Durcheinander aus Farben, Gerüchen und Menschen.

Shane schleifte mich halb stolpernd, halb rennend hinter sich her, drängelte sich zwischen den wenigen Touristen und Einheimischen hindurch, sah sich immer wieder um, zwei Kreuzungen weit. Erst dann wurde er langsamer, ohne jedoch tatsächlich stehen zu bleiben. Oder meine Hand loszulassen. Aber zumindest hatte ich so die Chance, wieder ein kleines bisschen zu Atem zu kommen. Die Luft um ihn her schien zu brennen, was es nicht gerade leichter machte. Als er endlich doch anhielt, war es mitten auf einem kleinen Platz irgendwo tief im Inneren eines überdachten Marktes mit all seinen Geschäften und Waren. Ein Baldachin aus grün, blau und ocker gemustertem Stoff dämpfte das Sonnenlicht, das durch eine beinah runde Öffnung in der Decke fiel, und ließ einen fast kühlen Luftzug herein, der sich für Sekunden in meinen Haaren fing, ehe er sich auflöste. Ein paar Stufen führten links in eine weitere, schmale, von Bruchsteinhäusern und in Beige und Weiß bemalten Steinbögen eingefasste Gasse. Teppiche und Tücher spannten sich wie bunte Baldachine zwischen den Fassaden. Ich sank auf den untersten Absatz, stützte die Arme auf die Knie und ließ die Hände dazwischen baumeln. Die eine war rot von seinem Griff. Mein Atem ging wie ein Blasebalg.

»Sind wir sie los?« Ich sah zu ihm auf, beobachtete, wie er angespannt die Menschen um uns herum musterte, die Fäuste ballte und wieder lockerte. Immer wieder. Unruhig. Und … zornig. Die Augen mit einem seltsamen Glanz. Genauso atemlos wie ich. Zwei Polizisten in ihren sandfarbenen Uniformen sahen prüfend zu uns herüber, während sie zwischen den Geschäften hindurchgingen, die Maschinenpistolen in den Armbeugen.

Schließlich schüttelte er den Kopf. »Ich bin nicht sicher. Im Moment denke ich schon, aber auf Dauer … So schnell werden sie vermutlich nicht aufgeben.«

»Wie haben die uns überhaupt gefunden?« Mit einer Hand wedelte ich durch die Luft, ohne sie wirklich über meine Knie zu bringen oder den Arm zu heben. »Ich meine, die Typen müssen uns entweder schon am Flughafen erwartet haben oder mehr oder weniger zeitgleich mit uns gelandet sein, um sich direkt an uns dranhängen zu können. – Und wir hatten ja nun nicht wirklich *geplant,* hierherzufliegen.« Nur ganz langsam schien die Hitze um ihn herum nachzulassen. Eine weitere Brise verirrte sich zu mir, strich kühl um meinen Nacken, driftete davon.

»Keine Ahnung.« Abermals ging sein Blick in die Runde. »Vielleicht waren sie schon hier, bevor wir überhaupt nach L. A. gefahren sind. Gut möglich, dass sie auch in diesem Teil der Welt ihre Dependancen haben und jemand drüben in den Staaten einfach einen Anruf getätigt hat. Unsere Beschreibung oder sogar Fotos als E-Mail-Anhang und schon wussten sie, nach wem sie suchen müssen.«

»Und jetzt?«

»Ich denke, wir sollten zu unserem ursprünglichen Plan zurückkehren und doch heute noch nach Petra fahren. – Immer noch müde?«

Ich schnitt eine Grimasse. »Ach, weißt du … so ein bisschen Adrenalin und eine kleine Verfolgungsjagd quer über einen Basar sind besser als ein ganzes Fass Kaffee. – Meinst du, sie erwarten uns in Petra?

Wieder hob er die Schultern. »Kann sein. Kann auch nicht sein. Aber nachdem sie schon in Amman aufgetaucht sind …« Er rieb sich den Nacken, ließ die Augen abermals über die Menschen um uns herum wandern und sprach, ohne mich anzusehen. »Ich nehme an, spätestens jetzt werden sie eins und eins zusammenzählen und sich ausrechnen, dass wir dorthin wollen. Vermutlich wissen sie sogar mehr über Petra und was es damit auf sich hat als wir.« Was nicht wirklich schwer war. Mit einem kleinen Seufzen sah er zu dem mosaikverzierten Bogen über mir. »Mit diesen ganzen Mythen und Legenden wollte ich nie etwas zu tun haben.« Das Lächeln, das er mir zuwarf, hatte etwas Zerknirscht-Reuevolles. Und schickte Hitze in meinen Magen. Die nichts mit seinem Djinn-Temperament zu tun hatte. »Scheint so, als würde sich das jetzt rächen.« Tja, und meine Mutter hatte nicht mehr die Zeit gehabt, mir auch nur *irgendetwas* über all das zu erzählen, als sie es schließlich gewollt hatte. – Wir waren uns beide keine große Hilfe.

Ich streckte ihm die Hand hin, damit er mir von der Stufe hochhalf, und ließ mich auf die Beine ziehen. »Vielleicht schaffen wir es ja, zumindest vor ihnen dort zu sein.«

»Vielleicht.« Sein Ton klang nicht besonders zuversichtlich. Natürlich. Wenn diese Typen hier so etwas wie einen Stützpunkt hatten, dann hatten sie auch die entsprechenden Ressourcen, auf die sie zurückgreifen konnten. Wahrscheinlich stand in irgendeinem Hangar auch noch ein Privatjet oder ein Helikopter. Vollgetankt und jederzeit abflugbereit.

Man hätte meinen können, er hätte meine Gedanken gelesen. »Mein Erzeuger hat zwar hier irgendwelche Geschäftskontakte, sogar irgendein hohes Tier … Aber ich habe keine Ahnung, wer das ist, geschweige denn, wie ich ihn erreiche.«

Er fuhr sich mit den Fingern durch die Haare. »Wir müssen es also allein schaffen.«

»Mit dem Taxi.« Was unsere Chancen, tatsächlich vor ihnen dort zu sein, auf *›so gut wie unmöglich‹* reduzierte. »Na dann …« Demonstrativ sah ich mich um. »Wo geht's lang?«

Ein weiterer Blick in die Runde, ein Schulterzucken. »Nicht in die Richtung, aus der wir gekommen sind … Und nicht in die, in die wir die ganze Zeit gelaufen sind.« Er griff in die Hosentasche, zog sein Handy hervor, schaute auf das Display – und fluchte. »Kein Netz.« Mit einer ungeduldigen Bewegung schob er es an seinen Platz zurück. »Versuchen wir es da lang.« Er wies hinter mich. Ich drehte mich um. Eine weitere Gasse, über die sich ein gefliester Deckenbogen und ein Durcheinander aus Stoffbahnen als fast schon grellbunter Baldachin spannten, auf der sich zu beiden Seiten Geschäfte reihten, zwischen denen sich Einheimische und – überraschend wenige – Touristen drängten. Abgesehen von den Händlern, die ihre Ware an den Mann – oder die Frau – bringen wollten; Stoffe und Tücher in allen nur vorstellbaren Farben, von leuchtend bis hin zu gedecktem Grau und Braun. Also nach links.

Shane nahm mir die Reisetasche ab, ergriff meine Hand und ging los. »Wenn du einen Lebensmittelladen oder etwas Ähnliches siehst: Wir brauchen Wasser. Und vielleicht irgendetwas zu essen, dass in der Hitze nicht verdirbt.«

Ich ließ mich mitziehen, starrte dabei noch mehrere Sekunden auf unsere Hände. Räusperte mich schließlich und riss den Blick von ihnen los. »Hast du jordanisches Geld?« Meine Handfläche prickelte, wo seine sie berührte. Eine vage Hitze, die sich ausbreitete, meinen Arm hinaufwanderte … Und schlagartig erlosch, als er mich wieder losließ, weil er einer Frau in Flip-Flops mit einer wahnsinnig teuer aussehenden Spiegelreflexkamera ausweichen musste. Die anscheinend ihren Mann vor einem der Läden fotografierte und dabei keine Rücksicht nahm, ob sie jemanden über den Haufen rannte, während sie immer weiter zurückging. Konnte man Mordgedanken hegen, nur weil jemand daran schuld war, dass ein Typ jemandes Hand losließ? *Jesse? Hallo?* »Mit Dollar sollten wir genauso weit kommen.« Seine Stimme ließ mich zusammenzucken und die Augen von der Flipflop-Frau losreißen. Was in letzter Sekunde verhinderte, dass ich in ihn hineinlief. Er hatte vor einem Stand mit bunten Tüchern und Schals angehalten und griff gerade nach einem, schaute gleichzeitig prüfend zu mir. »Wie ist es damit?«

»Wofür?« Ich sah zwischen ihm und dem blassgrünen Schal hin und her.

»Sonnenschutz. Da draußen gibt es nicht wirklich viel Schatten.« Er griff nach einem weiteren Tuch, diesmal in einem hellen Sandton.

Okay. Das machte Sinn. Der Händler erhob sich gerade von einem Hocker im Eingang seines Ladens und kam lächelnd auf uns zu. Shane wandte sich zu ihm um.

»Wie viel? Für beide.«

Eine Windböe trieb mir ein knallrotes Tuch ins Gesicht. Mehr aus Reflex machte ich einen Schritt rückwärts, wischte es beiseite. Und riss dabei anscheinend ein weiteres vom Hacken. Obwohl ich hätte schwören können, dass ich es gar nicht berührt hatte. In weichen Bögen segelte es zu Boden und landete auf einer Schicht Sand, die sich eigentlich viel zu weit entfernt an den hellen Putz einer Hauswand schmiegte. Und die sich unvermittelt kräuselte, als ich das Tuch aufhob. Schwarze Linien zeichneten sich darin ab, schlängelten sich hindurch. Streckten sich nach mir aus. Aus dem Sand heraus … Der Laut, den ich ausstieß, war irgendwo zwischen Keuchen und Quietschen. Nur aus dem Augenwinkel registrierte ich, wie Shane zu mir herumfuhr, die Schals in der Hand, während ich rückwärtstaumelte, das Gleichgewicht verlor, auf dem Hintern landete, mich mit den Händen auf dem Boden hinter mir abstützte – und der Sand auf mich zuwirbelte. Die schwarzen Linien schoben sich mir entgegen … Beinah panisch wich ich zurück … *Nein!* Ein Windstoß peitschte gegen den Sand, trieb ihn auseinander. Dann war Shanes Hand dazwischen, streiften seine Finger über den Boden. Feuer leckte zwischen uns über die Pflastersteine. Die schwarzen Linien … Ich schnappte nach Luft, das *›Wie hast du das gemacht?‹* blieb mir in der Kehle stecken. Sie waren plötzlich auf seinen Fingern, seinem Handrücken, streckten sich nach dem Handgelenk aus, dem Arm … Mit einem Zischen riss er die Hand zurück. Über seiner Haut flimmerte die Luft.

Flammen. Zu heiß, dass man sie noch hätte sehen können. Reine Hitze. Djinn. So viel zu *keine Fähigkeiten.* Die Schwärze rieselte wie Asche zu Boden. Von rechts kam ein Schrei. Wir fuhren beide herum. Die Männer standen am anderen Ende der Gasse. Shane streckte die Hand aus. Fast glaubte ich, ihn knurren zu hören. Stoffballen und Tücher standen mit einem Schlag in Flammen.

Dann die Baldachine über unseren Köpfen.

Holzstreben, die sie trugen.

Menschen schrien.

Putz platzte unter der jähen Hitze.

Das Feuer brüllte, schlug immer höher.

»Shit. Shit. Shit.« Meine Hand in seiner, schob Shane sich rückwärts. Zog mich mit. Ich warf ihm einen schnellen Blick zu. Er schüttelte heftig den Kopf. »So war das nicht geplant.« Seine Augen zuckten von mir zu den Flammen. »Das sollte nicht alles … Shit.« Über uns brannte jetzt alles lichterloh. Glühende Fetzen regneten auf uns herab, Rauch biss mir in Augen und Lunge, zwang mich zum Husten.

»Tu was!« Hatte ich das gerade gesagt? Oh mein Gott.

Die Antwort war ein Schnauben, das ebenfalls in einem Husten endete. »Was denn? Wenn ich wüsste, wie man das Ganze kontrolliert, würde ich es tun.« Er wich immer weiter zurück, drängte mich hinter seinem Rücken vor sich her. Das Feuer schien uns zu folgen, schlug nach uns. Ich keuchte, schnappte nach Luft, atmete nur Rauch ein … Luft! Feuer brauchte Luft. Wenn man ihm die Luft nahm … einfach … aussaugte … Auch wenn ich keine Ahnung hatte, wie genau das funktionieren sollte … Die Türen im Arbeitszimmer waren ja auch irgendwie aufgeknallt. – Und dabei hatte ich diese Windhexensache den ganzen Flug weitestgehend verdrängt. – Ich atmete tief durch, musste wieder husten, versuchte, es mir vorzustellen. Ein Bild entstehen zu lassen. Wie die Luft sich von den Flammen zurückzog. Immer weniger wurde. Bis nichts mehr da war. Wie die Flammen weiter in sich zusammensanken … Ich blinzelte. Sie taten es tatsächlich. – Ebenso wie die Menschen. Was …? Nein. Ein Röcheln neben mir. Ich fuhr zu Shane herum. Der gerade mit weit aufgerissenen Augen gegen die nächste Wand taumelte. Eine Hand an der Kehle. Vergeblich nach Luft rang. Wie alle anderen um mich herum. Nein. Nein. Nein. Wie konnte man nur so dämlich sein … Shane ging an der Wand in die Knie. Es musste aufhören. Ich musste … »Aufhören!« Das Wort brach einfach aus mir heraus. Für eine Sekunde war es vollkommen still. Dann brüllten die Flammen in einer Wand aus Feuer auf, als sie unvermittelt wieder Nahrung hatten. Schlugen in unsere Richtung. »Lauf!« Nicht viel mehr als ein Keuchen. Shane packte meine Hand, zerrte mich herum und tat genau das: Er rannte. Ich hielt mich an ihm fest und versuchte, mit ihm Schritt zu halten. Rauch wirbelte hinter uns, um uns, trieb uns vor sich her. Irgendwo vor uns jaulten Sirenen. Wir hielten blindlings darauf zu. Zusammen mit all den anderen Menschen, die vor dem

Feuer in den schmalen Gassen flüchteten. Dann taumelten wir zwischen den Häusern hervor und standen auf einem Platz, inmitten von Sirenen, Blaulicht und Polizisten. Die Waffen im Anschlag. Ebenso wie die Soldaten in den hellen Tarnanzügen. Ich wurde angerempelt, stieß gegen Shane. Seine Hand an meiner Schulter verhinderte, dass ich fiel. Meine Augen tränten, dass ich kaum etwas sehen konnte. Entsprechend lief ich in Shanes Arm, als er mit einem Zischen unvermittelt stehen blieb und mich gleich darauf nach rechts zerrte.

»Was …«

»Da drüben. Presse.« Er klang noch immer vollkommen atemlos.

»Was?« Meine Stimme quietschte. Panisch sah ich mich um. Bemühte mich, irgendwas zu erkennen, während ich möglichst unauffällig neben ihm herstolperte, mich an seinen Arm klammerte. Da! Tatsächlich! Links neben einem Krankenwagen. Mehrere Männer, von denen einer eine Kamera auf der Schulter hatte. Eben schwenkte er das Objektiv in unsere Richtung. Shane drehte sich weg, verdeckte die Männer mit seinem Oberkörper. Trotzdem duckte ich mich unwillkürlich.

»Ich möchte nicht unbedingt in irgendwelchen Nachrichten auftauchen.«

Konnte ich verstehen. Musste ich auch nicht haben.

Was ich nicht erwartet hatte, war, wie leicht man im Chaos eines Feuers und der Löschaktionen darum herum verschwinden konnte. Man musste nur hustend und taumelnd auf Krankenwagen und Retter zuhalten, sich scheinbar ziellos zwischen ihnen hindurchbewegen. Bis man hinter ihren Linien war. Und einfach immer weitergehen.

Und dann … waren wir zwei Straßen entfernt und bewegten uns scheinbar harmlos im Strom der Passanten mit. Weg von dem Trubel hinter uns, auf der Suche nach einem Taxistand.

30

Amman? Mit einem Zischen warf Melissa ihr Handy auf den Schreibtisch. Wie zum Teufel hatten die beiden es geschafft, einen Flug nach Amman zu bekommen? Das war unmöglich. Sie hatte sie auf ihre eigene No-Fly-Liste setzen lassen. Noch am gleichen Abend, als ihre Großmutter zusammengebrochen war. Nicht eine Airline hätte sie mitnehmen dürfen ... Und doch meldete ihr Kontakt, dass die beiden in Amman waren. Musste sie sich denn um alles selbst kümmern? Melissa drückte auf den Knopf der Gegensprechanlage auf ihrem Schreibtisch. Ihre Sekretärin meldete sich sofort.

»Miss Bartner?«

»Rufen Sie Matthew an, Lori. Er soll den Jet startklar machen und alle nötigen Formalitäten erledigen. Ich muss nach Jordanien. Nach Petra.« Genau dorthin würden die beiden gehen. Und sie würde garantiert nicht hier sitzen und tatenlos dabei zusehen. Im Gegenteil.

»Wann wollen Sie ...«

»Umgehend. Sagen Sie ihm, ich bin auf dem Weg. Und verlegen Sie alle meine Termine für heute und morgen. Am besten auf nächste Woche, In den kommenden Tagen bin ich nicht zu erreichen. Für niemanden.«

»In Ordnung, Miss Bartner. Sonst noch etwas?«

»Nein. Danke, Lori.« Sie ließ den Knopf los und stand auf. Ausgerechnet jetzt. Jetzt, wo sie es sich eigentlich überhaupt nicht leisten konnte, die Stadt zu verlassen. Nach dem Zusammenbruch ihrer Großmutter kreisten die Geier mehr als zuvor. Und wenn Oran sich nicht erholte … was immer wahrscheinlicher zu werden schien … Selbst der kleinste Fehler, die kleinste Unachtsamkeit konnte sie schwach aussehen lassen. Und dann würde ein gnadenloser Machtkampf um die Nachfolge ihrer Großmutter losbrechen, noch bevor sie tatsächlich das Zeitliche gesegnet hatte. Sie konnte es sich einfach nicht leisten, dass ein verdammter Halb-Djinn und eine dahergelaufene kleine Hexe ihr allein durch ihre Existenz in ihre Pläne pfuschten. Mit einer ungeduldigen Bewegung streifte sie ihren hellen Ledermantel über und ging zur Tür. Sie würde Shane Hayden und Jessica DeLaney finden und dafür sorgen, dass sie ihr keinen Ärger mehr bereiteten. Endgültig. Auch gegen den Willen ihrer Großmutter.

31

J

Ich schreckte aus meinem Dahindämmern auf, als das Taxi von der Straße abbog und sich das zumindest halbwegs gleichmäßige Geräusch der Reifen zu einem Knirschen veränderte. Der harte Ruck eines Schlaglochs weckte mich endgültig. Zu Anfang hatte ich noch versucht, der Landschaft draußen vor den doch ziemlich staubigen Scheiben etwas Aufmerksamkeit zu schenken: blasser, grober Sand. Geröll in allen nur erdenklichen Größen. Felsen, mal nahe an der Straße, dann in ein paar Meter Abstand. Flugzeuge, die gut sichtbar über uns hinwegdonnerten, als wir auf gleicher Höhe mit dem *Queen Alia Airport* waren. Das Flughafengebäude in der Ferne, dessen Dach in der Sonne glänzte. Als wir die letzten Ausläufer von Amman hinter uns gelassen hatten, waren da nur noch gelegentlich Häuser, klein und viereckig, weiß getüncht, die sich einzeln oder in kleinen Gruppen in die Landschaft duckten. Eine Ziegenherde, die von einem kleinen Jungen neben der Straße hergetrieben wurde. Und immer mehr Sand und Geröll und Felsen. Irgendwann musste ich eingedöst sein. Keiner von uns hatte auch nur ein Wort über die Geschehnisse in dem Stadtviertel verloren. Obwohl ich das Gefühl hatte, Dutzende Fragen zu haben – ohne sie tatsächlich aussprechen zu können.

Ich rieb mir die Augen, setzte mich aus meiner Ecke auf. Shane hatte sich vorgebeugt, den Arm auf die Rückenlehne der Vordersitze gestützt, und sprach mit dem Fahrer. »Wie lange sind wir schon unterwegs?« Das Shirt klebte mir am Rücken, und die Jeans hingen an mir wie eine zweite Haut, trotz der Hitze irgendwie klamm. Der allgegenwärtige Sand hatte sich unter dem Stoff in etwas verwandelt, das sich verdächtig nach Schmirgelpapier anfühlte.

Ich war überrascht gewesen, wie gut unser Taxifahrer Englisch sprach, als er und Shane über den Preis unserer Fahrt nach Petra verhandelt hatten. Doch jetzt radebrechte er etwas von einem ›falschen Weg‹ und dass es hier auf den richtigen zurückging, eine Abkürzung … Ich verstand nur die Hälfte von dem, was er sagte. Wenn überhaupt.

Die Taxen hatten an einem kleinen Platz gar nicht mal sehr weit von dem Markt entfernt gestanden, den Shane hatte in Flammen aufgehen lassen – die die Feuerwehrleute laut Shane inzwischen immer mehr in den Griff bekamen – er konnte selbst nicht sagen, wie er sich so sicher sein konnte. Vielleicht weil das Feuer *sein* Werk gewesen war?

Der Fahrer, den wir zuerst angesprochen hatten, hatte gezögert. Möglicherweise war er ein wenig von den Brandspuren an unseren Kleidern irritiert und dem Umstand, dass wir rochen, als hätten wir bei einem Barbecue mit dem Wind gestanden. Dann hatte unser jetziger Fahrer sich vor

Shane geschoben und erklärt, er sei gerne bereit, uns nach Petra zu bringen. Und ja, natürlich auf dem schnellsten Weg und ohne Zwischenstopp – auch wenn er dann besser noch einmal volltankte … An unserem Aussehen hatte er sich anscheinend kein bisschen gestört.

Während der Mann dann Benzin in seinen Tank hatte laufen lassen und dabei telefonierte, hatte Shane in dem kleinen Laden bei der Tankstelle mehrere große Flaschen Wasser und etwas Obst, Brot und süßes Blätterteiggebäck erstanden.

Den Arm noch immer auf der Rückenlehne wandte Shane sich zu mir um. »Eine gute Stunde.« Wieder ein Schlagloch. Wenn das so weiterging, ließ das Schleudertrauma demnächst grüßen. Da vorne war noch eins. Das irgendwie verdammt tief aussah. Hastig hielt ich mich am Handgriff über dem Fenster fest.

»Alles okay?«

Der Weg machte eine scharfe Kehre, und der Fahrer trat auf die Bremse, ließ den Wagen auf einem kleinen, ebenen Geröllfeld ausrollen. Irgendwie sah das hier nicht nach einem ›Highway‹ aus. Noch nicht mal mehr nach Landstraße. Eher nach … Die acht vermummten Männer in dunklen Gewändern, die mit Maschinengewehren im Anschlag zwischen den Felsen hervorkamen, machten eine Antwort überflüssig. Mit den Läufen ihrer Waffen winkten sie uns aus dem Taxi. Shanes Hand war auf der Rückenlehne zur Faust geballt. Der Fahrer war schon draußen. Wieder ein

Wink mit der Waffe. Zusammen mit einem Wort, das ich nicht verstand, das aber sehr nach einem »Vorwärts!« oder »Macht schon!« klang. Und das ziemlich ungeduldig. Mein Herz hing schlagartig in meiner Kehle. Ich sah zu Shane und fühlte mich einfach nur noch … hilflos.

Er verzog den Mund. »Scheint nicht unser Tag zu sein.«

Scheint nicht unser Tag zu sein? Um ein Haar wäre ich in hysterisches Gelächter ausgebrochen. Nein, das war anscheinend tatsächlich nicht ›unser Tag‹. Wieder ein Wink mit dem Maschinengewehr. Wieder dieses Wort. Noch ungeduldiger diesmal. »Wenn alles schiefgeht, kannst du sie ja immer noch in Flammen aufgehen lassen.«

Schon dabei, die Tür zu öffnen und auszusteigen, hielt Shane inne, warf mir einen Blick über die Schulter zu. Ja, o.k. Meine Witze waren auch schon mal besser gewesen. Ich hob in der Andeutung einer Entschuldigung die Schultern. Aber wenn man's genau nahm … Immerhin schien er mit dem Feuer etwas besser klarzukommen als ich mit dem Wind. Ansatzweise.

Er verkniff sich jeden Kommentar und schob sich endgültig aus dem Wagen. Ich konnte nicht genau sehen, was geschah, doch er schien für den Bruchteil einer Sekunde das Gleichgewicht zu verlieren, zu stolpern, fing sich aber sofort wieder. Beinah, als wäre er auf einen Stein getreten und umgeknickt. Sofort zuckten die Läufe in seine Richtung. Ich erstarrte. Draußen hob Shane betont langsam die Hände, hielt sie in Schulterhöhe, die Handflächen nach vorne, während er gleichzeitig bestimmt ebenso langsam ein paar Schritte beiseite machte, damit ich auch aussteigen konnte. Meine Kehle war wie ausgedörrt. Erfolglos schluckte ich dagegen an. Himmel, diese Typen waren diejenigen mit den Waffen. Wie konnte man dann nur so nervös sein? Darum bemüht, keine auch nur ansatzweise hastigen Bewegungen zu machen, folgte ich Shane, kletterte meinerseits aus dem Wagen. Der Boden schien unter meinen Füßen wegzusacken, kaum dass ich ihn berührte. Erschrocken klammerte ich mich an der Tür fest – und begegnete über sie hinweg Shanes Augen. War es ihm gerade genauso gegangen? Warum? Was geschah hier? Der Wink mit einem der Maschinengewehre galt diesmal mir. Gehorsam hob ich die Hände und stellte mich neben Shane. Anscheinend zu dicht, denn ich wurde mit einer wütenden Tirade wieder zwei Schritte in die andere Richtung gescheucht. »Ja, ja, schon gut.«

Shane hustete, sah mich warnend an. Ich biss mir auf die Lippe. Hatte ich nicht gerade eben selbst noch festgestellt, dass es *die Typen* waren, die die Waffen hatten? Hatte ich irgendwo meinen Verstand abgegeben? Oder war ich schlichtweg lebensmüde? Aber hatte Paul nicht gesagt, dass man in solchen Fällen möglichst keine Angst zeigen sollte? *Hat er, Jesse, von unverschämt sein war allerdings nicht die Rede.* Ich riskierte einen vorsichtigen Blick zu unseren Entführern hin. Entweder hatten sie mich nicht gehört, nicht verstanden – was bitte war an meinem Ton nicht zu verstehen gewesen? – oder es war ihnen egal. Im Moment diskutierte unser Fahrer mit einem von ihnen. Die anderen standen einfach nur da, beobachteten Shane und mich und hielten ihre Waffen auf uns gerichtet. Alles war irgendwie … still. Surreal. Selbst die Stimmen der beiden Männer klangen … gedämpft. Obwohl sie nur ein paar Meter weiter standen. Nichts regte sich. Gar nichts. Ich konnte noch nicht einmal den Wind spüren.

»Er sagt, die Beschreibung hätte auf uns gepasst und wir wären die ersten gewesen, die nach Petra gewollt hätten.« Shane sprach leise. Schon bei den ersten Worten hatten sich mindestens zwei der Gewehrläufe ein Stück gehoben. Schnell sah ich zu ihm hin. »Unser Fahrer.«

»Du verstehst, was sie sagen?« Einer der Läufe schwenkte zu mir.

»Nicht alles. Vor allem dann nicht, wenn sie so schnell reden. Aber einen Teil davon.«

»Diese Ratte! – Das heißt, diese Typen arbeiten im Auftrag von irgendjemandem.«

»Sieht so aus.«

»Wer?«

»Die Typen von unserer Verfolgungsjagd? Beziehungsweise ihre Hintermänner? – Klappe halten.«

»Was?«

»Sagt er.« Ein Nicken zu einem der Typen hin. »Das mit dem ›Klappe halten‹.«

Der Kerl rechts von mir wies mit einem Gewehrruck auf den Boden, knurrte irgendetwas.

»Wir sollen uns hinknien. Und die Hände hinter dem Kopf verschränken.« Shane sagte das vollkommen gelassen.

Dafür war mein Mund übergangslos vollkommen trocken, bei dem Bild, das ich ohne Vorwarnung vor Augen hatte. Zu trocken, als dass ich im ersten Moment einen Laut hervorgebracht hätte. Also auch nicht die Frage, woher er das so genau wusste. Das nächste Wort verstand sogar ich: »Passport.«

Shane senkte eine Hand sehr langsam zu seiner hinteren Hosentasche.

Ich kämpfte die Panik nieder. Anscheinend hatten sie nicht vor, uns zu erschießen. Zumindest noch nicht gleich. »In … in meiner Tasche. Im Auto.« Keiner reagierte. Ich wies auf das Taxi. »Ausweis. In meiner Tasche. Da drin.«

Endlich schien einer zu kapieren, was ich meinte.

Gleich darauf landeten unsere Habseligkeiten auf dem Boden.

Einer der Typen wühlte darin herum, auf der Suche nach meinem Geldbeutel und meinen Papieren. Staub wirbelte auf. Ich biss die Zähne zusammen, wünschte mir, der Wind würde ihm den Dreck ins Gesicht treiben und nicht gleichmäßig über meinen Sachen verteilen. Stellte es mir vor, wie ich es in dem Viertel … Ich konnte den Wind nicht spüren! Es traf mich wie ein Schlag. Nicht nur, dass ich ihn nicht auf der Haut spüren konnte. Ich konnte ihn *gar nicht* spüren. Da war nichts. Nur dieses dumpfe Gefühl. Das Gefühl, dass da … nichts war. Zum ersten Mal in meinem Leben war da … nichts. Und all die Jahre war es mir noch nicht einmal bewusst gewesen, dass da überhaupt etwas war.

Der Typ grunzte, als er endlich meine Papiere gefunden hatte, riss Shane seine im Vorbeigehen geradezu aus der Hand, gab sie dann einem der anderen Männer. Der warf einen Blick darauf und die Diskussion ging von vorne los. Wurde immer heftiger. Meine Arme fühlten sich inzwischen bleischwer an. Ich wusste nicht, ob ich sie noch lange oben würde halten können. Meine Knie schienen jetzt schon in Flammen zu stehen. Ich sah zu Shane. »Das Feuer. Kannst du …« Ich verstummte, irgendwie hilflos.

»Nein.« Er schüttelte den Kopf. »Im Moment können sie sich nicht entscheiden, ob sie uns tatsächlich zu ihrem Auftraggeber bringen oder ob sie mehr für uns verlangen sollen. Oder ob sie noch mehr für uns kriegen, wenn sie uns ganz auf eigene Rechnung verkaufen.«

»Verkaufen?« Ich starrte ihn an. An irgendeinen Harem oder was?

»Lösegeld.«

Aha. Aber … »Die USA zahlt kein Lösegeld an Terroristen.« Wie man in letzter Zeit immer wieder in der Presse hören konnte.

»Sie überlegen anscheinend, wenn wir für irgendjemanden etwas wert sind – scheinbar so einiges –, ob unsere Familien dann nicht bereit sind, vielleicht noch mehr für uns zu zahlen.«

Na klasse. Tante Gwen würde keinen Penny für mich ausgeben. Sie würde viel mehr dafür bezahlen, dass ich endgültig von der Bildfläche verschwand. – Würde man im Krankenhaus versuchen, irgendwelche Verwandte von Danny ausfindig zu machen, wenn ich nicht mehr auftauchte? – Tante Gwen würde sich so was von freuen. Immerhin bekam sie damit, was sie schon so lange wollte.

Ich erstarrte, als einer der Männer sich von seinen Kumpanen löste und auf uns zukam. Genauer gesagt auf Shane. Sich vorbeugte und nach der Kette um seinen Hals griff. Den Anhänger unter seinem Kragen hervorzerrte. Der Stein baumelte einen Moment zwischen ihnen. Blitzte rot in der Sonne.

Flammend.

Shane war wie versteinert. Starrte zu dem Mann empor. Alles an ihm hart. Beinah … drohend. Der Mann grinste. Ich ertappte mich dabei, wie ich stumm ›Tu's nicht‹ betete. Ohne genau zu wissen, warum. Die Kette spannte sich. Der Stein lohte dunkler. War das ein Knurren? Shane schien die Zähne zu blecken. Dann ein Ruck. Ich konnte sehen, wie die Glieder der Kette nachgaben. Shane explodierte von den Knien hoch, stürzte sich so schnell auf den Mann, dass ich die Bewegung kaum sah. Riss ihn zu Boden. Schreie. Schüsse, von denen ich nicht wusste, ob sie in die Luft oder auf Shane gingen. Staub wirbelte auf. Der Typ brüllte. Die anderen Kerle stürzten vor. Ich schrie, wollte aufspringen. Einer packte mich, stieß mich zurück. Ich krachte rücklings gegen die Tür des Taxis. Schmerz jagte in meinen Schädel, zersprang dort zu Milliarden von Scherben, die sich in meinen Verstand bohrten, dass ich Sterne sah, die Welt grau wurde … Dumpfe Schläge. Dann war es still.

Ich blinzelte verzweifelt. Geld hin oder her: Sie würden ihn umbringen. »Nein! Nicht.« Meine Stimme klang viel zu hoch. Sie würden ihn umbringen! Ich kämpfte mich vom Boden hoch, sah endlich mehr als Schlieren und Schatten … Shane kauerte auf Händen und Knien. Die Mündung des Gewehrs im Nacken. Keuchte. Die Finger in den Boden gekrallt. Der Anhänger lag im Sand. Keine Armlänge von ihm entfernt. Der Stein brannte. Zwischen seinen Händen tropfte Blut auf den Boden. Über ihm stand der Mann, der ihm die Kette abgerissen hatte. Die Waffe im Anschlag, den Finger am Abzug. Den Gesichtsschleier heruntergezerrt, die Wange der Länge nach aufgeschlitzt. – Und die Klinge eines Dolches an der Kehle. Die in der Hand eines anderen Mannes lag. Der komplett weiß gekleidet war. Wie die beiden anderen Männer, die über den übrigen sieben Kerlen standen, die reglos am Boden lagen. Unter einigen färbte sich der Sand dunkelbraun. Ein Stück weiter kauerte unser Fahrer am Boden, die Arme um den Kopf geschlungen, und wimmerte. Nein, kein Wimmern. Die Laute klangen eher wie … eine dieser Totenklagen, die man manchmal in schlechten Filmen hörte. Und sie verstummten, als einer der Weißgekleideten in seine Richtung sah. Keiner von ihnen schien irgendwelche Waffen zu tragen – außer einem Dolch mit gebogener Spitze unter dem Gürtel.

»Die beiden gehören uns.« Die Stimme des Mannes bei Shane und dem anderen Typen zog meinen Blick zu ihnen zurück. Sie war weich. Beinah freundlich.

»Fidai.« Es klang wie ein Röcheln.

Der Mann in Weiß nickte. »Wie es scheint, haben wir es mit einem weisen Mann zu tun.« Auch wenn man sein Gesicht hinter dem Schleier nicht sah, schien er zu lächeln. Er sprach perfektes Englisch. »Und weil du ein weiser Mann bist, nimmst du jetzt den Finger vom Abzug und das Gewehr runter. Dann machst du einen Schritt zurück.«

Der Kerl über Shane schluckte krampfhaft, ließ die Waffe auf den Boden gleiten, hob dann die Hände in die Höhe. Sie zitterten. Wich wie verlangt einen Schritt zurück. Der andere Mann neigte den Kopf. Und zog den Dolch mit einem Ruck zur Seite. Der Kerl riss die Hände gegen seinen Hals, in das Blut, das zwischen seinen Fingern hindurchquoll. Mehr als ein Gurgeln kam nicht aus seiner Kehle. Der Mann in Weiß trat zurück, ließ den Körper zu Boden fallen. Sodass er ein Stück neben Shane landete. Und dem Amulett. Liegen blieb. Reglos. Nur das Blut floss noch weiter …

Ich war mir nicht sicher, ob ich irgendeinen Laut von mir gegeben hatte. Zumindest waren meine Hände vor meinen Mund gepresst, als hätte ich versucht, mich selbst daran zu hindern. Aber ich stieß ein hilfloses Ächzen aus, als der Mann in Weiß sich nach dem Anhänger bückte. Und Shane den Kopf wandte und ihn auf beinah die gleiche Art ansah wie den anderen Kerl zuvor. Unter seiner Nase und in seiner Braue hing Blut. Und gegen ihn … würde er es wahrscheinlich noch nicht einmal bis auf die Knie schaffen, ehe er den Dolch in der Brust hatte. Der Mann in Weiß sah ihm einfach nur unverwandt in die Augen, während er das Amulett endgültig aufhob und sich wieder aufrichtete. »Mein Herr wünscht Euch zu sehen. Wir werden Euch zu ihm bringen.« Wie zuvor schien er zu lächeln. »Das hier werde ich solange für Euch verwahren.« Er streckte Shane die Hand hin. Und ergriff ihn beim Arm und zog ihn hoch, als er nicht reagierte. »Wir sollten meinen Herrn nicht warten lassen.«

»Und wer ist euer Herr?« Shanes Hände waren zu Fäusten geballt. Dass er versuchte, sich von ihm loszureißen, ignorierte der Mann, während er den Anhänger in den Falten seiner weißen Tunika verschwinden ließ.

»Das werdet Ihr erfahren, wenn es so weit ist.« Mit einer nachlässigen Bewegung löste er das Tuch vor seinem Gesicht, ließ es zur Seite fallen. »Aber Geduld war noch nie eine deiner Tugenden, Shane.«

Der starrte ihn einen Moment mit offenem Mund an. »Hamid?«, brach es dann aus ihm heraus. So absolut fassungslos hatte ich ihn noch nie gehört.

Der Mann nickte, das Lächeln diesmal ein Grinsen und absolut unübersehbar. »Mein Herr war sehr zornig, weil du dich hast anschießen lassen, mein Freund.« Ich sah die Spritze erst in dem Moment, als er Shane die Nadel in den Hals stieß und in der gleichen Bewegung den Kolben herunterdrückte. Beinah in derselben Sekunde sackte Shane in sich zusammen. Ungerührt fing Hamid ihn auf.

Ich wich zurück, als einer der anderen Weißgekleideten plötzlich neben mir stand. Ein Stich in meinem Hals. Ein Brennen. Schlagartig war da nichts mehr unter mir … Das Letzte, was ich registrierte, war, dass auch unser Fahrer am Boden lag …

32

J

Als ich die Augen öffnete, war der Himmel über mir aus glänzendem Stein. Hell und gewölbt. Mit verschlungenen Ornamenten. In meinem Kopf hing eine widerliche Mischung aus Ziehen und Pochen. Was den Gedanken, mich auch nur ansatzweise bewegen zu wollen, zu etwas Unangenehmem werden ließ. Dabei fühlte sich das, was unter mir sein musste, gar nicht mal so unbequem an. Kissen oder etwas Ähnliches. Seide. Irgendwo plätscherte Wasser. Geradezu einschläfernd. Wenn ich die Augen schloss, würden vielleicht auch diese elenden Kopfschmerzen wieder verschwinden? Oder zumindest nachlassen? Warum hatte ich eigentlich solche Kopfschmerzen? Es war Ewigkeiten her, dass ich mit Freunden um die Häuser gezogen war … Ich hob die Hände vors Gesicht, drückte die Handballen gegen die Augen. Das Letzte, woran ich mich erinnerte, war … »Shane.« Schlagartig saß ich senkrecht. Die Typen in der Wüste. Erst in Schwarz, dann in Weiß. Die Shane und mich hatten entführen wollen. Beziehungsweise es getan hatten. Einer hatte mir eine Spritze in den Hals gejagt. Mein Kopf drehte sich. Alles drehte sich. Ich war schneller wieder in der Waagerechten, als ich ›Piep‹ sagen konnte. Ohne dass ich irgendetwas dazu beigetragen hätte.

»Wenn ich dir einen Rat geben darf: keine hastigen Bewegungen. Dann hält sich der Schwindel in Grenzen. Und die Übelkeit.« Die Stimme eines Mannes. In perfektem Englisch. Weich und freundlich. »Soll ich jemanden nach einer Schüssel schicken?«

»Schüssel? Was soll ich damit?« Hatte ich das gerade tatsächlich laut ausgesprochen?

»Für den Fall, dass du dich übergeben musst. Du bist ein bisschen grün um die Nase. – Ich bedaure sehr, dass meine Männer zu diesen Mitteln greifen mussten, aber nach dem, was ihr beide in diesem Sùq in Amman veranstaltet habt, schien es mir … ratsam. Zum Wohle aller Beteiligten.«

Sehr langsam drehte ich den Kopf. Heureka! Mein Magen machte keine Anstalten, sich in die falsche Richtung zu bewegen. Mir schräg gegenüber saß ein Mann. Geheimratsecken, dunkles Haar, das an den Schläfen und über der Stirn einen Hauch von Grau zeigte, das irgendwie gar nicht zu seinem Gesicht passen wollte. Ein sauber gestutzter und über den Wangen akkurat ausrasierter Dreitagebart. Irgendwo in dem für mich undefinierbaren Alter zwischen Mitte und Ende dreißig. Links von ihm lag Shane auf etwas, das aussah wie ein Berg aus Kissen und Decken. Wahrscheinlich das Pendant zu dem, was unter mir war. Sein Arm hing schlaff an der Seite herab. Regungslos. Anscheinend genauso ausgeknockt wie ich noch vor ein paar Minuten. Irgendjemand hatte sich die Mühe gemacht, ihm das Blut aus dem Gesicht zu wischen. Seine Brust hob und senkte sich in ruhigem, gleichmäßigem Rhythmus. Ein Stück neben seinem Kopf stand ein rundes Tischchen mit Beinen aus dunklem Holz und einer Messingtischplatte. Darauf glaubte ich es dunkel-rot lodern zu sehen. Ein Räuspern lenkte meinen Blick zu dem Fremden zurück. Und damit zu meiner Frage. »Wer sind Sie?« Abgesehen vom Auftraggeber unserer zweiten Entführer.

Er lachte leise. »Du kannst mich Al nennen.«

Ja, klar. Und du mich Betty, oder was? »Al? – Und das ist die Abkürzung für …?« Ganz langsam kämpfte ich mich auf die Ellbogen. Okay. Wie es schien, hatte mein Magen beschlossen, sich weiter zu benehmen.

Wieder dieses Lachen. »Eine junge Windhexe mit vielen Fragen.« Er verneigte sich, ohne sich weiter von dem Diwan, auf dem er saß, zu erheben. Die goldene Borte am Ausschnitt seines Gewands blitzte unter dem Kragen seines Mantels, als wäre in die Fäden noch etwas anderes eingearbeitet. Wer zum Teufel war dieser Kerl, dass er wusste, was in Amman passiert war? Und was ich war? Und Shane. »Alà´ad-Dín. Zu deinen Diensten.«

»Alà´-« *Wie bitte?* Ich starrte ihn an. Ich musste mich verhört haben. »Aladin?« Das war nicht sein Ernst. Okay, er hatte es ein wenig anders ausgesprochen, aber … »Und wo ist die Wunderlampe?« Es platzte einfach aus mir heraus. Auf seiner Stirn erschien eine feine Falte. *Klasse, Jesse.* Anscheinend war ich nicht die Erste, die so reagierte … Und dann, ganz langsam, zeigte er auf etwas ein Stück hinter mir. Ich drehte mich um. Ungefähr ebenso langsam. Wenn auch wahrscheinlich aus einem weniger dramatischen Grund. Da war ein Brunnen. Offenbar der Ursprung – beziehungsweise einer von mehreren – des Wasserplätscherns. In seiner Mitte, umgeben von dem Glitzern von knapp bis zur Hälfte reichenden Tropfenfontänen, ragte eine tiefrote Säule empor. Auf der … eine absolut uralte Öllampe aus Messing stand.

»Das ist ein Witz.« Ich biss mir zu spät auf die Zunge.

Sein Lächeln war milde. Und gefährlich. »Nein, meine Liebe. Ich bin Alà´ad-Dín. – Oder Aladin, wie man in der heutigen Zeit meinen Namen auszusprechen geruht.« Sein Unterton sagte nur zu deutlich, was er davon hielt. »Vor sehr langer Zeit kam ich in den Besitz dieser Lampe.« Er hob kurz die Hand. »Und in den Besitz dieses Ringes.« Der Stein an seinem Finger blitzte gelborange, ehe er sie wieder sinken ließ. »Damals noch ohne zu ahnen, was ich da in Händen hielt. Mit wem ich es zu tun hatte. Und wie es mein Schicksal verändern würde.«

»Und das hatte wahrscheinlich nichts mit irgendwelchen blauen, wolkigen Zeichentrickfiguren zu tun.« Um seinen Mund zuckte es. Ohne dass ich hätte sagen können, ob es ein unterdrücktes Grinsen oder etwas anderes war. Möglichst unschuldig hob ich Tausendundeiner Nacht sind wie alt? Und Sie sehen nicht so aus, als könnten Sie da mithalten.«

Er starrte mich an. Eine Sekunde. Zwei. Und brach in schallendes Gelächter aus. Das ebenfalls Sekunden lang anhielt. Und dann durch ein Grinsen abgelöst wurde. »Jetzt kann ich verstehen, was unser kleiner Prinz an dir findet. Hexlein.« *Ach? Ernsthaft? Und wie, bitte schön, habe ich das jetzt zu verstehen?* Wieder verneigte er sich. »Ich danke für dieses Kompliment. Aber wenn man lange Zeit so engen … Kontakt zu einem Fürsten der Djinn pflegt, wie ich das damals getan habe, hat das gewisse Auswirkungen. Unter anderem auf die Lebenserwartung.« Er zwinkerte mir zu. Womit er mich komplett überraschte. »Ich bin Alà'ad-Dín. Und nachdem der Geist des Ringes und alle seine Diener mir immer noch zu Diensten sind …« Mit einer beinah flüchtigen Bewegung rieb er an dem Gold. Für den Bruchteil einer Sekunde schien etwas wie ein Wispern in der Luft zu liegen. »Etwas zu essen für meine Gäste.« Wieder das Wispern, dann standen wie aus dem Nichts ein halbes Dutzend niedriger Tische aus Holz und Silber – zumindest sahen die runden Platten so aus – zwischen uns. Die sich unter einem Sammelsurium aus allen möglichen orientalisch anmutenden Gerichten – und von denen ich nicht mal zwei hätte identifizieren können – beinah bogen. Einige dampften. Andere schienen kalt zu sein. Karaffen aus buntem Glas steckten in eisgefüllten Schalen, an deren Seiten Kondenswasser herabrann. Und alles sah aus, als sei es nicht nur aus Gold und Silber, sondern auch noch mit Edelsteinen besetzt. *Halleluja.* Konnte man von jetzt auf gleich aus der Realität in irgendwelche Märchen aus Tausendundeiner Nacht teleportiert werden. *Beam me up, Scotty.* Naja, wenn, dann war ich wohl eher hinübergedriftet. Ganz langsam. Und das Ganze hatte schon in genau dem Moment begonnen, in dem Shane in meinem Leben aufgetaucht war.

Al erhob sich, strich sein blass sandfarbenes Gewand glatt. »In früheren Zeiten hätten die Wände gebebt. Heute zeigt er sich kaum noch, wenn ich etwas von ihm wünsche.« Sein Mantel glitt in der Bewegung auseinander, offenbarte den gebogenen Dolch, der unter einer breiten, weißen Schärpe steckte. »Anscheinend werden wir beide alt.« Er nickte zu Shane hin. »Ich denke, es ist am besten, wir reden weiter, wenn unser Dornröschen hier sich dazu entschließt, aufzuwachen. Ihr werdet die gleichen Fragen haben, und ich verschwende ungern Zeit, indem ich Dinge doppelt erkläre. So lange …« Seine Handbewegung umfasste den ganzen Raum. »… sei mein Gast und lass es dir schmecken. Und falls du irgendeinen Wunsch hast, musst du nur nach mir rufen.« Damit legte er die Hand auf die Brust, verneigte sich erneut und ging an dem Lampen-Brunnen vorbei zu einem zwischen den Säulen, die den ganzen Raum einfassten, halb verborgenen Durchgang. Beinah sah es so aus, als würde er einfach in der glänzenden Wand dahinter verschwinden. Was natürlich absoluter Blödsinn war.

Ich ließ mich auf das Kissenlager zurückfallen, starrte einen Moment gegen die Decke. Aladin. Nein, Alà'ad-Dín. Tja, genau genommen hatte ich damit rechnen müssen. Wenn es schon leibhaftig Djinn gab … Ich verrenkte mir den Hals, bis ich zu dem Brunnen hinübersehen konnte. Die, wie es aussah, tatsächlich in einer Lampe lebten … Ein bisschen umständlich rollte ich mich auf die Seite und stemmte mich in die Senkrechte. Die Kissen waren weicher, als ich erwartet hatte, und gaben unter meinen Händen nach.

Anscheinend hatte sich inzwischen die Wirkung, von was auch immer in dieser Spritze gewesen war – zumindest bei mir –, verflüchtigt. Shane ›schlief‹ noch. Und ein Teil von mir begann sich zu fragen, ob ich mir langsam Sorgen machen sollte. Nichts drehte sich mehr in meinem Kopf und mein Magen wollte nicht in die falsche Richtung – im Gegenteil erinnerte er mich sogar daran, dass ich mich im selben Raum mit diversen ziemlich verlockend riechenden Dingen befand. Und da ich auf dem Weg zum Lampenbrunnen ohnehin an den Tischen vorbeimusste …

Was mich vor das Problem stellte, dass ich keine Ahnung hatte, was ich da überhaupt vor mir hatte. Ich entschied mich für ein Stück Gebäck, dass weit weniger klebrig aussah als alles andere, was da sonst noch auf der Platte lag. Vorsichtig biss ich hinein. Unglaublich weicher Blätterteig splitterte … und irgendetwas Flüssigen quoll daraus hervor, lief mir übers Kinn, die Finger, sammelte sich in meiner Handfläche. Hastig hielt ich die andere Hand darunter, leckte ab, was ich auf die Schnelle erreichen konnte. Süß. *Sehr* süß. Zuckerschock ließ grüßen. Der zweite Biss. Diesmal war ich auf die Flüssigkeit – Honig? Nicht ganz, aber fast; mit einem Hauch von Orange und Zitrone – gefasst. Die Füllung war beinah genauso süß. Nüsse – Mandeln? Und Pistazien? Oder beides? – und Feigen. Und noch irgendetwas anderes, das auf der Zunge einfach nur zerging.

Ich wiederstand der Versuchung, mir die klebrigen Finger im Wasser des Brunnens abzuwaschen. Stattdessen leckte ich sie ab, so gut ich konnte, während ich mir die Lampe von allen Seiten betrachtete. Es gab Dinge, die wirkten nur alt. Andere atmeten regelrecht Alter. Und hier traf ›alt‹ es nicht mal ansatzweise. Aber da war noch etwas anders, das von ihr ausging: Macht. Wie ein schwerer, betörender Duft. Der mich dazu brachte, die Hand danach auszustrecken, sie berühren zu wollen … Ein Windstoß fuhr durch das Wasser. Trieb mir einen Tropfenregen ins Gesicht und mich einen Schritt zurück. Ich stand da, blinzelte, starrte auf meine Hand, die Lampe, zurück auf meine Hand. Ich hätte mich quer über das Brunnenbecken lehnen müssen, um sie zu erreichen … So weit wäre ich niemals gekommen. Wahrscheinlich wäre ich kopfüber im Wasser gelandet. Was zum Teufel hatte mich gerade geritten, es überhaupt zu versuchen? Mit einem Kopfschütteln trat ich zurück an den Brunnenrand. Stützte mich mit beiden Händen darauf. Der Stein war kühl und glatt. Linien waren darin eingraviert. Schriftzeichen. Tief. Das Glitzern des Wassers fing sich im Metall der Lampe …

»Das würde ich nicht tun.« Im ersten Moment dachte ich, Al sei zurückgekehrt. Bis mir klar wurde, dass die Worte irgendwie etwas von einem Stöhnen hatten – und dass ich wieder auf meine Hand starrte –, die in halber Höhe über dem Wasser schwebte. Nach der Lampe ausgestreckt. Ich riss sie weg, machte einen Schritt zurück, einen zweiten. »Was zum …«

»Ja, genau.« Diesmal war das Stöhnen mehr als deutlich. »Oh mein Gott, kann mich mal jemand erschießen?«

Erschießen? W- …? Erst jetzt begriff mein Gehirn, dass die Stimme aus der falschen Richtung kam. Sehr langsam drehte ich mich um. Shane hatte den Arm über die Augen gelegt, sah unter seinem Ellbogen hindurch zu mir her.

»Fühlst du dich, wie du aussiehst?« Okay, das war nicht nett.

»Wenn du meinst Schei- … Schrecklich, dann: Ja.« Er hob den Ellbogen ein bisschen höher. »Wenn ich du wäre, würde ich da weggehen. Oder wenigstens ein bisschen mehr Abstand zwischen mich und das Ding da …« Ohne sich auch nur einen Millimeter zu bewegen, zeigte er auf die Lampe. »… bringen.«

»Warum? Hast du Angst vor dem Ding? Du weißt schon: goldene Armbänder.« Ich wedelte mit den Händen. »Phänomenale kosmische Kräfte …« Führte die Spitzen von Daumen und Zeigefinger ganz nah zusammen. »… winzig kleiner Lebensraum.«

Beinah übervorsichtig ließ er den Arm herabrutschen. Auf seiner Stirn standen Falten. »Liegt das an dir oder an mir, dass ich gerade kein Wort verstehe?« Genauso vorsichtig – wenn nicht sogar noch vorsichtiger – stemmte er sich auf die Ellbogen. Und schloss sofort mit einem erneuten Stöhnen die Augen.

»Na ja, du bist ein Djinn …«

»Halb- …« Die Lider noch immer fest aufeinander gepresst, mühte er sich weiter in die Senkrechte.

Auch wenn er es nicht sehen konnte, wies ich zu der Lampe hinüber. »… das ist eine Wunderlampe …« Sein Stöhnen unterbrach mich. Genau genommen der Umstand, dass es klang, als hätte er ernsthaft Schmerzen. »Alles klar?«

»Das ist bodenloser Blödsinn.« Er schob die Beine über die Seite des Diwans. Und beugte sich direkt vornüber und vergrub den Kopf in den Händen. »Herr im Himmel.«

Aha. »Und was genau?« Ich warf einen letzten Blick auf den Brunnen und die Lampe – warum widerstrebte es mir, noch mehr Distanz zwischen sie und mich zu bringen? – und ging zu den Karaffen in den Eisschalen hinüber.

»Was?« Zwischen den Fingern hindurch blinzelte er mich an.

»Was genau ist ›bodenloser Blödsinn‹?« Auf dem Tischchen daneben standen gläserne Kelche – wobei ich mich fragte, ob das Glas tatsächlich ›Glas‹ war. So wie es glitzerte, bezweifelte ich das irgendwie.

»Die Sache mit dem Djinn in der Lampe. Sie können einfach nur an jedem Ort Gestalt annehmen, wo sie wollen.«

»Also nichts mit ›winzig kleiner Lebensraum‹?« Ich griff nach einem und füllte ihn mit etwas, das wie banales Wasser aussah.

»Was soll …?«

»Und vermutlich erzählst du mir jetzt gleich noch, das mit den drei Wünschen wäre ebenfalls ›bodenloser Blödsinn‹.« Das Glas in der Hand ging ich zu Shane hinüber, hielt es ihm hin.

»Auf die Gefahr hin, dich zu desillusionieren: Ja. Genau das ist es. *Das* hatte ich dir aber schon in L.A. gesagt. – Danke.« Vorsichtig nahm er es mir ab und trank einen Schluck. Diesmal hatte sein Stöhnen deutlich andere Qualitäten.

»Dann lass mich an deinem Wissen teilhaben, oh Erleuchteter. Was ist die Wahrheit über Wunderlampen und ihre Djinn.« Ich konnte mir den Blick gut vorstellen, mit dem er mich bedachte, während ich wieder hinüberging und mir selbst ein Glas einschenkte. Allerdings mit etwas, das ich für Saft oder Limonade hielt. Dunkelrot. Ich kostete. Säuerlich und süß zugleich. »Also?«

Er seufzte. »Die ›Lampen‹ sind eigentlich uralte, mächtige Artefakte, die in den falschen Händen ziemlichen Schaden anrichten können und ihrem ›Besitzer‹ ungeahnte Macht verleihen. Ihn teilweise sogar dazu verführen, diese Macht einzusetzen. Nicht immer nur zum Guten. Es heißt sogar, dass sie so etwas wie ein Bewusstsein haben. Wohl nicht so, wie wir das verstehen, aber doch wissen, was sie wollen. Um diese Mächte vor dem Zugriff der Menschen zu schützen, banden die Djinn sich an sie. In der Regel die ältesten und mächtigsten ihrer Häuser. – Genau genommen machten sie sich damit tatsächlich selbst ein Stück weit zu den Gefangenen dieser Artefakte. Es ist ein … Deal. Ein Pakt. – Ich kann mich nicht erinnern, jemals in meinem Leben solche Kopfschmerzen gehabt zu haben.« Er rieb sich übers Gesicht. »Aber damit kontrollieren *sie* diese Mächte. Zumindest teilweise. – Diese Artefakte können genauso gut irgendwelche Schmuckstücke oder was auch immer anderes sein. Es müssen nicht zwingend ›Lampen‹ sein. Wobei ich nur von einer einzigen echten Lampe weiß – was nicht wirklich etwas heißen muss.«

»Und die Sache mit den Wünschen? Erfüllen Djinn Wünsche, ja oder nein?«

»Nicht zwingend. Es …« Seine Handbewegung hatte irgendwie etwas Hilfloses. »Das ist kompliziert.«

»Oh, ich mag kompliziert.« Mein unschuldiger Ton zog offensichtlich nicht. Zumindest seinem Blick nach zu urteilen. Da hätte ich kurz davor sein müssen, tot umzufallen.

»Nur kann ich es nicht wirklich erklären.« Wieder fuhr er sich mit der Hand übers Gesicht. »Würdest du dich damit zufriedengeben, wenn ich sage, dass die Sache mit den

Wünschen nichts als ein Trick ist, um von den Artefakten abzulenken, aber nicht sein muss. Sie machen sich die Gier der Menschen zunutze, um das Interesse von dem eigentlich ›Wertvollen‹ abzulenken.«

Mit einem Schnauben ließ ich mich auf den Diwan ihm gegenüber fallen. »So viel also zu der Wahrheit hinter dem Märchen.«

»Kann einen ganz schön desillusionieren, was?« Bedächtig stellte er das Glas zwischen seinen Füßen auf den Boden. Stützte die Ellbogen auf die Knie, ohne sich weiter aufzurichten als nötig, und griff nach dem Anhänger, der auf dem Tischchen neben ihm lag. Ließ ihn an seiner Kette von seiner Hand baumeln, beobachtete die Bewegung.

»Geht es dir besser?«

»Etwas.« Wie nachdenklich ließ er beides in seine Handfläche gleiten.

»Hast du Hunger?«

Er verzog das Gesicht. »Hast du einen Eimer?«

»Lässt sich sicher besorgen. Al sagte, wenn ich irgendetwas brauche, soll ich ihn einfach rufen.«

»Al?«

»Kurzform für *Ala ad-Din.* – Oder auch *Aladin.*«

Er hob den Kopf ein bisschen mehr, sah mich unter hochgezogenen Brauen an. Seine Hände baumelten noch immer zwischen seinen Knien, die Linke jetzt locker um das Amulett geschlossen. »Aladin?« Sein Ton sagte überdeutlich: *Das ist nicht dein Ernst.*

Ich grinste. »Genau. – Und falls es dich tröstet: Genau so habe ich auch reagiert. Wobei er es scheinbar nicht besonders witzig findet, wenn man seinen Namen so ausspricht.«

»So langsam kapier ich. Deshalb der Spruch mit dem ›winzig kleiner Lebensraum‹.« Er runzelte die Stirn. »Was für mich keinen Sinn macht, ist: Hamid …«

»Hamid?«

»Der Mann, der mir die Spritze verpasst hat.«

Der, der dem Entführer die Kehle durchgeschnitten hatte. Einfach so. »Du kennst den Kerl also wirklich?«

»Er war unser Fahrer in …« Die Falten auf seiner Stirn vertieften sich. »Genau genommen war er immer dabei, wenn ich im Nahen Osten war. Allerdings hatte ich keine Ahnung, dass er zu den Assassinen gehört.« Mit den Fingern fuhr er sich abermals durch die Haare. »Andererseits hatte ich auch keine Ahnung, dass es sie *überhaupt* noch gibt.«

»Assassinen?«

Er nickte. »Einer der Typen in Schwarz nannte sie ›Fidai‹ – was einfach nur ein anderes Wort für Assassine ist. Und Hamid sagte, sie sollten uns zu seinem ›Herrn‹ bringen. Was hat also dein ›Al‹ damit zu tun?«

»Nichts. – Außer der Tatsache, dass ich dieser Mann bin.« Ich zuckte so sehr zusammen, dass mir der Inhalt des Glases über die Finger schwappte. Shane war schneller auf den Beinen, als ich es ihm in seinem Zustand zugetraut hätte. Beide fuhren wir zu Al herum, der zwischen genau den gleichen Säulen stand, zwischen denen er zuvor verschwunden war. Das Lächeln, mit dem er uns bedachte, hatte etwas … leicht Spöttisches. »Vergebt mir. Aber es kommt mir immer zu Ohren, wenn man meinen Namen in meinem Haus zu oft ausspricht.« So als würde es ihn amüsieren, dass wir ganz offensichtlich beide erschrocken und ziemlich hastig aufgesprungen waren. Und dass Shane gerade zu mir herüberkam. Ohne ihn aus den Augen zu lassen oder ihm den Rücken zuzuwenden. »Wie ich sehe, bist du endlich aufgewacht. Ich entschuldige mich für Hamids Vorgehen. Aber wie ich deiner Windhexe schon sagte, hielt ich es im Sinne aller Beteiligten für angebracht. Und bei jemand mit deinen Anlagen durfte die Dosis nicht zu klein sein.« Ein kurzes Lächeln huschte über seine Züge. »Du machst ihm seine Aufgabe nicht einfach. Dabei ist er mein bester Mann – auch wenn er nicht verhindern konnte, dass du angeschossen wurdest. Ich war nicht erfreut, dass er das zugelassen hat. Dein Vater ebenso wenig. Er wurde nur deshalb nicht für sein Versagen zur Rechenschaft gezogen, weil dein Bruder trotz allem …«

Shane hob abrupt die Hand. »Moment mal, mein Vater? Mein Bruder? Woher kennen Sie meinen Vater?« Er schüttelte den Kopf. »Und was hat mein Bruder damit zu tun? Und vor allem: Welcher? Ich habe sechs.«

»Roshan, er … ist besorgt um … deine Sicherheit.«

Shane stieß ein Zischen aus. »Heißt das, Roshan lässt mich bespitzeln?«

Für den Bruchteil einer Sekunde huschte etwas Unwilliges über Als Züge. »Beschützen, mein Prinz, beschützen. Du führst nun mal kein Leben, das man als ungefährlich bezeichnen würde.« Er ignorierte Shanes verächtliches Schnauben. »Was deinen Vater angeht … Ich kenne ihn schon sehr lange, mein Prinz.« Warum hatte ich nur das Gefühl, als sei Als Lächeln auf seinen Lippen gefroren? Und: Prinz? »Asnar al Saráan war der Herr dieser Lampe.« Mit einer knappen Bewegung wies er zum Brunnen. »Dein Vater sein Freund. Man konnte nicht mit dem einen zu tun haben, ohne zu wissen, dass es den anderen gab. – Ihr erlaubt?« Er deutete zu den Karaffen in den Eisschalen hinüber. Es dauerte einen Moment, bis ich begriff, und nickte. Shane brauchte eine Sekunde länger. Eine kleine Verbeugung, ehe er an uns vorbei- und hinüberging. »Ich war damals noch wie jeder andere Mann. Sterblich. Schwach. Dumm im Vergleich zu ihnen. Machtlos. Zu Anfang.« Er goss sich etwas von der tiefroten Limonade in ein Glas, nahm einen Schluck, als müsste er selbst kosten. »Als Asnar … ging, blieben er und ich Freunde. Und Geschäftspartner.«

Etwas an Shanes Haltung änderte sich. Plötzlich wirkte er deutlich … angespannter. »Das heißt, Sie sind sein geheimnisvoller Kontakt in dieser Gegend.« Es klang nicht wie eine Frage.

Al hob sein Glas in einem fast amüsiert wirkenden Salut. »Schuldig im Sinne der Anklage, mein Prinz.«

Shanes Mund verzog sich für einen kurzen Moment zu einem feinen, spöttischen Lächeln, ehe er nickte. »Dann sind Sie vermutlich auch sein ›Lieferant‹, was die orientalische Kunst angeht, mit der er handelt. Die legale, aber vor allem wahrscheinlich die illegale.« Ich spürte, wie mein Mund aufklappte, und schloss ihn hastig wieder. Illegaler Kunsthandel? »Ja, ich weiß davon. Ist schon etwas her, aber ein paar der Stücke, die ich bei ihm gesehen habe, kannte ich damals schon. Aus einem Ausstellungskatalog. Pech, dass ich ein ziemlich gutes visuelles Gedächtnis habe.«

Al neigte den Kopf. »Dein Vater schätzt es nicht, wenn ich ihm solche Dinge bringe. Aber er ist Pragmatiker genug, um sie lieber selbst zu verkaufen und so sicherzustellen, dass sie bewahrt werden, wie es ihnen zusteht, und sie nicht am Ende durch Dummheit vernichtet werden. Wobei er nicht selten dafür sorgt, dass *meine* Quellen danach versiegen.« Er hob eine Braue. »So mancher Raubgräber ist schon in die Wüste und in die Irre gegangen und nie wieder zurückgekehrt. Oder hat an den Stellen, die er geplündert hat, Dinge gesehen, die kein Sterblicher sehen will. Sehen kann, ohne den Verstand zu verlieren.« *Wie bitte?* Ein Schulterzucken, dann nahm er einen weiteren Schluck aus seinem Glas. »Aber vor allem erwartet er von mir, dass ich und die meinen sicherstellen, dass das Geld, das meine Lieferanten dafür bekommen, nicht für Waffen und Sprengstoff ausgegeben wird.«

»Wie nobel.« Zynismus ließ grüßen.

»Ja. Nicht wahr?« Als Lächeln jagte mir einen Schauer über den Rücken. Anscheinend ging es Shane zumindest ein Stück weit ebenso. Jedenfalls hatte ich für einen kurzen Moment das Gefühl, als würde er sich ein bisschen mehr aufrichten. Und sein Gewicht kaum merklich nach hinten verlagern, wie um etwas mehr Abstand zwischen sich und Al zu bringen. Bewusst oder unbewusst.

Nicht, dass es Al entgangen wäre. Noch immer lächelnd stellte er das Glas auf eines der Tischchen. »Wie auch immer.« Die Hand auf der Brust verneigte er sich leicht. »Willkommen in meinem Haus, mein Prinz. Sei mein Gast.«

»Prinz?« Fragend sah ich zu Shane. »Gibt es da etwas, das ich wissen sollte?«

Der schnitt eine Grimasse, doch Al war mit der Antwort schneller. »›Prinz‹ ist die traditionelle Anrede für einen Djinn aus einem der alten Häuser.« Er lachte. »Auch wenn der Umstand, dass sein Vater der Fürst seines Hauses ist, deinen Freund tatsächlich auch nach dem menschlichen Verständnis des Wortes zu einem macht.«

»War. Er *war* der Fürst. Jetzt ist es Roshan.«

»Der dein älterer Bruder ist. Und auch der Bruder eines Fürsten ist ein Prinz. – Wie auch immer.« In einer beschwichtigenden Geste breitete er die Hände aus. »Erinnerst du dich an mich, mein Prinz?«

Von einer Sekunde zur nächsten waren Shanes Augen schmal. »Sollte ich?« Sein Ton hatte schlagartig wieder etwas Wachsames. Misstrauisches.

Als Lächeln vertiefte sich. »Nicht zwingend. Du warst ein kleiner Junge, als dein Vater mit dir hier war.«

Ich spürte sein kurzes, schnelles Luftholen mehr, als ich es hörte. »Wann war das?«

»Es ist fast dein ganzes Leben her, mein Prinz. Dein Vater hat dafür gesorgt, dass du vergisst, was damals geschehen ist. Sprich mit ihm. Ich werde nicht an seine Geheimnisse rühren.« Er nickte zu Shanes Hand, der, in der er noch immer das Amulett hielt. »Du hast den Stein wieder zusammengefügt. Bedauerlich.«

Der schloss die Finger fester um das *Herz des Simurgh.* »Was soll das heißen?«

Al ließ ein tadelndes Schnalzen hören. »Dein Vater sagte, dass du dich dem verschlossen hast, was du bist. Manchmal, mein kleiner Prinz, ist es besser zu wissen als zu leugnen.« Seine erhobene Hand verhinderte, dass Shane etwas sagte. »Was glaubst du, warum es so wichtig war, dass sich nur die mächtigsten Fürsten der Djinn mit den Alten Dingen verbanden, dummer Junge? Weil sie etwas von den Mächten Djehennas in sich tragen sollen. Und dem, der weiß, wie er sie beherrscht, den Weg in sie hinein und zu noch viel größerer, finsterer Macht öffnen kann. Und das ›Herz des Simurgh‹ trägt obendrein auch noch die Essenz Asnar el Saráans in sich. Unvollständig, wie es bisher war, hat es geschlafen. Nur jene beschützt, die Asnar beschützt sehen wollte. Jetzt aber … ist es frei, sich jedem dienstbar zu machen, dem es sich dienstbar machen will. Mit allen

Konsequenzen.« Er schüttelte den Kopf. »Deinen Splitter wieder an Ort und Stelle zu setzen, war ein großer Fehler, mein Prinz. Und ein noch größerer, damit hierherzukommen.«

»Woher wissen Sie von dem Splitter?« Argwohn traf es bei Shanes Tonfall nicht mehr ganz. Ich warf ihm einen schnellen Blick zu. Das war schon deutlich mehr.

Al stieß ein Zischen aus. »Weil dein Vater damals, nachdem er den Splitter in der Alten Stadt aus dem ›Herz des Simurgh‹ herausgeschlagen hat, um seinen Halbblut-Sohn zu retten – und der Großmächtige allein weiß, welche unheiligen Übereinkommen er dafür mit den Mächten dort getroffen hat –, mit dir hierherkam. Weil er zu schwach gewesen wäre, sich seinesgleichen zu stellen und dich deiner sterblichen Mutter wohlbehalten zurückzubringen. Oder glaubst du tatsächlich, dass den anderen Fürsten sein Frevel entgangen war? Dass du existiert hast, wäre ihnen vielleicht noch egal gewesen. Ein jeder von ihnen hat zu der ein oder anderen Zeit mit den Sterblichen getändelt. Aber was er in der Alten Stadt tat … das konnten sie nicht ungeahndet lassen.« Wieder ein ungeduldiger Laut. »Dein Vater hat um deinetwillen an Mächte gerührt, an die niemand rühren sollte. Und du hast an die gleichen Mächte gerührt, du dummer Junge. Zusammengesetzt, was nicht mehr zusammengehörte. Zumindest nicht so. Du hast an Mächte gerührt, die ohnehin gerade dabei sind, sich ihre Bahn zu brechen. Nur weil ein anderer

Narr das Gleichgewicht gestört hat. Und sie waren sehr lange Zeit eingesperrt und entsprechend zornig. Oder warum glaubst du, erschüttern Hitze, Flut, Erdbeben und Stürme die Welt?« Mit einer unwilligen Bewegung wischte er mit der Hand durch die Luft. »Und so wie die Alten Dinge Menschen den Weg zu den dunklen Mächten öffnen können, können sie ebenso Brücken für die Mächte Djehennas in unsere Welt sein.«

Stille. Nur durchbrochen von den leisen Plätschern des Wassers. Shane starrte Al an, als hätte der ihn geschlagen. Dann schluckte er. Langsam und hart. Seine Finger umklammerten das *Herz des Simurgh* deutlich fester als zuvor. An seinem Kiefer zuckte es. Er sagte nichts. Gar nichts. Starrte Al nur weiter an. Und je länger es dauerte, umso mehr Wut lag in seinem Blick. Er zuckte regelrecht zusammen, als ich seine Hand berührte. Hitze biss in meine Fingerspitzen, ließ nach, bis sie nur noch ein sanftes Brennen war, strich meinen Arm hinauf. In meinen Nacken. Unvermittelt hing ein leiser Windhauch in meinen Haaren. Wie … eifersüchtig. Ich verdrängte den Gedanken.

»Und was heißt das jetzt?«

Für eine Sekunde wirkte es, als hätte Al vergessen, dass ich im selben Raum war. Er räusperte sich. »Das heißt, dass man einen mächtigen Djinn finden müsste, der bereit wäre, sich an das ›Herz des Simurgh‹ zu binden.«

Etwas in meiner Brust krampfte sich zusammen. Warum? Hatte ein Teil von mir nicht damit gerechnet? Alles, was er gesagt hatte – das war die logische Konsequenz: einen Djinn finden, der sich daran band. Und warum fühlte es sich dann so falsch an? Hatte ich es nicht verkauft? Hatte ich es nicht wieder und wieder in Shanes Händen gesehen? Gewusst, dass er es trug? Es gehörte nicht mehr mir. Und trotzdem: ein wildfremder, mächtiger Djinn … war etwas anderes als Shane Hayden. Zumindest nach meinem Gefühl. So irrational das war. Vielleicht weil ich ihn inzwischen – zumindest ein wenig – zu kennen glaubte? Vielleicht weil er all die Zeit schon einen Teil meines Amuletts besessen hatte? Weil er – auch wenn der Gedanke sich erst jetzt in meinen Verstand schlich – schon die ganze Zeit mit ihm verbunden gewesen war?

Er verschränkte die Finger ineinander. »Da gibt es nur ein Problem: Sie sind verschwunden.« Er sah zu Shane. »Oder hast du in den letzten Tagen auch nur einen deiner Brüder erreichen können? – Nein, nicht wahr? Sie sind wie vom Erdboden verschluckt.« In einer bedauernden Geste breitete er die Hände aus. »Und ehe du fragst: Auch ich weiß weder warum noch wo sie sein könnten oder was geschehen ist. Sie sind einfach unauffindbar. Jeder einzelne. Aus jedem einzelnen Haus.«

Ich schaute von Al zu Shane und zurück. »Und was passiert, wenn sich niemand mit ihm verbindet?«

»Dann wird es sich seinen eigenen Herrn suchen.« Den Kopf leicht zur Seite geneigt musterte Al uns. »Ich muss euch ja wohl kaum sagen, dass das ›Herz des Simurgh‹ mit all seiner Macht Begehrlichkeiten weckt, jetzt, da es wieder erwacht ist. Oder warum glaubt ihr, dass ihr verfolgt werdet?«

Oh, klar, wir sprechen von nichts weniger als dem Untergang der Welt und werden auch noch von allen nur erdenklichen Mächten verfolgt. Okay, vielleicht war Sarkasmus etwas fehl am Platz, aber irgendwie fühlte ich mich mehr und mehr wie in einem schlechten Film. Und darauf hatte ich gerade absolut keine Lust. Das einzig Gute an der Sache: Es war ziemlich unwahrscheinlich, dass sich irgendjemand für Danny interessierte.

»Scheint so, als müsste ich dann wohl herhalten.«

Irritiert wandte ich mich zu Shane um. »Herhalten?«

Seine Finger waren endgültig zur Faust geschlossen. Die Zähne hatte er so fest zusammengebissen, dass ich fast erwartete, sie knirschen zu hören. Alles an ihm wirkte angespannt. Wie jemand, der am liebsten etwas zerschlagen will und sich nur gerade eben noch so zurückhalten kann. »Wir brauchen einen Djinn, der sich an das ›Herz des Simurgh‹ bindet …«

Al hatte anscheinend deutlich schneller begriffen, was er meinte. »Du bist nur ein Halbblut.«

War Shane bei seinen Worten gerade zusammengezuckt? »Aber alles, was du gerade hast, alter Mann.« Seine Augen wurden noch schmaler. »Und glaub mir: Wenn du einen anderen Kandidaten hast, stell ich mich mit Freuden hinten an.« Er sah mich an. »Sofern das für dich okay ist.«

Von einer Sekunde zur nächsten war meine Kehle eng. Ich hatte mit vielem gerechnet. Nur nicht damit, dass er mich ausgerechnet *das* fragen würde.

»Willst du das wirklich?« Meine Stimme klang belegt.

»Habe ich eine andere Wahl?«

Nein. Anscheinend zumindest nicht. Ich schüttelte den Kopf.

»Da hast du deine Antwort.«

Das matte Lächeln, das sich auf meine Lippen stahl, fühlte sich dermaßen falsch an. »Sieht so aus.«

Al räusperte sich. »Dann lass es uns tun, mein Prinz.«

Warum zum Teufel war mir danach, Al allein für seine Existenz umzubringen?

Mit einer geradezu einladenden Geste wies er auf die Säulen hinter sich. »Am besten verlieren wir keine Zeit. Lass uns gehen.«

Shane verzog den Mund zu etwas, das nur noch mit sehr viel gutem Willen als zynisches Lächeln durchging. Ohne war es eine Grimasse.

»Ist es okay, wenn ich mitkomme?« Auch wenn ich nicht wusste, was ich eigentlich dabei wollte. Es war einfach nur ein Gefühl …

»Das wird nicht …« Weiter kam Al nicht.

»Wenn sie mitkommen will, kommt sie mit.« Shane streckte mir auffordernd die Hand hin. »Du hast vorhin selbst gesagt, dass sie ›meine‹ Windhexe ist. Und immerhin hat das ›Herz des Simurgh‹ ursprünglich sie beschützt.«

Für den Bruchteil einer Sekunde stand etwas in Als Augen, das meinen Magen zu einem eisigen Knoten zusammenzog: Wut. Dann war sie übergangslos nicht mehr zu sehen. Er legte die Hand auf die Brust und verneigte sich in der Andeutung der Bewegung. »Wie du wünschst, mein Prinz. – Folgt mir.«

33

Die Schale war aus Stein. Zumindest musste sie das früher einmal gewesen sein. Jetzt hatte sie eher etwas von Glas. Dunklem geschmolzenen Glas.

Deren Inneres eine seltsam schimmernde Patina hatte. Beinah ebenso dunkel. Je nachdem, wie sich das Licht darin brach, mit einem rötlichen Glanz. Alles daran atmete Alter.

Falsch. Fehler.

Das Flüstern in seinem Kopf schien aus mehr als einer Stimme zu bestehen. Al war auf die andere Seite der Säule getreten, die die Schale trug. Sah ihn an, hob wie fragend eine Braue. Hinter sich konnte er Jesse spüren. Wie einen kühlen Luftzug im Nacken. Er warf ihr einen schnellen Blick über die Schulter zu. Irgendwie wirkte sie verloren, wie sie da auf der letzten Treppenstufe zu dieser Höhle unter Als Palast stand. Das Gleiche galt für das kurze Lächeln.

»Hast du es dir anders überlegt, mein Prinz?« Warum zum Teufel klangen Als Worte beinah … verächtlich. Herausfordernd. Zumindest in seinen Ohren. Was das Gefühl, kurz davor zu stehen, einen Riesenfehler zu machen, noch verstärkte. Was Blödsinn war. Djinn hatten das seit Jahrtausenden immer wieder getan. Der einzige Unterschied war, dass er eben nur zur Hälfte wie sie war. Er biss die Zähne zusammen, trat Al gegenüber, direkt an die Schale. Anscheinend wurde er allmählich paranoid.

»Was muss ich tun?«

»Leg das ›Herz des Simurgh‹ in die Schale.« Übergangslos war Als Tonfall ohne jede Regung. Kontrolliert. Fast schon geschäftsmäßig. Kalt.

Fehler.

Er streifte die Kette über den Kopf – seine Finger umschlossen den Anhänger unwillkürlich fester, bevor es ihm gelang, die Stimme in seinem Verstand zum Schweigen zu bringen. Langsam ließ er das *Herz des Simurgh* in die Schale gleiten. Der Stein loderte rot. Dunkel. Brennend. Als Letztes ließ er das Ende der Kette los. Und widerstand gerade noch dem Drang, es direkt wieder herauszunehmen. Stille senkte sich um sie. Als wäre selbst die Luft um sie herum erstarrt.

Fehler!

»Ich nehme nicht an, dass du Persisch sprichst, mein Prinz?«

Um ein Haar hätte er gelacht. »Sehe ich so aus?«

»Dann werde ich das für dich übernehmen.« Als Missbilligung war beinah greifbar. Auch wenn seine Miene vollkommen unbewegt blieb. »Gib mir deine Hand.« Eine ungeduldige Bewegung, als er die Rechte ausstrecken wollte.

»Nein, die andere, die linke – die vom Herzen.« Er nickte an ihm vorbei, zu Jesse. »Was auch immer gleich geschieht: Sie darf nicht eingreifen. Wind und Feuer dürfen sich nicht verbinden. Nicht an einem solchen Ort. Niemals.«

Und warum sagte er ihr das nicht selbst?

Als Hand schloss sich um seine. Zog sie über die Schale. Dann begann er zu sprechen. Mit jedem Wort wurde seine Stimme lauter. Eindringlicher. Und mit jedem Wort erwachte das Brennen in seinen Adern mehr. Nahm zu. Bis es schmerzhaft wurde. Schmerz, der sich unter der Haut entlangfraß. Durch seine Adern, sein Blut. In die Knochen hinein. Seine Eingeweide. Glühend. Unerträglich. Seine Knie wollten nachgeben. Er klammerte sich an den Rand der Schale. Versuchte, nicht zu schreien. Konnte das Stöhnen nicht unterdrücken. Als Hand lag um seine wie ein Schraubstock. Die Worte kamen immer weiter. Abrupt drehte er seine Hand. Ohne Vorwarnung. Handfläche halb nach oben. Blut sammelte sich darin. Rann über den Rand hinab. Von seinem Handrücken. Den Fingern. Direkt aus der Haut. Den Adern darunter. Keine Schnitte. Tropfte in die Schale. Trafen das *Herz des Simurgh.* Flammen schlugen aus dem Stein. Jäh. Hitze jenseits des Vorstellbaren. Alles versengend. Fraßen sein Blut, ehe es herabtropfte. Sein Stöhnen wurde zum Keuchen. Als Hand war von seiner verschwunden. Wann? Seine Stimme verstummt. Nur sein Keuchen und das Singen der Flammen.

»Nimm es heraus.«

Er zuckte zusammen. Brauchte Sekunden, bis er begriff, was die Stimme von ihm wollte. Und noch länger, bis er in der Lage war zu reagieren. Sich bewegen konnte. Seine Hand zitterte. Alles an ihm. Er umklammerte selbst jetzt noch den Rand der Schale. Unfähig loszulassen. Blut tropfte noch immer von seinen Fingern. Gerann darauf. Die Flammen leckten danach, als er sie um das *Herz des Simurgh* schloss. *Gelächter und Stimmen. Heulen. Feuer. Das Gefühl zu verbrennen. »Wir können nichts tun, Ms Hayden.«*

Schwaches Weinen. »Mommy. Daddy. Daddy.«

Stimmen. »Tu was. Tu doch was. Warum kannst du nichts tun? Er ist dein Sohn.« Eine Frau.

Zwei Männer. Die einander anschrien. »Das kannst du nicht tun.«

»Sag mir nicht, was ich kann.«

»Sie werden dich töten. So wie Asnar.«

»Dann soll es so sein. Aber mein Sohn wird leben.«

»Daddy …«

»Alles wird gut, Shane. Nur noch ein bisschen. Du darfst keine Angst haben im Dunkeln. Ich bin bei dir. Nur noch ein bisschen. Alles wird gut. – Ich hoffe, du gewährst mir danach Zuflucht und hältst mir die anderen vom Leib, Ala ad-Din.«

»Natürlich. Und mein Jet wird bereitstehen, um dich und deinen Sohn danach in die Staaten zurückzubringen. Wenn du dann noch lebst.«

Dunkelheit. Feuer. Immer nur Feuer. Brennend. Von innen heraus. Brennend. Dunkelheit. Wispern und Flüstern. Heu-

len und Gelächter. Aus der Dunkelheit. Ein Palast im Berg. Lichter. Wispern. Gelächter. »Sieh an. Sieh an.« Zischelnd. »Einer von denen, die uns gefangen halten. Was er wohl will?«

»Helft mir. Helft meinem Sohn. Er soll leben. Nicht wie all die anderen vor ihm.«

Gelächter. Schrill. »Was gibst du uns dafür?«

»Was auch immer ihr wollt.«

»Ihn. Dich. Euch alle.«

»Das kann ich nicht.«

»Zahle den Preis.«

»Mich ja. Ihn niemals.«

»Zahle den Preis. Oder sieh zu, wie dein Halbblut-Sohn stirbt.«

»Daddy. Es tut so weh. Daddy.«

Wieder Gelächter. ›Daddy. Es tut so weh. Daddy.‹ Höhnisch. Gelächter. Gelächter. »Zerschlag den Stein. Dein Blut und seins. Unseres.« Gelächter. »Tu es. Zahle den Preis. Gib ihn uns.« Das Gefühl, zerrissen zu werden. Wut. Gelächter. Das Feuer verging.

Müde. So müde. »Er darf niemals nach Petra zurückkehren. Du musst dafür sorgen, Ala ad-Din.«

»Wie du wünschst. – Es ist alles vorbereitet.«

»Die Blume …?«

»Hier.«

Ein Geruch. Süß. Bitter. »Tief einatmen, mein Junge. So ist es gut. – Du wirst dich niemals an das erinnern, was heute Nacht geschehen ist. Vergiss es. – Und vergiss mich.«

»Daddy.«

»Vergiss.«

Dunkelheit. Nichts. Schlafen. Frieden. Ohne Erinnern …

Die Flammen erloschen. Waberten erneut auf. Kühl. Sanft. Krochen über seine Hand. Seinen Arm hinauf. Versickerten in seiner Haut. Seinem Blut … ›*Zayn el Asnar …*‹ Die Schwingen bewegten sich in seiner Handfläche. Die Löwentatzen. Der Pfauenschwanz. Er umklammerte den Rand der Schale fester. Der Griff ohne jedes Gefühl. Wankte, als er sich aufrichtete. Ihm war heiß und kalt zugleich … Plötzlich war Als Hand an seinem Arm und der Boden unter seinen Knien. Ohne dass er hätte sagen können, wann und wie. Seine Finger lagen noch immer um das *Herz des Simurgh.* Schmerzhaft hart. Da war etwas. Etwas … Er wusste nicht, was. Eine Erinnerung? Woran? Ein seltsamer Duft. Süß und bitter gleichzeitig. Eine Stimme … ›*Vergiss*‹. Und ansonsten nichts als Dunkelheit. So sehr er sich auch bemühte, festzuhalten …

»Lass mich dir helfen, mein Prinz …« Al zog ihn in die Höhe, auf die Füße zurück. Wieder schloss seine Hand sich um die Schale, hielt er sich daran fest. In seinem Kopf wankte alles. Pochte es. Dumpf. »Gib es mir.«

»Was?« Er starrte auf Als Hand. Verwirrt. Ohne zu begreifen.

»Das ›Herz des Simurgh‹. Gib es mir.«

Wie aus Reflex schlossen seine Finger sich noch weiter darum. »Warum?« Das Feuer war schlagartig wieder da.

Wenn auch nur unter seiner Haut. Wie selbstverständlich. ›*Lass mich frei, Bruder.*‹ Ein Flüstern in seinem Kopf. Die Klauen des Simurgh schienen sich in seiner Hand zu öffnen und zu schließen. Als Brauen zogen sich zusammen. Beinah drohend. Wie zur Antwort hob er das Kinn ein winziges Stück. »Warum sollte ich es dir geben?«

Für den Bruchteil einer Sekunde war Als Mund nur ein schmaler Strich. Beinah zu kurz, als dass er sich hätte sicher sein können, es tatsächlich gesehen zu haben.

»Weil es die Tradition verlangt. Es ist nicht üblich, dass der Djinn behält, woran er sich gebunden hat. Also gib …«

»Mal ganz abgesehen davon, dass mich dieses Gesetz nicht wirklich interessiert.« Er machte einen Schritt zurück. »Warum sollte ich es ausgerechnet dir geben?«

»Du kannst dich nicht so einfach …«

»Sag mir nicht, was ich kann …« *»Sag mir nicht, was ich kann.«* Wie ein Echo in seinem Verstand. Unwillkürlich presste er die Hand an die Schläfe, schüttelte den Kopf. *Was …?*

»Du weißt nicht, mit welchen Mächten du spielst, mein Prinz. Du mus- …«

Mit einem Zischen nahm er die Hand wieder herunter. Das Pochen wurde mit jeder Sekunde stärker. Konnte Al nicht einfach die Klappe halten? »Wenn ich es jemandem gebe, dann nicht dir.« Er wandte sich zu den Stufen um. »Jesse hat …« Erstarrte. Sie war nicht da.

»Sie ist gegangen, als dein Blut in die Schale floss.« Beinah glaubte er, ein spöttisches Lächeln in Als Stimme zu hören. »Keine Sorge. Meine Diener haben sich um sie gekümmert.«

»Warum …?« Irritiert drehte er sich wieder zu ihm um.

Al hob wie ratlos die Schultern. »Wer versteht schon die Frauen, mein Prinz. Ich bin alt, jenseits des Erträglichen, und kann immer noch nicht sagen, warum sie tun, was sie tun.« Er neigte den Kopf, plötzlich kalt und sachlich. »Ihr glaubt, etwas füreinander zu empfinden, du und sie. Nicht wahr? Vielleicht sogar, euch zu lieben.«

Was zum … Er starrte Al an. Vollkommen überrumpelt.

Der machte eine beinah ungeduldige Handbewegung. »Glaub mir, mein Prinz. Das ist ein Irrtum. Das seid nicht ihr. Das sind eure Elemente, die sich zueinander hingezogen fühlen. Feuer und Wind. Nicht ihr selbst …«

Das Geräusch, mit dem er Luft holte und sie wieder ausstieß, hatte etwas von einem Knurren. »Was ich fühle oder nicht, ist meine Sache, alter Mann.« Nicht genug, dass sein Erzeuger immer der Meinung gewesen war, ihm in sein Leben hineinpfuschen zu können. Jetzt bildete sich ein Mann, der eigentlich in ein Märchen gehörte, genau das Gleiche ein. »Und es geht dich überhaupt nichts an.«

Al verschränkte die Finger ineinander. »Wie du meinst, mein Prinz.« Er klang nicht halb so demütig, wie er sich gab. »Lass uns wieder nach oben gehen.« Mit einer kleinen Geste wies er auf die Treppe. »Ich zeige dir das Zimmer, das für dich vorbereitet wurde, damit du dich ein wenig ausruhen und erfrischen kannst …«

»Ich brauche nicht …«

Al ließ ein ungeduldiges Schnalzen hören. Abermals schob er die Finger ineinander. »Du solltest dich ein wenig ausruhen, mein Prinz. Immerhin hast du gerade an Mächte gerührt, an die niemand so einfach rühren kann.«

Er blinzelte. Warum fühlte es sich plötzlich so an, als … als … was? Zumindest wieder nach oben zu gehen, klang wie eine gute Idee. Al ließ ihm den Vortritt. Und sagte auch nichts, als er die Kette mit dem *Herz des Simurgh* über den Kopf streifte.

34

Noch vor vierundzwanzig Stunden hätte ich niemals damit gerechnet, dass ich mitten in der Nacht in einem weit ausladenden, fliesengefassten Pool liegen würde, dessen im Mondlicht schimmernde Oberfläche sich bis in die Unendlichkeit zu erstrecken schien, weil sein Rand direkt an eine senkrecht in die Tiefe stürzenden Felskante grenzte, und die in der Dunkelheit glitzernden Sternpunkte auf dem schwarz-samtigen Himmel über mir betrachten würde. Wenn ich mich bewegte, ließ selbst die kleinste Welle Wasser in den Abgrund schwappen, hinter dem man irgendwo in der Ferne die Linie eines zerklüfteten Gebirgszuges erahnen konnte. Nicht mehr als Finsternis vor der Finsternis.

Am gegenüberliegenden Ende standen zwei Schalen mit Obst und Gebäck und eine weitere mit irgendeinem Fleischgericht mit Reis, dessen Duft verführerisch zu mir herwehte. Und das noch immer in der kühlen Nachtluft dampfte, obwohl es das nach den Gesetzen der Physik eigentlich gar nicht mehr durfte. Schon lange nicht mehr. Und das zu allem Überfluss nicht weniger wurde, egal wie viel man davon aß. Ich schwamm hinüber und griff nach einer der daneben stehenden Karaffen – für die das Gleiche galt wie für die Schüsseln: Sie wurden nicht leer – und goss mir etwas von dem leicht säuerlichen Saft in einen der Kelche. Das Licht der messingenen Lampen, die in regelmäßigen Abständen an den schmalen Säulen aus hellem, glänzendem Stein hingen – die nichts trugen, außer den Himmel über ihnen –, brach sich darin und ließ ihn blitzen.

Ich war überrascht gewesen, wie viel Zeit dort unten vergangen war, als ich aus Als ›Garten‹ geflüchtet war. Ein Garten, in dem die Bäume aus Gold waren und sogar die Blüten daran und die kleinen Vögel und Insekten darin aus Edelsteinen und Perlen bestanden. Bei meiner Rückkehr nach oben hatten mich jenseits des Eisentores, hinter dem die ausgetretenen Stufen zu dieser Wunderhöhle in die Tiefe unter Als Palast hinabgegangen waren, Dunkelheit und der goldene Schein von Lampen erwartet. Und eine zierliche junge Frau, die sogar noch kleiner war als ich und die mit ihrer weiten Hose, Bluse und bestickter Weste problemlos ebenfalls aus einem Märchen aus Tausendundeiner Nacht stammen konnte. Und die jedes Mal, wenn sie ins Mondlicht geriet, halb durchsichtig zu werden schien. Sie hatte sich mir als Badria vorgestellt – das zumindest hatte ich verstanden – und mich dann zu Als Variante eines Gästezimmers geführt: Schimmernde Stoffe, weiche Kissen, Tischchen aus dunklem Holz und Silber, ein riesiges Bett und ein leise plätschernder Teich in einem kleinen

Garten, der nur für diesen Raum angelegt zu sein schien. Dazu wieder Süßigkeiten und kühle Limonade. Die Reisetasche hatte neben dem Bett gelegen, mein Geldbeutel mit meinen Papieren auf einem Tischchen daneben.

Minutenlang hatte ich mitten im Raum gestanden und nicht gewusst, was ich tun sollte. Aus unerklärlichen Gründen hatte mein Körper nur eins gewollt: sich bewegen. Irgendwann hatte ich ihm nachgegeben und war hin und her gewandert; im Zimmer, im Garten. Hin und her. Ohne zu wissen, warum … Als ich vor meiner Tür die Stimmen von Al und Shane gehört hatte, war ich hinausgelaufen – Hamid direkt in die Arme. Der mir sehr höflich – und sehr bestimmt – mitteilte, dass der Prinz ein wenig Ruhe brauchte. Und nein, ich konnte nicht zu ihm. Oder seinem Herrn. Aber er konnte ihm gerne ausrichten, dass ich ihn sprechen wollte. Nachdem er sich ausgeruht hatte. Wenn ich es wünschte, konnten er und Badria mir gerne den Pool im Löwengarten zeigen, damit ich mir dort die Zeit vertreiben konnte.

Da alles besser war, als in irgendeinem Zimmer herumzusitzen, hatte ich meinen Bikini – ein Hoch auf Shanes Mutter – geholt und war letztendlich hier gelandet. Nicht allein, wie ich sehr schnell feststellte. Ich hatte Gesellschaft. Vierpfotige Gesellschaft. Mit ziemlich beeindruckenden Eckzähnen: fünf riesige Löwen – ein Männchen mit einer gewaltigen fahlen Mähne und vier Löwinnen – streiften in Als Pool-Garten herum. Nicht, dass sie mehr getan hatten, als einmal um mich herumzuschleichen – was allein schon genügt hatte, um mir einen halben Herzinfarkt zu verpassen –, ehe sie wieder in den Schatten zwischen den Säulen, Büschen, Palmen und Vorsprüngen verschwunden waren.

Badria hatte mir mit ihrer weichen, melodischen Stimme versichert, dass sie mir nichts tun würden – zumindest so lange nicht, wie ich nicht versuchen würde, aus dem Brunnen zu trinken, der sich auf der anderen Seite des Gartens befand und halb verborgen hinter einer zum Teil niedergebrochenen Mauer und einem irgendwie schief in den Angeln hängenden, eisernen Tor auf den Rücken sieben steinerner Löwen ruhte. – Auch wenn ich mir sicher war, dass Badria glaubte, was sie sagte: Da es um mein Leben ging, würde ich es garantiert nicht drauf ankommen lassen.

Entsprechend brachte ich hastig Abstand zwischen mich und den Beckenrand – konnten Löwen schwimmen? –, als sich unvermittelt etwas in der Dunkelheit zwischen den Säulen bewegte. Und stieß erleichtert die Luft aus, als ich erkannte, wer es war: Shane. Gekleidet in …

»Kein Wort. Sag nichts. Schluck es einfach unter.«

Ich musste noch viel mehr unterschlucken als nur eine Bemerkung. Also tauchte ich bis zur Nasenspitze ab, damit er auch mein Grinsen nicht sah. Und vielleicht hielt er mein Geblubber ja für einfaches Ausatmen unter Wasser. Seinem Schnauben nach zu urteilen, nicht wirklich. Trotzdem wartete ich noch eine Sekunde, bis ich sicher war, dass ich tatsächlich nicht lachen würde, bevor ich das Kinn wieder über die Wasseroberfläche nahm.

»Ich dachte, du bist ein Löwe.«

»Löwe?« Verständnislos sah er auf mich hinab. Anscheinend hatte er mit einer anderen Reaktion gerechnet.

»Hier in diesem Garten gibt es Löwen. Sie sind irgendwo da hinten.« Ich wedelte mit der Hand in die entsprechende Richtung. Tropfen flogen von meinen Fingern. »Sie beißen anscheinend aber nur, wenn man sich dem Brunnen nähert. Der auch da hinten ist. – Das sieht …« *albern, komisch, zum Schreien* »… bequem aus.« Etwas Besseres fiel mir angesichts der weit geschnittenen Hose und des ärmellosen, bodenlangen Mantels nicht ein.

»Haha. Kann ich später lachen?« Er trat weiter aus der Dunkelheit.

Um ein Haar hätte ich Wasser geschluckt. *Okay, ich nehme* alles *zurück.* Ich räusperte mich. »Ist doch gar nicht soo schlimm.« *Im Gegenteil.* Auch wenn ich seit seinem Überfall in meinem Apartment wusste, wie die Muskeln auf seiner Brust sich anfühlten: Sie zu sehen, hatte noch mal ganz andere Qualitäten. An seinem Arm verblasste das Rot einer Narbe. – War das die Stelle, wo er sich zu Als Ärger hatte ›anschießen‹ lassen? – Im Lampenschein wirkte seine Haut noch dunkler. Seine Augen scheinbar endgültig schwarz. *Halleluja.* »Alles okay bei dir?« Ich schwamm an den Rand des Pools, sah zu ihm auf. »Wie fühlst du dich?« Nein, ich würde ihm nicht erzählen, dass ich zu Tode erschrocken war, als die Flammen so unvermittelt aufgelodert waren, über seine Haut leckten, sich um ihn schmiegten … Und auch nicht, dass um ein Haar ein Sturm dort unten losgebrochen war, weil mein eigenes Element zusammen mit seinem erwacht war …

Als Blick … Ich hatte mich einfach nur umgedreht und war davongelaufen. Ohne zu wissen, was ich tat. Was ich tun *sollte*. Ich war einfach nur geflüchtet. Vor ihm. Vor mir. Vor alldem. Als könnte ich damit ungeschehen machen, was geschah. Und geschehen war.

»Keine Ahnung.« Er ließ den Mantel von den Schultern gleiten. *Ähem* … Auf der rechten Seite hatte er quer über die Rippen eine gut sichtbare weiße Linie, die nach hinten auf seinen Rücken verschwand. »Irgendwie nicht anders als sonst. Und doch wieder … ganz anders. Unruhig. Wacher. Alles ist … intensiver. Gerüche, Geräusche, Berührungen, sogar der Stoff auf der Haut.« In einer kleinen, beinah frustrierten Bewegung schüttelte er den Kopf. »Und gleichzeitig fühle ich mich fast wie … fiebrig. Heiß. Von innen heraus. – Ich kann es irgendwie nicht beschreiben.« Er wickelte die Schärpe ab, ließ sie einfach auf den Mantel fallen. *Äh* … Das *Herz des Simurgh* loderte auf seiner Brust. Schien sich bei jeder seiner Bewegungen zu bewegen, den Kopf zu wenden, Pranken und Schwingen, den Schweif enger um den Stein zu legen, wieder loszulassen, darüberzustreichen …

»Alles klar bei dir?«

Mit einiger Verspätung riss ich den Blick von ihm los, sah von seiner Brust zu seinen Augen. Und hinunter zu seinen Händen am Bund der Hose. »Alles klar. – Was wird das?«

»Ich wollte zu dir ins Wasser. Das ist doch o.k., oder?«

»Aber ja.« Hoffentlich sah man nicht, wie ich rot wurde. Feuerrot, so wie mein Gesicht sich plötzlich anfühlte. »Das ist ein freier Pool.« Ein freier Pool? – Ich sollte wirklich die Klappe halten. Bevor ich noch mehr Schwachsinn von mir geben konnte, stieß ich mich wieder vom Rand ab und schwamm weiter in den Pool hinein, wandte ihm dabei bewusst den Rücken zu.

»Tief?«

»Uh?« Jetzt drehte ich mich doch um. O.k., das konnte man als Badehosenersatz durchgehen lassen. *Himmelherrgott, Jessica. Du warst auch schon mit Jungs mit nichts anderem als Unterwäsche schwimmen. – Ja, aber diese Jungs waren nicht er.*

»Der Pool. Kann ich springen oder breche ich mir dann das Genick?«

»Ich kann nicht mehr stehen, aber wie tief er wirklich ist, weiß ich nicht.« Warum ich es plötzlich selbst herausfinden wollte: Ich hatte keine Ahnung, zumindest streckte ich die Arme über mich und ließ mich nach unten sinken.

Beinah gleichzeitig schwappte das Wasser um mich her und keine Sekunde später tauchte Shane in einem Strom aus Luftblasen an mir vorbei und Richtung Abgrund. Ohne schon Boden unter den Füßen gehabt zu haben, stieß ich mich wieder nach oben – und tauchte fast gleichzeitig mit Shane auf. Doch anstatt sich zu mir umzudrehen, schwamm er weiter, bis er das andere Ende erreicht hatte, und hielt sich am Rand fest, beugte sich sogar ein Stück weit darüber, um in den Abgrund sehen zu können. Ich glaubte zu hören, wie das Wasser in die Tiefe stürzte …

»Wow.« Er ließ sich zurückfallen. Noch mehr Wasser schwappte und folgte der Schwerkraft. »Das nenn ich mal einen Ausblick. – Das mit den Löwen war ein Witz, oder?« Eine Hand weiter am Rand, schaute er zu mir her. Und bedeutete mir nach einem Moment, zu ihm zu kommen.

»Nein. Es gibt sie wirklich. Und sie sind wirklich da hinten irgendwo.« Deutlich langsamer als er zuvor, folgte ich ihm und hielt mich am Poolrand fest, während ich weiter Wasser trat. »Du hast jetzt aber nicht vor, mich da drüber zu schuppsen, oder?«

Mit einem Kopfschütteln lachte er. Leise und dunkel. »Was hätte ich davon? Nicht viel. Auch wenn das sicherlich eine ziemlich interessante Methode ist, jemanden ins Jenseits zu befördern.« Ohne Vorwarnung verschwand er komplett unter der Wasseroberfläche, war nur ein Schatten in seiner Schwärze. Tauchte genauso abrupt wieder auf, strich sich mit beiden Händen die Haare aus dem Gesicht, ehe er die Hand wieder um den Rand legte. »Löwen also. Na ja, bei Ala da-Din sollte man wohl mit so etwas rechnen.«

Wenn ich bedachte, was da unten in seinem Garten gewesen war? Definitiv! Kam es mir nur so vor, oder war das Wasser so nah bei ihm tatsächlich wärmer? »Wie verträgt sich das eigentlich: Djinn und Wasser. Ich meine: Sind ja genaugenommen zwei absolut gegensätzliche Elemente.« Ich ließ mich bis übers Kinn einsinken, den freien Arm locker neben mir treiben. Bewegte ihn nur ab und an ganz leicht, mehr aus Gewohnheit. Nahezu lautlos tat er dasselbe, verzog das Gesicht. »Ich bin in erster Linie immer noch ein Mensch. Und wenn es dich beruhigt: Mein Erzeuger war mit meiner Mutter andauernd im Pool. Und soweit ich weiß, stehen auch meine Brüder regelmäßig unter der Dusche.« Ein kurzes Grinsen huschte über seine Lippen. »Djinn zu sein, bedeutet also anscheinend, nicht jeden Kontakt mit Wasser meiden zu müssen.« Es verschwand so schnell, wie es gekommen war. Geradezu beiläufig verringerte er den Abstand zwischen uns. Unsere Hände streiften sich unter Wasser. Ich hätte nicht mehr tun müssen, als den Arm vor mich zu nehmen, um seine Brust berühren zu können. Unwillkürlich ging mein Blick abwärts. Landete auf dem *Herz des Simurgh.* Das unter der Oberfläche zu pulsieren schien. Stetig, leise, kaum sichtbar. Und doch … da. Wie ein zweites Herz neben seinem eigenen … Shane folgte meinem Blick mit seinem. Dann ließ er unvermittelt den Rand des Beckens los, griff nach der Kette und nahm sie ab. – Und hielt sie mir hin. Das *Herz des Simurgh* drehte sich zwischen uns über dem Wasser. Überrascht wich ich zurück.

»Was …?«

»Al behauptet, es ist nicht üblich, dass ein Djinn das

Ding behält, woran er sich gebunden hat. Und ich werde den Teufel tun und es ihm geben, so wie er es da unten in seiner Höhle wollte.« Er kam näher. Der Stein pendelte in meine Richtung. »Ich weiß nicht, was an seinem Gerede dran ist. Aber wenn es jemand von mir bekommt, dann du.« Ein kurzes, schnelles Lächeln. »Dir steht es garantiert besser als ihm. Und außerdem hast du es schon die ganze Zeit getragen.« Er legte den Kopf schief. »Darf ich?«

Ich brauchte einen Moment, bis ich begriff, was er meinte. Beinah wäre ich noch weiter zurückgewichen. Plötzlich hatte ich Herzklopfen. Und dann kam mir ein anderer Gedanke. »Deine Mutter hat doch gesagt, du würdest ohne es …« Das ›sterben‹ wollte nicht über meine Lippen. Anscheinend musste ich es gar nicht aussprechen.

»Irgendwie denke ich nicht, dass ich es tatsächlich noch brauche. Jetzt. Nach dem, was Al da unten veranstaltet hat.« Sein Schulterzucken ließ Wasser über den Rand schwappen. »Falls doch, weiß ich ja, wo ich es finde. Und vielleicht …« Er verstummte. Schüttelte in einer kleinen Bewegung den Kopf.

»Was ›vielleicht‹?« Mein Herz hing schlagartig in meinem Hals.

Wieder ein Kopfschütteln. »Nichts. Vergiss es. – Drehst du dich um?«

Ich tat es. Fast ein bisschen zu schnell. Das *Herz des Simurgh* schmiegte sich knapp unter meiner Kehle auf meine Haut, rutschte tiefer. Warm. Fast heiß. Ich legte die Hand darüber.

»Al sagt, das wären nicht wir.« Shanes Stimme war direkt neben meinem Ohr.

»Was?« Aus irgendwelchen Gründen, die ich selbst nicht kannte, wagte ich es nicht, mich umzusehen.

»Dass wir uns …« Er zögerte, schien nach Worten zu suchen. »… dass wir uns zueinander hingezogen fühlen.«

Ich vergaß zu atmen. Dampfschwaden stiegen aus dem Wasser auf. Drehten sich träge um sich selbst.

»Es wären unsere Elemente. Feuer und Wind. Nicht wir.« Seine Finger streiften meine Schultern. Ich konnte das Schaudern nicht unterdrücken.

»Entschuldige.« Das Wasser bewegte sich, als er Abstand zwischen uns brachte. »Als Gerede. Vergiss es. Ich hätte es dir gar nicht erzählen sollen.«

»Ja. Klar.« Irgendwie schaffte ich es, ruhig und unbeteiligt zu klingen. Obwohl mir nach dem, was er gesagt hatte, nach etwas ganz anderem zumute war. Ich schloss die Augen. Plötzlich hasste ich, was wir waren.

Shane räusperte sich. »Ist dir aufgefallen, wie viele Wachen plötzlich überall stehen?« Die Worte kamen nur halblaut. So als wollte er sichergehen, dass uns niemand hörte, der vielleicht *zufällig* in der Nähe war. Ich blinzelte. Widerstand dem Drang, mir mit beiden Händen übers Gesicht zu fahren. Als wäre nichts geschehen, drehte ich mich wieder zu ihm um. Das *Herz des Simurgh* lag schwer und heiß auf meiner Haut.

»Nein?« Nein, es war mir nicht aufgefallen. Andererseits: Auf dem Weg vom Garten zum Gästezimmer war ich mit

Badria allein gewesen. Auf dem Weg hierher hatte Hamid uns begleitet.

Wie beiläufig zuckte er die Schultern. Wasser schwappte. Verschwand in der Tiefe. Er räusperte sich noch einmal. »Na ja, als Al uns zu seiner Wunderhöhle unter seinem Palast geführt hat, war niemand zu sehen. Nirgends. Und gerade eben stand an jeder Abzweigung einer seiner Männer. Schon seltsam, oder?«

… Unsere Elemente. Nicht wir. Ich verdrängte den Gedanken. *Vergiss es, Jesse. Vergiss es ganz schnell!* »So viel also zu dem Thema: ›Seid meine Gäste‹!«

Er legte den Kopf schief. »Du hast ihm aber jetzt nicht geglaubt, dass wir tatsächlich seine *Gäste* sind? Nach der Aktion? Wenn er uns als Gäste hätte hierhaben wollen, hätte er jemanden zum Flughafen schicken können. So punktgenau, wie Hamid in der Wüste aufgetaucht ist, muss er sehr genau gewusst haben, wann wir wo sind.« Mit einer kleinen Bewegung wischte er sich Wasser aus dem Gesicht, ehe es ihm in die Augen laufen konnte. »Wahrscheinlich hat der gute Al Verbindungen zu jedem in diesem Land, der auch nur ansatzweise etwas zu sagen hat. Also auch zu den Behörden am Flughafen. Ich wette, er wusste von uns, sobald wir unsere Pässe am Schalter vorgelegt haben.«

Ja, okay, ich war naiv. Ich hob meinerseits die Schultern. »Und was bedeutet das für uns?«

»Ich habe keine Ahnung. Aber je mehr ich darüber nachdenke: Er war ein bisschen sehr darauf bedacht, uns auszureden, nach Petra zu gehen, oder?«

Wo er Recht hatte ... »Und jetzt?«

»Mein Instinkt sagt: weg hier. Je länger wir hierbleiben, umso mehr spielen wir ihm in die Karten. – Die Frage ist nur, wie. Wir haben keine Ahnung, wo genau wir sind, wie wir am besten hier wegkommen – und sitzen ganz nebenbei in einer Burg voller perfekt ausgebildeter Auftragskiller.« Er schnippte Wasser gegen den Rand. »Da keiner von uns James Bond ist: Wie hoch sind unsere Chancen, tatsächlich unbemerkt von hier wegzukommen? Oder zumindest weit genug entfernt zu sein, bevor sie merken, dass wir nicht mehr da sind?«

»Nicht wirklich hoch. – Was, denkst du, wird er tun, wenn wir es doch versuchen?«

Ein Schulterzucken. Wassertropfen perlten silbrig von seinem Arm, über seine Brust. »Umbringen wohl nicht. Weil das bedeuten würde, dass er sich vor meinem Erzeuger verantworten müsste. Und wenn ihm sein Leben auch nur ansatzweise lieb ist, wird er es nicht darauf ankommen lassen.«

»Das gilt vielleicht für dich ...«

»Du gehörst zu mir. Er würde da keinen Unterschied machen. Im Gegenteil. Außerdem mag dich meine Mutter. Und du weißt nicht, wozu *sie* fähig ist, wenn sie so richtig sauer auf jemanden ist. Eine Furie ist nichts gegen sie. – Und mein Erzeuger tut wirklich alles für sie. Meine Halbbrüder übrigens auch. Al hätte schlechte Karten.«

Okay, eigentlich war es schwer vorzustellen. Aber ich hatte Joane mit einer Waffe in der Hand gesehen. Mit einer Selbstverständlichkeit, die das Ganze doch wieder vorstellbar machte.

»Bedeutet das, wir riskieren es?« Ich stieß die Finger von unten durch die Wasseroberfläche, zog sie hindurch, malte Wellenlinien.

»Wenn es nach mir geht, ja.«

»Wann?«

»Heute Nacht?«

»Heute …« *Wow.* »Und was ist mit so etwas wie Planung?«

»Guter Einwand.« Shane ließ den Rand los und sich ein Stück von mir wegtreiben, fuhr sich mit den nassen Händen übers Gesicht, ehe er sich wieder festhielt. »Ich bin nicht sicher, ob es Sinn macht. Je mehr wir uns nach Fluchtmöglichkeiten umsehen, umso mehr erregen wir möglicherweise Aufmerksamkeit. Und wenn Al misstrauisch wird …«

»… und sich am Ende vielleicht sogar dazu entschließt, uns nicht mehr wie Gäste zu behandeln …«

Er nickte. »Genau.«

»Du hast dir das schon sehr genau überlegt, was? Seit wann trägst du dich mit dem Gedanken, von hier abzuhauen?«

»Seit ich aufgewacht bin.« *Okay.* Seine Finger schlossen sich fester um den Rand. »Schon als wir in Amman gelandet sind, hatte ich das Gefühl, dass wir zu einer bestimmten Zeit in Petra sein sollten. Warum, weiß ich nicht. – In L. A. war es nur eine vage Ahnung, dass hier irgendetwas ist. Aber jetzt …« Abermals rieb er sich übers Gesicht. »Und je länger wir hier sind, um so stärker wird dieses Gefühl. Als würde uns die Zeit davonlaufen. Aus welchen Gründen auch immer. Und es macht mich wahnsinnig.« Wie zuvor verschwand er abrupt unter der Wasseroberfläche. Die Hand nach wie vor am Rand. Diesmal blieb er deutlich länger unten. Und rang entsprechend nach Luft, als er wieder auftauchte.

»Was denkst du, wie lange wir bewusstlos waren?« Abermals zog ich die Hand neben mir durchs Wasser.

»Nicht mehr als ein paar Stunden. Allerhöchstens einen Tag.« Er holte besonders tief Atem und musste husten, schüttelte den Kopf. »Zumindest nach meinem Gefühl. Wobei ich zu Ersterem tendiere, wenn ich nach Hunger und Durst gehe, als ich zu mir gekommen bin.«

»Das heißt, wir sind entweder heute oder gestern Morgen auf dem Flughafen in Amman angekommen.« Nicht genug Zeit, dass uns jemand vermissen würde. Falls jemand überhaupt auf die Idee käme. »In Ordnung. Wie stellen wir es an?«

»Uh?«

»Von hier zu verschwinden?«

»Ich würde vorschlagen, wir holen unsere Sachen aus den Zimmern – soweit es nicht auffällt, wenn wir sie mit uns herumschleppen. Am wichtigsten sind unsere Papiere und Geld, auf jeden Fall Wasser und etwas zu essen – und dann machen wir ein bisschen nächtliches Sightseeing in Als Palast. Und wenn wir einen Weg nach draußen finden …«

»… nehmen wir ihn. – Und möglicherweise gibt es hier ja noch andere Transportmittel außer Teppichen und Ebenholzpferden.« Ich hatte in Als Garten meinen Augen kaum getraut, als ich sie im Vorbeigehen entdeckt hatte.

»Anzunehmen. Ob wir damit aber auch unauffällig verschwinden können, ist etwas anderes. Motoren machen gewöhnlich Lärm. – Egal. Wir werden es sehen, wenn es soweit ist. – Komm. Gehen wir.« Er stieß sich vom Rand ab und schwamm scheinbar vollkommen gelassen auf die andere Seite, wo er sich aus dem Wasser stemmte. Ich folgte ihm, ergriff seine ausgestreckte Hand, um mir aus dem Pool helfen zu lassen. In Ermangelung eines Badetuchs bekam ich seinen ärmellosen Mantel, während er einfach in seine weite Hose schlüpfte – und darüber fluchte, dass der Stoff an seiner nassen Haut klebte. Von den Löwen zeigte sich keiner, als wir nebeneinander zum Ausgang des Gartens gingen. Und unvermittelt Hamid aus der Dunkelheit neben dem Durchgang trat.

»Man sollte vorsichtig sein mit dem, was man in diesen Mauern sagt.« Hamids Stimme war vollkommen gelassen. Ich brachte keinen Ton heraus. Da war nur ein Gedanke: Wie hatte er uns hören können? Er neigte den Kopf zum Korridor hin. »Folgt mir.«

35

»Der Alte vom Berg mischt sich tatsächlich in unsere Angelegenheiten?« Die Stimme des Priors war nur ein Rasseln unter der durchsichtigen Maske.

Peter Saunder neigte den Kopf, ohne zu wissen, ob das über den Bildschirm des Smartphones zu erkennen war. »Ja, Herr.« Seine Brüder in New York hätten den alten Bastard verrecken lassen sollen, als er in der Sitzung vor zwei Tagen mitten in einer seiner Endlos-Predigten unvermittelt zusammengebrochen war. Schon seit einiger Zeit gingen die Gerüchte, dass die Macht des ersten Priors – ebenso wie die von einigen der anderen großen Meister – nachließ. Und nicht nur in New York. Brauchten sie noch mehr Beweise? Doch was taten diese Narren? Folgten ihnen weiter wie die Schafe anstatt Platz für die Jungen und noch immer Mächtigen unter ihnen zu schaffen. »Solange sie in seiner Burg sind, sind uns die Hände gebunden. Ganz abgesehen von seinen Assassinen ist die Macht der Djinn dort zu groß …«

»Geschwätz! Weder die Macht der Assassinen noch die der …« Der Ausbruch endete in einem würgenden Husten. Peter hörte das Murmeln eines anderen Mannes. Vermutlich irgendein speichelleckender Adlatus. Die fleckige Hand des Priors wedelte verschwommen durch den Bildschirm. Die Stimme verstummte. Eine schiere Ewigkeit schien er nur zu beobachten, wie die durchsichtige Maske beschlug, bis der Prior wieder sprechen konnte. »Die alten Mächte ziehen den Djinn-Bastard nach Petra. Das bedeutet, er wird die Burg des Alten verlassen, egal ob es dem Großen Assassinen passt oder nicht. Dann werdet ihr handeln. Bevor er Petra erreicht. Die Hexe wird bei ihm sein.« Der Alte zog die Maske von Mund und Nase. »Tötet ihn. – Tötet beide.«

Dieses Mal neigte Peter den Kopf ein wenig tiefer. »Wie du wünschst, Herr.« Auf diesen Befehl hatte er schon lange gewartet. Und diesmal würde er sich selbst darum kümmern. Mit seinen Mitteln.

36

J

›Folgt dieser Felsrinne. Nach ungefähr zehn Minuten steht ein Quad unter einem Felsvorsprung. Dahinter befindet sich etwas wie ein schmaler Pfad zwischen den Felsen. Folgt ihm nach Süden und an der Abzweigung neben dem Steilhang weiter nach Südwesten. In etwa zwei Stunden solltet ihr Petra erreicht haben. Dort müsst ihr euch dann selbst zurechtfinden. – Und an eurer Stelle würde ich dafür sorgen, nicht gesehen zu werden.‹

Ich hatte damit gerechnet, dass Hamid nicht allein war. Dass draußen, vor dem Eingang des Gartens, noch mehr von Als Assassinen stehen würden, die uns auf direktem Weg zu ihrem Meister schleifen würden …

Hamid hatte uns unsere Sachen in die Arme gedrückt, uns eine Minute gegeben, um uns in einer Nische vernünftig anzuziehen, und hatte uns dann nahezu lautlos quer durch Als Burg geführt. Durch Gänge, die so leer und totenstill waren, dass man den Staub in der Luft flüstern hören konnte. Ich hatte ein knappes halbes Dutzend Abzweigungen und mehrmals ein »Kein Laut! Wartet hier!«, nachdem er jedes Mal minutenlang in einem Gang verschwunden war, gebraucht, bis ich endlich begriffen hatte, was er da tat. So unglaublich es auch war. Und jetzt hockten wir auf einem Felsvorsprung und sahen hinab auf das nächtliche Petra. Und die Touristen, die sich noch immer vor dem Schatzhaus herumtrieben – dort, wo wir auch hinwollten.

»Was machen die da unten?« Genervt stieß ich die Luft aus.

»Ich habe keine Ahnung.« Shane kauerte neben mir. Noch ein bisschen näher am Rand als ich. Und rieb sich gerade zum wiederholten Mal die Schläfe.

Ich musterte ihn von der Seite. »Alles klar bei dir?« Das hatte er auf dem Weg hierher immer wieder getan. In immer kürzeren Abständen. Zumindest kam es mir so vor.

»Alles klar. Nur Kopfschmerzen.«

Tja, und genau diese Antwort hatte ich jedes Mal bekommen. Überrascht und fragend sah ich zu ihm auf, als er sich unvermittelt ein Stück weiter aufrichtete.

»Hoffen wir einfach, dass wir auch als Touristen durchgehen und zwischen denen da unten nicht weiter auffallen.« Also hatte er genauso wenig Lust wie ich, noch länger hier herumzuhocken. Vor allem, da es da unten keinerlei Anzeichen dafür gab, dass sie irgendwann in absehbarer Zeit zu einem Ende kommen und verschwinden würden. Er streckte mir die Hand hin. Ich griff danach. Haut berührte Haut. Hitze und Kälte zugleich schoss in mein Blut. Im letzten Moment konnte ich das Keuchen unterdrücken. »Komm.« In der selben Sekunde flackerten Lichter vor dem Schatzhaus auf. Kerzenflammen. Unzählige. In weißen oder hellbunten Seidenpapiertüten. Die mich unwillkürlich an diese Glückslaternen erinnerten, die man zum chinesischen Neujahrsfest oder dem Laternenfest steigen ließ. Nur dass die hier auf dem Boden blieben. Und alles in goldenes Licht tauchten. Ich stand da und starrte. Sekundenlang. Ehe Shane mich hinter sich her zog. Geduckt. Einen Ziegenpfad entlang, der den Namen ›Pfad‹ schon nicht mehr verdiente. Hinunter nach Petra.

37

Sein Schädel pochte. Mit jeder Sekunde heftiger. Hatte Ambitionen, einfach zerplatzen zu wollen. Seit er in Als Feuer gegriffen und das *Herz des Simurgh* aus den Flammen genommen hatte. Dem gleichen Augenblick, in dem das Wispern in seinem Kopf zu einer Stimme geworden war. Zu Gelächter, das wieder zu einem Flüstern herabsank. Drängend. Immer mehr. *»Komm.«* Immer wieder. *»Komm.«* Fast wie ein … Ziehen. Ein Zwang. Hierherzukommen. Und noch weiter. Er hatte Jesse nichts davon gesagt. Auch wenn sie ihm zumindest die Kopfschmerzen anmerkte. Aber der Rest … *»Komm.«* Es fühlte sich an wie ein Fehler. Und er konnte nichts dagegen tun.

Abrupt richtete er sich ein wenig mehr auf. Jesse sah zu ihm auf. Überrascht. Fragend. »Hoffen wir einfach, dass wir auch als Touristen durchgehen und zwischen denen da unten nicht weiter auffallen.« Solange sie sich auf Petra zubewegten, hielt sich die Qual in seinem Kopf in Grenzen. Zumindest war es bisher so gewesen. Er streckte ihr die Hand hin. Hitze und Kälte zugleich schoss in sein Blut, als sie sie ergriff, Haut Haut berührte. »Komm.« Es fühlte sich an wie ein Fehler.

38

J

Vielleicht war es das unruhige Licht, das von den unzähligen Papiertütenlichtern ausging. Vielleicht die Schatten, die in dem kleinen Talkessel entlang der Felswände kauerten: Wir fielen zwischen den Menschen vor der steinernen Fassade des Schatzhauses in keinster Weise auf. Geschweige denn, dass es jemand bemerkt hätte, dass wir nicht den Weg durch die schmale Schlucht genommen hatten, der offiziell der einzige Zugang zu diesem Ort sein sollte, sondern eine Felsrinne voller Geröll und Sand links davon herabgekommen waren, die den Namen ›Pfad‹ nicht mal ansatzweise verdiente. Und anscheinend auf keiner Karte existierte. Vielleicht waren es aber auch einfach zu viele Menschen, die am Fuß der nahezu senkrecht in den Nachthimmel ragenden Felswände saßen oder standen oder sich zwischen den Laternen umher bewegten. In den Schatten. Zwischen ihnen. Schatten, die seltsam dunkel wirkten. Dunkel und undurchdringlich. Undurchdringlicher als sie es nach meinem Verständnis sein sollten. Unruhig. Wabernd. Als würden sie ein Eigenleben führen. Unabhängig vom Licht und den Gesetzen der Physik. Zwischen den Laternen hin und her kriechen. Hinein in Ritzen und Spalten im Fels; an anderen Stellen wieder aus ihm heraus. Seltsam … kalt, wenn man ihnen zu nahe kam. Fast eisig, wenn man einen berührte … Und keinem um uns herum schien es aufzufallen.

Meine Hand fest in Shanes umkreisten wir den Platz scheinbar gemächlich, möglichst in den Schatten oder knapp an ihrem Rand entlang. Wobei mir Letzteres deutlich lieber war. Musik kam von irgendwoher. Eine Mischung aus orientalisch und sphärenhaftem New Age. Ein paar Mal hatte ich das Gefühl, als würden die kleinen Kerzenflammen in ihren Papiertüten unnatürlich weiter aufflackern, wenn wir mit ihnen auf gleicher Höhe waren. Mein Herz pochte in meiner Kehle. Die an sich schon eng genug war.

Die ganze Zeit über ließ Shane den Blick angespannt über die Menschen um uns herum wandern. Einmal blieb er tatsächlich abrupt stehen – was mir fast einen Herzinfarkt bescherte –, nur um nach einem Moment doch weiterzugehen. Mit jedem Schritt, den wir uns der in den Fels gehauenen Fassade näherten, schien sein Griff fester zu werden.

Wir waren noch vier, höchstens fünf Meter von den Säulen der steinernen Fassade entfernt, als Shane ein Zischen ausstieß. Und mich schneller vorwärtszog.

»Was ist?« Um ein Haar wäre ich über meine eigenen Füße gefallen.

»Die beiden Typen auf 10:00 Uhr. Auf der anderen Seite. Kommen sie dir nicht auch bekannt vor?« Der Sarkasmus war in seiner Stimme nicht zu überhören.

Ich sah in die Richtung, die er genannt hatte – ein Hoch auf Paul und seine militärischen Richtungsangaben –, und fluchte. Wenn auch nur innerlich. »Die waren in Amman dabei.«

»Genau.«

»Und was jetzt?« Ich nahm die unteren beiden der steinernen Stufen wie eine. Und sah mich dabei mehr durch Zufall noch einmal um. In die andere Richtung. Diesmal fluchte ich gut hörbar.

»Was?« Auch Shane warf einen schnellen Blick hinter uns. Anscheinend ohne etwas entdecken zu können.

»Auf 6:00 Uhr. Knapp außerhalb des Laternenlichts. Zwei Gestalten in Weiß. – Ich glaube, Al dürfte nicht besonders glücklich mit uns sein.«

Wieder ein Zischen. »Wir auch nicht mit ihm.« Seine Hand wanderte einmal mehr zu seiner Schläfe. Er hielt es nicht für nötig, sich noch einmal umzusehen. »Entsprechend würde ich sagen, wir sind quitt.« Allerdings stieg die Temperatur um ihn schlagartig um mehrere Grad an. Was auch seinen Griff unangenehm werden ließ.

»Ich frage mich, ob er das auch so sieht. – Was mich auf meine Frage zurückbringt: Was jetzt? – He.« Ich war schon auf der untersten Stufe zum eigentlichen Eingang ins Schatzhaus und der Dunkelheit dahinter, als er mich unvermittelt stoppte. Und nach links zog. Zu einem der beiden Seiteneingänge hin. Auf dem Fries darüber nisteten Schatten, die schwärzer waren, als sie es hätten sein dürfen. Doch auch diesmal brachte er mich ziemlich abrupt zum Stehen. Direkt vor der deutlich kleineren ›Tür‹ – und zerrte mich zur Felsmauer hin.

»Da!« Er ließ meine Hand los. »Das muss es sein.«

»Und was?« Ich folgte ihm näher an den behauenen Fels heran. Und warf einen hastigen Blick zwischen den Säulen hindurch auf den Platz. Keine Spur von Als Männern. Die anderen bahnten sich ihren Weg unaufhaltsam durch die Touristen und ihre Laternen.

»Das werden wir wohl herausfinden müssen.«

Wie bitte? Er hatte die Hand gehoben, nach dem Stein ausgestreckt, zögerte ganz offensichtlich, ihn zu berühren … »Das ist nicht dein Ernst.«

Für einen winzigen Moment sah er zu mir herüber. Halb aus dem Augenwinkel. Seine Handfläche legte sich gegen den Stein … Die Luft um seine Hand flimmerte unvermittelt. In dem schwachen Licht kaum zu sehen. Flammen leckten zwischen seinen Fingern hindurch, an den Rändern seiner Hand entlang … Ansonsten geschah – nichts. Er stieß ein Zischen aus. »Das kann nicht sein.«

Offenbar hatte er ein bisschen mehr erwartet. »Bist du dir si–«

»Ja, verdammt.«

Er sagte es so heftig, dass ich unwillkürlich einen

Schritt von ihm weg machte. Okay. Ich würde nicht fragen wieso.

»Und jetzt?« Ich legte meinerseits die Hand gegen den Stein. Warm. Wie etwas, das stundenlang im Hochsommer ungeschützt in der Sonne gelegen hatte. Nichts als roter Stein. Und trotzdem … irgendwie … anders. Ohne dass ich es hätte erklären können. Wie ein Wispern, von dem man wusste, dass es da war. Obwohl man es nicht hören konnte.

Shane fuhr jetzt mit beiden Händen über den Stein. Anscheinend auf der Suche nach irgendeinem Mechanismus … Hinterließ seltsam dunkle Schlieren auf dem Rot des Steins … Schlieren, die von seinen Händen tropften … Schatten. Blut. Wie über der Schale bei Al … »Was zum …?« Ich warf erneut einen schnellen Blick hinter mich. Die Typen aus Amman hatten beinah diese Seite der Laternen erreicht. Ich fluchte. »Kann nicht mal was einfach sein …?« Einer rief etwas. Stieß einen Touristen beiseite, der ihm im Weg stand. *Verdammt. Verdammt. Verdammt …* Ich sah zu Shane. Der immer noch die Hände auf dem Stein hatte. Der Boden unter ihm hatte inzwischen unübersehbar rote Flecken. Die Stimmen hinter uns wurden lauter. Die Wand rührte sich nicht … Der Gedanke war aus reiner Verzweiflung geboren. Und so vollkommen abwegig, dass er eigentlich nicht funktionieren konnte. Ich zerrte das *Herz des Simurgh* unter meinem T-Shirt hervor. Der Stein flammte blutrot. So rot wie das Blut auf Shanes Händen. »Sesam, öffne dich.« *Was auch immer dein verdammtes Geheimnis ist, zeig es uns endlich!* Einer der Typen aus Amman brüllte etwas. Ich klatschte das Amulett so hart gegen den Stein, dass es wehtat. Feuer stach durch meine Knochen, meinen Arm hinauf, in meine Brust. Klauen, die sich in meine Haut bohrten. Winzig klein. Immer tiefer. Ich hörte mich selbst schreien. Eine Stimme, die meinen Namen rief. Arme, um mich. Shane. Shane, der … Ich blinzelte. Rang nach Luft, während der Schmerz verebbte. Mit jedem Luftholen ein wenig mehr.

»Das ist ein Witz.« Ich musste husten. Ich lag auf dem Boden eines riesigen Saals. Glänzender Marmor. Schimmernde Säulen, die eine gewölbte Decke trugen. Mosaike hoch über mir. An den Wänden. Shane kniete neben mir. Eine Hand immer noch an meinem Handgelenk. Blutverschmiert. »›Sesam, öffne dich‹? – Ernsthaft?« Meine Stimme wurde mit jedem Wort lauter, auch wenn ich noch nicht wirklich viel Luft hatte. Und genau genommen auch nicht wusste, wen ich hier überhaupt anschrie. Aber entweder das oder ich würde hysterisch werden. »Das ist ein verdammter Witz!« Trotzdem fühlte es sich gerade ziemlich gut an.

Shane hatte sich aufgerichtet, von mir abgewandt. Starrte auf irgendetwas hinter mir. Von seiner Hand tropfte immer noch Blut. Ohne dass man irgendwelche Verletzungen hätte erkennen können. Es schien direkt aus seinen Poren zu dringen. Wie bei Al, als er die Hand über diese Schale gehalten hatte … schien sich gleichzeitig seinen Arm hinaufzuwinden. Gegen die Schwerkraft. Dünne rote Linien. Die immer dunkler wurden. Unter der Haut verschwanden … Um ein Haar hätte ich die Hand nach ihm ausgestreckt … Irgendetwas hielt mich zurück. Ein Gefühl, dass ich es schlimmer machen würde… Ich konnte es nicht beschreiben. Um dem Impuls nicht doch noch zu folgen, ihn zu berühren, rappelte ich mich vom Boden auf und drehte mich um … ›Wow‹ war das Erste, was mir in den Sinn kam. Sowohl das *Alhambra* in Vegas wie auch Als Palast konnten sich hierin verstecken. Der Saal war gigantischer, als ich im ersten Moment auch nur ansatzweise angenommen hatte. Säulen aus schwarzem Feuer ragten in unregelmäßigen Abständen aus dem Boden empor. Unruhig. Anscheinend voller Schatten. – Und brachten mich dazu, obwohl Wüstentemperaturen herrschten, schaudernd die Arme um mich zu schlingen.

Im Zentrum von allem waberte eine Wand aus Feuer und Dunkelheit. Und einem seltsamen Wispern. Zu hören und doch nicht zu hören. Das einem unter die Haut kroch. Sich auf die Zunge legte wie ein schlechter Geschmack, der … Wo zur Hölle kamen diese blödsinnigen Gedanken her? Schwachsinn, hier etwas anderes zu tun, als die Schönheit um mich her zu bewundern. Schönheit, die … Ich machte einen Schritt zurück, als wäre ich an irgendeiner Ecke falsch abgebogen und hätte mich unvermittelt in einer der übelsten Ecken von Vegas gefunden. ›Die Schönheit bewundern?‹ *Wie bitte? Was zum Teufel soll das? Ich bin nicht hier* … Erst jetzt wurde mir bewusst, dass Shane nicht mehr neben mir war, sondern sich ein paar Meter weiter auf die Wand aus Feuer und Dunkelheit zubewegte. Seltsam steif. Fast wie … im Schlaf … benommen … Auf den Fliesen hatte er eine Spur roter Tropfen hinterlassen. Die sich in winzige Flammen verwandelten. Und mit jedem Meter, den er sich der Feuerwand näherte, dunkler wurden.

»Shane …« Keine Reaktion. Meine Hand stahl sich wie von selbst zum *Herz des Simurgh.* Ich wusste selbst nicht, wieso. »Shane, was … Warte …« Die Stimme war ohne Vorwarnung in meinem Kopf. – Nein, *die* Stimm*en.* Flüsternd. Lachend. Zischend. Mal laut, mal leise. Ohne dass ich sie verstand. Ohne dass ich sagen konnte, wie viele es waren. Zehn? Hunderte? Sie verschwammen in meinem Kopf.

Alles verschwamm in meinem Kopf.

Ich presste die Hände gegen die Schläfen. Das *Herz des Simurgh* immer noch in der einen. Seine Klauen kratzten über meine Haut. Der Boden schien sich unter meinen Füßen zu bewegen. Wind strich um meine Knöchel. Wie … fragend. Die Stimmen wurden lauter. Lauter. Ohrenbetäubend. Lautlos. Wahnsinnig. Ich presste die Lider aufeinander. Gelächter. *Schluss. Aufhören!* Wieder Gelächter. Lauter. Höhnischer. Ein Windhauch glitt über meinen Nacken. Schluss! Ich schloss die Finger fester um das *Herz des Simurgh.* Der Stein schien sich in meine Hand zu schmiegen. Sie zu verbrennen … »SCHLUSS!« Stille. Wie … verblüfft.

Dann das Gefühl, als würde etwas um mich herumstreichen. Wachsam. Lauernd. Ich riss die Augen auf. Da war nichts – außer flimmernder Hitze. Und … Menschen in den Säulen aus schwarzem Feuer. Ich prallte zurück. Männer … In jeder einzelnen. Die Körper halb verzehrt von Flammen. Wanden sich. Krümmten sich. Die Hände in unsichtbare Wände gekrallt. Voller Entsetzen drehte ich mich um mich selbst. Gesichter, Fratzen aus Feuer. Glühende Augen wie Kohlen. Einer hob den Kopf. Als würde er auf etwas … lauschen. Zwei weitere. Der eine hatte Ohrringe die ganze Seite seines Ohres hinauf … Noch einmal drehte ich mich um mich selbst. Was zum …? Unwillkürlich machte ich einen Schritt zurück. – Al hatte gesagt, die anderen Djinn wären verschwunden … *›Sie sind einfach unauffindbar. Jeder einzelne. Aus jedem einzelnen Haus …‹* Großer Gott. Der Simurgh biss in meine Hand. Ich rannte los. Shane hinterher. Der noch immer auf die Flammenwand zuging. Eben hätte er um ein Haar eine der schwarzen Feuersäulen berührt. Sah er sie überhaupt?

»Shane! Nicht! Bleib stehen. Stopp!« Er schien mich nicht zu hören, obwohl ich mir die Seele aus dem Leib brüllte. »Shane, nein!« Keine Reaktion. Nicht von ihm. Dafür schlug mir aus dem Nichts heraus alles versengende Hitze entgegen. Ich stolperte, keuchte vor Schmerz, fiel auf die Knie. Nur aus dem Augenwinkel sah ich, dass Shane stehen geblieben war, sich umdrehte. Zögernd. Wie gegen seinen Willen – oder den von etwas anderes. Einen Schritt in meine Richtung machte. Wieder stehen blieb. Wankte. Sich krümmte. Die Hänge gegen den Kopf presste … Die Stimme war unvermittelt in meinem Kopf. Eine. Viele. Wie zuvor. Nur konnte ich diesmal verstehen, was sie sagten. »***Sieh an, sieh an.***«

»***Eine Windhexe.***«

»***Verbunden mit einem Djinn.***«

»***Sie hat das Herz des Simurgh …***«

»***Asnar al Sáaran …***«

»***So köstlich unschuldig.***«

»***Mächtig.***«

»***Was wünschst du dir, kleine Hexe?***« *Was wünschst du dir, kleine Hexe … wünschst du dir … wünschst du dir …* Das Wispern und Zischeln war wie ein Echo in meinem Kopf. Wurde zu einem Kichern. Wühlte sich durch meinen Verstand. Reißender Schmerz. »***Ah … sieh an, sieh an …***«

»***Wir können dir die Macht geben, deine Tante zu töten, wenn du das willst.***«

»***Deinen Bruder gesund machen.***«

»***Geld im Überfluss.***«

»***So viel Geld.***«

»***Macht. Reichtum.***«

»***Wie alle Sterblichen.***«

»***Sie wünschen es sich alle.***«

»***Du musst es nur sagen, kleine Hexe.***«

»***Alles, was du willst.***«

»Sag es uns …«

»Wünsch es dir …«

»Alles, was du willst …«

»Wünsche sind mächtig …«

»Ja, so mächtig …«

Unvermittelt stand ich auf einer Wiese. Im Schatten eines ausladenden Baumes. Und direkt vor mir … Tante Gwens Grabstein. Ich blinzelte. Sah mich um. Danny stand neben mir. Gesund. Braun gebrannt. Ein Grinsen auf dem Gesicht. »Wir sind sie los, Schwesterchen.« *Schwesterchen?* Mein Blick wanderte weiter. Da war das Haus, in dem wir vor Pauls Tod gewohnt hatten. Die Bäume im Garten wiegten sich im Wind. Ich liebte es, wenn er in ihren Zweigen rauschte, sie sich bogen. Zwischen den Stämmen hindurch glaubte ich sogar, den See dahinter schimmern zu sehen … Wieder eine Stimme … Vertraut diesmal. War das Mom? Sie und Paul. Sie kamen auf die Veranda …

»***Alles, was du tun musst, ist, deinen Djinn vergessen …***« *deinen Djinn vergessen … vergessen … vergessen …* Ich blinzelte. Shane … Shane, der … in dem schwarzen Feuer gefangen war. Wie all die anderen. Meinen Namen schrie …

»Ja, deinen Djinn vergessen …« *deinen Djinn vergessen … vergessen … vergessen …*

Was?

›… die Sache mit den Wünschen ist nichts als ein Trick, um von den Artefakten abzulenken … Sie machen sich die Gier

der Menschen zunutze, um das Interesse von dem eigentlich ›Wertvollen‹ abzulenken …‹

»Alles, was du tun musst, ist, deinen Djinn vergessen …«

Ich stieß ein Zischen aus. »Und das könnt ihr vergessen!«

»Wünsch es dir.«

»Du musst es dir nur wünschen.«

Ich presste die Lider so fest aufeinander, dass meine Augen zu brennen begannen. »Verschwindet.«

»Das alles kann dein sein …«

Mein Zischen wurde zu einem Knurren. Was bildeten diese … Ungeheuer sich ein? »Raus aus meinem Kopf.« Ich klatschte die Hand auf den Stein. Meine Finger versanken in heißem Sand. Der Wind antwortete mir. Mühte mich auf die Füße. »Raus. Aus. Meinem. Kopf!« Meine Stimme war immer lauter geworden, bis ich brüllte.

Stille.

Absolute Stille.

Nur das leise Wispern des Windes, der um mich herumstrich.

Ich öffnete die Augen.

Starrte eine Sekunde in grelles Sonnenlicht.

Ich stand in den Ruinen des Palastes. Mitten in einer Wüste. Endlos. Sengend. Die Luft flimmerte über niedergebrochenen Mauern und umgestürzten Säulen. Halb zugeweht von Sand. Abgeschliffen von Jahrtausenden. Die ganze Pracht von zuvor: verschwunden. Anscheinend nichts als eine Illusion. Nur die mannshohen Flammensäulen aus schwarzem Feuer waren noch unverändert da. Und die Wand aus Flammen. Vor der Shane stand. Der sich gerade wieder abwandte, zögernd, stockend … und weiter darauf zuging. Langsam. Wie gegen seinen Willen. Das Zischeln und Wispern kam zurück. Unwillig. Wütend. Ich ignorierte es. Rannte Shane nach, auf ihn zu. Stolperte immer wieder im Sand, stürzte, rappelte mich auf …

»Du wirst es nicht verhindern, kleine Hexe.«

»Es ist soweit.«

»Alles ist bereit.«

»Das Gleichgewicht wurde gebrochen.«

Der Boden brach unter meinem nächsten Schritt weg. Mit den Armen rudernd kam ich gerade noch zum Stehen.

»Er ist der Schlüssel.«

»Er wird uns freilassen.«

»Die Zeit ist gekommen.«

Mein Herz raste. Nein!

»Er gehört uns.«

Der Sand war schwarz. Dann ganz verschwunden. Ich stand über einem Meer aus durchscheinender Dunkelheit. Spiegelnd. Unruhig. Starrte auf etwas hinab, das nicht die Welt sein konnte, die ich kannte …

»Weil sein Vater ihn uns gegeben hat.«

Kichern. ***»Damit er lebt.«***

Abgründe, aus denen Flammen brachen. Der Boden bebte. Ich stolperte zurück, konnte gerade noch mein Gleichgewicht halten. Shane hob die Hand nach der Flammenwand.

»Nein!«

Seine Hand verharrte … Schwarzes Feuer rann über seinen Arm, tropfte zu Boden.

»Dummer Narr von einem Djinnfürsten.«

»So alt und so schwach.«

»Wegen dem Kind einer Sterblichen.«

Städte standen in Flammen. Los Angeles. Vegas. Rauchschwaden waberten darüber. Washington. New York. Tief unter mir. Um mich herum. Menschen in Panik. Wolken aus Asche und Glut. *Nein! Das passiert nicht! Nicht jetzt oder später! Niemals!*

Ich zwang mich, einen Schritt zu machen. Wartete darauf, dass da nichts unter meinen Füßen sein würde. Dass ich fallen würde. Irrtum. Irgendetwas war unter mir, das mich trug … Wind. Unsichtbar und doch da. Rauch kräuselte sich darin …

»Sie werden alle sterben.«

Menschen, so winzig unter mir, rannten um ihr Leben. Auf der Flucht vor Feuer, das vom Himmel herabregnete. Trümmer von Häusern. Ströme aus rotschwarzer Lava, die sie unter sich begruben. Kreaturen, die aus nichts anderem zu bestehen schienen als brennender Erde.

»Oder uns dienen.«

»Es ist soweit.«

»Uns nähren. Uns dienen.«

Ich versuchte, die Stimmen zu ignorieren. Weiter zu gehen. Obwohl da kein Boden war. Die Säulen aus schwarzem Feuer hingen unverrückbar über allem.

»Sklaven.«

»Wie die Djinn.«

»Weil einer von ihnen die Gesetze gebrochen hat …«

»Sie alle sind hier.«

Unter mir starb die Erde. Meine Erde. Mein Zuhause. Oder würde es tun. Was ich nicht einfach zuzulassen gedachte.

»Das Gleichgewicht verletzt hat …«

»Wie die Faye.«

Mit jedem Schritt wurde ich schneller.

»Sklaven.«

»Wie deinesgleichen.«

Der Boden bebte immer stärker. Bockte wie ein durchgedrehtes Wildpferd. Holte mich immer wieder von den Füßen. Shanes Blut floss unaufhaltsam um ihn herum. Rann zu einem Kreis zusammen. Aus schwarz brennendem Blut. Unaufhaltsam… Nein! Das würde ich nicht zulassen! Seine Hand näherte sich der Feuerwand immer weiter. »Shane. Nein. Nicht! Tu das nicht!« Mir fehlte die Luft zum Schreien. In meiner Seite schien so etwas wie ein Messer zu sitzen. Dass mir irgendjemand mit jedem Schritt tiefer zwischen die Rippen bohrte.

»Unser. Lass uns frei.«

Die Djinn in den Säulen aus schwarzem Feuer direkt bei

der Feuerwand waren nur noch verdorrte Mumien. Aufrecht gehalten von was auch immer. Verzehrt.

»Shane …« Seine Hand legte sich gegen die Wand aus Feuer. »Nein!« Der Kreis aus Blut schloss sich … Brennend schwarze Flammen brüllten daraus empor. Das Zischeln wurde zu Gelächter. L. A. stürzte in ein Meer aus Glut … Das Boden-Nichts unter mir heulte. Menschen schrien. Laut, als wären sie um mich herum. Die Wand aus Feuer waberte, flackerte. Wurde … durchsichtig … Shanes Hand sank herab. Hinterließ einen Riss. Dahinter … Bewegung. Schatten. Das Gelächter wurde lauter. Grell. Unerträglich.

Ich widerstand dem Drang, mir die Hände über die Ohren zu pressen, mich zu krümmen.

»Mach, dass es aufhört!« Meine Stimme kippte. Viel zu schrill.

Flammen.

Wurden zu sengendem Rot. Wütend.

Heulend.

Zerfaserten. Zu schwarz.

Dunkelheit.

Die Welt versank darin …

Shane rührte sich nicht. Stand einfach nur da. Starrte die Wand an. Die zerfiel, sich auflöste …Die Flammen, die in den Himmel schlugen … Der Einzige, der das hier beenden konnte … Ich wusste nicht, was ich tat. Was er tat. Tun könnte. Sollte. Der Wind war einfach da. Schmiegte sich um meine Hand. Wisperte. Sang ….

Ich konnte nicht klar denken. Wusste nicht, ob es irgendetwas bringen würde. Ich tat es einfach. Ohne nachzudenken. Ich packte Shane, zerrte ihn zu mir herum. Ignorierte die Flammen. Das Feuer waberte schwarz über seine Haut. Die Qual in seinen Augen … Ich vergrub die Hände in seinen Haaren, zog seinen Kopf zu mir herunter. »Mach, dass es aufhört!« *Und komm zu mir zurück.* Scheiß auf irgendwelche Gesetze und alles, was Al sonst noch gesagt haben mochte. Ich küsste ihn mit einer solchen Wucht, dass es fast wehtat. Spürte das Feuer. Sengend. Spürte, wie es nach mir leckte, nach mir griff, auf mich überspringen wollte … *Nein! Du nicht. Niemals!* Meine Zunge kollidierte mit seiner … Schmerz. Angst. Unbändige Wut. Verzweiflung. Flutete über mich hinweg. Der Sturm erwachte aus dem nichts. Brüllte auf. In *meiner* Wut. *Meinem* Zorn. Shane konnten sie vielleicht kontrollieren. Aus welchen Gründen auch immer. Das Feuer konnten sie vielleicht kontrollieren. Aber mich nicht. Und auch nicht den Wind. Und noch weniger meinen Sturm. Scheiß auf irgendwelche Gesetze! Ich jagte den Sturm in die Flammen hinein. Mit nur einem Gedanken. *Mach, dass es aufhört. Was auch immer diese Monster sind: Sie sollen bleiben, wo sie die ganze Zeit waren. Ich werde diesen Mann nicht verlieren. Nicht euretwegen. Sucht euch ein anderes Spielzeug. Einen anderen Schlüssel. Er. Gehört. Mir.*

–

Nichts geschah. Nichts außer Gelächter und Zischeln …

Und dann …

… antworteten die Flammen.

Das Brüllen wurde ohrenbetäubend. Zwei Stimmen. Feuer und Wind. Wind und Feuer. Wanden sich umeinander. Ein Mahlstrom. Flammen und Sturm. Donnernd. Alles vernichtend. Verschlingend. Und nur um uns herum absolute Stille. Ein Stöhnen an meinem Mund. Shanes Hände wühlten sich in meine Haare. Zerrten daran. Seine Lippen trafen hart auf meine. »Jesse.« Kaum zu verstehen. Seine Zunge suchend gegen meine. Wind und Feuer. Feuer und Wind. Wütendes Heulen. Sturm und Flammen barsten in einem Feuerball … Der Knall war darunter kaum zu hören. Shane zuckte zusammen. Schmerz explodierte in meiner Schulter. Sein Mund löste sich von meinem. Er taumelte zurück. Die Augen aufgerissen. Schock. Schmerz. Fassungslosigkeit. Brach zusammen. Auf seinem Hemd war ein roter Fleck. Breitete sich aus. Meine Knie trafen auf den Boden. Der Stein unter ihm, unter mir. Rot. Menschen schrien. Ich streckte die Hand nach ihm aus. Die Erde schüttelte sich. Steinbrocken regneten aus dem Himmel. Ich lag neben ihm. Ohne ihn erreichen zu können. Warum lag ich neben ihm? Seine Augen starrten ins Nichts. Eine der Säulen vor dem Eingang des Schatzhauses kippte. Ein Mann war darunter. Begraben. Ein Schuss? War das eben ein Schuss gewesen? Über den Bergen ging die Sonne auf. Verwischte. Meine Schulter stand in Flammen …

Dunkel.

39

Das war sie also. Jessica DeLaney. Die Frau, die zusammen mit dem Djinn-Bastard die Alte Stadt beinah in Schutt und Asche gelegt hatte. Melissa zog sich ein Paar Schritte von der Tür des Krankenzimmers zurück. Ohne die andere Hexe dabei tatsächlich aus den Augen zu lassen. Ihretwegen war sie nach Jordanien gekommen? Und von Petra hierher nach Ma'an? Schwer zu glauben, dass dieses junge Gänschen zu so etwas fähig sein sollte. Im Moment wirkte sie einfach nur zerbrechlich, wie sie da blass und reglos in dem Krankenhausbett lag. Die Schulter verbunden. Die Nadel des Tropfs im Handrücken ... Und trotzdem: Sie hatte die Zerstörung gesehen. Die Berichte der Polizei gelesen. Die Presse sprach sogar von einem möglichen Terroranschlag. – Was ihr mehr als recht war. Dann argwöhnte niemand, was es tatsächlich gewesen war: ein Fast-Armageddon – ohne dass die Menschen auch nur den Hauch einer Ahnung hatten. Zum Glück hatte der Schuss, der den Djinn-Bastard erledigt hatte, das Schlimmste verhindert. Eine Schwester hastete an ihr vorbei ... Der Mann, der den Korridor heraufkam, passte nicht in dieses Krankenhaus. Dazu war sein

Anzug unübersehbar zu teuer. Ganz offensichtlich maßgeschneidert. Das dunkle Haar wurde an Stirn und Schläfen schon Grau. Dazu ein scharf ausrasierter Dreitagebart … Direkt hinter ihm kam ein zweiter Mann. Ähnlich gekleidet. Ganz eindeutig ein Leibwächter. Auch wenn der erste nicht den Eindruck machte, als hätte er einen Leibwächter nötig.

Er begegnete ihrem Blick – und lächelte sie an. Ein Lächeln, das ihr eine Gänsehaut über den Rücken jagte. Daran änderte auch der Umstand nichts, dass er die Hand auf die Brust legte und eine winzige Verbeugung ihr gegenüber andeutete, ehe er endgültig an ihr vorbei war. Und in Jessica DeLaneys Zimmer trat. Keine Minute später kam der Arzt heraus. Leichenblass. Der Leibwächter schloss die Tür und stellte sich daneben. Sein Blick ging durch Melissa hindurch … und trotzdem machte sie kehrt und lief den Flur hinunter. Hastiger als beabsichtigt. Es gab Gerüchte über diesen Mann, den Alten vom Berg … Sie würde ihrer Großmutter Bericht erstatten. Sollte sie entscheiden, was mit Jessica DeLaney geschah.

40

Was das Lesen von Vitalwerten auf irgendwelchen Intensivstation-Monitoren anging, war ich dank Dannys Krankheit längst Profi. Und Shanes hier … ›schlecht‹ traf es noch nicht mal mehr ansatzweise. Sie waren weit jenseits von schlecht. Der Herzschlag war ein Dahinstolpern ohne jeden echten Rhythmus und gleichzeitig viel zu schnell. Die Atemfrequenz deutlich zu hoch und dabei die Sauerstoffwerte im Keller, trotz der durchsichtigen Maske über Mund und Nase. Und der Rest … selbst Dannys hatten nie *so* ausgesehen. Aber das Schlimmste war das Fieber. Nach allem, was ich wusste, lag die magische Grenze in Sachen Körpertemperatur bei 41,5°. Danach wurde es lebensbedrohlich. Shanes Wert lag erheblich darüber. Jetzt war mir auch klar, was die Schwester vorhin mit den Kühldecken und dem Eis gewollt hatte.

Wie lange konnte ein Mensch solche Temperaturen überleben? Wie lange, ohne bleibende Schäden davonzutragen?

Wie lange konnte sie jemand überleben, der zur Hälfte Djinn war? Der eine uralte Stadt beinah in Schutt und Asche gelegt hatte – im wahrsten Sinne des Wortes.

Ein ganzer Strang aus Schläuchen und Kabeln führte von den Infusionsflaschen und Geräten neben dem Bett über seine Schulter unter sein Krankenhaushemd.

Ich trat möglichst unauffällig einen Schritt zur Seite, näher an die Tür des eleganten Wartezimmers mit den Ledersesseln und dem passenden Sofa hin, als eine Schwester an mir vorbeiging. Der Blick, mit dem sie mich dabei musterte ... Ich zwang mich zu einem Lächeln und einem höflichen Nicken. Wenn das Personal hier nur halb so aufmerksam war wie im Mountain View, konnte ihr gar nicht entgangen sein, wie lange ich schon hier stand, halb verborgen durch den Lamellenvorhang im Inneren, der zu fast zwei Drittel vor die gläsernen Wände gezogen worden war. Gerade genug, um wenigstens die Illusion von etwa Privatsphäre zu erzeugen.

Auch wenn sie diesmal nichts sagte: Über kurz oder lang würde jemand den Sicherheitsdienst verständigen. Immerhin befanden wir uns auf einer Intensivstation. Im Privattrakt des Cedars Sinai Medical Center. Ich war nur mit mehr Glück als Verstand überhaupt hier hereingekommen. Am späten Abend. Kurz vor Ende der offiziellen Besuchszeit. – Irgendwann würde es jemandem auffallen, dass ich nicht die Enkelin eines gewissen Mr Whitacker war, der nach einem Schlaganfall auf einem Zimmer am anderen Ende des Ganges lag. Und ich konnte mir keinen Ärger erlauben. Vor allem keinen mit irgendwelchen Sicherheitsleuten oder am Ende der Polizei. Weil das unweigerlich

Tante Gwen auf den Plan rufen würde. Danny brauchte mich. Seine Rechnungen zahlten sich nicht von allein.

Dass ich den Arm in einer Schlinge trug, machte mich nicht unauffälliger. Wahrscheinlich sollte ich dankbar sein, dass ich erst wieder zu mir gekommen war, als sie die Kugel in dem Krankenhaus in Ma'an bereits aus meiner Schulter herausgeholt hatten. Die gleiche Kugel, die Shane durch die Brust gegangen war.

Seine Familie hatte ihn schon ausfliegen lassen, kaum dass die Ärzte ihn halbwegs stabil hatten. Noch bevor ich wieder wach gewesen war. Al hatte meinen Flug zurück bezahlt. Mit einer unmissverständlichen Warnung an mich: ›*Halt dich von ihm fern.*‹ – Offenbar gaben seine Brüder mir die Schuld an dem, was passiert war.

»... Noch immer gibt es keine Erklärung für die Geschehnisse in der Jahrtausende alten Nabatäer-Stadt Petra in Jordanien.« Über den Fernseher im Korridor flimmerten die Nachrichten. Wie schon die letzten Tage wurden Bilder von Petra gezeigt – oder was davon noch übrig war. Vor den Silhouetten der Überreste stand eine junge Reporterin. »Augenzeugen berichten von einer Art Feuertornado, wie er zuletzt 2012 in Australien beobachtet wurde. Andere wiederum wollen eine atompilzähnliche Flammenwolke über der Stadt gesehen haben.« Hinter der Sprecherin wirbelte eine Flammensäule über panisch flüchtende Menschen vor einem Sonnenaufgang. Irgendjemand hatte also sein Handy gezückt und draufgehalten. »Bei dem sich gleichzeitig ereignenden Erdbeben wurde nicht nur ein Großteil der historischen Stadt, die zum UNESCO-Weltkulturerbe gehört, zerstört, sondern auch mehrere Menschen, darunter vor allem Touristen, verletzt. Ein Terroranschlag kann nach wie vor nicht ausgeschlossen werden. …« Die Klauen des Simurgh bohrten sich in meiner Hosentasche regelrecht in meine Handfläche.

Aber der Rubin war kalt.

Eiskalt.

›*Weil die Kinder es nie überleben. Nie. Das Feuer der Djinn tötet sie*‹, hatte seine Mutter gesagt. Und jetzt – verbrannte er innerlich. Es war die Macht des Feuers, die ihn umbrachte.

Und das Einzige, was diese Macht bisher in Schach gehalten hatte, war das *Herz des Simurgh* gewesen. Oder zumindest ein Splitter davon. Doch statt bei ihm zu sein, war es hier. In meiner Hand. Kalt. Tot. Er hatte sich geirrt. Er konnte nicht ohne es überleben. Das *Herz des Simurgh* hatte das Djinn-Feuer die ganze Zeit in ihm gebändigt. Und er brauchte es immer noch, damit es genau das weiter tun konnte. Ich umklammerte es fester. Seit ich in Ma'an zu mir gekommen war, war da dieses Gefühl gewesen. Das ich nicht hatte deuten können. Das ich etwas ganz Bestimmtes tun musste. Etwas, beinah wie ein Wispern. Das mich hierhergetrieben hatte. Fast wie eine Schlafwandlerin. Ich hatte es erst verstanden, als ich hier aus dem Fahrstuhl gestiegen war. Die Monitore gesehen hatte. Shane, leblos in dem Krankenhausbett … Und jetzt konnte ich nur hoffen, dass es noch nicht zu spät war.

Ich wich hastig noch einen Schritt zurück, als sein Vater auf der anderen Seite der Glaswand unvermittelt den Kopf hob und den Blick über den Korridor hier draußen wandern ließ. So als wüsste er, dass ich hier war. *›Halt dich von ihm fern. Seine Brüder sind auf Blut aus …‹*

Ich sollte einfach hineingehen.

…

Ich schaffte es nicht.

Stattdessen drehte ich mich um, ging zum Empfangstresen der Schwestern hinüber. Der dunkelblonde Pfleger dahinter sah mich an. »Kann ich Ihnen helfen, Miss?«

»Hätten Sie eventuell einen Briefumschlag für mich?« Ich rang mir ein Lächeln ab. »Und einen Zettel? Muss nicht groß sein.«

Eine Schwester hastete an mir vorbei. Ich sah ihr nach, mehr aus Gewohnheit. Sie verschwand in Shanes Zimmer. Gleich darauf ein Arzt. Der Lamellenvorhang schloss sich. Nur mit Mühe konnte ich den Blick davon losreißen, den Pfleger wieder ansehen. Weiterlächeln. *Bitte, lieber Gott, lass es nicht zu spät sein.*

»Klar. Hier.« Er griff unter den Tresen und förderte beides zutage, legte es vor mich. »Stift?«

»Bitte, ja.« Mein Lächeln war gefroren. Hinter mir erklangen Schritte, Stimmen. Murmelten. Ein verhaltenes Schluchzen. Ich zog den Zettel zu mir heran. Was sollte ich schreiben? Ich hatte keine Ahnung. Mein Kopf war wie leer gefegt. Meine Hand zitterte. Trotzdem bewegte sie sich, kratzte der Stift über das Papier. Nicht mehr als eine Zeile. Was auch sonst? Ich faltete ihn zusammen. Schrieb auf die Rückseite Shane. Auf den Briefumschlag … nein, ich konnte seinen Namen nicht draufschreiben. Das Risiko, dass er am Ende irgendwo hingelegt und vergessen wurde … Bis es zu spät war. Vielleicht war es das ja schon. Ich presste die Handfläche auf die weiße, glatte Platte, damit das Zittern aufhörte. Also ein anderer.

Joane Hayden

Sie würde ihn sofort öffnen. Und sie würde wissen, was sie damit tun musste. – Hoffte ich. ›*Halt dich von ihm fern.*‹ Ich steckte den Zettel in den Umschlag, holte das *Herz des Simurgh* aus der Hosentasche, vorsichtig, damit es keiner sah, ließ es ebenfalls hineingleiten, klebte ihn zu. Mein Mund war wie ausgedörrt. Mein Magen ein Knoten. Ich schob den Stift über den Tresen zurück. Rang mir erneut ein Lächeln ab. »Danke.«

Der Pfleger sah auf, lächelte ebenfalls. »Kein Ding. – Kann ich sonst noch etwas für Sie tun?«

Ich warf einen schnellen Blick zu Shanes Zimmer. Der Arzt sprach gerade mit seiner Mutter und seinem Vater. Seine Brüder standen um sie herum. Einer fluchte. Ein anderer fuhr sich mit der Hand übers Gesicht. Joane klammerte sich an den Arm ihres Mannes. Ich sah den Pfleger wieder an. »Ja. Ja, bitte. Würden Sie das hier Joane Hayden geben.« Ich nickte in ihre Richtung. »Sobald der Arzt fertig ist? Es ist wichtig, dass sie es schnellstmöglich bekommt. Sehr wichtig. Aber ich will jetzt nicht stören …« Hilflos verstummte ich. Was hätte ich auch noch sagen sollen? Die Schwester von vorhin stand am anderen Ende des Korridors und sprach mit einem der Sicherheitsleute. Sie sahen zu mir her. Meine Zeit war abgelaufen.

»Natürlich. Kein Problem.«

»Sobald der Arzt fertig ist, ja. Es ist wichtig.« Ich schob ihm auch den Umschlag hin.

»Versprochen.«

»Danke.« Es fiel mir schwer, die Hand zurückzuziehen, mich umzudrehen. Zu den Aufzügen hinüberzugehen. Eine ältere Dame wartete davor. Der Pfeil für ›Aufwärts‹ leuchtete schon. Ich drückte auf die Ruftaste des anderen. Starrte auf die Anzeige über seinen Türen, die aufleuchtenden Zahlen. Fast zuckte ich zusammen, als sie auseinanderglitten. Ich stieg ein. Drehte mich aus reiner Gewohnheit um. Der Pfleger stand bei Joane. Gab ihr gerade den Umschlag. Eine Sekunde starrte sie ihn an, auf den Umschlag in ihrer Hand. Dann blickte sie auf. Wie suchend. Als wüsste sie, dass ich da war. Hastig drückte ich auf irgendeinen Knopf. Egal für welches Stockwerk. Meine Augen brannten. Meine Sicht verschwamm. Die Fahrstuhltüren schlossen sich. Eine einzige Zeile.

Leb wohl. J.

41

Acht Wochen später

Ich ließ die schwere Stahltür am Hintereingang des Klubs hinter mir möglichst leise zufallen. Und trotzdem schepperte es, dass man es vermutlich noch drei Straßen weiter hörte. Über meinem Kopf wimmerte die Klimaanlage. Dabei waren die Temperaturen bei Weitem nicht mehr so mörderisch wie noch vor ein paar Wochen.

Unter dem Müllcontainer ein paar Meter weiter raschelte es. Eine Maus oder eine Katze. Oder beides. Vielleicht auch eine Ratte. Es war mir egal. Die Gasse war eng und dunkel. Das einzige Licht kam von der Neonröhre über mir. An ihrem Ende konnte man die Scheinwerfer der Autos sehen, die dort vorbeifuhren. Viel zu schnell. Um diese Zeit wurden die meisten illegalen Rennen hier gefahren. Vor zwei Nächten hatte es drei Wagen zerlegt. Einer davon hatte einer jungen Frau gehört. Die ihren zweijährigen Sohn im Auto gehabt hatte. Man hatte sie bis hierher schreien gehört. Erst am nächsten Tag hatte ich erfahren, warum. Der Kleine war noch im Wagen gestorben. Und die Idioten, die eigentlich dafür verantwortlich waren, hatten sich aus dem Staub gemacht. Die Fahndung lief, und ich hoffte von ganzem Herzen, dass die Cops sie erwischten. Sich selbst in Gefahr zu bringen, war eins. Unschuldige mitzureißen, etwas ganz anderes. Ich atmete einmal tief durch – selbst das hier war besser als die abgestandene Luft im Inneren des Klubs –, genoss die relative Stille. Es würde nicht allzu lange dauern, bis mein neuer Boss bemerkte, dass ich verschwunden war. Mr Moskowitz hatte mich gefeuert. Was mich nicht gewundert hatte, nachdem ich einfach tagelang nicht zur Arbeit erschienen war. Das hier war das Beste, was ich auf die Schnelle als Ersatz gefunden hatte – Dannys Rechnungen mussten nach wie vor bezahlt werden. Wobei mir vermutlich niemand glauben würde, dass ich hier tatsächlich nur hinter der Bar arbeitete. Obwohl Patrick nichts lieber gesehen hätte, als dass ich auch an den Tischen bedienen würde. Aber selbst wenn das Trinkgeld dabei deutlich besser war: Allein bei dem Gedanken, dass irgendwelche Typen mir an den Hintern langten, während ich ihnen ihre Drinks auf den Tisch stellte, wurde mir schlecht.

Ich nahm einen Schluck aus meiner Wasserflasche, hob die andere Hand, ließ den Windgeist zwischen meinen Fingern tanzen. Er fühlte sich jung an. Vor allem im Vergleich zu dem, was ich in Petra gespürt hatte – oder im *Herz des Simurgh* … – ein Kind. Das sich irgendwann an mich gehängt hatte, ohne dass ich es im ersten Moment gemerkt hatte. Entsprechend hatte ich ihn ›Junior‹ genannt, als ich begriffen hatte, dass er anscheinend vorhatte, immer zumindest in meiner Nähe zu sein, wenn nicht sogar direkt bei mir. Nur die mächtigsten Windhexen hatten gewöhnlich einen solchen Begleiter, wie ich inzwischen wusste – Melissa war vor Wut schier geplatzt, als sie ihn das erste Mal bemerkt hatte. Erst recht, als ich ihr gesagt hatte, sie sollte die Finger von ihm lassen. Und ihr eine kleine Kostprobe davon gegeben hatte, was ich tun würde, wenn sie es nicht tat. Oh ja, ich war mächtig. Ob ich wollte oder nicht. Ich verzog das Gesicht. Melissa Bartner, meine unendlich weit entfernte Cousine – oder so ähnlich –, die vor ein paar Wochen vor mir gestanden hatte und mich ›in den Schoß der Familie‹ zurückholen wollte. Auf den Wunsch ihrer Großmutter hin. Und die mir im gleichen Atemzug gedroht hatte, Tante Gwen auf meine Spur zu setzen, wenn ich mich nicht an die Regel hielt. *Ihre* Regeln. Mit einem ›Du kannst mich mal‹ hatte sie anscheinend nicht gerechnet. Seitdem hatte ich nichts mehr von ihr gehört. Und wartete darauf, dass die Polizei bei mir auftauchte. – Nicht, dass ich das nicht schon vor alldem getan hatte. An meinem Leben hatte sich also absolut nichts geändert.

Meine Finger gingen wie von selbst zu der kleinen Brandnarbe an meiner Hand, strichen darüber. Nein, genau genommen hatte sich alles geändert. Und es wurde mir jedes Mal dann bewusst, wenn ich nicht arbeitete oder bei Danny war. Wenn ich einen kurzen Moment für mich allein hatte. In der Zeit kurz vor dem Einschlafen und dem Aufwachen. In Augenblicken wie diesem. Wenn ich nicht darauf achtete, wohin meine Gedanken gingen – zu Shane. Ich hatte ihn seit dem Tag im Krankenhaus nicht mehr gesehen. Aber ich wusste, dass es ihm gut ging. *›Halt dich von ihm fern. Seine Brüder sind auf Blut aus. Und du bist das Ziel.‹* Ich glaubte immer noch, Als Stimme zu hören. Irgendwie hatte ich es tatsächlich geschafft. Zumindest teilweise. Ich war in der Ausstellung gewesen, die er zusammen mit ein paar anderen Kriegsfotografen gemacht hatte, hatte vor seinen Bildern gestanden und gehofft, er würde plötzlich hinter mir stehen … Die Tür neben mir öffnete sich. Jacob, einer der Rausschmeißer, schob den Kopf heraus, sah sich um, entdeckte mich. »Patrick sucht dich …«

Natürlich, wie sollte es anders sein? Ich schraubte meine Wasserflasche zu. »Ich komme.«

Jacob nickte, verschwand. Die Tür krachte zu. – Er lehnte auf der anderen Seite. Groß, dunkelhaarig. Kleine goldene Ringe funkelten sein ganzes linkes Ohrläppchen hinauf. Die Hände nachlässig in den Taschen seiner Jeans vergraben. Das Hemd hing lose über dem Bund. Und sah mich an. Regungslos. Die Luft um ihn her flimmerte in der Dunkelheit. Ich stieß mir die Hüfte an einem der Metallrohre des Geländers, als ich einen Schritt zurück machte. Einen weiteren. In Hitze. Mein Fuß landete auf etwas Weichem. Ein Zischen. Ich fuhr herum. Der hier trug einen dunklen Anzug. Locker offen. Das Hemd halb aufgeknöpft. Genauso groß und dunkel wie der erste. Eine Bewegung auf der gegenüberliegenden Seite der Gasse. Einer stand bei den Müllcontainern. Zwei lehnten scheinbar entspannt an der Backsteinmauer gegenüber. Ein weiterer Richtung Ausgang zur Straße hin. Die Hälfte sah aus, als kämen sie direkt aus einem Meeting. Und hätten nicht mal genug Zeit gehabt, um die Krawatte endgültig loszuwerden. Die andere Hälfte … immer noch Upperclass, aber zumindest halbwegs leger. Die Luft war mit einem Schlag trocken und heiß. Der Windgeist wimmerte in meinen Haaren. Niemand musste mir sagen, wer sie waren. Sechs Djinn. Allesamt Prinzen. Einer davon sogar ein Fürst. Unverkennbar Brüder. Roshan. Rayam. Fahim. Dhamar. Kadir. Nazeem. Ich hatte sie alle schon gesehen. In Petra. Eingehüllt in Feuer. Nur noch vage Menschen. Dann im Krankenhaus. *Seine* Brüder.

Der im Anzug, der mir gegenüberstand, packte mich am Arm. Ich war nicht schnell genug, um zurückzuweichen. Meine Wasserflasche zerplatzte auf dem Beton. Durchnässte meine Jeans – und seine Hosenbeine vermutlich auch. »Du begleitest uns, Windhexe.« *Wie bitte?*

»Bestimmt nicht.« Junior verkroch sich noch tiefer in meinem Nacken.

Der hinter mir, mit den Ohrringen, ließ ein Schnalzen hören. Der Einzige, der Jeans trug. »Sei nett, Roshan.«

Roshan. Der Fürst. Der Älteste. Und Mächtigste. Ich stemmte mich gegen seinen Griff. Seine Augen wurden schmal. »Klappe, Nazeem.«

Der Bruder, dem das *Alhambra* gehörte. Der, dem sie den Mord und die Drogenorgie angehängt hatten. Und der von einer Grand Jury freigesprochen worden war. Ich hatte die Schlagzeilen gesehen. Roshan sah ihn noch nicht einmal an.

Ich zog fester. »Nimm die Pfoten weg. Oder ich schreie den ganzen Klub hier raus.«

Wieder dieses Zischen. »Du weißt, was Schallschutztüren sind?« Für den Bruchteil einer Sekunde lag ein böses Lächeln auf seinen Lippen. »Die Einzigen, die dich hören würden, sind die, die an dieser Gasse wohnen.« Seine Finger schlossen sich enger. »Und die sehen in dieser Gegend gewöhnlich weg.« Hitze versengte meine Haut. Ich biss die Zähne zusammen. Nein, er würde nicht merken, dass er mir wehtat.

Nazeem räusperte sich. »Ich dachte ja nur, dass du dem Kleinen« *dem Kleinen? Shane?* »nicht unbedingt auch noch erklären willst,« *erklären? Wieso sollte er ihm überhaupt irgendwas erklären* wollen*?* »warum sie blaue Flecken hat.« *Eher rote.* »Von dir.« Schlagartig lockerte sich der Griff. Wenn auch nicht so weit, dass ich mich hätte freiwinden können. Ich blinzelte. Verblüfft.

»Nazeem hat recht, Roshan.« Der Richtung Ausgang der Gasse griff unter den Knoten seiner Krawatte, öffnete ihn ein wenig mehr. Irgendwie … fahrig.

»Kein Wort, Rayam.«

»Es wäre besser, du würdest den Kleinen nicht noch mehr

reizen, Roshan.« Einer der beiden bei der Backsteinmauer stieß sich von der Wand ab, kam ein paar Schritte herüber, vergrub die Hände in den Taschen.

»Kadir …« Es klang wie eine Warnung.

›… den Kleinen nicht noch mehr reizen?‹ Was zum …? Man konnte fast glauben, sie hätten Angst vor Shane. Was für ein Blödsinn. Er *war der* Halb-*Djinn.* Ich bleckte die Zähne. »Hör auf deine Brüder, Roshan. Lass mich los. Und verschwinde. Ich werde nämlich nirgendwohin mitgehen.«

Roshans Augen wurden noch schmaler. Diesmal war das Zischen eher ein Knurren. Die Flammen waren schlagartig da. »Und *ich* werde seiner Mutter ganz sicher nicht erklären, warum ihr Sohn einen Job annimmt, der nur einem Zweck dient: sich umbringen zu lassen. Von Vater ganz zu schweigen.«

W… Ich hatte keine Zeit für irgendetwas, bevor ich ins Bodenlose fiel. Und unsanft auf Händen und Knien – genau genommen nur einer Hand und den Knien, meine andere hing immer noch in Roshans Griff – auf dem abgewetzten Teppichboden eines Korridors landete. Umgeben von Shanes übrigen Brüdern. Direkt vor einer nur angelehnten Wohnungstür. Hinter der gut hörbar zwei Personen lautstark stritten. Zwei Männer. Ich kannte nur eine Stimme: Shane. Aber ich konnte mir fast denken, wer der andere war. *Ich werde seiner Mutter ganz sicher nicht erklären, warum ihr Sohn einen Job annimmt, der nur einem Zweck dient: sich umbringen zu lassen.* War er aus dem

Alhambra ausgezogen? Und sein Trailer? Roshan zog mich in die Höhe, als wäre ich nicht mehr als eine Puppe. Wo war Junior? Hatte er dieses Djinn-Gebeame nicht mitgemacht? Freiwillig die Flucht ergriffen? Wehe, wenn ihm was passiert war. Diesmal ließ er mich los, als ich an seiner Hand zerrte. So abrupt, dass ich das Gleichgewicht verlor und gegen die Wand prallte. Mein Wutschrei ging in den Stimmen jenseits der Tür unter. Was mir herzlich egal war. Roshan hörte ihn deutlich genug. *Hätte er mich nicht wenigstens warnen können? Arroganter Mistkerl von einem Djinn.* Ich umklammerte meinen Arm, fauchte ihn regelrecht an. »Wage es nie wieder …«

Die Tür schwang auf, knallte gegen die Wand, krachte wieder zurück. »Ich lasse nicht zu, dass du das tust.« Das Gebrüll dahinter ging unvermindert weiter.

»Die Zeiten sind vorbei, in denen ich für irgendetwas deine Erlaubnis gebraucht hätte. Ob es dir passt oder nicht.«

Wie lange dauerte es in diesem Haus, bis die Nachbarn sich über diese Art Geschrei beschweren kamen? Oder die Cops auftauchten?

»Das wirst du deiner Mutter nicht antun.«

Ein undefinierbarer Laut. »Lass Mom aus dem Spiel, du Bastard.«

Kam die Nachbarschaftspolizei bei solchen Gelegenheiten hier noch mit den Baseballschlägern oder gleich mit den Knarren? Das wäre ein Spaß. Und ich mittendrin. Na klasse.

»Sonst, was? Du bist immer noch mein Sohn.«

»Ja. Halleluja! Preiset den Herrn für diese Gnade. Ist ja leider nicht zu ändern. – Lass mich vorbei.«

»Du bleibst.« Die Tür donnerte ins Schloss. Eine Sekunde herrschte Totenstille. Um mich her wurden Blicke getauscht.

Dann drehte sich der Türknauf. Die Tür öffnete sich einen Spaltbreit. »Geh mir aus dem Weg, alter Mann.« Diesmal kamen die Worte so leise, dass ich sie kaum verstehen konnte. Was irgendwie beängstigender war als das Geschrei davor. Wieder Stille. Die dieses Mal deutlich länger dauerte. Ein oder zwei Sekunden. Die Tür öffnete sich weiter. Gerade so weit, dass jemand sich hindurchschieben könnte. Verharrte wieder.

»Tu das nicht, mein Sohn.«

Shane drängte sich durch die Öffnung. Die abgewetzte Reisetasche in der Hand, die Tasche mit seinem Equipment über der Schulter. »Fick d-« Und verhielt mitten im Schritt, als er die Versammlung vor seiner Wohnungstür bemerkte. Er starrte mich an.

Wütend.

Fassungslos.

Verletzt.

Dann gingen seine Augen sehr, sehr langsam über mich hinweg. Zu Roshan. Wenn Blicke töten könnten … Für den Bruchteil einer Sekunde wäre ich bereit gewesen zu beschwören, dass das Schwarz seiner Augen sich veränderte. Zu Obsidian wurde, in dessen Tiefen Feuer glühte. Hart und heiß. Schlagartig herrschten im Gang Wüste-zur-Mittagszeit-Temperaturen. Was dem Putz gar nicht gut bekam. Ein mehr als handgroßes Stück platzte von der Wand. Gleich darauf ein zweites. »Du mieser …« Shane beendete den Satz nicht.

Trotzdem war es interessant zu sehen, wie sechs vermutlich ziemlich mächtige Djinn wie ein Mann zurückwichen und eine nahezu perfekte Gerade hinter mir bildeten. – Okay, nur vier, um genau zu sein. Roshan hatte den Mumm, nur *einen* Schritt rückwärtszumachen. Was ihn trotz allem immer noch *hinter* mich brachte. Nazeem lehnte sich mit der Schulter an die Flurwand und verschränkte die Arme vor der Brust. Wie jemand, der sich gleich ganz entspannt die Sitcom des Abends ansehen würde, nur eben keinen Platz auf dem Sofa mehr gefunden hatte. Und vorhatte, jede Sekunde voll auszukosten. Er grinste Roshan an. »Wir hätten wetten sollen.« Sein Blick ging zu einem der anderen. Kadir? »Und Karten verkaufen.« Dass Shane zu ihm hinübersah, brachte ihn dazu, die Lippen zusammenzupressen, schwungvoll mit der Spitze von Daumen und Zeigefinger an ihnen entlangzufahren und dann so zu tun, als würde er etwas wegwerfen. Mit einem liebenswürdigen Lächeln. Das pure Anzüglichkeit war. Und Arroganz.

»Was soll das? Was macht sie hier?« Shanes Aufmerksamkeit galt wieder ganz und gar Roshan.

Hallo? Ich stieß gut hörbar die Luft aus. »Sie.« Er wusste sehr genau, was ich von so etwas hielt. »Ist anwesend!« Ebenso gut hätte ich mit der Wand reden können.

»Dafür bist doch du verantwortlich. Was soll das?« Shane drehte sich zu seinem Vater um. »Wann kapierst du es endlich: Halt dich aus meinem Leben raus!« Offenbar hatte sich an ihrem Verhältnis rein gar nichts geändert. Oder sie hatten einfach nur wieder den alten Status quo erreicht. Aus welchen Gründen auch immer.

»Vater hat damit nichts zu tun.« Roshan.

»Ach?« Sein Bruder zuckte zu ihm herum. Die freie Hand zur Faust geballt. »Dann glaubst du, dich jetzt in mein Leben einmischen zu müssen?« Er machte einen Schritt auf ihn – und damit auf mich – zu. Keine Armlänge trennte uns mehr. Die Luft schien zu flimmern. »Dann hör mir jetzt mal gut zu, *oh hoher Fürst*!« Sarkasmus ließ in seinem Ton mit jedem Wort mehr grüßen. Ganz laut. »Scher dich zur Hölle!« Er wischte mit der Hand durch die Luft. »Und nimm den Rest dieser feinen Sippschaft gleich mit.«

»Erst wenn du zur Vernunft kommst.« Roshan schob mich einfach zur Seite – und ignorierte dabei völlig den kaum verhohlenen Zorn, der für den Bruchteil einer Sekunde über die Züge seines Bruders glitt – und setzte Shane den Zeigefinger auf die Brust. »Es macht keinen Sinn, wegen einer Frau sein Leben wegzuwerfen. Du kannst nicht …«

Äh. Was? ›Ich werde seiner Mutter garantiert nicht erklären, warum ihr Sohn einen Job annimmt, der nur einem Zweck dient: sich umbringen zu lassen.‹ – Hallo, Jesse, guten Morgen. Auch schon aufgewacht?

Shane hob die Faust unter die Nase eines Bruders. »Sag mir nicht, was ich kann …«

Nazeems Räuspern lenkte meinen Blick zu ihm. »Unser Kleiner ist in letzter Zeit ein bisschen reizbar, wie du siehst. Genau genommen, seit er mit dir in Petra war.« *Oh, oh. ›Seine Brüder sind auf Blut aus …‹* »Und hat ziemlich bescheuerte Ideen. Könnte daran liegen, dass er in dich verknallt ist.«

Ich blinzelte. *Stopp. Halt. Was?*

Er nickte in Shanes Richtung. »Kannst du ihn zur Vernunft bringen? Vielleicht hört er ja auf dich. Auch wenn du nichts von ihm willst.«

Ehe ich auch nur Piep sagen konnte, war Shane zu ihm herumgefahren. »Was zum Teufel zieht ihr sie mit da rein? Habt ihr es immer noch nicht kapiert?« Die Faust schwebte jetzt vor seiner Nase.

»Da siehst du's?« Nazeems Grinsen war schon wieder gefährlich anzüglich. Er ignorierte seinen Bruder vollkommen. »Die ganze Zeit erzählt er uns, dass du nichts für ihn empfindest. Dass euer ganzes … Tête-à-tête nur ein … geschäftliches Abkommen war und …«

»Was? Ich … Was soll das heißen?«

Im nächsten Moment hatte Shane das *Herz des Simurgh* unter seinem Hemd hervorgezerrt und ließ es vor Nazeem in der Luft baumeln. Der Stein schien in hellen Flammen zu stehen. *Ja, genau, mit der Wand reden, wäre Erfolg versprechender. Bei ihr hätte ich wenigstens eine* Chance *darauf, auch mal zu Wort zu kommen – oder zumindest beachtet zu werden.* »Hätte sie mir sonst das hier zurückgegeben? Und wäre einfach verschwunden?«

Moment mal! Hoo, Brauner! Wie bitte? »Ich bin nicht …«

»Hör mal, vielleicht …«

»Verpiss dich, Nazeem. Und nimm die anderen mit.«

Warum saß plötzlich dieser dünne, ziehende Schmerz hinter meiner Stirn? »Ich …« *Könnte mal jemand den Film anhalten? Und zurückspulen?*

»Ich werde euretwegen nicht meinen Flieger verpassen. Ihr könnt also alle …«

Ich steckte zwei Finger in den Mund und pfiff. Hoch und schrill. Okay. Was zu viel war, war zu viel. Einfach hierhergeschleppt zu werden, war eins, aber dann auch noch ignoriert zu werden …

Schweigen.

Alles starrte mich an.

Ich lächelte, so süß ich nur konnte. Selbst Zucker hätte bei meinem Anblick Karies bekommen. Wie schön, dass sich manche Dinge von kleinen Brüdern, die sich wie Vollidioten aufführten, auf erwachsene Kerle, die sich wie Vollidioten aufführten, übertragen ließ. »Was ist das für ein Blödsinn, ich wäre einfach verschwunden?«

Der Zug um Shanes Lippen wurde hart. »Wie würdest du es sonst nennen? Ich komme im Krankenhaus zu mir, das ›Herz des Simurgh‹ liegt in einem Umschlag auf dem Nachttisch und dazu ein Zettel mit *›Leb wohl. J.‹*«

Für einen Moment hielt ich die Luft an, stieß sie wieder aus. Er hatte recht. »Al hat mir gesagt, ich soll mich von dir fernhalten.« Warum fühlte es sich so seltsam an, die Worte auszusprechen?

Eine scharfe Falte erschien auf seiner Stirn. »Weshalb? Wann?«

»Weil deine Brüder meinen Kopf wollten. – Noch in Jordanien im Krankenhaus.«

»Ach?« Roshan klang sehr interessiert. »Ala ad-Din hat das gesagt?«

»Hat er.« Irritiert drehte ich mich halb zu ihm um. *Aber sie nicht?* Irgendwie hatte ich plötzlich eine ganz bestimmte Ahnung. War ich tatsächlich so dämlich gewesen? Anscheinend.

»Ich glaube, ich muss Al noch einmal einen Besuch abstatten.« Mein Blick huschte zu dem Mann hinter Shane. Er sah deutlich gesünder aus als noch vor zwei Monaten am Krankenbett seines Sohnes.

Die Hand auf die Brust gelegt, deutete Roshan eine Verbeugung in seine Richtung an. »Erlaubst du, dass ich dich begleite, Vater?«

Der verzog den Mund zu einem seltsam nachsichtigen Lächeln, während er endgültig auf den Korridor hinaustrat. »Das ist nicht nötig.« Das Lächeln veränderte sich. »Aber wenn du darauf bestehst …«

Roshans Lächeln ähnelte dem seines Vaters. »Ich bestehe darauf.«

Die plötzliche … Gefahr, die auf einmal im Korridor zu hängen schien, war … erschreckend. Und auf verrückte Weise befriedigend. Shane hatte mich die ganze Zeit einfach nur angesehen. Etwas, dessen ich mir nur *zu* bewusst gewesen war. Jetzt nickte er hinter sich, in die Wohnung. »Ich glaube, wir sollten uns unterhalten. – Allein.«

Ja, zu dem Schluss war ich inzwischen auch gekommen. Entsprechend nickte ich.

Er ließ mir den Vortritt. Bis ins Wohnzimmer. Das nicht viel größer war als das in meiner eigenen Wohnung. Wenn auch deutlich minimalistischer eingerichtet – um es freundlich auszudrücken. Das Einzige, was hier nicht nach Mönchszelle aussah, waren Fernseher und Stereoanlage. Und bei beiden wirkten die Gehäuse irgendwie … verformt. Fast wie … geschmolzen. *Oha.* Ich ließ mich auf das Sofa sinken, während er seine Taschen abstellte. Und stand direkt wieder auf, als er sich nicht ebenfalls setzte, sondern einfach nur stehen blieb, wo er war. Und mich wie draußen im Korridor ansah. Unverwandt. Der Stille nach zu urteilen, hatte er die Wohnungstür hinter sich geschlossen. Das Publikum war also ausgesperrt. Nur er und ich. Als ich kurz davorstand, das Schweigen selbst zu durchbrechen, holte er sehr langsam und deutlich Luft.

»Al hat dir also gesagt, du sollst dich von mir fernhalten. Weil meine Brüder dich angeblich lynchen wollten, wenn sie dich in die Finger kriegen.« Er fuhr sich mit der Hand durch die Haare. Die wieder streichholzkurz waren.

»So ungefähr. Seine genauen Worte waren: ›*Halt dich von ihm fern. Seine Brüder sind auf Blut aus. Und du bist das Ziel.*‹«

Mit einem Nicken, das unlogischerweise wie ein Kopfschütteln wirkte, hakte er die Daumen in die Hosentaschen. »Und warum lässt du dir von ihm so einen Mist erzählen?«

Tja, das war eine Frage, die ich mir gerade selbst stellte. Wie hatte ich nur so dämlich sein können, Al auch nur ein Wort zu glauben? Dabei hatte das alles ziemlich nachvollziehbar geklungen, als ich im Krankenhaus in Jordanien zu mir gekommen war und Al neben meinem Bett gestanden hatte. Wobei: Genau daran erinnern konnte ich mich nicht wirklich. Alles war irgendwie … verschwommen. Neblig. Verwischt in Schlieren aus einem dumpfen Pochen in meiner Schulter und irgendwelchen Medikamenten, von denen ich nicht wusste, weshalb ich sie bekam. Etwas gegen Schmerzen? Dann wirkte es nicht besonders. Antibiotika? Irgendwelche Beruhigungsmittel? Ich wusste nur noch, dass mein Kopf schwer war, alles darin verschwommen und träge. Schwerfällig. Meine Zunge war pelzig. Ich hatte Durst. Al beugte sich über mich. Ließ mich aus einem seiner glitzernden Pokale trinken, strich mir mit irgendetwas über die Wange … nachthimmel-dunkel, seidig, kühl … Und dazwischen seine Stimme. ›*Halt dich von ihm fern. Seine Brüder sind auf Blut aus. Und du bist das Ziel. – Etwas anderes wirst du von jetzt an nicht mehr glauben.*‹ Es fühlte sich an, als hätte mir jemand einen Eimer kaltes Wasser übergekippt. ›*Etwas anderes wirst du von jetzt an nicht mehr glauben.*‹ Dieser miese … »Er hat mich manipuliert.«

Shane hob eine Braue. Es wirkte alles andere als harmlos. »Nicht nur dich. Auch das mit dem Binden an das ›Herz des Simurgh‹ war ein Fake.«

»Wie bitte?«

Ein Nicken. »Anscheinend hat der gute Al sein ganz eigenes Spiel mit uns gespielt.« Er trat verwirrend dicht vor mich. »Was ist passiert? Sollte ich Roshan und meinen Erzeuger bitten, mich zu ihrem Besuch bei Al mitzunehmen?« Er kam noch ein bisschen näher. Die Augen verwirrend dunkel. Hitze strich über mich hinweg. Fast wie eine … Berührung. Um ein Haar hätte ich die Augen geschlossen. »Das Letzte, woran ich mich erinnere, ist, dass ich dich küsse, das Gefühl habe, dass alles um mich in Flammen steht – nein, dass ich diese Flammen *bin* – Sturm, der durch mich hindurchpeitscht, dann der Knall und dieser Schmerz in der Brust und nichts mehr. Bis ich im Krankenhaus in L. A. wieder zu mir komme, meine gesamte Sippschaft an meinem Bett, die sich aufführt, als wäre ich gestorben und von den Toten wieder auferstanden – und deiner Nachricht in diesem Briefumschlag. Die meine Mutter mir im ersten Moment gar nicht geben will.«

… Und natürlich hatte er angenommen, dass ich nichts mehr mit ihm zu tun haben wollte. Nicht, dass wir jemals offiziell zusammen gewesen wären. Ich spürte, wie mir Röte in die Wangen stieg. Weil wir beide nicht kapiert hatten, was tatsächlich los war. Ich für meinen Teil zumindest. War ich eigentlich die ganze Zeit so dämlich gewesen? Kein Wunder, dass Al leichtes Spiel mit mir gehabt hatte. »Soweit ich weiß, ist die Kugel, die dich getroffen hat, durch dich hindurch. Und in meine Schulter. Danach kann ich mich auch an nichts mehr erinnern …« *Außer, dass ich dich neben mir im Sand gesehen habe. Voller Blut. Und dachte, du wärst tot.* »… bis ich in dem Krankenhaus in Ma'an zu mir gekommen bin. Zumindest halbwegs. Und Al da war.« Ich verzog das Gesicht. »Der mir gesagt hat, dass ich mich von dir fernhalten soll. Ein paar Stunden später ist dann Hamid aufgetaucht, hat mich aus dem Krankenhaus geholt, in eine Maschine nach Vegas verfrachtet und das war's. Mein altes Leben hatte mich wieder.« Abgesehen davon, dass ich den Job in der Wäscherei los war und jemand in meine Wohnung eingebrochen war und alles durchwühlt hatte. – Scheinbar ohne etwas zu finden. Zumindest hatte nichts gefehlt.

»Aber du warst in L. A. im Krankenhaus.«

Ja. Weil ich nicht anders konnte. Trotz Al. »Ich hatte noch immer das ›Herz des Simurgh‹. Und deine Mutter hatte doch gesagt …« *dass du ohne es nicht überleben kannst. Und ich hatte Angst, es könnte immer noch so sein.* Ich beendete den Satz nicht, machte stattdessen eine vage Handbewegung. Eine Angst, die sich bestätigt hatte. Dieses Wispern, das mich ins Krankenhaus in L. A. geführt hatte. Auf den Korridor vor seinem Zimmer … »Deine ganze Familie war da …« Wieso war meine Hand plötzlich zwischen uns? Und warum fühlte es sich beinah wie selbstverständlich an, sie auf seine Brust zu legen? Ganz leicht. Wärme kribbelte in meine Fingerspitzen. Selbst durch den Stoff seines Hemdes. Weiter in meine Hand. Meinen Arm hinauf …Ich hätte sie weggenommen, hätte er seine nicht darübergelegt.

»Und nach dem, was Al gesagt hat …« Er neigte den Kopf ein klein wenig zur Seite.

»Schuldig. – Mir fiel nichts Besseres ein, als es in einen Briefumschlag zu stecken und den Pfleger zu bitten, es dir zu geben. – Und dann wieder zu verschwinden.«

»Und diesen Zettel zu schreiben.« Seine Handfläche folgte dem Kribbeln. Sanft. Warm.

»Und diesen Zettel zu schreiben. – Was wird dein Vater jetzt mit Al machen?«

Ein Schulterzucken. »Mich interessiert im Moment etwas ganz anderes: Was bedeutet das alles für uns?« Seine Hand schob sich unter mein Haar, legte sich in meinen Nacken. Federleicht. Und trotzdem schickte die Berührung eine Gänsehaut meinen Rücken hinab.

Ich schluckte. »Wir sind Feuer und Wind, Wind und Feuer …«

»Und weiter?« Er beugte sich näher zu mir.

»Diese Gesetze …« Ich verstummte. Wie kam meine Hand auf seine Schulter?

»… können mich mal. Ich bin nur zur Hälfte Djinn. Die andere Hälfte meines Lebens gehört mir. – Es sei denn, du willst mich nicht.«

»Das habe ich nicht gesagt.« Irgendwie hatte ich nicht genug Luft.

»Und was sagst du, wenn ich dich küsse?« Sein Atem strich über meine Wange.

Meine andere Hand lag jetzt ebenfalls auf seiner Schulter. »Lass dich überraschen.«

Ich schob beide hinauf in sein Haar, wollte ihn zu mir ziehen. Vollkommen unnötig. Er kam mir entgegen. Ich spürte sein leises Lachen an meinen Lippen. Eine Hand in meinem Nacken, die andere auf meinem Rücken holte er mich näher zu sich heran. Hob mich für einen Moment von den Füßen. Ich hielt mich an ihm fest. Unsere Lippen berührten sich erst sanft, zögernd, bis er den Mund leicht öffnete … Seine Zunge traf meine …. Feuer und Wind erwachten gleichzeitig. Fegten um uns. Nicht wie in Petra. Kein Zorn. Keine Angst. Und doch fast wie in Petra. Nur anders. Irgendwo kippte etwas um. Landete krachend auf dem Boden.

Plötzlich war das Sofa unter mir.

Shane über mir.

Seine Hand verschwand von meinem Rücken. Ich spürte, wie er irgendetwas aus seiner Hosentasche zerrte, ohne den Mund von meinem zu nehmen – nur aus dem Augenwinkel sah ich das Handy in seiner Hand, sah, wie er tippte. Ich erstarrte, als er sich jetzt doch von mir löste, sich ein kleines Stück in die Höhe stemmte.

»Was wird das?« Ich klang … wütend. Vollkommen atemlos. War das sein Ernst?

»Ich muss nur Ethan Bescheid sagen, dass ich nicht mitkomme.«

»Ethan …« Ich brauchte eine Sekunde, bis ich begriff. Der Job …

Er nickte. »Ethan.« Diesmal strichen seine Lippen nur ganz leicht über meine. Ein kurzes, schnelles Grinsen. »Sieht so aus, als würde ich in Zukunft doch ein bisschen mehr Modefotografie machen.« Er hob das Handy ans Ohr. Ich hörte die Wählzeichen.

»Klingt gut.« Ich verschränkte die Finger in seinem Nacken, erwiderte das Grinsen, zog seinen Kopf wieder ein bisschen weiter zu mir herab. »Klingt sehr gut.«

Dummerweise waren Shanes Lippen wieder auf meinen, als Ethan ranging.

EPILOG

»Was hältst du davon, dich mal wieder einzucremen?« Ich bedachte Danny mit einem kurzen Blick aus dem Augenwinkel, während ich den Hauptteil meiner Aufmerksamkeit über meinen Thriller hinweg weiter auf das Fotoshooting gerichtet hielt, das zwanzig oder dreißig Meter entfernt stattfand. – Möglichst unauffällig natürlich. Verboten gut aussehende Models, die sich in den Wellen rekelten, die den Strand von Malibu hinaufspülten. Und dazwischen mein Freund; barfuß, in über den Knien abgeschnittenen Jeans und labberigem T-Shirt, eine Sonnenbrille in die Haare hinaufgeschoben, die Kamera in den Händen. – O.k. zusammen mit einem Typen mit neongelbem Batik-Shirt, der anscheinend für die Ausleuchtung zuständig war und mit einem gefühlten Dutzend Stylisten und Modemenschen, die in und um die ganze Szenerie herumsprangen, Haare richteten, Stoff zupften, aber trotzdem … Ja, verdammte Hacke, ich war besitzergreifend. Was Shane anging auf jeden Fall. Auch wenn ich wusste, dass ich mir keine Sorgen machen musste. Ich war einfach nur giftig auf diese Models. Dabei hatte ich meinen Claim zu Beginn des

Shootings mit diesem Kuss sehr deutlich abgesteckt. Hatte ich zumindest angenommen. Aber anscheinend dachte diese eine Dunkelhaarige, dass dieser sexy Fotograf Freiwild war. Zumindest so, wie sie dauernd über seiner Schulter hing, um die Fotos zu begutachten.

Eben ging er zu dem Tisch mit seinem Equipment hinüber, während er gleichzeitig mit einem Mann in Weiß sprach, der immer wieder nickte. Einer der Chefdesigner für das Modelabel, für die das Shooting stattfand. Shane hatte uns kurz vorgestellt, ehe Danny und ich es uns hier ein Stück weiter am Strand bequem gemacht hatten. Scheinbar ein ganz netter Zeitgenosse, der mich, meine Hand noch in seiner, gefragt hatte, ob ich auch modeln würde. Und es mir auch nicht übel genommen hatte, dass ich im ersten Augenblick gedacht hatte, er würde einen Witz machen. Was nichts daran änderte, dass seine Kleidung mich an Als Assassinen erinnerte. Für einen kurzen Moment presste ich die Lippen zu einem dünnen Strich zusammen. Wir hatten nach wie vor nicht herausgefunden, wer für den Schuss in Petra verantwortlich gewesen war. Oder der Auftraggeber des Ganzen gewesen war. Geschweige denn, dass es eine Spur zu dem Erpresser gab. Eine ganze Weile hatte ich Al in Verdacht gehabt, nachdem er ja anscheinend länger seine Spielchen mit uns gespielt hatte. Nur beweisen konnte man ihm nichts. Was nicht hieß, dass Shanes Vater und seine Brüder die Sache auf sich beruhen lassen würden. Ich ließ eine kleine Böe um Shanes Füße streichen, ein bisschen Sand aufwirbeln. Die Art, wie er den Kopf ein winziges Stück neigte, fast so, als würde er auf irgendetwas lauschen, sagte mir, dass es ihm nicht entgangen war. Gleich darauf wurde der Sand unter mir so heiß, dass ich es durch mein Strandlaken, Shorts und Tanktop spürte. Nur für den Bruchteil einer Sekunde, dann war die Hitze wieder vergangen. Ich verbiss mir das Lächeln. Unsere kleinen ›Konversationen‹ und meine Reaktionen darauf hatten mir schon diverse irritierte Blicke eingebracht. Eine Welle schwappte besonders weit in meine Richtung. Trug Sand mit sich. Ich scheuchte sie mit einem Windwirbel zurück. Wenn Feuer und Wind sich unterhielten, hatten Erde und Wasser sich gefälligst herauszuhalten. Dieses Mal schaffte ich es nicht ganz, mir das Grinsen zu verkneifen. Wurde ich jetzt genau so eine Zicke wie Melissa? Gott bewahre.

Neben mir zog Danny eine Schnute. »Ist ja nicht so, als hätte ich nur eine Badehose an.« Sein neuester Captain-America-Comic lag vor ihm, schon wieder halb ausgelesen. »Und außerdem: Ich hab mich schon eingecremt.« Der Nachschub wartete direkt daneben. Eine kaum spürbare Briese raschelte vom Wasser her durch die Seiten. Junior spielte ein Stück weiter im Sand – unübersehbar dank der kleinen Sandtornados, die er immer wieder aufwirbelte – auch wenn man schon sehr genau wissen musste, worauf man achten musste – vielleicht hatte er ein paar ›Kumpels‹ getroffen? – Nicht, dass ich bereit gewesen wäre, auch nur einen weiteren von seiner Sorte zu adoptieren. Einer reichte (um Chaos zu verbreiten). Absolut!

»Vor einer halben Stunde. Deshalb ja auch das ›mal wieder‹ in meinem Satz. Und eine Shorts hat ja auch soooo wahnsinnig viel mehr Stoff als eine Badehose.« Ich schloss demonstrativ mein Buch, wandte mich ihm ganz zu, griff mir die Flasche mit der Sonnencreme Faktor 50+ und hielt sie ihm hin. Er machte noch nicht mal ansatzweise irgendwelche Anstalten, danach zu greifen. »Und das ›Netz‹ in deinem Netz-T-Shirt besagt natürlich auch, dass das Teil eigentlich komplett geschlossen ist.« Ja, ich konnte ziemlich ätzend werden. »Ich hab keine Lust drauf, dass du demnächst aussiehst wie ein gekochter Hummer und den ganzen Abend am Herumjammern bist. – Wobei ich dieses Gejammer ja nicht mit anhören muss.« Auch wenn Danny nicht mehr so kalkweiß wie noch vor ein paar Wochen war, ›Farbe haben‹ sah doch etwas anders aus. Aber zumindest hatten seine Haare wieder zu wachsen begonnen – was zur Folge hatte, dass er inzwischen immer öfter auf dieses elendige schwarze Piraten-Bandana mit Knochen und Schädeln drauf verzichtete. Ab nächstem Monat würde er wieder zur Schule gehen. Bis dahin sollte er mit diversen Hauslehrern möglichst viel von dem aufholen, was er während seiner Krankheit verpasst hatte.

Ich wusste nicht, wer letztendlich dafür verantwortlich gewesen war; meine reizende Wind-Hexen-Verwandtschaft oder Shanes Seite der ›Familie‹ – in die wir dank seiner

Mutter gnadenlos integriert worden waren: Es war ein passender Spender für Danny gefunden worden. Nazeem hatte jedem Besucher des *Alhambra,* der sich typisieren ließ, einen Abend lang freie Getränke im Kasino und zwanzig Dollar Spieleinsatz geboten. Und dem, der als Spender infrage kam – und tatsächlich dann auch zu einer Knochenmarktransplantation bereit war – noch mal zwanzig*tausend.*

»Shane hat sich das ganze Shooting nicht eingecremt.«

Ach? Sieh an. »Shane ist eine andere Hausnummer. Und das weißt du ganz genau.« Nachdem Danny aus dem Krankenhaus entlassen worden und zu Shane und mir in unser Loft in L. A. gezogen war, hatte ich ihm gezwungenermaßen das ein oder andere erzählen müssen. Ich ließ die Flasche zwischen zwei Fingern von meiner Hand baumeln. »Du. Eincremen. Dich. Jetzt!« Ich warf sie ihm über den schmalen Streifen Sand zwischen uns hinweg zu. Um ein Haar wäre die Sonnencreme direkt auf seinem Bauch gelandet. Ich konnte nicht permanent verbergen, was ich war. Shane schon gar nicht. Nicht mehr. »Pronto.« Mein Handy klingelte. Ich fischte es aus meiner übergroßen Strohtasche, wo es noch unter das Strandlaken gerutscht war, das ich für Shane eingepackt hatte, und warf einen schnellen Blick auf das Display. »Sonst helfe ich nach. – Hi, Joane. Was gibt es?«

Im ersten Moment antwortete mir Stille. Und das verhaltene Klappern von Geschirr. Ein Fluch. Gedämpft. Die Stimme war männlich. Javed? In der Küche? Dann war das Chaos vorprogammiert. Zumindest solange er nicht selbst irgendetwas Orientalisches kochte – wobei er gewöhnlich noch nicht einmal seine Frau in die Küche ließ. Was schon zu allen möglichen Spekulationen geführt hatte. Dann Joane. Ihr »Ich habe dir gesagt, du sollst es nicht so schief halten« galt nicht mir. – Also doch: Chaos. – Das »Hallo, Liebes. Ich wollte fragen, ob Shane schon weiß, wie lange es dauert. Da ich ihn aber nicht stören wollte …« schon. Klar. Also hatte sie mich angerufen.

Ich sah Danny an, schrieb mit dem Finger in einem eindeutigen ›Mach schon weiter. Dass ich hier telefoniere, bedeutet nicht, dass du mit dem, was du tust, aufhören sollst‹-Kreise in die Luft. »Keine Ahnung. Ich werd ihn selbst fragen müssen.«

»Nein, du musst ihn nicht stören …«

Wieder schnitt er eine Grimasse.

»Im Moment hantiert er mit der Kamera und irgendwelchen Objektiven. Ich kann ihn also gerade fragen. Kein Problem.« Ich malte nur weiter Kreise in Dannys Richtung, während ich aufstand. Und nickte anerkennend, als er Sonnencreme auf seine Hand laufen ließ. Wieder ein Scheppern auf der anderen Seite der Verbindung. *Ohoh.* »Rette deine Küche. Ich frag ihn und ruf dich dann …« Ein Schrei unterbrach mich. Keine Sekunde später hatte sie aufgelegt. Ich nahm das Handy vom Ohr, warf einen schnellen Blick darauf, wobei ich gerade noch das Kopfschütteln und Grinsen unterdrücken konnte, und schob es in die Gesäßtasche meiner Shorts.

Als ich Shane erreichte, hörte ich gerade noch das leise Geräusch, mit dem das Objektiv, das er getauscht hatte, auf seiner Kamera einrastete. Er wandte sich zu mir um, legte mir den freien Arm um die Taille, kaum dass ich nahe genug war, und zog mich heran. Fest. »Hi, Schönheit. Was verschafft mir die Ehre?«

»Selber Hi.« Ich beugte mich in seinem Arm zurück. »Deine Mutter hat angerufen. Sie lässt fragen, bis wann wir es zum Essen schaffen.« Es fühlte sich vollkommen natürlich an, die Hände in seinem Nacken zu verschränken und mich an ihn zu lehnen. Ihn langsam zu küssen. Ebenso wie es sich vollkommen natürlich anfühlte, dass mein Bein sich an seinem hinaufschob. Dass dieses gefährliche Brennen über meine Haut strich …

Feuer und Wind.

Verboten.

Es war mir egal.

Das hier war *mein* Leben. Nein. *Unseres!*

Lynn Raven

Blutbraut

736 Seiten, ISBN 978-3-570-30887-5

Seit sie denken kann, ist Lucinda Moreira auf der Flucht vor Joaquín de Alvaro, denn sie ist eine „Blutbraut“, und nur ihr Blut kann den mächtigen Magier davor bewahren, zum Nosferatu zu werden. Doch gerade als Lucinda sich zum ersten Mal verliebt hat, wird sie entführt und auf Joaquíns Anwesen gebracht. Sie ist in eine Falle gelaufen: Chris, für den sie schwärmt, ist kein anderer als Joaquín de Alvaros Bruder, und auch er sucht eine Blutbraut. Und noch andere Magier begehren Lucindas Blut. Je näher sie Joaquín aber kennenlernt, desto mehr gerät ihr Bild von ihm ins Wanken und stürzt sie in ein Wechselbad der Gefühle ...

30097

www.cbt-buecher.de